कामता प्रसाद सिंह ‘काम’
प्रतिनिधि रचनाएँ

कामता प्रसाद सिंह ‘काम’
प्रतिनिधि रचनाएँ

कामता प्रसाद सिंह ‘काम’

चयन एवं संपादन

डॉ. रश्मि सिंह

डॉ. व्यास मणि त्रिपाठी

प्रभात प्रकाशन, दिल्ली

ISO 9001:2015 **प्रकाशक**

प्रकाशक • **प्रभात प्रकाशन**
4/19 आसफ अली रोड,
नई दिल्ली-110002

संस्करण • प्रथम, 2019
मूल्य • पाँच सौ रुपए
मुद्रक • आर-टेक ऑफसेट प्रिंटर्स, दिल्ली

KAMTA PRASAD SINGH 'KAAM' PRATINIDHI RACHNAYEN
(Selected Writings of Shri Kamta Prasad Singh 'Kaam')
Ed. Dr. Rashmi Singh/ Dr. Vyas Mani Tripathi ₹ 500.00
Published by Prabhat Prakashan, 4/19 Asaf Ali Road, New Delhi-2
e-mail: prabhatbooks@gmail.com ISBN 978-93-5322-043-3

दो शब्द

कामता प्रसाद सिंह 'काम' रचना-संचयन की प्रेरणा मुझे अपने पिताजी के पुस्तकालय से प्राप्त एक दस्तावेज से मिली। इसमें कुछ पृष्ठ ऐसे व्यक्ति द्वारा लिखे गए हैं, जो रिश्ते में मेरे सगे बाबा हैं। बाबा द्वारा लिखित 'बंदी की डायरी' में मुझे उनका वह वीरव्रती दृढ संकल्प झलक रहा था, जिसमें देश की स्वतंत्रता और सम्मान के लिए हर प्रकार की यातनाएँ, त्रासदियाँ और पीड़ाएँ उन्हें स्वीकार्य थीं। देश के प्रति समर्पण, निष्ठा, देशानुराग तथा राष्ट्रभक्ति से ओत-प्रोत बाबा के इस डायरी अंश ने मुझे इस पूरे दस्तावेज को पढ़ने के लिए विवश कर दिया। यह दस्तावेज कुछ और नहीं, बल्कि एक स्मारिका है, जो मेरे बाबाजी पर ही केंद्रित है। इसमें कुछ महान् हस्तियों की 'काम' जी के प्रति भावांजलियाँ हैं, श्रद्धा-समर्पण है और बहुत ही आत्मीयता के साथ लिखे गए संस्मरण हैं। इन्हें पढ़कर मुझे ऐसा लगा कि मैं जिस व्यक्ति को जानने का प्रयास कर रही हूँ, उसका व्यक्तित्व हिमालय की तरह ऊँचा, धरा की तरह सहिष्णु एवं सागर की तरह विशाल था। यही कारण है कि अल्पायु पाकर भी उन्होंने एक लेखक, एक राजनेता और एक समाज-सेवी के रूप में अपना कीर्तिमान स्थापित कर दिया।

स्मारिका पढ़ने के बाद मुझमें बाबाजी की रचनाओं को ढूँढ़ने और पढ़ने की तीव्र अभिलाषा जागृत हुई। मुझे उनकी अधिकांश रचनाओं को पढ़कर ऐसा लगा कि उनमें प्रस्तुत विचार और संवेदना वर्तमान समय और समाज के लिए प्रासंगिक हैं। 'कामता प्रसाद सिंह 'काम' प्रतिनिधि रचनाएँ' पुस्तक के निबंध आज भी अपनी जीवंतता बनाए हुए हैं। किसानों की व्यथा-कथा पर लिखी गई उनकी कविताओं में एक ताजगी है। विषमता, शोषण और अन्याय झेलते किसानों के दुःख-दर्द आज भी ज्यों-के-त्यों हैं। इसीलिए मुझे लगा कि 'काम' जी की रचनाओं को समग्रता में पढ़ना जरूरी है।

'काम' जी की रचनाएँ आज की युवा पीढ़ी के लिए एक प्रेरणास्रोत बन सकती

हैं, क्योंकि उनमें जीवन-जगत् के ऊँच-नीच, करणीय-अकरणीय को बहुत सहज एवं सरल ढंग से समझाने की कोशिश है। व्यावहारिक निश्चय है। जिस 'संकल्प से सिद्धि' के मंत्र से हमारे प्रधानमंत्री आदरणीय श्री नरेंद्र मोदीज़ी संपूर्ण देश को प्रेरित कर रहे हैं, वह संकल्प इन्हीं व्यावहारिक निश्चयों से ही तो संभव है, जिसे हम अपने जीवन में जितनी कम अवस्था में आत्मसात् कर सकें, वह उतना ही श्रेयस्कर सिद्ध होगा। इसी विचार से अंत:प्रेरित होकर मैंने यह संकल्प लिया कि बाबाजी की अद्‌भुत प्रेरणादायक लेखनी को एक विशाल पाठक वर्ग, विशेषत: युवा-पीढ़ी तक पहुँचाना होगा। इसके लिए उनकी चयनित रचनाओं का एक गुलदस्ता सजाना होगा। इस संकल्प की सिद्धि के लिए मैंने जवाहरलाल नेहरू राजकीय महाविद्यालय, पोर्टब्लेयर अंडमान के हिंदी विभागाध्यक्ष डॉ. व्यास मणि त्रिपाठी तथा आकाशवाणी केंद्र पोर्टब्लेयर के समाचार एकांश के निवर्तमान उपनिदेशक श्री दुर्ग विजय सिंह 'दीप' से वार्त्ता की। इस बातचीत में यह निर्णय हुआ कि 'काम' जी की रचनाओं का एक संचयन प्रकाशित किया जाए। वैसे यह कार्य पिछले वर्ष उनकी जन्मशती के अवसर पर ही होना चाहिए था, किंतु देर से ही सही इस दिशा में हम प्रयत्नशील हुए, इसी का संतोष है। पुस्तक प्रकाशन का निर्णय हो जाने पर हम अपने संकल्प से सिद्धि की ओर बढ़ने लगे। समय-समय पर डॉ. व्यास मणि त्रिपाठी से विचार-विमर्श होने लगा। उनके सहयोग से ही यह संचयन आप तक पहुँच रहा है। इसके लिए उन्हें साधुवाद!

'काम' जी की यत्र-तत्र बिखरी रचनाओं को एकत्र करने के कार्य में पटना पुस्तकालय के श्री वीरेंद्र सिंह जी, जो वहाँ के कर्ता-धर्ता भी हैं, का काफी योगदान रहा है। उन्होंने बिहार से पुस्तकें अंडमान भेजने का दायित्व-निर्वाह किया है। मेरे अग्रज श्री रंजन कुमार सिंह जी ने पारिजात प्रकाशन, जिनके पास 'काम' जी की पहले की प्रकाशित पुस्तिकाओं का कॉपीराइट है, की ओर से सहर्ष स्वीकृति दी कि हम अपने इस अभियान को एक नवीन रूप दे सकें।

अंत में मैं यह कहना चाहूँगी कि इस संचयन का कार्य ऐसे स्थान पर किया गया, जो स्वतंत्रता-संग्राम सेनानियों/शहीदों के चरण-रज से पावन मुक्तिधाम है। अंग्रेजों के काले कारनामों के रूप में 'कालापानी' के नाम से कुख्यात अंडमान तथा निकोबार द्वीप समूह आज पर्यटकों का तीर्थ-स्थान है। मैं यहाँ के प्रशासन में सचिव के पद पर एक वर्ष से अधिक समय से कार्यरत हूँ। आज मैं सोचती हूँ कि यह संचयन क्या इस पावन भूमि के प्रति नमन है अथवा उन सेनानियों/शहीदों के प्रति श्रद्धांजलि है, जिन्होंने अपने जीवन के अनेक बसंत यहाँ के सेल्यूलर जेल

को समर्पित कर दिए थे? शायद मेरे बाबाजी की यह इच्छा रही होगी कि उनके मरणोपरांत भी उनके लिखे हुए शब्दों को इस पावन माटी पर जीवंतता प्राप्त हो और हम उसके निमित्त बनें। ऐसी चाहत हो भी क्यों नहीं, आखिर वे भी तो स्वतंत्रता सेनानी थे। जेल-यात्राएँ करते हुए, यातनाएँ सहते हुए 'बंदी की डायरी' लिखी थी। जो भी हो, यह संचयन अब आपके हाथ में है। इस कार्य में जिनका भी सहयोग रहा, उनके प्रति आभार।

—डॉ. रश्मि सिंह

भूमिका

एक दिन सचिवालय से फोन आया कि अंडमान तथा निकोबार प्रशासन की सचिव (समाज कल्याण) श्रीमती रश्मि सिंहजी आपसे कुछ साहित्यिक वार्त्ता करना चाहती हैं। मैंने उन्हें यहाँ के कई कार्यक्रमों में सुन रखा था, इसलिए उनकी साहित्यिक अभिरुचि से परिचित था और यह भी जानता था कि वे हिंदी के प्रख्यात साहित्यकार डॉ. शंकर दयाल सिंहजी की सुपुत्री हैं। इसलिए उनसे मिलने की उत्सुकता मेरे मन में भी थी। अत: जब उनसे मिलने के लिए पहुँचा तो वहाँ आकाशवाणी केंद्र, पोर्टब्लेयर के निवर्तमान उपनिदेशक श्री दुर्ग विजय सिंह 'दीप' भी बैठे हुए थे। बातचीत के क्रम में यह मालूम हुआ कि श्रीमती सिंह कामता प्रसाद सिंह 'काम' की पौत्री हैं। फिर मुझे यह समझने में देर नहीं लगी कि श्रीमती रश्मि सिंह के साहित्यिक संस्कार उनके पिता और पितामह की देन हैं। उन्होंने मुझे 'काम' जी की कुछ रचनाएँ पढ़ने को दीं। उन्हें पढ़कर मुझे 'काम' जी की सर्जनात्मक प्रतिभा की अतुलनीयता का आभास हुआ। बात-बात में ही उनकी रचनाओं का एक संचयन तैयार करने की योजना बन गई। उस योजना का मूर्त रूप आपके सामने है।

सृजन, राजनीति और समाज-सेवा के क्षेत्र में अपनी प्रतिभा का श्रेष्ठ निदर्शन करानेवाले कामता प्रसाद सिंह 'काम' का जन्म बिहार के गया जिलांतर्गत औरंगाबाद अनुमंडल के भवानीपुर नामक गाँव में 26 सितंबर, 1916 ई. को हुआ था। पिता का नाम नौरंग सिंह और माता का नाम जै कुमारी देवी था। 'काम' जी की शिक्षा बी.ए. स्तर तक हुई थी। पूत के पाँव पालने में ही देखे जाते हैं, यह कहावत उन पर अक्षरश: सत्य साबित हुई। उन्होंने जिस क्षेत्र में कदम रखा, उसी में चार चाँद लगा दिए। एक प्रतिभावान विद्यार्थी के रूप में उन्होंने अपने स्वर्णपदकों से न केवल अपना कीर्तिमान स्थापित किया, बल्कि शिक्षा-संस्थानों सहित अपने माता-पिता को भी गौरवान्वित किया। विद्यार्थी-जीवन में ही जहाँ उनके भीतर का रचनाकार प्रकट होने लगा था, वहीं समाज-सेवा की उद्दाम लालसा भी प्रस्फुटित होने लगी थी। विद्यार्थियों के बीच एक

नेता की छवि निर्मित करने की उत्कट अभिलाषा से जहाँ उनमें नेतृत्व क्षमता का विकास हुआ, वहीं पिता से प्राप्त राजनैतिक-सामाजिक बीजांकुरों के पल्लवन-पुष्पन के लिए अनुकूल अवसर मिला। उनके भीतर की सहजता, सरलता और सरसता पारिवारिक परिवेश की उपज थी, तो दया, करुणा, ममता और उदारता के जन्म में उनकी माँ के संस्कार थे। यही कारण है कि 'काम' जी का व्यक्तित्व अनुपम और विलक्षण था। उनमें हिम जैसी धवलता थी तो दिव्य रश्मियों की सी शुभ्रता। धरती की सी क्षमा-भावना थी तो गंगा की सी पावनता। हिमालय जैसी विशालता थी तो सागर की सी गंभीरता। उनके व्यक्तित्व में दया, ममता और मृदुता की त्रिवेणी प्रवाहित थी तो निरभिमानिता, निश्च्छलता और सौमनस्यता का आकाश अपने विस्तार के साथ समाहित था। इसीलिए 'काम' जी अजातशत्रु थे। एक साथ साहित्य, राजनीति और समाज की सेवा कर सके थे। विलक्षण गुणों के बिना इनकी एक साथ साधना संभव ही नहीं है।

स्वतंत्रता-संग्राम के दृढ़व्रती सैनिक के रूप में भी 'काम' जी का योगदान सदैव स्मरणीय रहेगा। उन्होंने भारतमाता को परतंत्रता के बंधन से मुक्त कराने के लिए अपने ग्रामांचल में न केवल आंदोलनों का नेतृत्व किया, बल्कि जन-जागरण का व्यापक अभियान भी चलाया। उनके लिए स्वतंत्रता-आंदोलन में भागीदारी किसी फैशन की उपज नहीं, बल्कि हृदय की पुकार थी। स्वदेश, स्वाधीनता और स्वभाषा के लिए प्राणोत्सर्ग की भावना का जन्म न अकारण था और न ही किसी के द्वारा थोपी गई मजबूरी की परिणति, बल्कि वह मातृभूमि के ऋणों से मुक्ति का कर्तव्य-विधान था। इसीलिए 'काम' जी को जेल की यातनाओं को हँसते-हँसते सहने की आदत सी पड़ गई थी। न झुकना, न टूटना, बल्कि सिंह गर्जना करते हुए अंग्रेजों की क्रूरताओं को सहना तथा उनके विरुद्ध आंदोलनों को तीव्र करना उनके स्वभाव का एक हिस्सा था। इसी मन:स्थिति में साहित्य-सृजन भी होता रहा। 'एक राजबंदी की डायरी' उन्होंने जेल की भीषण यातनाओं के बीच ही लिखी थी।

'काम' जी की साहित्यिक प्रतिभा बहुमुखी थी। निबंधकार, कहानीकार और कवि होने के साथ-साथ वे डायरी लेखक तथा यात्रा-वृत्तांतकार भी थे। गद्य-लेखन कवियों की कसौटी माना गया है—'गद्यं कवीनाम निकषं वदन्ति' तो निबंध-लेखन को गद्य की कसौटी कहा गया है। 'काम' जी की प्रतिभा का उन्मेष निबंध में सर्वाधिक दृष्टिगत होता है। उनकी ख्याति एक ललित निबंधकार के रूप में ही अधिक है। ललित निबंध में साहित्य की कई विधाएँ आपस में गलबहियाँ करती प्रतीत होती हैं और उसी आधार पर उसे रम्य रचना कहने की वकालत की जाती है। 'काम' जी के ललित निबंधों में भी यह विशेषता मौजूद है। उनमें निबंध जैसी वैचारिकता, काव्य जैसी संवेदनशीलता, कहानी जैसी कथन-भंगिमा, संस्मरण जैसी स्मृत्यात्मकता, आत्मकथा जैसी वैयक्तिकता

और यात्रा-वृत्तांत जैसी रोचकता का आ जाना इसलिए भी संभव हुआ है कि 'काम' जी की सक्रियता साहित्य की लगभग सभी विधाओं में रही है और उन सभी में उनका सर्जक मन लोक-जीवन से पोषण प्राप्त करता रहा है। वह आधुनिकता और उससे उपजी कृत्रिमता, आपा-धापी, भागम-भाग, स्वार्थपरता, वैमनस्य, घृणा-द्वेष से तप्त हृदय के लिए कहीं बरगद की छाँव बनकर आया है तो कहीं सावन की फुहार बनकर और कहीं फागुन की मस्ती तथा होली का उल्लास बनकर। वह अभाव, विपन्नता, दुःख-दर्द तथा बदलते परिवेश में ह्रासोन्मुख नैतिकता और विलुप्त होते जीवन-मूल्यों को भी लेकर आया है। 'काम' जी के निबंधों में लोक की मौजूदगी इतनी और इस रूप में है कि उन्हें लोक-जीवन का आख्यान कहना कोई अनौचित्यपूर्ण नहीं होगा। लोक 'काम' जी के लेखक की संजीवनी है, रस-धारा है तथा जीवन की खुली किताब के रूप में सहयात्री है।

घर, गाँव और देहात पर लिखे हुए 'काम' जी के निबंधों में जहाँ व्यक्तिव्यंजकता है, वहीं दूसरी ओर वस्तुनिष्ठ निबंधों में चिंतन की गंभीरता है। उनके वस्तुनिष्ठ निबंधों में उपदेशात्मकता की भी मौजूदगी है। उन्हें शिक्षाप्रद निबंधों की श्रेणी में रखा जा सकता है। जहाँ तक 'काम' जी के व्यक्तिव्यंजक अथवा ललित निबंधों की बात है, तो उनमें लेखक की संवेदना लोक-संवेदना से इस प्रकार एकाकार है कि उसे पृथक् करना अत्यंत कठिन है। यही वह जमीन है, जहाँ साहित्यकार वैयक्तिक से निर्वैयक्तिकता हो जाता है। इसके लिए 'स्व' का रूपांतरण जरुरी होता है। तभी लेखक के सुख-दुख समाज के तथा समाज के सुख-दुख लेखक के हो पाते हैं। वैयक्तिक से निर्वैयक्तिकता की यात्रा में लेखक निजी राग-द्वेष से इतना ऊपर उठ जाता है कि उसका 'स्व' केंद्रित लेखन भी विश्व-बोध की व्यापक परिधि लेकर उपस्थित होता है। 'काम' जी के निबंधों 'मेरा घर, मेरा गाँव तथा हमारा देहात' में मैं, मेरा तथा हमारा का जो घटाटोप है, उससे तो यही लगता है कि यह स्वकेंद्रित लेखन है और लेखक सिर्फ अपनी बात कहता है, लेकिन सच्चाई यह है कि उसमें निजता के साथ-साथ लोक और समाज की भी उपस्थिति है। 'मेरा घर' निबंध के आरंभ की कुछ पंक्तियाँ यहाँ द्रष्टव्य हैं, जिनमें 'काम' जी के घर का चित्र है, लेकिन वह अपनी व्यापकता में तत्कालीन घरों के निर्माण-कौशल का दृष्टांत भी है—''दीवारों पर चित्रकारी देखिए, लेकिन उसमें कुरान, पुराण का कोई दृश्य नहीं, बस रामनाम और शुभ एवं लाभ शब्द लिखे हुए हैं। खूँटियों का अभाव नहीं अखरे, इसलिए 'असगनी' टाँगी हुई है, आलमारियों की कमी महसूस न हो, इसलिए दीवारों में दिरखे बने हुए हैं, पूजा-पाठ के लिए कहीं और न जाना पड़े, इस नीयत से दीवारों में कुल देवता बना दिए हैं, जरूरत के वक्त तुलसी का पत्ता खोजना न पड़े, और तुलसी का नमन करने को अगल-बगल झाँकना न पड़े,

इसलिए आँगन में तुलसी का बिरवा रोप दिया गया है।'' यह घर अपनी व्यापकता में क्या बिहार और पूर्वी उत्तर प्रदेश के घरों का प्रतिनिधित्व नहीं करता? ललित निबंधकार की आत्माभिव्यंजकता में ऐसी ही व्यंजना निहित होती है।

मानवीय मूल्यों का बोध और सौंदर्य-चेतना को जागृत् रखने का प्रयत्न 'काम' जी के लगभग सभी निबंधों में है। मतों, विचारों और मंतव्यों के प्रकटीकरण में किसी वाद अथवा पक्ष के लिए स्थान न होना लेखक को स्वतंत्र चेता बनाता है। 'काम' जी की चिंतन-धारा में वादग्रस्तता का अभाव उन्हें अन्य लेखकों से किंचित अलग भूमि पर प्रतिष्ठित करता है। 'आस-पास की दुनिया' तथा 'घर, गाँव और देहात' के निबंधों में कामता प्रसाद सिंह 'काम' ने ग्रामीण जवन को जिस बेबाकी से उपस्थित किया है वैसा अन्यत्र दुर्लभ है। इन निबंधों में घर से लेकर गाँव तथा देहात से कस्बे तक का जीवन छोटे-छोटे घटना-प्रसंगों के माध्यम से सजीव हो उठा है। गाँव-देहात में गुजर-बसर कर रही जिंदगी दु:ख-दारिद्रय, प्रवंचन-शोषण की अभिशप्त जिंदगी है फिर भी ये लोग अभावों में भी शान से जीते हैं, दु:खों में भी हँसते-गाते हैं, बदहाली में भी उत्सव मनाते हैं, ऋणों से लदे होने पर भी संस्कृति-शिष्टाचार निभाते हैं। इनके भीतर दु:खों का सोता बहता है लेकिन ऊपर पर्वतीय स्वाभिमान झलकता है। हृदय में आकांक्षाओं का ज्वार मचलता है लेकिन मन-मस्तिष्क में संतोष की मोटी परत बहकने से रोकती है। यही ग्राम्य-जीवन है जिसके बारे में यह प्रश्न भी उछला है, 'अहा! ग्राम्य जीवन भी क्या है?'' 'काम' जी के निबंधों में ग्रमांचल इसी रूप में उभरा है, ''ऐसा है मेरा यह गाँव, देहात के दामन से लिपटा हुआ, अपने आपमें सिमटा हुआ और पुरानी परिपाटियों से चिमटा हुआ।'' 'काम' जी केवल गाँव ही नही शहर को भी देखते हैं। फिर दोनों का तुलनात्मक वैशिष्ट्य भी निरूपित करते हैं, ''शहर में जिस समय सिनेमा के टिकट के लिए आपस में धक्कम-धुक्का और मार-पीट रहती है, ठीक उसी समय यहाँ दिनेश बाबू के चौपाल में कठपुतली का नाच देखने के लिए सारा गाँव इकट्ठा हो जाता है। शहर में जिस समय सरकस का खेल देखने के लिए लड़के तड़पते रहते हैं। यहाँ नट, सँपेरा, मदारी इत्यादि का खेल देख-देखकर लड़के आनंदमग्न होते रहते हैं। शहर में जिस समय बाबुओं के बावर्ची और नौकर जलावन के लिए सॉफ्ट कोक खरीदकर हथौड़ी से फड़-फड़ फोड़ते रहते हैं, यहाँ रमणियाँ गोबर बीन-बीनकर दीवार में उपले पाथती रहती हैं। शाम को शहर में जिस समय स्विच दबाकर लोग बिजली का बल्व जलाते हैं, यहाँ कुलवधुएँ आँचल में छिपाकर मिट्टी के अमरदीप को इस घर से उस घर में ले जाकर दिखाती एवं लक्ष्मी का आह्वान करती हैं।'' यहाँ शहर और गाँव की उपस्थिति भर नहीं है। 'काम' जी के निबंधों में गाँव अगर अभाव, गरीबी, लाचारी और बेचारगी का ताप लेकर उभरा है तब भी उसमें तीज-त्यौहार एवं

होली–फाग की जैसी ऊष्मा है वैसी ऊष्मा शहर में नहीं है। लेखक का उद्देश्य गाँव और शहर को इस दृष्टि से देखना भी रहा है।

लालित्य एवं सौंदर्य–सर्जना में 'काम' जी अनुपम हैं। उनके निबंधों में भाषागत सौंदर्य देखते ही बनता है। इसका कारण यह है कि भाषा पर उनका जबरदस्त अधिकार था। यदि कबीर भाषा के डिक्टेटर रहे हैं तो 'काम' जी की भी भाषा पर काफी मजबूत पकड़ रही है। इसीलिए उन्होंने जो चाहा है उसे भाषा के माध्यम से कहलवा दिया है। यह उनकी भाषा का ही कमाल है कि गद्य कवित्वमय होकर निःसृत होने लगता है, ''मैं भोगी भी हो सकता हूँ और रोगी भी हो सकता हूँ पर योगी हूँ यह कहकर मैं ढोंगी होने का पार्ट नहीं कर सकता। मैं किसी को देखता हूँ या नहीं पर किसी से अदावत नहीं रखता। हिकमत से निस्वत हो यह मेरी किस्मत में नहीं लिखा है। इसलिए कभी–कभी शराफत और सखावत की हिफाजत के लिए जलालत मोल लेनी पड़ती है। यह सही है कि सोझ होने के कारण मुझे कुछ ज्यादा बोझ उठाना पड़ता है, पर यह भी सही है कि मैं अपने जमाल और कमाल के भरोसे ही जवाल उठाता हूँ। इसके लिए मुझे कोई मलाल नहीं होता, पर कभी–कभी पैसे की कमी से जब चूल बढ़ जाता है तब मुझे अपने जीवन की भूल मालूम पड़ती है और मैं सोचता हूँ कि आइंदे अपनी राह बदल दूँगा, पर फिर पैसा आने के साथ सारा निश्चय धूल में मिल जाता है।'' उर्दू, फारसी, अरबी शब्दों का प्रयोग 'काम' जी का बहुभाषिकता सूचित करता है। अनुप्रासमयता से भाषा की चारुता में वृद्धि हुई है।

कामजी के निबंधों में ग्रामांचल की सांस्कृतिक छवि उभारने में लोकोक्तियों और मुहावरों का विशेष योगदान रहा है। इनसे भाषा में प्रांजलता और प्रवहमानता तो आई ही है ग्राम्य–जीवन की विशेषताओं को भी सहजता के साथ प्रकट होने में मदद मिली है, ''जब ढेंकी की खट–खट नहीं तो पेट में गट–गट नहीं और यह भी कि जब घर में जाँता नहीं तो मालिक को कुछ भाता नहीं और सबके बाद यह कि जब नहीं बजे मलहान तो किस काम का किसान।'' इसी निबंध में आगे यह भी कहा गया है, बूट फाँकी एगो–दुगो, गोहम गुर दस/चाउर चूरा भर–भर फाँका तब मिले रस।'' शब्द–चित्र अंकित करने में 'काम' जी की कला देखते ही बनती है। सारा दृश्य प्रत्यक्ष हो उठता है।

कहानीकार के रूप में भी हिंदी साहित्य को 'काम' जी की देन अत्यंत महत्त्वपूर्ण है। उनकी कहानियों का कथ्यगत फैलाव यद्यपि गाँव से शहर तक है लेकिन उसमें भी गाँव के लिए अधिक जगह है। ग्राम्य–जीवन का चित्रण उन्होंने अन्य विधाओं में भी किया है लेकिन कहानियों में वह अधिक समस्या–प्रधान होकर उभरा है। गाँव की समस्याओं को प्रस्तुत करने के लिए लेखक को कल्पना विहारी अथवा गगन चारी होने में कोई विश्वास नहीं रहा है। आस–पास की देखी–सुनी दुनिया ही उनकी कहानियों

में प्रतिबिंबित होती रही है। वे जिये और भोगे को लिखने में विश्वास रखते थे। इसीलिए कहानी के नाम पर कुछ भी लिख मारने की प्रवृत्ति का उन्होंने विरोध किया था, "कहानियों के लेखक तो लिखने के लिए कुछ भी लिखते जाते हैं, पर यह देखने की परवाह नहीं करते कि किसके साथ वह घटना घटित होती है और किसके साथ नहीं।" (कहानी के नायक)। 'काम' जी का यह कथन कहानी के सिद्धांत के रूप में भी विचारणीय है। इससे यह स्पष्ट है कि वे देखे-सुने को लिखने के पक्षधर रहे हैं।

'काम' जी की कहानियाँ समाज, राजनीति, धर्म और देश-प्रेम पर केंद्रित हैं। चूँकि वे स्वयं समाजसेवी तथा राजनेता रहे हैं इसलिए उन्होंने इन्हीं को अपनी कहानियों का वर्ण्य विषय बनाया है। सामाजिक एवं राजनैतिक क्षेत्रों में जो विसंगतियाँ और विडंबनाएँ हैं वे किसी भी सहृदय को विचलित करने के लिए काफी हैं। मानव-मूल्यों तथा नैतिक दायित्वों के संपोषक 'काम' जी को सामाजिक-राजनैतिक, आर्थिक एवं धार्मिक धरातल पर शुचिता पसंद थी इसलिए जहाँ कहीं भी उन्हें बुराई दिखी उसे झाड़ने-पोंछने के लिए अपनी कलम उठा ली। उनकी कहानियों में यथार्थ बहुत गाढ़ा और चटक रंग लेकर आया है लेकिन वह सुधार की भावना से प्रेरित होने के कारण आदर्शोन्मुख हो गया है। भाषा सहज, सरल एवं प्रसादगुण युक्त है। आंचलिक शब्दों, लोकोक्तियों तथा मुहावरों के प्रयोग के कारण उसमें और अधिक जीवंतता आ गई है।

कामता प्रसाद सिंह 'काम' को कवि-हृदय भी प्राप्त था जिसका प्रमाण 'किसान की बोली' संग्रह की उनकी कविताएँ हैं। शीर्षक से ही स्पष्ट है कि यह कृषक-गाथा है। इसमें किसानों की दीन-हीन अवस्था की पड़ताल है तो रात-दिन किए जानेवाले उनके हाड़-तोड़ श्रम के प्रति प्रणति का भाव भी है, "जो खेतों में खटते रहते/मरते रहते कटते रहते/और सदा हैं रहते रहते/तब भी अपने लिए चाहते नहीं कभी धन धाम। मेरा उनको कोटि प्रणाम।" आज जब किसान आत्महत्या कर रहे हैं, दुःख-दारिद्रय से परेशान हो नारकीय जीवन जी रहे हैं तब साठ-सत्तर वर्ष पहले किसानों की क्या दशा रही होगी इसे जानने के लिए 'काम' जी की 'किसान की बोली' संग्रह की कविताएँ पढ़ना जरूरी है। केंद्र और राज्यों की सरकारें आज किसानों की कर्जमुक्ति का झुनझुना थमा रही हैं फिर भी आत्महत्या का सिलसिला नहीं रुक रहा है। कर्ज की वेदना से व्यथित 'काम' जी के समय के किसान की व्यथा-कथा को प्रकट करनेवाली ये पंक्तियाँ द्रष्टव्य हैं—

> हाय कर्जे के अलावा कोई जो आधार पाता
> तो खुशी से नाचता मैं मत्त होकर गीत गाता
> खेत में ले संग बैलों को परिश्रम कर रहे हैं
> पर कमा सर्वस्व अपना सूद ही में भर रहे हैं।

'ग्राम देवता' की उपाधि से अलंकृत किसान का घर कैसा है इस पर भी कवि ने सूक्ष्म दृष्टिपात किया है—

फूस फास का छप्पर है यह खपड़े का तो नाम नहीं है,
किसी तरह से रह लेता है हवा नहीं है घाम नहीं है।
धरती पर ही सो लेता है खटिया का कुछ काम नहीं है,
जो पृथ्वी पर छिल जाये उसका वैसा चाम नहीं है॥
एक ओर दो बैल बँधे हैं, एक ओर है पड़ी चटाई,
एक ओर कुछ सत्तू बारु एक और कुछ नून खटाई॥
एक ओर बच्चे लुढ़के हैं एक ओर हैं भाभी भाई।
सबके लिए अलग कमरा हो यह किस्मत में कभी न आई॥

'काम' जी को घुमक्कड़ी पसंद थी। उन्होंने संपूर्ण भारत की यात्रा की थी। उस दौरान उन्होंने जिन रमणीय स्थानों को केंद्र में रखकर डायरी लिखी थी उसका साहित्यिक महत्त्व है। 'काम' जी का वर्णन-कौशल अद्‌भुत है। दार्जिलिंग हो अथवा कलकत्ते का वनस्पति बाग, हंडरु का जल-प्रपात हो अथवा श्रीनगर की डल झील, जमशेदपुर हो अथवा छोटा नागपुर वे ऐसा शब्द-चित्र खींचते हैं मानो हमारी आँखों के सामने कैमरा घूम रहा हो। भाषा यथावसर अलंकृत हो जाती है और कहीं सपाट ढंग से गत्वर बिंबों को प्रस्तुत करती हुई गतिमान होती है।

बहुमुखी प्रतिभा के धनी कामता प्रसाद सिंह 'काम' की रचनाओं का यह संचयन अंडमान में तैयार किया गया है इसलिए उसकी कुछ सीमाएँ हैं। आशा है, उन न्यूनताओं की ओर ध्यान न देकर इसका सहर्ष स्वागत किया जाएगा तभी इस शहीदी भूमि से एक सर्जक, राजनेता और स्वतंत्रता सेनानी को सच्ची श्रद्धांजलि प्राप्त होगी।

—डॉ. व्यास मणि त्रिपाठी

अनुक्रम

कविता

कहानी

यात्रा-वृत्तांत

डायरी-अंश

परिशिष्ट

निबंध और ललित निबंध

हृदय और मस्तिष्क

हृदय जुआरी है!
मस्तिष्क व्यापारी है!!

नफा-नुकसान का हिसाब किए बिना जो दाँव लगा दे, जिसकी आँख में भविष्य की चिंता नहीं, सिर्फ वर्तमान का उल्लास प्रतिबिंबित हो, शंका और समाधान के फेरे में पड़े बिना जो अपने को शान और सम्मान पर कुरबान कर दे, अभावों के लाख झटके पर जो टूटे नहीं और भाव के एक संकेत पर जो अपने को बेभाव लुटा दे वह हृदय है।

एक-एक कदम उठाने के पहले जो परिणाम की चिंता करे; वर्तमान के आनंद पर जो भविष्य की दुश्चिंताओं का इंगोरा रख दे, शान और सम्मान से अधिक जो मान को महत्त्व दे, तर्कों के तराजू पर सवार रहकर जो भावों के निमंत्रण को, अस्वीकार कर दे, वह मस्तिष्क है।

हृदय टूटी किश्ती पर सवार हो तूफानों से खेलता है और मस्तिष्क किनारे पर खड़ा हो इस खेल की भर्त्सना करता है।

हृदय कहता है कि कुछ किया जाए तो ढंग से किया जाए, वरना न किया जाए और मस्तिष्क कहता है कि ढंग हो, या न हो करना है तो कर दिया जाए।

हृदय सरस कविता है।
मस्तिष्क थोथा गद्य है।

कल्पना और रस की अल्प पुकार पर हृदय हर क्षण बरस पड़ने को तैयार है, पर स्थूल सत्य की छाया में बैठा हुआ मस्तिष्क कभी भी टस-से-मस होने को रवादार नहीं।

कंटकित पथ पर भी हृदय उछल-उछलकर बढ़ता है, पर फूलों के रास्ते पर भी मस्तिष्क सँभल-सँभल के चलता है।

हृदय कहता है, सबकी मदद करें और मस्तिष्क उसमें संशोधन पेश करता है, अगर तुम्हें कुछ लाभ हो।

विश्वास के बढ़ते हुए चरण हृदय के समर्थक हैं और शंका के धुँधले कुहरे बादल मस्तिष्क के मित्र हैं।

मस्तिष्क बुढ़ापा है! हृदय जवानी है!!

□

शील और स्वभाव

बस ये दो चीजें हैं, जो आदमी को बनाती हैं और ये ही दो चीजें हैं, जो आदमी को बिगाड़ती हैं। इनका बनना आदमी को बनाता है, इनका बिगड़ना आदमी को बिगाड़ता है।

अगर सच पूछो तो अच्छा और खराब को नापने के लिए गज-फुट की तरह कोई पैमाना नहीं, अच्छा और खराब को तौलने के लिए सेर-पंसेरी की तरह कोई बटखरा नहीं, बस दस की जुबान हैं, जो अच्छे और खराब का नाप-तौल करती हैं और उसके मुताबिक प्रमाण-पत्र देती हैं।

ऐसा कौन मिलेगा, जो अपने को अच्छा न समझे? पर, अगर लोगों ने उसको अच्छा न समझा तो खुद-ब-खुद वह अपने को अच्छा समझे या न समझे, उसकी कोई कीमत नहीं है।

वह कौन सा आचरण है, जिससे दूसरे तुम्हें भला समझेंगे? तुम्हारी बात से किसी को तकलीफ या नुकसान न पहुँचे, तुम्हारे काम से किसी को कष्ट या हानि न हो। तुम्हारे किसी भी काम से, किसी भी हरकत से, दूसरे तुम पर नाराज न हों, बस तुमने मैदान मार लिया।

जब भी बोलो, समझकर बोलो, किसी को तुम्हारी बोली नहीं खलेगी। सामान उधार माँगने पर दुकानदार इनकार भी करता है तो इसके इनकार में एक रस बहता है और बहुत से दुकानदार स्वीकार करते हैं तो भी उस स्वीकृति में रस का अभाव होता है। ग्राहक इनकार करनेवाले के पास बार-बार जाना चाहता है, पर इकरार करनेवाले के पास जाना नहीं चाहता। बोलना एक कला है, जो सबको मालूम नहीं। जो इनका ढंग और ढब जानता है, वह तो जुबान की बदौलत इन्सान पर शासन करता है और जो इसका सही ढंग नहीं जानता, वह हर जगह ठोकर खाता है। नम्रता कुछ लेती नहीं, बराबर देती है। इसके प्रेमी कभी धोखा नहीं खाते, दुनिया उनके चरणों पर न्योछावर रहती है। पर, रुखाई का जो आचरण है, उसका करनेवाला बराबर धोखा खाता है और

दुनिया को अपने खिलाफ करता है। हाँ, जब बोलो, तब मीठी बोली बोलो। नम्रता के साथ बोलो और ऐसा बोलो कि मालूम हो कि जुबान से चीनी की चासनी टपक रही है। किसी कवि ने कहा है—'बातें हाथी पाइयाँ, बातें हाथी पाँव।' बात से ही आदमी को हाथी भी मिल जाता है, जिस पर वह सवारी करता है और बात की ही वजह से कभी-कभी आदमी को ऐसी सजा होती है कि उसको हाथी के पैरों नीचे रौंदा जाता है। फिर किसी ने कहा है—

कागा काको लेत है, कोयल काको देत।
मीठी बोली बोलकर, सबका मन हर लेत।।

रंग-रूप में बहुत कृछ समानता होने पर भी कौवा बोली की वजह से वह कदर नहीं पाता, जो कदर कोयल बोली के कारण पाती है।

आदमी कहीं भी जाए, स्वभाव और शील साथ जाते हैं। उसके बैठने के ढंग से, बोल-चाल से, दूसरों के प्रति किए गए व्यवहार से, आदमी पहचाना जाता है। उसी से उसकी कीमत घटती है, उसी से उसकी कीमत बढ़ती है।

बलवान हो, धनवान हो या विद्वान् हो, सब होकर भी अगर इन्सान न हुआ, तो आदमी बेकार है। बंदर के हाथ में हुक्का पकड़ा दो तो वह उसे पी नहीं सकता, इधर-उधर करके तोड़-फोड़कर फेंक देगा। अगर आदमी इन्सान न हुआ और उसे ताकत मिल गई तो वह ताकत देश और समाज के लिए खतरा है। अगर आदमी इन्सान न हुआ और उसे धन मिल गया तो उस धन से न उसका भला हो सकता है, न किसी और का। और आदमी इन्सान न हुआ और उसे विद्या मिल गई, तो उस विद्या से क्या लाभ? दुनिया भर की सारी नियामतें बेकार हैं, अगर वे किसी के काम नहीं आईं! दुनिया भर के सारे सामान बेकार हैं, अगर उनसे किसी का भला न हुआ। किसी सज्जन को अगर कोई हथियार मिल जाए, तो वह उसका उपयोग दूसरों की हिफाजत के लिए करता है, परंतु अगर किसी दुर्जन को कोई हथियार हाथ लग जाए तो वह उससे दूसरों का गला काटता है और समाज को कलंकित करता है।

पंडित उसको कहो, जिसकी विद्या का उपयोग समाज की भलाई के लिए होता है। धनी उसी को कहो, जिसके धन का उपयोग समाज की सहायता में होता है। बलवान उसको कहो, जिसका बल दूसरों के काम में आता है। थोड़े दिन ही जिए और दूसरों की भलाई करते-करते मर जाए तो वह जय-जयकार का पात्र होता है। पर, उम्र के लिहाज से दुनिया में आदमी लंबी जिंदगी भी हासिल करे और दूसरे के काम न आए, तो मरने पर उसको लोग फौरन भुला देते हैं। उम्र ज्यादा होने से कोई बूढ़ा नहीं कहलाता, उम्र कम ही हो, पर अनुभव और परिपक्वता ऐसी हो कि आदमी दूसरों का भला करे, तो उसको बूढ़ा कहते हैं।

हैवान और इन्सान के बीच में शील-स्वभाव ही लक्ष्मण रेखा है। इस रेखा के इस पार हैवान और इस रेखा के उस पार इन्सान।

आदमी का असली शृंगार है उसका शील-स्वभाव, आदमी का असली शृंगार है उसकी उपयोगिता और आदमी का असली शृंगार है उसका रहन-सहन। खुशबू न सुगंधित तेल में है, न इत्र में। शील-स्वभाव का धनी जहाँ भी जाता है अपनी सुगंध से वातावरण को मँह-मँह महकाता है। शरीर पर का रेंशमी कपड़ा, सोने के बटन और सोने की घड़ी इज्जत नहीं देती। प्रतिष्ठा देता है, तो शील-स्वभाव। शील-स्वभाव असली सौंदर्य है और जिस पर परमात्मा की बड़ी कृपा होती है, उसे ही यह खूबसूरती हासिल होती है और जिसे इस सौंदर्य की प्राप्ति हो जाती है, उसे समाज में दिखावे और ठाट- बाट की जरूरत नहीं होती। बड़े आदमियों का सिद्धांत 'सादा रहन-सहन और उच्च विचार' है! किसी ने कहा है कि

जिसे खूबी खुदा देवे नहीं मुहताज गहने का।
कि कैसा खुशनुमा लगता है देखो चाँद बे गहना।।

संसार और मानवता के कल्याण के लिए मानव-धर्म का मूल मंत्र, जो शील-स्वभाव है, उसको उन्नत बनाना हम में से एक-एक का कर्तव्य है।

□

आदर्श नागरिक

योजनाएँ बन रही हैं, उनको कार्य-रूप में परिणत भी किया जा रहा है। धड़ाधड़ मशीनें बैठाई जा रही हैं। सूखी जमीन में नहरें बनाई जा रही हैं, पैदावार भी बढ़ाया जा रहा है, सामानों का उत्पादन भी हो रहा है, कॉलेज और स्कूल खुल रहे हैं, आज की पीढ़ी और भावी पीढ़ी, सबकी पढ़ाई का इंतजाम हो रहा है। किंतु, इन तमाम के बीच से हमारा खोखलापन झाँक रहा है, और वह है आदर्श नागरिकों की कमी।

आदर्श नागरिक कौन है ? वह, जो अपने स्वार्थ को पीछे रखता है और देश को आगे रखता है। वह, जो एक-एक कदम उठाने के पहले यह सोचता है कि इसमें देश की और देशवासियों की कोई बुराई तो नहीं है, घटी तो नहीं है ! और इस तराजू पर तौलकर जब अपने काम को शुद्ध पाता है, तभी उसे करता है, वरना नहीं करता।

वह अगर दुकान करता है, तो दगा और फरेब से दूर रहकर बस उसी नफे से संतुष्ट रहता है, जो वाजिब तरीके से आए। तेल बेचता है तो शुद्ध तेल बेचता है, मिलावट नहीं करता। घी बेचता है, तो शुद्ध घी बेचता है, चर्बी और डालडा का मिश्रण नहीं करता। आटा बेचता है, तो आटा बेचता है और मधु बेचता है तो उसमें छोआ का लसा नहीं आने देता। उसको उतने ही पैसे आते हैं, जितने से अपना जीवनयापन कर सके। दिखलावे और ठाट-बाट के लिए वह परेशान नहीं रहता। उसका मकान बनता है तो धीरे-धीरे बनता है, एक-ब-एक महल खड़ा करने का लोभ उसके मन में नहीं होता। उसकी दुकान पर अगर किसी का मनीबैग छूट जाए, तो वह उसे ज्यों-का-त्यों वापस कर देता है। कभी यह देखने की भी कोशिश नहीं करता कि उसमें क्या था, क्या नहीं था।

वह हॉकर बनकर अगर अखबार बेचता है तो कभी आज का ताजा अखबार कहकर कल का अखबार नहीं बेचता और अगर नौकर बनकर झाड़ू-बुहारू करने का काम लेता है, तो अपने क्षेत्र को इतना साफ रखता है कि उसमें एक मक्खी भी नहीं बैठने देता।

वह रेल की यात्रा करता है, तो बराबर टिकट लेकर चलता है। टिकट कटाने जाता है, तो काउंटर के पास मारा-मारी धक्कम-धुक्का नहीं करता, बल्कि कतार में लगकर

टिकट कटाता है। रेल पर चढ़ने जाता है, तो गाड़ी छूटने के पाँच मिनट पहले पहुँचता है, जिससे गाड़ी के खुलते-खुलते चढ़ने की नौबत नहीं आए और अगर भीड़ देखता है, तो उस गाड़ी को छोड़ देता है। कभी रेल में भी रेलमपेला करने की कोशिश नहीं करता।

स्टेशन पर या किसी भी सार्वजनिक जगह में लगे हुए पानी-नल को खोलकर अगर वह पानी पी लेता है, तो काम भर पानी लेकर वह फौरन उस पानी-नल को बंद कर देता है, कभी उसको खुला नहीं छोड़ता।

वह पुस्तकालय में पढ़ने जाता है, तो वहाँ एक भी शब्द बोले बिना, अपनी जगह पर बैठकर पढ़ता और मनन करता है। पुस्तकालय में जाने के समय या वहाँ से आने के समय, दबे पाँव धीरे-धीरे चलता है, जिससे किसी को भी पढ़ने में विघ्न-बाधा न हो।

अगर रास्ते में उससे कोई राह या पता पूछता है और वह उसका जानकार होता है, तो खड़ा होकर प्रेम से उससे उस संबंध में सारी बात समझकर रास्ता बता देता है और अगर उसका जानकार नहीं होता, तो दूसरों से पूछकर, समझकर, उसको सही राह समझाने की कोशिश करता है।

राह-बाट में कहीं भी, किसी बेकस, गरीब या जरूरतमंद को असहायावस्था में देखता है, तो बराबर उसके दुःख में हाथ बँटाने की कोशिश करता है। इधर-उधर कहीं भी लड़ाई-झगड़ा होने की नौबत देखता है, तो फौरन बीच-बचाव करने की कोशिश करता है और समझा-बुझाकर झगड़े की जड़ को मिटा देता है। दूर-दराज पर भी उसको आग लगने की भनक मिले, तो दौड़कर वहाँ जाता है और आग बुझाने में मदद करता है। पास-पड़ोस के तमाम लोग उसपर भारी भरोसा रखते हैं और वह सबका हमदर्द होता है।

अपने आपसे वह बराबर खुद खाने के पहले यह सवाल करता है कि वह मेहनत की रोटी खा रहा है कि नहीं? और यह भी सोचता है कि वह जो खा रहा है, वह उसका हिस्सा है या दूसरे का? और, जब वह समझ लेता है कि वह सही खाना खाने जा रहा है तो खाता है, वरना नहीं खाता।

वह गाँव में, शहर में या कहीं भी कभी गलत खबर फैलाकर भ्रम नहीं पैदा करता और अगर कहीं गलत खबर फैलते देखता है, तो तत्काल उसका निराकरण करता है और लोगों के इस प्रकार के विकार का शिकार होने से रोकता है, जिससे निरर्थक भ्रम न पैदा हो।

वह कहीं, किसी जमात में, शरीक होने के पहले ठोंक-ठेठाकर यह देखता है कि जमात ठीक है कि नहीं और तब उसमें शरीक होता है। शरीक होने पर अगर जमात में कुछ ऐसा फैसला हो जाए, जो उसे पसंद न हो, तो ईमानदारी से अपनी राय कहकर उस जमात से अलग हो जाता है और नहीं अलग होता तो ईमानदारी से उस फैसले पर अमल करता है, जैसे वह फैसला उसके मनमुताबिक हुआ हो।

सड़क पर वह सदा बाएँ चलता है और कभी भी उस फुटपाथ को नहीं छोड़ता, जो पैदल मुसाफिरों के लिए बना है। सड़क पर कभी कोई ऐसी चीज नहीं गिराता, जिससे सड़क गंदी हो और राह-बाट में कहीं मल-मूत्र भी नहीं त्यागता, बल्कि उसके लिए उस स्थान की खोज करता है, जो उसी मतलब से म्युनिसिपैलिटी या कॉरपोरेशन द्वार बनाया गया हो।

वह अगर ट्रेन में किसी को सीट पर लगा चमड़ा या कपड़ा उखाड़ते देखता है, तो उसको बड़ी तकलीफ होती है और वह शांति से उसको समझाने की कोशिश करता है कि ऐसे काम गैरवाजिब हैं।

वह अगर बाजे का प्रेमी है, तब भी किसी ऐसे समय में वह बाजा नहीं बजाता, जो समय उसके पड़ोसियों के सोने या आराम करने का हो।

वह कभी किसी भी सभा में जाता है, तो शांति भंग कर अंदर घुसने की कोशिश नहीं करता, बल्कि जहाँ जगह मिलती है, बैठ जाता है और कभी ऐसा आचरण नहीं करता, जिससे सभा के प्रबंध में कोई दिक्कत हो।

रास्ते की बगल में इर्द-गिर्द या आगे-पीछे कहीं भी कोई पेड़ लगा दे तो उसको वह पटाने की कोशिश करता है और अगर कहीं किसी के पेड़-पौधे को कोई जानवर नुकसान पहुँचा रहा हो, तो वह उसको हटाने की कोशिश करता है।

इलाके में या कहीं भी सार्वजनिक काम हो रहा हो, तो अपनी शक्ति भर वह उसमें पैसे से सहायता देने की कोशिश करता है। पर, अगर उसमें सफल न हो, तो कम-से-कम शरीर से तो वह अवश्य मेहनत करता है, जिसको आज हम और आप श्रमदान कहते हैं?

वह देश के लिए सदा गौरव की भावना रखता है और अपने विश्वास और धर्म के पर्वों के साथ-साथ राष्ट्रीय पर्वों को भी वह उत्साह से मनाता है।

□

एक पैसा और एक मिनट

किसी ने एक बार गांधीजी से पूछा कि आपकी सफलता का क्या रहस्य है? बापू बोले, 'सफलता तो मैं पा नहीं सका, पर जो कुछ भी करने में मैं समर्थ हो सका, उसका एक ही रहस्य है कि मैंने जीवन में सदा इस बात की कोशिश की कि न एक पैसा फालतू बरबाद करूँ और न एक मिनट का दुरुपयोग होने दूँ।'

बूँद-बूँद से तालाब भरता है और एक-एक मिलकर अनेक की सृष्टि करते हैं। तिल-तिल, जौ-जौ, बढ़ते-बढ़ते आदमी लंबा हो जाता है और थोड़ा-थोड़ा के मिश्रण से बहुत की पैदाइश होती है। पैसे-पैसे पर सावधानी की नजर नहीं रखी जाए तो कारूँ का खजाना खाली हो जा सकता है और एक-एक मिनट पर कड़ी निगरानी नहीं रखी जाए तो आदमी की लंबी उम्र भी बेकार बरबाद हो जा सकती है।

पैसे का अजब हाल है! अजब अंदाज है, अजब ढंग है और अजब गति है! इसकी चाल बड़ी तेज है।

एक पैसा इधर, एक पैसा उधर, इतने से क्या होगा? थोड़ा इधर-उधर होने से बड़े खजाने पर चोट नहीं आएगी और एक-दो बरबाद होने से जमा-पूँजी पर कुछ धक्का नहीं लगेगा—इस खयाल का मन में आना और आदमी का डूब जाना! एक-एक पैसा खर्च करने के पहले जो सोच लेता है कि पैसा क्यों जा रहा है, कैसे जा रहा है और कहाँ जा रहा है, खर्च वाजिब हो रहा है या गैरवाजिब, यानी उचित या अनुचित, इत्यादि बात पर गौर करके जो खर्च करता है, वह सफल आदमी होता है और बिना गौर किए, बिना सोचे-समझे जिसने एक पैसा को न समझकर उसको फेंक दिया, वह असफल रह जाता है।

जिसने एक पैसे का महत्त्व जाना, उसने खजाने का महत्त्व जान लिया और जिसने एक पैसे का सदुपयोग कर लिया, उसने अपनी सारी पूँजी का सदुपयोग कर लिया। जेब भारी मालूम होती है, पर एक-एक पैसे पर ध्यान नहीं देने से खाली हो जाती है। संदूक भारी मालूम पड़ता है, पर एक-एक पैसे को ठोंक-बजाकर भली-भाँति सोच-

समझकर, नहीं खर्च करने से हलका हो जाता है। एक कहावत है कि "पहले लिखें पीछे दें, भूल-चूक कागज से लें" यानी जो भी खर्च करें, एक डायरी में, कॉपी में या नोटबुक में दर्ज करते जाएँ। उससे जीवन नियमित होता है, खर्च नियमित होता है, आदतें नियमित होती हैं। कंजूस होना और अपनी जरूरतों पर ध्यान न देना अच्छी बात नहीं है। पर फालतू खर्च करना भी कोई भली बात नहीं है। दोनों के बीच में एक सीमा के घेरे में चलते हुए जिसने अपने को ढंग से चलाया, उसने जीवन का मर्म जान लिया और जीवन का जंग जीत लिया।

रुपए-पैसे के मामले में कमी-बेसी, सुख-दुःख, भाव-अभाव सब हमारे रहने के ढंग पर मुनहसर हैं। लाख आवे, तब भी लीख हो जाए और लीख आए, तब भी हम लाख का संग्रह कर सकते हैं। जरूरत है, एक-एक पैसे का रहस्य समझने की।

जीवन के जंग में हार-जीत क्या है? कामयाबी-नाकामयाबी यानी सफलता-असफलता क्या है? एक-एक पैसे की क्या शक्ति है, इसे समझने की शक्ति ही सफलता और इसके उलटे नासमझी हमारी असफलता है।

वह देखो! एक पैसा टकसाल से निकला, तुम्हारे हाथ में चमचम चमचमता आया, भागा, तुम उसके पीछे दौड़े, पर वह पार हो गया। इस प्रकार रुपए तुम्हारे हाथ में आए, भागे, खत्म हो गए। हम यह नहीं कहते कि मुट्ठी को यों कसकर बाँधो कि बाँधे-बाँधे तुम्हारा अंत हो जाए; क्योंकि "मुट्ठी बाँध यहाँ आना है, जाना हाथ पसार।" पर, हम यह जरूर कहते हैं कि पैसे को जरा सँभालकर रखो, जिसमें वह बिना तुम्हारी मर्जी के भाग न सके और उसको यों मत खर्च करो कि जीवन के अंत में एक बार हाथ पसारने के पहले जीवन में बार-बार हाथ पसारना पड़े।

एक-एक पैसा रखने से हम लोग मालोमाल बनते हैं। एक-एक पैसा फेंकने से लोग कंगाल बनते हैं। एक-एक पैसे के इंतजाम पर लोगों को वाह-वाही मिलती है और एक-एक पैसे के बदइंतजामी पर लागों की तबाही होती है।

कपड़े का एक सूत निकला, दो सूत निकला, कपड़ा खराब हो गया, खत्म हो गया। सितार का एक तार टूटा, दो तार टूटा, सितार खराब हो गया। हर जगह एक का महत्त्व है।

तुम्हारे सामने यह एक नया पैसा है, 100 नए पैसे से रुपया बनता है। रुपया मुश्किल से आता है, आसानी से भागता है। हर नए पैसे के साथ रुपया भागा जाता है।

तुम्हें एक रुपए की जरूरत है। 99 नए पैसे तुम्हारे पास हैं, जब तक एक पैसा उसमें नहीं मिलाया जाए, रुपया नहीं बन सकता। समझो कि एक नया पैसा कितनी कीमत रखता है!

कुछ यही हाल समय का है। 60 सेकंड का एक मिनट होता है। 60 मिनट का एक घंटा और 24 घंटे का एक दिन, जिसमें 12 घंटे का दिन और 12 घंटे की रात। 30

दिन एक महीना बनाते हैं और बारह महीने का एक साल होता है। सेकंड-सेकंड घड़ी टिक करती है और घड़ी की इस टिकटिक में सारा साल भागा जा रहा है।

आकाश में चिड़िया उड़ी जा रही है, धरती पर हिरण छलाँगें मार रहा है, पटरी पर रेलगाड़ी दौड़ रही है, आसमान में वायुयान यानी हवाई जहाज दौड़ा जा रहा है।। पर इस सबों के आगे, सबों से तेज भागा जा रहा है समय, जिसको पकड़ पाना आसान नहीं।

हम आज यह करेंगे, कल वह करेंगे। ऐसा करेंगे और वैसा करेंगे, तमाम मनसूबे धरे रह जाते हैं, तमाम खयालात पड़े रह जाते हैं और आज तथा कल दोनों अपना दामन छुड़ाकर पार हो जाते हैं, इसलिए कहा है कि—

कल करो सो आज कर, आज करो सो अब।

पल में प्रलय होएगी, बहुरि करोगे कब?

एक मिनट का मूल्य समझकर, तजबीज करके जो उसको सदुपयोग में लाता है, वह कुछ कर पाता है और नहीं तो जो इसका मूल्य नहीं समझता, हाथ मलता और पछताता रह जाता है।

नानी की कहानी से लेकर सुप्रसिद्ध इतिहासकार का नामी इतिहास भी हमारे सामने है। सबों की एक आवाज है, सबों का एक संदेश है और सब-के-सब एक ताल-सुर में बोल रहे हैं—

"समय चूक पुनि का पछताने"

एक मिनट की सावधानी तुमको आगे बढ़ाती है और एक मिनट की गफलत तुमको पीछे ढकेल देती है। एक मिनट का सदुपयोग तुम्हारे जीवन का सदुपयोग है और एक मिनट का दुरुपयोग तुम्हारे जीवन का दुरुपयोग है।

घड़ी हर घड़ी एक संदेश देती है। जिसने इस संदेश को समझा, उसने ठीक से मानव-धर्म का पालन किया। जिसने नहीं समझा, वह गड़बड़झाला में पड़ गया।

दुनिया में बहुत से काम भरे पड़े हैं, कुछ अपने लिए, कुछ दूसरों के लिए, कुछ स्वार्थ के, कुछ परोपकार के। इन कामों की सूची बड़ी लंबी है, इनकी चौहद्दी बड़ी लंबी-चौड़ी है। जो हर मिनट का महत्त्व समझकर उसको काम में ला सके, वही इस सूची के साथ न्याय कर सकता है।

मिनटों के समूह ने एक जीवन को बनाया है। यों हर एक मिनट जीवन का अनमोल हिस्सा है। एक-एक मिनट का यह तकाजा है कि इन्सान उसे काम में लाए, उसके साथ खिलवाड़ न करे, अन्याय नहीं करे। उसको भगवान् का धरोहर और थाती समझकर, उसका सही-सही इस्तेमाल करे।

चिड़यिा उड़ती-उड़ती थककर कहीं बैठ जाती है, रात होती है तो विश्राम करती है, हिरण छलाँगें भरते-भरते कभी-कभी आराम करने को बैठ जाता है, रेलगाड़ी भी

स्टेशन पर ठहरकर कोयला-पानी लेती है और मुसाफिरों को चढ़ाती एवं उतारती है। वायुयान भी रुक-रुककर जाता है, पर समय किसी का आसरा नहीं देखता, कभी थकता नहीं, इसका कोई स्टेशन नहीं, इसको कोयला, पानी, खाद, खुराक की जरूरत नहीं होती। यह लगातार दौड़ता है और लगातार भागता है। अब समझो कि एक-एक मिनट का कितना बड़ा महत्त्व है!

हर मिनट के साथ सूरज ढलता है और हर मिनट के साथ चाँद गलता है। हर मिनट के साथ दुनिया आगे बढ़ती है और हर मिनट पर इन्सान की उम्र घटती है।

मिनट भर के लिए गाड़ी छूट गई, तो स्टेशन पर पड़े-पड़े पछताना है। मिनट भर के लिए असावधान हुए, तो सड़क पर भारी दुर्घटना हो सकती है। एक मिनट सारे दिन को बिगाड़ सकता है और दिन बिगड़ता है तो हफ्ता और महीने की सँभाल भी मुश्किल हो जाती है।

इसलिए एक पैसा और एक मिनट की इन्सान की जिंदगी में वह जगह है, जिसका मुकाबला नहीं है, जिसकी बराबरी नहीं है।

इस बात को बराबर जो आँखों के सामने रखता है, उसके छूने से मिट्टी भी सोना हो जाती है और वह जिधर लगता है, अपना काम पूरा करता है और मर भी जाता है तो अपना नाम अमर कर जाता है।

□

तुम्हारा आसरा देख रहे हैं

दुनिया के लोग तुम्हारा आसरा देख रहे हैं। उनकी बड़ी-बड़ी ख्वाहिशें हैं, बड़ी-बड़ी तमन्नाएँ हैं, बड़े-बड़े अरमान हैं। अरमान जो अधूरे रह गए, पूरे न हो सके, मंसूबे जो उड़ान भरते रहे। दुनिया की एक लंबी उम्र गुजरी, इसमें न जाने कितने अनहोने काम हुए, ऐसे-ऐसे चमत्कार हुए कि कहना मुश्किल है, तब भी दुनिया उन जलते हुए प्रश्नों का उत्तर न दे सकी, जो सवाल आज इन्सान के सामने हैं, उन समस्याओं का हल नहीं निकाल सकी, जो आज इन्सान को निगलने के लिए तैयार खड़ी हैं। ये प्रश्न, ये समस्याएँ, सबको अब तुम्हीं पर भरोसा है। सबके-सब यह सोच रहे हैं कि, अब बड़े होगे, तब इन सवालों का जवाब दोगे, समस्याओं का हल निकालोगे और दुनिया को और भी सुंदर बनाओगे, और भी आगे ले जाओगे।

दुनिया में एक-से-एक सरकार और नेता आए, पढ़े-लिखे काबिल, हृष्ट-पुष्ट पहलवान, कारीगर और मिस्त्री, कलम और कला के धनी, धर्म और कर्म के ज्ञाता, ऐसे बहुत से लोग आए, इतिहास गढ़ गए, दुनिया को अपना विचार और जीवन दे गए और बहुत से ऐसे काम कर गए, जिन पर संसार को अभिमान है, दुनिया को नाज है। ये नेता हुए कोई घर के, कोई गाँव के, कोई इलाके के, कोई देश के, कोई समाज के, कोई राजनीति के, कोई मजहब यानी धर्म के। दुनिया इनके जमाने में बँटी रही, कई खेमों में, कई विचारों में, कई प्रकार की दीवारों ने एक-दूसरे का जोरदार भेद, बनाए रखा। एक-दूसरे को एक-दूसरे से अलग रखा। सारी दुनिया का एक ऐसा कोई नेता नहीं हुआ, जो इन खाइयों को पाट सके, दुनिया को एक मानव धर्म के सूत्र से, एक मानववाद के सूत्र में बाँध दे और सारी दुनिया को एक कर दे। प्यासी धरती के साथ वह छटपटाती दुनिया तुम्हारा आसरा देख रही है कि तुम कब बड़े होकर इस काम को अपने हाथ में लेते हो। दुनिया को यह पक्का विश्वास है कि तुम इस काम को पूरा करोगे।

जजों यानी न्यायाधीशों के फैसले में भी यहाँ कमी रह जाती है। एक अदालत

के जेहन में एक बात आती है, तो दूसरी अदालत के जेहन में दूसरी बात आती है। अपील होती हैं और फैसला टूटता है। दुनिया को एक ऐसे जज की तलाश है, जिसका फैसला टूटे नहीं, एक ऐसे जज की तलाश है, जिसका फैसला विवादग्रस्त न हो, उसपर कोई बहस-मुबाहसा न हो, बल्कि हर कोने से उसका समर्थन हो। वह जज कहाँ है? तुम में छिपा बैठा है वह जज। दुनिया को मालूम है कि तुम बड़े होकर एक ऐसा जज बनोगे और इसीलिए दुनिया तुम्हारा आसरा देख रही है।

कलम ने लेख लिखे; तूलिकाओं ने तसवीरें बनाईं। कमी कहाँ नहीं रही? लेख भी अधूरा है। तसवीर भी अधूरी है। दुनिया को ऐसे लेखक की तलाश है, जो इस लेख की कमी को दूर करे, दुनिया को ऐसे कलाकार की तलाश है, जो इस तसवीर की खामी को दूर करे। तुममें ऐसा लेखक है। तुममें ऐसा कलाकार है, जो बड़ा होने पर अपने लेखों और तसवीरों से संसार को वह संदेश देगा, जिससे संसार को तृप्ति होगी, भूख मिटेगी, इसीलिए संसार तुम्हारा आसरा देख रहा है।

दूर, बहुत दूर दुनिया के एक गोशे, यानी कोने में एक विचित्र पेड़ खड़ा है, जिसकी एक पत्ती को चबा लेने से इन्सान की प्यास और भूख सब काफूर हो जाती है और चौबीस घंटे तक न उसे पीने की जरूरत होती है और न खाने की। उस पेड़ को दुनिया में चारों तरफ लगाना है कि लोगों को उसकी पत्ती आसानी से मिल सके। कौन लाएगा उस पेड़ को, कौन लगाएगा उस पेड़ को? इस पीढ़ी की उम्र खत्म हो चली, इस पीढ़ी ने कोशिश की, पर उसे कामयाबी न मिली। वहाँ जाना खतरे से खाली नहीं। कौन इस खतरे को मोल लेगा? फिर अगर पेड़ आ जाए तो कहाँ लगे, कैसी जमीन उसके लिए चाहिए, कितना पानी चाहिए, क्या खाद चाहिए, इन सब बातों की भी खोज जरूरी है। कौन शोधक है, जो इस खोज में अपनी जिंदगी लगा दे? तुम्हें यह सारा काम करना है। पेड़ को वहाँ से लाना है, यहाँ लगाना है, उसके संबंध की सारी चीजों की खोज करनी है। एक-एक को मालूम है कि तुमसे ही यह काम होगा और इसलिए दुनिया तुम्हारा आसरा देख रही है।

वीरान और सुनसान एक बड़े कस्बे में लंबी-चौड़ी जमीन की एक टुकड़ी अलग तिरस्कृत पड़ी है। उधर किसी का आना-जाना नहीं होता। उससे इन्सान का कोई फायदा नहीं होता। दुनिया की जनसंख्या बेतरह बढ़ती जा रही है। बस बढ़ती जनसंख्या के लिए भोजन चाहिए। दुनिया का एक-एक चप्पा जब तक काम नहीं आवे, भोजन मिलना मुश्किल है। जमीन की उस टुकड़ी को जो बेकार पड़ी है, लोग मरुभूमि कहते हैं। वहाँ खेती नहीं हो पाती। बालू है और पानी भी नदारद। जरूरत इस बात की है कि उस बालू पर पैदा किया जाए? कैसे पैदा हो, क्या पैदा हो और

पैदा हो तो उसको पटाने के लिए पानी कहाँ से आवे? तुम्हारे अंदर वह किसान है, जो वहाँ खेती करेगा, वहाँ पानी जुटाएगा, ऊसर बंजर में हरियाली लाएगा। और संसार के कल्याण की किताब में एक नया अध्याय जोड़ेगा। तुम जल्दी बढ़ो, जल्दी-जल्दी पढ़ो, जिससे इस काम को पूरा कर सको। तुम पर सबों की आशा अँटकी है।

कोहेनूर हीरा ने दुनिया में नाम मारा, बाजी मारी और इतिहास में अपना स्थान बना लिया। धरती के गर्भ में बहुत नीचे जहाँ इन्सान की कल्पना भी नहीं पहुँच सकी है, इस हीरे से भी खूबसूरत, बड़े आले-निराले कई हीरे पड़े-पड़े अपने उद्धार की राह देख रहे हैं। कौन इनको बाहर निकालकर दुनिया की आँखों के सामने रखेगा? कहाँ है ऐसा मर्द, जान पर खेलनेवाला, मस्त, अलबेला, धुन का धनी और हिम्मत का बादशाह। वर्तमान पीढ़ी में तो वह ढूँढ़े नहीं मिला, धरती निराश है। तुम उस हीरा को संसार के सामने ला सकोगे। तुम उसका उद्धार कर सकोगे। इसलिए दुनिया तुम्हारा आसरा देख रही है।

कहीं मिल में एक कागज बन रहा है। इस पर लिखा तो जाता है। पर इससे एक हवाई जहाज तैयार होगा। वह जहाज अजब होगा, गजब होगा। तेल की जरूरत नहीं, हवा से चलेगा। दुर्घटना की गुंजाइश नहीं और गति में हनुमानजी को भी मात करेगा। वह स्थल पर, जल में, आकाश में, सब जगह समान रूप से उपयोगी होगा। उससे यात्रा भी की जाएगी और सामान भी ढोए जाएँगे। पर उसके बनाने में एक कारीगरी, एक कला, एक दक्षता की जरूरत है, जो आज की पीढ़ी में नहीं है। इस कागज की आँखें तुम्हारी ओर हैं। तुम कब बढ़ोगे और कब इस काम को अपने हाथ में लोगे? यातायात और परिवहन की दिशा में एक क्रांतिकारी युग का श्रीगणेश तुम्हारे हाथ से होनेवाला है। इतिहास के पृष्ठों में एक नवीन, रहस्यमय और रोमांचक पृष्ठ जोड़ने का सेहरा तुम्हारे माथे बँधनेवाला है। इसीलिए दुनिया तुम्हारा आसरा देख रही है।

चाँद पर पहुँचने की परेशानी है। यह बन रहा है, वह बन रहा है। नाना प्रकार की कार्रवाइयाँ चल रही हैं, प्रयोग चल रहे हैं। इतना सब तरद्दुद काहे का? एक घुँघुरू बनेगा, जिसको इन्सान पैरों में पहनेगा, नाचता हुआ मधुर-मधुर शब्दों की सृष्टि करता हुआ स्वयं उस घुँघुरू के सहारे चाँद पर पहुँच जाएगा। कौन बनाएगा उस घुँघुरू को? तुम बनाओगे। वह वैज्ञानिक जो तुंम्हारे अंदर छिपा हुआ है, संसार उसकी तलाश में और प्रतीक्षा में बेचैन हो रहा है। तुम्हारी बाट जोह रही है दुनिया, तुम्हारी बाट जोह रहे हैं तमाम लोग। इसीलिए कहता हूँ कि संसार तुम्हारा आसरा देख रहा है।

इस प्रकार इस दुनिया की सारी आशाएँ तुम पर केंद्रित हैं। जो न हो सका, वह तुम करोगे, जो असंभव रहा, उसको संभव बनाओगे। जिसकी कल्पना भी नहीं, उसको सत्य बनाओगे।

एक यह तुम्हारी उम्मीद है, जो दुनिया को जिंदा रखे हुए है। सारे सवालों का बस एक जवाब है, वह तुम हो। सारी समस्याओं का एक हल है, वह तुम हो। ज्ञान जहाँ जाकर गूँगा हो गया है, तुम वहाँ बैठे हो। विज्ञान जहाँ जाकर हैरान हो गया है, वहाँ तुम हो। करिश्मों के करिश्मा तुम, चमत्कारों के चमत्कार तुम। संसार के मन्सूबों और सपनों के तुम मूर्तिमान रूप हो।

सारा संसार तुम्हारा आसरा देख रहा है।

□

आत्मदर्शन

आदमी को दुनिया नश्वर सूझती है उस वक्त, जिस वक्त वह किसी को फूँककर या दफन करके रास्ते में लौटता होता है। जब घर लौटता है, स्नान करके वह कुछ खाता है और पत्नी जब बुलाती है, उसकी सलोनी सूरत देखकर वह भूल जाता है कि नश्वर क्या है और वह क्या है?

मेरी अपनी भी यही हालत है।

खुदा ने मुझे कुछ खूबियाँ दी थीं। अगर हम चाहते उन खूबियों से काम लेते, उनका विकास करते और इस तरह आलम में अपना नाम आगे बढ़ाते। मैंने वैसा नहीं किया। वह बरबाद करने के सिवाय और पैसा फूँकने के सिवाय मैं दुनिया में कुछ भी नहीं कर रहा हूँ।

26-9-1916 को मेरा जन्म है। कल मेरी आयु 27 वर्ष की पूरी हुई है। आज एक रोज और नजदीक हो रहा है। आज तक साहित्य में, कला में, संगीत में, व्याख्यान में, खेल में, गान में तथा धन में; किसी में मेरा स्थान संसार के किसी कोने में नहीं है! अफसोस है!!

मैं बराबर प्रतिज्ञा करके फिसलता चला आया हूँ। प्रोग्राम बना करके फेल होता चला आया हूँ। वादा कर-करके दूसरों को धोखा देता आया हूँ। मेरी यह आदत मुझे कहाँ ले जाके पटकेगी, खुद मुझे भी यह नहीं मालूम! असल जो चमकने की आयु है, वह खत्म होती जा रही है। इसी में आदमियत की नींव पड़ती है। पर मैं अब तक झूठों का सरदार हूँ। जुआरियों का साथी हूँ। चोरों का हिमायती हूँ। करने लायक काम नहीं करता, वरन् न करने लायक काम पर मेरी चेष्टा जाती है। मैं पापी हूँ। मेरी वृत्ति पाप की है। मेरी बुद्धि कु-कर्मों की ओर अधिक दौड़ती है।

आज से मेरा सिद्धांत होगा मितव्ययिता। मैं सदा जरूरत पर ही खर्च करूँगा। दूसरों की भलाई करने की चेष्टा करूँगा। समय न बरबाद हो, इसका प्रयत्न करूँगा।

जो समय मैं बरबाद करता हूँ, उसमें अब साहित्य, संगीत, कला तथा अन्यान्य विषयों की चर्चा करूँगा।

गाँजा, भाँग, शराब, वगैरह से मैं कत्तई दूर रहूँगा। वक्त पर सोने और जागने की चेष्टा करूँगा। सदा शुभ संकल्प मन में लाऊँगा। वादे का पक्का होने की कोशिश करूँगा। किताबें, खासकर उत्तम विषयों की किताबों का कीड़ा बनूँगा। भाषाओं में सीखने का उपयोग करूँगा। पैसा पैदा करने और उसको बचाने की स्कीमें बनाऊँगा। अपने कारोबार का विस्तार करूँगा, जिससे मेरे जरिए हजारों की परवरिश हो। कला और गुरुजी की वस्तुओं का संग्रह करूँगा। सज्जनों से और महापुरुषों से मिलूँगा। किसी का जी न दुखाऊँगा। किसी काम को हाथ में लेकर उसको खत्म करके तब दूसरे में हाथ लगाऊँगा। अपनी शक्ति से बाहर काम की जिम्मेदारी न लूँगा। साफ-सुथरा रहूँगा। पुस्तकों को एकत्र करूँगा। यात्रा करूँगा और यात्रा में भले-बुरे, छोटे-बड़े और पाप-पुण्य को परखने की कोशिश करूँगा। कुछ बाजों को बजाने का अभ्यास करूँगा। स्वांतः सुखाय जो कुछ भी करूँगा, उसमें दूसरों का खयाल रखूँगा। मिष्ट और स्पष्ट-भाषी होने का प्रयत्न करूँगा। मैं जो नहीं हूँ, अपने को वह दिखाने की कोशिश नहीं करूँगा। लक्ष्य को स्थिर करके कुछ काम करूँगा।

कामों में मेरा पहला काम होगा, अपने ऊपर, जो कर्ज है, उसको खतम करते हुए मनोरमा की रोकसद्दी और नगीना की शादी। इसके लिए मैं आज से पहले कम प्रयत्नशील रहा हूँ। इसको करना चाहिए। लक्ष्मण को ऐसा बनाना चाहिए कि वह कुछ नाम कर सके। शंकर दयाल को अभी इतना बना देना चाहिए कि वह जगत् को चमत्कृत कर सके। मकान सुंदर बनाना चाहिए। पाखाना, पेशाबखाना, गुशलखाना का प्रबंध होना चाहिए। एक बाग लगना चाहिए, जिसमें विविध वृक्ष लगाना चाहिए। खेती बाड़ी होनी चाहिए। गाय-भैंस का सुंदर प्रबंध होना चाहिए, जिससे दूध बराबर मिले। घोड़ा भी अच्छा एक रखना चाहिए। हाथी के लिए प्रयत्नशील रहना चाहिए। तरकारी बड़ी मात्रा में उपजानी चाहिए। अपने नाम पर कुछ कीर्ति भी कर जानी चाहिए, जैसे होस्टल, क्लब इत्यादि। कसरत का विधिवत् अभ्यास होना चाहिए।

इसलिए हमारे आदर्श वाक्य होंगे—

1. फिजूल खर्ची से बचो।
2. समय बरबाद मत करो।
3. पढ़ने (अध्ययन) का खूब सिलसिला रखो।
4. नशा के पास न जाओ।
5. कसरत करो।

6. खेलों का भी शौक रखो।
7. अपने हाथ से काम करने में अपनी शिकायत मत समझो।
8. वीर्य-नाश मत करो।
9. कुछ गाने-बजाने का अभ्यास करो।
10. जनता के साथ मत चलो जनता, को लेकर चलो।

□

मेरा घर

मिट्टी की दीवार देखिए, फूस और खपड़े की छावनी देखिए, ईंट का चबूतरा देखिए, गोया गरीबी की बेबसी देखिए और अमीरी की नकल देखिए।

मिट्टी की दीवार पुरानी, जिसमें जगह-जगह नोनी लग गई है, चूहों ने बिल कर दिया है और जिसमें अब साँप रहने लगे हैं। थोड़ी सी फूस की छावनी, जिसका फूस उजड़ सा गया है और बहुत अधिक खपड़े की छावनी, जो बरकरार है और आँगन के बीचोबीच ईंट का एक चबूतरा, जिसके बीच में मिट्टी है और तुलसी का एक वृक्ष लगा है तथा जिस पर चारों ओर से पानी भरे घड़े रखे जाते हैं। यही पानी घर के लोग पीते हैं।

ऐसा न समझिए कि मैं बिलकुल गरीब हूँ। भारत का किसान, पुराना खानदान, दौलत कम हो जाने पर भी वही आन-बान और शान; कर्ज पर ठाट कायम रखनेवाला इन्सान, यही मेरे पिता का परिचय है और ठाट और शान में भी वे दूसरों के उपकार की ओर ज्यादा ध्यान देते थे, घर और मकान के संसार की ओर कम।

तब भी खामखाह ऐसा नहीं कि मकान गिर पड़े और उसकी मरम्मत न हो सके, लीपलाप न हो और मजबूरी के कारण पूजा-जाप न हो। सब होता है, पर पाँच आँगन का मकान है और हम लोग सब मिलकर दो आँगन में ही रहते हैं, इसलिए उसी की मरम्मत होती है और बाकी अपने भाग्य को कोसते रहते हैं।

इसमें सबकुछ है, पर सबका अपना रूप है। दीवारों पर चित्रकारी देखिए; लेकिन उसमें कुरान, पुराण का कोई दृश्य नहीं, बस रामनाम और शुभ एवं लाभ शब्द लिखे हुए हैं। खूँटियों का अभाव नहीं अखरे, इसलिए असगनी टाँगी हुई है, आलमारियों की कमी महसूस न हो, इसलिए दीवारों में दिरखे बने हुए हैं, पूजा-पाठ के लिए कहीं और न जाना पड़े, इस नीयत से दीवारों में कुलदेवता बना दिए हैं, जरूरत के वक्त तुलसी का पत्ता खोजना न पड़े और तुलसी का नमन करने को अगल-बगल झाँकना न पड़े, इसलिए आँगन में तुलसी का बिरवा रोप दिया गया है।

पर, अगर यहीं सीमित रह जाइए तो आपने घर का एक कोना भी नहीं देखा। यह

देखिए, एक कोने में हल, जुआठ, माला-बाँसा, नाधा, जोती सब विधवत रखे हुए हैं और दूसरे कोने में कुंडी, कुदार, फार इत्यादि मौजूद हैं। किसान का घर है, पता नहीं कब किसकी जरूरत पड़े! उससे थोड़ी दूर हटकर एक 'रामां' रखा हुआ है, छप्पर में कुछ लोहबंधा लाठियाँ लटक रही हैं, दो खूँटियों के बीच दो तलवारें हैं, जिनका खोल कुछ टूट-फूट गया है और अंदर भी कुछ जंग लग गई है। उसी के पास ढाबे में एक त्रिशूल भी रखा हुआ है।

आपसे जब हम बात करते हैं तो यह समझकर करते हैं कि आप समझते हैं कि इनमें कुछ खेती के औजार हैं और कुछ वीरता के हथियार हैं, जो किसान को मौके-बेमौके दुश्मनों से बचाने और हक-हकूक की हिफाजत में काम आते हैं। पर इन हथियारों को देखकर आप चौंकें नहीं; क्योंकि बगल में बिल्ली मौसी मटका में रखे संपूर्ण दूध को पीकर पार हो जाती है, पर कभी उसपर वार नहीं होता। हाँ, उसी जगह एक कोने में एक चूल्हा है, जिस पर दूध गरम होता है, चंद मटकियाँ वहाँ पर रखी रहती हैं, बगल में एक खँभा गड़ा हुआ है, जिसमें मल्हान के सहारे दूध के दही हो जाने पर उसको मथकर घी निकाला जाता एवं मट्ठा बनाया जाता है।

यों तो घी साधु, शादी, श्राद्ध बस तीन के आगमन पर ही इस्तेमाल में आता है; पर ऐसे भी पर्व-त्योहार में कभी-कभी पूड़ी, सुहाड़ी बनती है और पतोहू के आगमन के समय में दलपूड़ी और खीर बनता है, और जब बच्चे कोयल की बोली साल में पहली बार सुनते हैं तो कुछ मीठा पकवान बनता है। यह एक किसान के घर का नहीं, अनेक घरों का हाल होगा; पर मैं दूसरे घर की ओर देखना ठीक नहीं समझता, इसलिए जो कुछ मैंने अपना देखा, वही लिख रहा हूँ।

मैं अपने घर के साथ अन्याय करूँगा, अगर इस लिखने के दरम्यान मैं पिताजी की तीन कहावतों को न लिख दूँ। पिताजी कहते थे कि जब ढेंकी की खट-खट नहीं तो पेट में गट-गट नहीं और यह भी कि जब घर में जाँता नहीं तो मालिक को कुछ भाता नहीं और सबके बाद यह कि जब नहीं बजे मल्हान तो किस काम का किसान! कहने का मतलब यह कि अपनी-अपनी जगह पर ढेंकी, जाँता, मल्हान सब मौजूद थे और अपना काम नियमित रूप से करते थे। मेरे यहाँ गाय कोई भी सेर-डेढ़ सेर से अधिक दूध नहीं देती थी। गोकि दूध कम ही होता था; पर माठा रोज मथाता था। मल्हान को कभी-कभी मथनी भी कहते थे।

लेकिन जाँता और ढेंकी ठीक से अपना काम न कर पाते, अगर उनके इर्द-गिर्द कोठी, भाँडी, ओड़यिा, ओड़ैसा, सूप, दौरी, नाद इत्यादि न होते। इन सबों में सामान रखे जाते और सूप के जरिए उनको फटककर साफ किया जाता। कोठी, भाँडी, नाद मिट्टी के बनते और सूप, दौरी, ओड़यिा, ओड़ैसा सब बाँस के। बड़े-बड़े ज्योनार होते तो घड़ा,

गगरी, पतिला, हँडिया, जो कुम्हार बनाते थे और मिट्टी के बनते थे उनका भी महत्त्व बढ़ जाता और सौदा तथा तरकारी उनमें रखी जाती। हाँ, यह कहना भूल गया कि कोठीघर ही में बनती थी और कच्ची मिट्टी की बनती थी; पकाई नहीं जाती थी; पर नाद और भाँडी कुम्हार बनाता था और आग में पकाने के बाद उनको देता था। इसके अलावा धान रखने को हमारे यहाँ पुआल के मोर बनते थे, जो बोरे की तरह होते थे। उसी में धान का बीहन सालों रखा जाता। बोरे का हम नाम भी नहीं जानते थे। सूप, ओड़यि इत्यादि डोम देता था, जो धोकर हमारे यहाँ इस्तेमाल किए जाते थे। गगरी, चरी, पतीला इत्यादि कुम्हार देता, जिनको धोकर और जिनमें घी की टीका देकर काम में लाया जाता था। मौर बनाने की जरूरत होती या फूलमाला की दरकार होती तो अपने छोटे बेटे के साथ बुढ़िया मालिन आती। यों तो लोग पीतल तथा फूल की थाली में खाते थे; पर बड़े-बड़े भोज होते तो पत्तल का प्रयोग होता था और यह पत्तल बारी देता था। ये सब बहुत से थे; जो पंच पौनिया कहे जाते थे। लोहे का कारोबार करनेवाला लुहार और लकड़ी का कारोबार करनेवाला बढ़ई भी उसी के अंदर था। बाजा जब-जब जरूरत होती, हमारे गाँव के चमार बजाते और जब कहीं विवाह-शादी में डोली-खटोली ढोने की जरूरत होती, तो उसको कहार ढोते, जिनको 'भुइंया' भी कहा जाता था। कपड़े धोने को धोबिन आती। काम-क्रिया कराने को अशुभ में महापात्र, गाँवा पांडे, पुरोहित सब आते; पर शुभ में सिर्फ पांडे और पुरोहित आते। गुरु बाबा भी आते थे; पर वे सिर्फ आशीर्वाद देते थे, कर्म-कांड से उनको कोई वास्ता नहीं होता था, लेकिन शुभाशुभ तमाम कर्मों में और कर्मठ इत्यादि में जो बराबर आगे रहते, वह तो 'नाऊ' थे, जिनका आसन शायद आज भी वही है। जरूरत पड़ने पर बाहर जो खबर लेकर जाता, वह 'गोड़ाइत' कहलाता था। वह जाति का दुसाध होता था, उसको गाँव की ओर से या मालिक की ओर से जागीर भी मिलती यी, वह चाहे पाँच कट्ठा हो या दस कट्ठा। गाँव का जो पहरा देता, वह सरकारी चौकीदार था; पर हर रात को वह मेरे यहाँ खाता। वह दावागिरी का नहीं, दुआगिरी का खाना था। बाबूजी उसको अपनी बाबूगिरी सिद्ध करने को खिलाते। उस खाने को 'टुकड़ा' कहा जाता था। वह हर रात को अपने 'टुकड़ा' के लिए हाजिर हो जाता।

मेरे गाँव की बगल में ब्राह्मणों का एक दूसरा गाँव था। उसमें एक पाठकजी के यहाँ हमारे ठाकुरजी रहते थे। भोजन का सीधा लगने के पहले हर शाम ठाकुरजी की पूजा के लिए थोड़ा सा चावल निकाला जाता था। उसको हम 'मुठिया' कहते थे। हर पंद्रहवें रोज पाठकजी के यहाँ से कोई-न-कोई अपनी मुठिया के लिए आ धमकता और मुठिया ले जाता। हमारी कोशिश होती कि मुठिया निकल जाने के बाद उसमें से अनाज का एक कण भी हमारे घर के किसी सदस्य के मुँह में नहीं जाए, नहीं तो हम महान् पाप और विशाल दोष के भागी होंगे।

यही रिवाज हर चीज के बारे में था। धान होता और पहले-पहले हरे धान का चूरा कूटा जाता तो वह भी पहले ठाकुरजी पर चढ़ लेता, तब कोई उसको खाता। ईंख होती और कल से उसको पेरने की क्रिया शुरू होती तो पहले जो रस निकलता, उसमें से एक लोटा ठाकुरजी के यहाँ भेजा जाता, गुड़ बनता तो उसकी पहली भेली ठाकुरजी पर चढ़ने जाती, तरकारी पैदा होती तो चाहे जो हो, पहले ठाकुरजी पर चढ़ लेती, तब घर में उसका व्यवहार होता। होली होती तो रंग भी ठाकुरजी पर चढ़ने जाता और तब रंग-मसाला शुरू होता। दशहरा होता तो कपड़े ठाकुरजी पर चढ़ लेते, तब हम पहनने के हकदार होते और दीवाली होती तो पहले दीप, घी और रूई ठाकुरजी के यहाँ भेजी जाती, तब इधर दीया का जलना शुरू होता। ठाकुरजी में हमारी बड़ी श्रद्धा थी। ऐसे भी पूजा-पाठ में मेरा घर पीछे नहीं था।

मैं पहले आपसे कह चुका हूँ कि पूजा-पाठ में ही हमारे यहाँ पकवान बनता था और उसकी बड़ी शोहरत होती थी। यहाँ तक कि तमाम पंचपौनियाँ और बनिहार तथा मजदूर हमारे यहाँ 'मालिक का जूठा भी प्यारा होता है।' यह कहकर पकवान माँगने आते। बाँटने के लिए पकवान तेल में बनता और खाने के लिए घी में। यों हम मामूली खाना खाने के आदी थे। नाश्ते में पानी और नमक के साथ या कभी-कभी आम के अचार के साथ बासी भात का भी व्यवहार होता था और कभी-कभी भात न होता तो रोटियाँ बनतीं और रोटियाँ न बनतीं तो अनाज भूना जाता, जिसको 'भूँजा' कहते थे। हम भूँजा हुआ चावल, चूड़ा, अरहर, गोहुम सब मजे में फाँकते, आनंद मनाते तथा यह कहावत दुहराते—'बूँट फाँकी एगो-दुगो, गोहुम गुर दस। चाउर चूरा भर-भर फाँका तब मिले रस।' पीछे दोपहर को खाना खाते। खाने में भात, दाल और एक तरकारी होती और कभी-कभी भात-दाल के साथ सिर्फ भुंजिया और कभी सिर्फ चटनी होती। यह सबकुछ न भी होता तो अचार से ही काम चल जाता।

हाँ, अचार का मेरे घर में पूरा रिवाज था। एक कोठरी अलग थी, जिसे अचार-घर कहते थे। उसमें विविध प्रकार के अचार रखे होते। आम के, ओल के, पाँकर के टूसे के, कटहल के, मिर्च के, नींबू के, बाँस के फूल के, यानी कि तरह-तरह के अचार उस घर में रहते। हम भी खाते। बड़े-बूढ़े भी खाते। हमारी बुढ़िया दादी तो सिर्फ अचार और भात खाती, दाल-तरकारी से उसको कोई वास्ता ही नहीं था। हमारे घर में यह भी एक विश्वास था कि अच्छी चीजें मर्दों के खाने के लिए और लड़कों के खाने के लिए हैं; पर स्त्रियों और लड़कियों के लिए नहीं। अगर शहर-बाजार से कभी ईदे-बकरीदे नारंगी या केला आता तो उसको स्त्रियाँ नहीं खातीं। वह लड़कों को दिया जाता और लड़कों के सामने लड़कियाँ रोती रहतीं, पर उनकी कोई परवाह न की जाती; मानो वे रोने-धोने को, कम खाने को और खराब चीज खाने को पैदा हुई हैं।

इस प्रसंग में यह कहना भी बुरा न होगा कि हमारे घर में लड़कों के पैदा होने पर तो खूब आनंद होता, बधावा बजता; पर लड़की पैदा होने पर सब गमगीन हो जाते, सबका मुँह स्याह हो जाता, जैसे कोई भारी अपशकुन हुआ हो! बच्चे की पैदाइश के समय दुनिया भर की भीड़ लगी रहती, जिसमें तमाम लोग यह उम्मीद लगाए रहते कि लड़का पैदा होगा तो इनाम लेंगे, मुँहमाँगा और भरपूर, और इसीलिए भगवान् को मनाते रहते कि हे भगवान्, लड़का पैदा हो। पर भगवान् को यह मंजूर न होता कि उनको इनाम मिले, लड़की पैदा हो जाती तो कोई भी मालिक के सामने जाने, हाथ फैलाने और इनाम माँगने की हिम्मत न करता, सब भड़-भड़ भाग जाते।

यह शायद मेरे घर की ही नहीं, बहुतेरे घरों की बात थी; पर कौन बेकार नाम लेकर दूसरों से बैर मोल ले!

लड़का पैदा होने के वक्त हमारे यहाँ धाई का काम शनीचरी बुढ़िया करती थी। एक कोठरी हमारे घर में इस काम के लिए अलग रहती थी। जब किसी को घर में दर्द होता तो वही कोठरी गोबर से लीपी जाती और उसी में स्त्रियों को रखा जाता। उसको 'सौरगृह' कहते थे। उसमें एक पुराना हँसुआ रखा रहता था। उसी हँसुए से लड़के का नार काटा जाता था।

इस प्रकार की गंदगी का कोई विचार मेरे घर में नहीं था। लड़का पैदा होने लगता तो स्त्रियों को पुराना गंदा वस्त्र पहनाया जाता; क्योंकि यह खयाल होता कि यह कपड़ा आखिर बरबाद हो जाएगा। शनीचरी बुढ़िया, जो कपड़ा पहन के आती, वह कपड़ा ऐसा मालूम होता, मानो महीनों कोयला में रखकर निकाला गया हो! गंदा भी रहता और बदबू भी आती। पर उस समय बदबू का कोई विचार मेरे दिमाग में नहीं आता था।

खाने-पीने का तो बयान हो चुका। अब कुछ पहनने के बारे में चर्चा की जाए। पहनने के मामले में भी हम सादे थे। चद्दर का हमारे जीवन में कोई स्थान नहीं था। बिछाने को दरी या कंबल और ओढ़ने को दोहर-यही हमारे यहाँ काफी था। एक जोड़ी धोती, एक गंजी और दो कुरता पर हम साल काटते थे। इससे आगे माँगने पर घर में हंगामा हो जाता; क्योंकि हममें से एक-एक को यही मिलता था। जाड़े में हम बोरसी ताप के जाड़ा काटते और घर के बाहर लकड़ी जला के धुनी लगाई जाती, जिसके पास बाहर के लोग भी बैठते और गरमाते।

अपने घर की चर्चा करते समय बाबा के दुशाले का जिक्र करना आवश्यक है। घर में बाबा का एक पुराना दुशाला था। उसमें सोने का काम किया हुआ था। वह झाँपी में हिफाजत से रखा रहता और कोई आता तो पिताजी उसको तथा बाबा के एक और अचकन को, जो बड़ा कीमती कपड़े का था, सबके सामने निकालते और दिखलाकर बाबा की महानता और विशालता का तथा अतीत के उन सुनहले दिनों का बखान करते, जब

चौबीसों घंटा हमारे यहाँ चूल्हा जलता रहता था, पूड़ी-पकवान बनते रहते थे, आनेवालों का सदा स्वागत होता रहता था और घी-दूध की नदी बहती थी। तब रोज खस्सी भी कटता था। बाबा अकेले पाँच सेर गोश्त खाते थे। उस समय हमारे दरवाजे के सामने से जो राह गई है, उसपर कोई भी मुसाफिर घोड़े पर चढ़कर नहीं जाता था। बाबा का बड़ा रोब था; इसलिए घोड़े पर चढ़नेवाला थोड़ी देर के लिए उतर जाता था। पिताजी यह भी कहते कि उनके पिता, यानी मेरे बाबा चाहते तो एक मिनट में रायसाहब या रायबहादुर हो जाते, पर अंग्रेजों को अपवित्र समझकर उन्होंने उनसे कभी हाथ मिलाने की कोशिश नहीं की; इसीलिए कुछ न हुए।

यह तो बाबूजी का बयान था, जो हमारे बाबा के बारे में देते थे; पर इस बयान से तो घर की बात खत्म नहीं हो जाती। अभी आँगन में छप्पर पर झूलनेवाले कद्दू, कोंहड़े हमारी राह देख रहे हैं। हाँ, तरकारियों में से अधिकांश आँगन में ही फलती थीं। जब विवाह का साल होता तो मंडप ही मंच की तरह हो जाता और कद्दू, कोंहड़े तथा भतुआ उसपर फलते। आँगन में बाँस गाड़कर सीम, करैली, गोगरा, झिंगी इत्यादि के लत्तर चढ़ाए जाते और छप्पर पर वही कोंहड़ा-कद्दू फलते। कभी-कभी आँगन में जहाँ ओरी चूती है, उसके पास ही गेंदे का फूल लग जाता, जो बरसात में हरिया जाता और जाड़े में कुछ दिनों तक शोभा दिखलाने के बाद गरमी आते-आते वहीं पर अपना अस्तित्व समाप्त कर लेता।

लेकिन फूलों और फलों से भी हमारी बात समाप्त नहीं हो जाती। घर के माछी-मच्छर हमें तब तक तंग करते रहेंगे, जब तक हम उनको कागज पर न उतार दें। यह काम भी तो करना ही पड़ेगा। मच्छियों की मेरे यहाँ भरमार रहती और मच्छर रोज रात में हमें भँभोरते, काटते और परेशान करते। पर हमारा कभी भी किसी दवा या मच्छरदानी की ओर खयाल नहीं गया। हम सुनते थे कि राजा के यहाँ कोई पतला कपड़ा रहता है, जिसको चारपाई के चारों ओर लगाने से मच्छर नहीं फटकते; पर राजा राजा था। उसका मुकाबला मेरे घर के लिए असंभव था। हम कभी-कभी मच्छरों पर बहुत बिगड़ते तो तीसी का तिसऔट जलाकर मच्छर भगाने का उपाय करते, नहीं तो बदन में कड़वा तेल लगाते कि मच्छर नहीं काटें और नहीं तो धोती आधी पहन लेते और आधी से मुँह ढाँप लेते, जिससे मच्छर न काटे सके।

माछी और मच्छर से भी इस आख्यान का अंत नहीं हो जाता। चूहे अब भी जब कभी उत्पात मचाते हैं और घर के उन चूहों को ठीक करने में हम कभी कामयाब न हुए, इस बात पर खयाल दौड़ता है। चूहे कहाँ नहीं पहुँच जाते और क्या-क्या उत्पात नहीं करते; पर कभी हम उनको पकड़ने में सफल न हुए। चूहे उत्पात मचाते रहते और सब कोई उनको सहता रहता। कभी-कभी बिल्लियों के डर से चूहे शांत होते; पर फिर

बिल्ली इधर से उधर होती और चूहे कूदने लगते।

चूहों से भी चालाक थीं हमारे घर की चीटियाँ। मीठा ऊपर रहे, नीचे रहे, घर में रहे, बाहर रहे, चूल्हे पर रहे, ताख पर रहे, बस भनक लगने की देर है। चींटियों को अगर गंध लग गई तो लाख उपाय हो, पर चीटियाँ सामान के पास पहुँचकर ही दम लेती थीं। न जाने कौन उनका दूत था, जो उन्हें फौरन टेलीफोन करता था कि आ जाओ, मीठी चीज आ गई!

पर बिल्ली भी सटक जाती थी और चूहे भी सटक जाते थे, जब हमारे घर के दो कुत्ते जिलाबी और सिताबी बोलना शुरू करते थे। चोर तो उनके भौंकने के बाद हमारे घर क्या, हमारे गाँव में भी आने की हिम्मत नहीं करते थे। राहगीर भी डरते-डरते जाते थे कि कहीं कुत्ते उनपर चढ़ न बैठें। कुत्ते थे तो देशी कुतिया के, पर उनके रोब के सामने अंग्रेजी कुत्ता भी मात खाता था। उनका चाल-चलन, उनके पूँछ हिलाने का ढंग, उनका चौकन्नापन तथा उनकी स्वामी भक्ति सब निराली थीं। उनके खाने के लिए कोई खास सामान नहीं था। जब सब कोई खा चुके तो बचे हुए अनाज में से थोड़ा सा हाथ में ले लें और सिताबी या जिलाबी का नाम लेकर पुकार दें; बस दोनों-के-दोनों हाजिर, जैसे वफादार नौकर रखे गए हों। उसी खाने पर वे पलते थे। उनके नहाने-धोने का भी कोई खास इंतजाम नहीं था; पर वे छैल-चिकने बने रहते, अपनी देह पर मक्खी भी नहीं बैठने देते।

इनके अलावा दादी का सुग्गा था, जो अकसर पिंजड़े से खुल भी जाता, तब भी, पिंजड़े में वापस चला जाता था। सुबह होते वह 'राम नाम' की रट लगाने लगता और लोगों को जगाने लगता। ऐसा मालूम होता था कि सारे घर में अयोध्याजी का वातावरण प्रवेश कर गया है। बगल के पिंजड़े में काकी की मैना रहती थी; पर इसमें वह शान-शौकत नहीं थी। हाँ, कभी-कभी इसको भी जब बोलने का शौक होता तो कमाल कर देती थी।

पिंजड़े से अलग भी हमारे घर में चिड़ियों का एक संसार था, जिसका वर्णन बहुत जरूरी है। यों तो कौवा हरेक आँगन में काँव-काँव करता है; पर मेरे आँगन में उसका बड़ा मन लगता था, क्योंकि चाचा तमाम चिड़ियों को भात और दाना खिलाते थे। कौवे आते, गौरैया आती और कबूतर आते। प्रेम से आँगन का चक्कर काटते, खाते-खेलते, उड़ते, पार हो जाते। वह दृश्य देखने लायक होता। उनका आना-जाना, पंखों का फड़फड़ाना, दाना चुगना, दाना देनेवाले के प्रति कृतज्ञता का भाव दर्शाना सब निराला होता, जिसका वर्णन मुश्किल है।

बैल-गाय तो थे ही, उनके अलावा दो भैंसें थीं। जानवरों को पगहे में बाँधा जाता, छान में छाना जाता; उन्हें पुआर, भूसा, खल्ली इत्यादि खिलाया जाता और कभी-कभी

नमक भी दिया जाता। बड़ी-बड़ी नादें होतीं, जिनमें उनके लिए सानी लगती और जब बरसात आती, हम भोर-भिनसार में भैंसों को चराने के लिए बाहर ले जाते।

गायडाढ़ में यानी दीवाली के सुबह हमारे यहाँ गायों की पूजा होती। ग्वाले 'उखि बाढ़े, जैसे-जैसे खेतवा में उखि बाढ़े वैसे बढ़े, गउआ के वंश' गाते हुए आते और इनाम पाते। पर सिर्फ गाय की पूजा करके हम बैठे नहीं रहते। नागपंचमी को हमारे यहाँ साँप की भी पूजा होती और किंवदंती थी कि साँप इसलिए मेरे खानदान पर इतना खुश था और यह गारंटी थी कि कोई मेरे खानदान में साँप काटने से नहीं मरेगा!

हाँ, कुछ अंधविश्वास भी हमारे घर में था। एक यह साँप वाला, दूसरा फूस के बारे में। कोई साधु बाबा जमाने कदीम में आए थे और कह गए थे कि इस घर की छावनी में थोड़ी फूस जरूर रहनी चाहिए। तब से घर थोड़ा-थोड़ा फूस से जरूर छाया जाता था। घर में करैली की तरकारी कोई नहीं खाता था। कहा जाता था कि हमारे पुरखों मे कोई करैली की तरकारी और भात खाकर फौरन मर गए थे। भात तो इतना प्रधान खाद्य है कि उसको छोड़ा नहीं जा सकता था; पर करैली का ही बहिष्कार हुआ और ऐसा बहिष्कार हुआ कि इस घर में कोई उसका स्वाद भी नहीं जानता था।

करैली के बहिष्कार मात्र से मौत हमारी गली नहीं भूली, हमारा घर भी उसे नहीं भूला। मृत्यु होती, रोग भी होते, बीमारी भी होती; पर इन सबमें डॉक्टर कम बुलाए जाते। गाँव के वैद्यजी पर घर-भर का पूरा भरोसा था। आँख की कुछ बीमारी होती तो दादी का अंजन-लगाते, घाव की तरह का कोई विकार होता तो जर्राह का मरहम लगाते और न पचने की शिकायत होती तो वैद्यजी का पाचक खाते।

दादी को अंजन या मरहम बनाने के लिए कोई मोजदस्ता नहीं था। सिलवट पर ही कूट-काटकर और पीस-पासकर दादी सबकुछ बना लेती। उसी सिलवट पर मसाला भी पीसा जाता था।

मसाला हमारे यहाँ दाई पीसती थी। यों तो कई दाइयाँ मेरे यहाँ थीं, जो बारी-बारी से पानी भरती थीं, बरतन माँजती थीं और मसाला पीसती थीं; पर दाइयों में समझदार और सरदारिन थी मरछी दाई, जो बराबर बारा-बरी बनाने के वक्त बुलाई जाती, हर बात में जिससे सलाह ली जाती, पहुना के आगमन में जो बननेवाली चीजों का मेन्यू तैयार करती और शादी-ब्याह में भी जो हर बात में आगे रहती। दाइयों को काम के हिसाब से मजदूरी मिलती थी; पर इसको खाने के अलावा रोज पावभर चावल भी मिलता था।

स्मृति-पट से न जाने कितनी चीजें विलीन हो गईं; पर वह बुढ़िया तेलिन ज्यों-की-त्यों अभी भी आँख में नाच रही है। वह सात रोज में एक रोज मेरे घर में आती थी, तेल और खल्ली की सारी जरूरत पूरी करती थी। सरसों देने से तेल पेरकर ले आती थी और सरसों न हो तो अपना तेल लेकर आती थी, दाम ले लेती थी। वह बोलचाल में

खूब होशियार तथा दुआ-आशीर्वाद देने में निराली थी।

उस समय घूरन हमारे घर का चरवाहा था। खूब तड़के घूरन आता और गाय, बैल, भैंस सबको खिलाता। गाय और भैंस में जो लगनेवाली होतीं उनका दूध दुहता और उसके बाद बाहर मैदान में सबको चरने के लिए ले जाता और उसी प्रकार शाम को ले आता। चूँकि हमारे यहाँ मवेशी की तादाद अधिक थी, इसलिए घूरन भी चरवाहों में सरदार गिना जाता था।

उसके साथ ही गोवर्धन की याद आती है। वह अंधा था और उसका अपना कोई नहीं था। मेरे दरवाजे पर ही रहता, भजन तथा गीत गाता, खाता, मस्त रहता और अलख जगाता। उसके कई भजन अब तक याद हैं। उसकी टेर अजीब होती, प्राणों में कँपन और शरीर में पुलक पैदा करनेवाली। कभी-कभी रात को गाँव भर के लोग उसको सुनने के लिए दरवाजे पर जमा हो जाते।

गोवर्धन जब थक जाता तो शिवालक मामा सामने आते। मामा बूढ़े हो गए थे, पर शक्ति और वृत्ति अभी बूढ़ी नहीं हुई थी। मामा न जाने कब से मेरे गाँव ही में रह गए। बाल न बच्चा, घर न परिवार। बस हम लोगों के साथ एकाकार हो गए। वे हम लोगों को खिलाते, खेलाते, घोड़ा बनते और रात को हमें मनोरंजक कहानियाँ सुनाते, जिनको सुनने में हमारी बड़ी दिलचस्पी होती। आधी-आधी रात तक हम कहानियाँ सुनते।

व्रत-त्योहार में हमसे जबरदस्ती उपवास करवाया जाता। लोभ होता रहता, गुपचुप मन में पाप भी समाता; पर हम पर कड़ा पहरा रहता, पूरी निगरानी रहती और ऐसी चौकसी रखी जाती कि हम खाकर अपने व्रत को बिगाड़ न दें।

इस प्रकार का हमारा वह घर था, जिसमें हम रहते थे। इस प्रकार के उसके रिवाज थे; जिनमें हम बँधे थे। इस प्रकार के लोग हमारे साथ थे, जिनकी संगति में हम पले, बढ़े और शिखर पर चढ़े। अब न घर का वह रूप है, न रिवाजों का वह गढ़ है और न वे लोग हैं, पर उनकी याद है जो उनसे भी दिलचस्प है और कभी-कभी अब भी एकांत में हँसा तथा रुला देती है।

□

मेरा गाँव

नक्शे में जो खोजने पर भी न मिले, इतिहास में जिसकी चर्चा भी नहीं है, भूगोल के लेखक ने भूलकर भी जिस पर कृपा नहीं की, उपन्यास और कहानी में भी जिसका समावेश नहीं है, कविता के द्वारा भी जिसका किसी ने गुणगान नहीं किया—ऐसा है मेरा यह गाँव, देहात के दामन से लिपटा हुआ, अपने आप में सिमटा हुआ और पुरानी परिपाटियों से चिमटा हुआ।

पूजा-पाठ के लिए देवी का मंदिर, पढ़ने-लिखने के लिए लोअर क्लास तक की पाठशाला, नहाने-धोने के लिए खूब गड़हा बिना घाट का तालाब, उठने-बैठने के लिए विशाल वट की छाँह, खेलने-कूदने के लिए लंबे-चौड़े मैदान और घूमने-टहलने के लिए नदी का किनारा। आमोद-प्रमोद के लिए, कठपुतली का नाच के लिए और गाने-बजाने के लिए बाबू साहब का सायबान, जिसमें तुलसीकृत रामायण के साथ ढोल, करताल, झाँझ इत्यादि रखे हुए हैं।

यह जो मेरा गाँव है, शोर-शराबा में शहर-शहरात का कान काटता है। सदा सुहागिन नायिका की तरह चौबीस घंटा गुलजार। प्लेटफार्म पर जैसे इंजिन, रेल आदि के हल्ला-हसरात के बाद भी आदमी सो जाता, सारा गाँव सुनता रहता है। बारह बजे से लेकर तीन बजे तक हाथ में भाला लिये, काली वरदी पहने और झब्बावाला काला मुरेठा पहने गाँव का बिसुन चौकीदार 'सोनेवालों होशियार' कहता हुआ गाँव की गली-गली परिक्रमा करता है और तीन बजे के बाद से रामटहल साव और पुनीत पंडित के घर से भजन की आवाज आने लगती है, जो सारे गाँव में व्याप्त हो जाती है। चार पहर की इन चार आवाजों में जो तीव्रता है, उसके सामने झिल्ली की झनकार, कुत्ते और सियार के भौंकने की आवाज, फेंकारों के फेंकरने की आवाज सब मात हो जाती है और खासकर पिछले प्रहर में जब रामटहल साव और पुनीत पंडित भजन का आरंभ करते हैं तो ऐसा मालूम होता है कि इनकी टनकार आवाज के सामने पट्ठा मुरगे का कुकड़ूँ-कूँ भी तबाह माँग रहा है।

रात को सोने की इच्छा रहने पर भी न सो सकने के कारण इस अभागे लेखक ने गाँव में कई बार दिन को उस कमी की पूर्ति करनी चाही है, पर कभी भी बंधुओं की बदौलत कामयाबी नहीं मिली। फिर जाँता और ढेंकी तथा घर-घर में चक्की चलती रहने के कारण घर-घर में छोटे-मोटे बादलों के गरजने की आवाज ध्वनित होती रहती थी। खट-खट करनेवाली ढेंकी को भी नींद से ऐसी दुश्मनी थी कि मेरे लाख प्रयत्न के बावजूद नींद में और इस आवाज में कभी समझौता नहीं हो सका। किंतु चक्की और ढेंकी को कभी-कभी दया भी आए तो पलकों को पलक मारते देखकर महिलाएँ आगे बढ़ती थीं और कभी झूमर के गीत, कभी गुजरी के गीत, कभी माटी कोड़ने का गीत, कभी सोहर, कभी संझा, कभी समधी को खिलाने का गीत-गोया गीत से नींद पर हमला करती थीं, लेकिन ये गीत मीठे होते थे और आवाज कुछ सुहानी होती थी, पर कड़ी आवाज में बाँध बाँधने का न्योता देता हुआ गोड़ाइत जब गलियों में ढोल बजा-बजाकर घर पीछे एक को बुलाहटा देता था, उस समय तो नींद की दुर्गति हो जाती थी। आज सोचता हूँ कि सरकार के माइनर इरिगेशन से और कुछ फायदा हो या न हो, लेकिन कम-से-कम उस कड़ी आवाज से गाँववालों को राहत मिल गई है। अगर आज गाँव में होता तो सिर्फ इतने के लिए ही सही, सरकार को धन्यवाद का एक खत अवश्य भेजता।

लेकिन यह समझना ठीक नहीं है कि उस कड़ी आवाज के सिवाय दिन की मीठी नींद के दुश्मन मेरे गाँव में और कोई नहीं थे। बाँध रोज नहीं बँधता था, पर लड़ाई-झगड़े रोज होते थे। कभी पानी पटवन के लिए, कभी आरी-पगारी के लिए, कभी खेल-खेल में, कभी बात-बात में, कभी डायन-ओझा के बखेड़े में, कभी लड़कों के झगड़े में बड़कों के पड़ने से झगड़ा-तकरार होता था और तकरार भी ऐसे कि दो लड़ें तो दस खड़े तमाशा देख रहे हैं, जैसे बिना टिकट सिनेमा देखने को मिल गया हो। कभी-कभी तो भैंसे लड़ें, कुत्ते लड़ें, तीतर लड़ें, बटेर लड़ें और लड़ाई देखने को भीड़ हुई। भीड़ में ही धक्का-धुक्की हो गई। पशुओं और पक्षियों की लड़ाई खत्म हो गई, आदमियों की फौजदारी होने लगी। सब मिलकर दिन को किसी को भी सोने नहीं देते थे। कहाँ है वह कुंभकर्ण, जो इस भारी शोरगुल की अवहेलना करके सो सके?

पर जिन झगड़ों की बदौलत हमारी नींद हराम होती थी उन्हीं की बदौलत हमारे गाँव में कुछ लोग मीठी नींद भी सोते थे। जब-जब कुछ ऐसी बात हो, राज में या सरकारी कचहरी में नालिश जाए, एक पक्ष मुद्दई और एक पक्ष मुद्दालेह बन जाए। मुंशी मनोहरलाल एक-न-एक तरफ से तैयार। पैरवी में आगे, हाकिम-हुक्काम से भेंट करने में होशियार, वकील-मुख्तार को बहस के ढंग बताने में अव्वल और मुकदमे में ऐसे-ऐसे नुक्स बतलानेवाले कि अगर गाउन पहन लें तो मुन्सिफ कह नहीं सके कि वकील साहब हैं या मनोहरलाल हैं। शहर में आने पर मैंने फाइल देखी पर मनोहरलाल

कपड़े का बस्ता रखते थे। वह गोया भानुमती की पोटली थी, जिसमें उन तमाम मुकदमों के कागज थे, जिनमें एक-न-एक तरफ से मनोहरलाल शरीक हुए थे। उनका कहना था कि उनका वश चले तो उस खानदान में लड़कों की शादी न होने दें, जिसमें लोग मुकदमा नहीं लड़ते हैं। वे कहते थे कि मुकदमे में मूँछ की शान रहती है, अक्ल पर शान चढ़ती है और खानदान की शान बढ़ती है।

किंतु इस गाँव में रोजी और रोटी का एक ही जरिया नहीं। अक्ल की बदौलत तो मनोहरलाल जीते हैं, पर बनवारीलाल कलम की रोटी खाते हैं। सरके की तीन खती कलम कान पर रखते हैं, हाथ में पीतल की बड़ी दवात, जिसमें चिरकुट भरा रहता है और उसी में काली स्याही लिपटी रहती है। कलकत्ता का खत वे लिखेंगे, पंचायत हो तो शर्तनामा वे लिखेंगे, खेत बंदोबस्त हो तो पट्टा कबूलियत वे लिखेंगे, कर्ज लो तो हैंडनोट वे लिखेंगे, विवाह-श्राद्ध का न्योता वे लिखेंगे, आपस का हिसाब-किताब हो तो बाकी पावना वे बताएँगे, गल्ला बँटवाने जाइए तो बनबाकी का हिसाब वे करेंगे, मिट्टी दिलवाइए और नपवाने जाइए तो नाप-जोख के साथ उसका लेखा-जोखा भी वे ही करेंगे। गरज यह कि लिखने का सारा काम बनवारीलाल का। पूरे तेज, अकेले कई घर सँभाल लेते हैं।

लेकिन यह न समझना चाहिए कि जिस गाँव में कलम की कमाई खानेवाले लोग हों, उस गाँव में सिर्फ कमजोरों का निवास होगा। बनवारीलाल जी जैसे कान पर कलम रखते हैं, वैसे ही कृपा उस्ताद काँधे पर कच्छा, चीट और जाँघिया रखते हैं। दो हजार बैठक, एक हजार डंड, सैकड़ों लपटंड और मीलों की दौड़ करने के बाद करीब एक घंटा तक मुगदर भाँजते हैं और उसके बाद सारे जिस्म में धूल लगाते हैं। बदन पर दस-पाँच चेलों को यों चढ़ा लेते हैं, जैसे चींटी हों और कई मन का वजन यों उठा लेते हैं जैसे रूई का फाहा। तगड़ा शरीर, लंबा-पूरा कद, गज भर सीना, सुंदर गठन और गजब की फुरती! अखाड़े में बिजली के मानिंद यों चमकते हैं कि नजर नहीं आते। विरोधी पर शेर की तरह यों टूटते हैं कि उसकी हिम्मत टूट जाती है। मल्लयुद्ध की कला में ऐसी कुशलता दिखलाते हैं कि सारी भीड़ इनके कमाल पर फिदा हो जाती है। पीते हैं दूध में भिगोए हुए बादाम का शरबत, खाते हैं दूध में पकाया हुआ चावल और घी में चुपड़ी हुई रोटी और लड़ते हैं दूध से पटाए हुए अखाड़े में।

किंतु बल के धनी कृपा उस्ताद के कारण हम उस्तादी में निपुण भरोसा उस्ताद को भी नहीं भूल सकते। चाहे अखाड़ा महाबीरी हो, चाहे दुर्गापूजा के वक्त का हो, चाहे मुहर्रम में ताजिए का हो, हर अखाड़े में उस्ताद भरोसा अपने सैकड़ों चेलों के साथ अपनी निपुणता का परिचय देते हुए पाए जाएँगे। गदा लेते हैं तो उसमें भी पारंगत, पट्टा उठाते हैं तो उसमें भी वाह-वाही पाते हैं। तलवार लेते हैं तो इनकी कला के कमाल पर सारी

भीड़ वाह-वाह कर उठती है। जल-कटोरी भाँजते हैं तो भरी हुई कटोरी से एक बूँद भी जल नहीं गिरता। जीभ पर सरसों रखवाकर काट देते हैं, पर जीभ में आँच भी नहीं आती। बगैंठी भाँजते हैं तो हवा में घिरनी की तरह यों नाचती है कि नजर भी नहीं आता।

इस तरह से देखता हूँ कि मेरी छोटी सी बस्ती में कला-मर्मज्ञों का जमघट था। चंद्रिकाजी का इसराज सुनिए, अवधजी का सितार सुनिए, देखिए कि कान्हा जी कैसा तबला बजाते हैं, वैसे ही मृदंग में महेंद्र, बाँसुरी में अक्षय। हर चीज के अलग-अलग जानकार, हर चीज के विविध कलाकार।

गया राय के कवित्त और सवैये भी आपके कानों में गूँजते रहते हैं। शादी-ब्याह में कहने लगते तो महफिल डोल जाती, पर वे न डोलते। शुरू करते तो बिना बस-बस किए बस न करते। चार-पाँच मिलकर भी उनको हराने या भटकाने की कोशिश करते, तब भी वे यूँ जमते कि टस से मस न होते। कहते भी तो इस नाजोअंदाज से कि सुननेवाला बाग-बाग हो जाता। वीर रस का सुनाते तो कायरों का हाथ भी मूँछ पर चला जाता और शृंगार का सुनाने लगते तो ब्रह्मचारी की लंगोटी भी ढीली हो जाती।

और दुर्गा चाचा न बाजों के रंग में थे, न कवित्त-सवैयों के संग में थे, पर तब भी हर कोई उनके ढंग से दंग था। भंग जरूर पीते थे, पर मस्त बनकर पड़े नहीं रहते थे, बल्कि नारद की तरह द्वार-द्वार का अलख जगाते फिरते थे। गाँव के मालिक नहीं थे, पर हर जगह उनका शासन था। उनके पास सिपाही नहीं थे, पर उनका बड़ा रोब था। असल में बात बनाना जानते थे, गाल से दीवार उड़ा देते थे, राई से रत्ती तक की खबर रखते थे। मालूम होता था कि वे गति में हनुमान हैं, दृष्टि में गिद्ध से भी दो कदम आगे हैं, सुनने में साँप को भी मात करनेवाले और समझने में साक्षात् कोश हैं। किसने कितनी तारीख को, कितने बजे मुसलमान का छुआ पानी पिया, यह उनसे सुन लीजिए, किसने कब, किस अरहर के खेत में किस नवयुवती से संभाषण किया, यह भी उनसे सुन लीजिए, कुएँ में से पानी लाने को जाती हुई किस पनिहारिन ने किससे आँख लड़ाई, यह भी उनसे जान लीजिए, किसने कब अपनी भैंस से किसकी फसल खिला दी, यह भी उनसे जान लीजिए और उन्हीं से यह भी दरयाफ्त कर लीजिए कि किसकी औरत गोरी है, किसकी काली है और किसकी कुरूपा तथा किसकी सुरूपा है। उसपर कहने का ढंग यों मजेदार कि गाँववाले उन पर बिगड़े नहीं, बल्कि हर कोई उनके कथन को अपने लिए मनोरंजन समझे।

पर सिर्फ उसी मनोरंजन पर सारा गाँव माथ मुड़ाए रहता था, यह समझना भूल है। मदारी आकर बंदर भी नचा जाता था, सपेरा साँप का तमाशा दिखला जाता था, भालू नचानेवाले आते थे, जो भालू नचाते भी थे और भालू से लड़ाई लड़कर अपना पराक्रम भी दिखलाते थे। नट आते थे, जो रस्सियों के सहारे नाना प्रकार के खेल

दिखलाते थे। पंडित जी आते थे, जो अर्थ के साथ रामायण कहकर गाँववालों की शंका भी मिटाते थे। कठपुतली वाली आती थी, जो शाम को नाच दिखाकर घर-घर से सुबह पैसा उगाहती थी। नचधारी आते थे, जो फूटे शीशों के टुकड़े और तलवार पर नाचते थे। असली भिखारी नाई का विदेशिया नाटक आता था, जिसको देखने-सुनने के लिए भीड़ लग जाती थी।

यह सब तो तमाशे और नाच के साधन थे, पर इसके बाद भी कई आनेवालों की सूरत आँख में नाच रही है। गुसाईं जी कर्ज लगाने आते थे और तीन महीने में एक रुपए का सवा रुपया लेते थे, गरम कपड़ा लेकर मुगल आता था, जो 12 रुपए का चादर 21 रुपए में उधार देता था, हींगोरिया आते थे, जो चार आने से लेकर पाँच रुपए तक की हींग बेच जाते एवं पीछे दाम ले जाते थे। बाबा हरनामदास के चेले तेल, इत्र और तरह-तरह की दवा लेकर आते थे। हाथ देखने को एक गुजराती ज्योतिषी आते थे, जो हर साल नई-नई बात बता जाते थे। बद्री नारायण और हरिद्वार से जल लाकर गढ़वाली पंडे संकल्प करवाकर ले जाते थे और चढ़ाकर लौटने के बाद अपनी दक्षिणा वसूल कर ले जाते थे। मथुरा और वृंदावन के चौबेजी आते थे, जो प्रसाद और मिट्टी दे जाते एवं द्रव्य ले जाते थे।

पर इस सूची से ही आनेवालों का अंत नहीं हो जाता। बाबा गोरखनाथ के चेले सारंगीवाले आते थे, जो सारंगी सुनाकर हर साल एक-न-एक फटा-पुराना कपड़ा गुदड़ी के नाम पर ले जाते थे। अयोध्या के एक साधु आते थे, जो हर साल गाँव में एक सप्ताह डेरा रखते थे। दरगाह के दरवेश आते थे, जो हर घर से एक-एक आना लेते थे। इन सबका बंधेज होता था, ठीक उसी प्रकार जैसे चौकीदारी का तहसीलदार चौकीदारी और राज के तहसीलदार हर साल मालगुजारी लेते थे।

चुड़िहारिन घर-घर चूड़ी पहना जाती थी, टिकुलहारिन टिकुली, सिंदूर, आईना, कंगही इत्यादि सामान घर पर पहुँचा जाती थी। उसके कुछ बाद, कुछ पहले गोदना गोदनेवाली आती थी, जो औरतों के साथ-साथ मर्दों के हाथ में भी कुछ चिह्न बना जाती थी। कोई अपना नाम लिखवाते थे, कोई हनुमान जी की तसवीर बनवाते थे। कोई रामकृष्ण का नाम गुदवाते थे। बालमखीरे का अर्क और साले मिसरी लेकर राजपूताना के कुछ लोग रोजगार के लिए आते थे। ये तो कुछ बेचनेवाले हुए, खरीदनेवाले भी कम नहीं आते थे। एक आदमी का चेहरा अब तक याद है, जो सुअर का बाल खरीदने आता था। एक शख्स लगातार कई बरस तब खस्सी खरीदने आता था। एक आदमी ऐसा था, जो गाँव में और गाँव के बाहर पड़ी हुई जानवरों की हड्डियाँ बटोरवाकर ले जाता था। बैलों पर काँसा, पीतल एवं फूल का बरतन लिये कसेरे आते थे, जो नया बरतन बेचते थे और पुराना खरीदते थे। व्यापारी आते थे, जो धान, चावल, गेहूँ इत्यादि बैलों पर लादकर

ले जाते थे; तरकारी के जमाने में कुछ व्यापारी आते थे, जो गाँव से खरीदकर तरकारी ले जाते थे, बाजार में बेचते थे।

वैसे ही प्याज, लहसुन, गुड़ तथा लाल मिर्च के खरीदार आते और इन सामानों को खरीदकर ले जाते। कुछ विधवाएँ सूत कातती थीं। शेख जी आते और उनसे सूत खरीदकर ले जाते। उसके अलावा साईंजी कोड़ा लेकर आते और पूछ जाते कि किसी ने नया घोड़ा मँगवाया है या नहीं। साईंजी घोड़ा फेरने की कला में उस्ताद थे। बहरूपिया आता था, जो बारह रोज तक बारह रूप दिखला जाता और तेरहवें रोज पैसा माँग ले जाता। सप्ताह में एक बार डाकिया आता था, जो खत-मनीऑर्डर बाँट जाता था, लेकिन कभी-कभी वह एकदम नहीं आता और बाजार में ही हम लोगों से आने के सबूत में दस्तखत करवा लेता।

पर ये ऐसे लोग थे, जिनके आने से कोई परेशानी नहीं होती थी। पर कुछ ऐसे लोग आते थे, जिनके आने से गाँव में हलचल मच जाती। घर-घर लोग अपना दरवाजा बंद कर लेते और हल्ला करने पर भी नहीं खोलते। इनमें एक था सुई देनेवाला डॉक्टर, जो हैजे से बचने की सुई देता था। आज अगर वह गाँव में नहीं जाए तो कई गाँव से उसपर दरखास्त चली जाती है, पर पहले तो वह गाँव के लिए अजीब आफत हो जाता था। चेचक से बचने के लिए टीका लगानेवाला छपनिया बराबर गाँव में आता था। एक भी लड़का गली-कूचे में नहीं मिलता था, सब अंदर घर में दाखिल हो जाते थे। कृषि-विभाग का ओवरसियर आता था, जो नमूना का बीज लोगों में बाँटना चाहता था, पर उससे भी कोई बातचीत करने को नहीं तैयार होते थे, क्योंकि गाँव-गँवई में उस समय यह हल्ला था कि जो अपने खेत में सरकारी बीज डालेगा, धीरे-धीरे उसके खेत को सरकार अपने दखल में कर लेगी।

लेकिन एक बात थी, कृषि-विभाग का नमूना न लेकर भी लोग खाने-पीने में खुशहाल थे। गाय-भैंसों की भरमार थी, जिनका शुद्ध दूध हम पीते थे। बहेलिया बझा-बझाकर बटेर, बगेरी, हुदहुद, चाहा इत्यादि लाता था, मिनसिकार अपने बारूद वाले बंदूक से हारियल, कबूतर, पंडुक आदि मारकर लाता था और हमें खिलाता था। गाँव अब भी है, पर इनमें से कई चीजें अब गड़बड़ा गई हैं। मेरे गाँव से वे भी अब चले गए, जो हर प्रकार की तरकारी पैदा करते थे।

हर इतवार को अशोक के पेड़ के नीचे रामदेव बढ़ई बैठता था और लोग अपने हल-जुआठ आदि मरम्मत कराते थे। हर इतवार को रूचा लोहार 'मुई खाल की साँस से सार भस्म हो जाए' वाली भाथी लेकर आते थे और लोग उनसे फार, कुदाल आदि ठीक करवाते थे। उसी अशोक के नीचे तुलसी हज्जाम सबकी हजामत बनाते और बाल का पहाड़ लगा देते थे। इतवार को ही लोग सूर्यकुंड में स्नान कर भगवान् का दर्शन करने

जाते थे। सोमवार को एक सभा होती थी, जिसमें गाँव की भलाई-बुराई पर विचार होता था। मंगलवार को महावीरजी की पूजा होती थी, जब विविध अखाड़ों में शिष्य लोग अपनी-अपनी ओर से शिरनी चढ़ाते थे।

नवरात्रि में देवी के मंदिर में नव रोज चंडी का पाठ होता था, जिसमें वर्ष भर गाँव की विघ्नों से रक्षा हो, नवमी को खस्सी और भैंसे कटते थे, जिसमें देवी की कृपा रहे, दशहरा को नवीन वस्त्र पहनकर हम नीलकंठ का दर्शन करते थे, जिससे सालभर हमारी नवीनता बनी रहे। एक रोज गाँव के बाहर डिहवार की पूजा होती थी, जिसमें शराब का तपावन चढ़ाया जाता था और छौने की बलि दी जाती थी। डिह भी हमारी ओर गाँव को ही कहते हैं और डिहवार का मतलब उस देवता से है, जो गाँव के बाहर रहता है और बाहर से आपद-विपद को गाँव की तरफ नहीं आने देता। चैत नवमी को महाबीरी झंडा निकलता था और जय महावीर के नारे लगते थे। कुछ इसी जोश से हम हर साल ताजिया के पीछे चलते थे, पैंक बाँधते थे और मोर्छल लेकर ताजिए को झालते थे। पैकनामा कोई दूसरा पढ़ता था पर 'या अली' की आवाज में हम सब शरीक होते थे। गाँव अब भी वही है, पर अब उन रिवाजों की रक्षा नहीं हो रही; जैसे पुराने घर घहराकर गिर पड़े, वैसे ही पुरानी रीतियाँ और नीतियाँ घिस गईं और उनकी जगह पर नूतन का निर्माण हो रहा है।

जिस प्रकार इस रीति-नीति में परिवर्तन हो रहा है उसी प्रकार दुनिया भी जल्दी-जल्दी बदल रही है। दुनिया के साथ-साथ आदमी भी बदल रहे हैं। चमन वही है, पर वे कलियाँ नहीं हैं। कहाँ हैं रामराज बाबू, जो दिन भर में आधा मन चीनी चींटियों को खिलाते थे! कहाँ है काजी साहु, जो दिन भर मुसाफिरों की प्रतीक्षा में गुड़ की भेली लेकर कुएँ पर बैठे रहते थे! कहाँ है मथुरा पंडित, जो घूम-घूमकर बीमारों का पता लगाते थे, उनकी नब्ज देखते थे और मुफ्त दवा का इंतजाम करते थे और कहाँ है गणक जी के समान ज्योतिषी, जिन्होंने एक वर्ष यह समझकर कि इस साल पानी नहीं लिखता है, अपना पाँच सौ बीघा खेत परती छोड़वा दिया था?

एक तसवीर याद पड़ती है रूपा भगत की। किसी और जगह से आकर मेरे ही गाँव में बस गए थे। वे मिठाई बरसाते थे। जब कहिए, आपका मुँह मीठा कर दें, तलाशी ले लीजिए तब भी, फिर अपनी जेब में से मिठाई निकाल दें। उम्र इस साल पूछिए तो 105। एक बरस बाद पूछिए तो 107 और उसके तीन बरस बाद पूछिए तो 101। गोया और लोग बराबर बढ़ते हैं और ये कभी घटते हैं, कभी बढ़ते हैं। असल में इन्हें यह याद ही नहीं रहता कि कब किससे इन्होंने कितनी उम्र बताई थी।

और उधर भागे जा रहे हैं लक्ष्मी सिंह जी! क्यों भागे जा रहे हैं ये? कमर झुक गई है, झुककर चलते हैं। जीभ तेज हो गई है, खुलकर गाली देते हैं। ये राम-राम कहने से चिढ़ते हैं। एक बार राम कहिए और हजार गाली सुन लीजिए। अगर दो बार राम कह

दीजिए तो आपको तब तक गाली देते रहेंगे, जब तक उनको नींद न आ जाए।

और ये हैं रंगू धोबी! वादा पर कभी कपड़ा नहीं देते, जब जाइए तो धुकाई की कमी की शिकायत करते हैं और साथ-साथ यह भी कहते हैं कि क्या कोई कपड़ा धुलवाएगा, धुलवाते थे तो बड़े महाराज, बस जब धुलें तो कपड़े इत्र में धुलें। जितने कपड़े मिलते थे, उतने शीशी गिनकर इत्र। घर क्या, सारा गाँव मँहमँह करता रहता था।

और ये हैं रहीम खलीफा! एक टूटी-फूटी मशीन है, दरजी की दुकान है। वादे पर कपड़ा देना दुश्वार है, पर एक-से-एक कहानी सुन लीजिए। ये भी बड़े महाराज के नाम के शैदाई हैं। बड़े महाराज मर भी गए, तब भी मेरे गाँव में बहुत से भक्त छोड़ गए। हाँ, तो रहीम खलीफा का सुनिए, "कपड़ा सीने में मन नहीं लगता। जहाँ राज रजनी, वहाँ भीख नहीं माँगनी। बड़े महाराज जब चले गए, तब क्या कपड़ा सीना है? एक खलीता के लिए बड़े महाराज 25 गज कपड़ा दिलवाते थे। एक उनका बनता था और दस गरीब की मदद हो जाती थी। हाथ वही, मशीन वही, गाँव वही और दुकान भी वही, पर एक बड़े महाराज न रहे और सब सूना हो गया है।"

और वह है बुढ़िया मालिन। जब इसके पति खदेरन जीते थे, इसको देखते बनता था। विवाह में लड़के के विदा होने के वक्त यह जिस समय मौर लेकर आती थी, बारात भी इसको देखने के लिए थोड़ी देर रुक जाती थी। पति मर गए, बुढ़िया हुई। अब वह जमाल नहीं पर कमाल बजिन्सहू वही है। हाँ, अगर सँवारकर मौर बना दे तो देखे बने और दिखाए बने। दूल्हा यों सजे कि लाखों में भी फबे। पालकी थोड़ी देर के लिए चूमने के काबिल हो जाए। हाँ, ऐसी ही खूबी है उसके हाथ के मौर में।

सिर्फ मौर पर ही मुनहसर नहीं था। मेरे गाँव में लोग एक-से-एक चीज बनाते थे। बाटा का जूता पहनकर आज कौंसिल में जाता हूँ तो महँगू चमार का जूता याद पड़ता है। मुलायम और सुंदर। महँगू लाने के साथ उसमें रेंड़ी का तेल देता था। पहनने से पैर भी चप-चप मुलायम हो जाता था। रामदेव की बनाई कुरसी हर घर में एक न दो मौजूद हैं, जो बड़े लोगों के आने पर निकलती थीं। छड़ी भी रामदेव एक-से-एक बनाते थे। जग्गू लोहार की गुप्ती इलाके भर में मशहूर थी। भाला, बरछा, तलवार, फल्सा इत्यादि भी जग्गू एक-से-एक बनाते थे। आज जनेऊ पहनने का शौक जाता रहा, पर कुछ दिन पहले जागा पांडे के बनाए जनेऊ मन में लालच पैदा कर देते थे। जागा पांडे अनंत में अनंत भी खुद ही बनाते थे, रक्षाबंधन में राखी भी अपने हाथ से बनाते और सब देखने लायक। बलदेव कुम्हार मर भी गए, तब भी उनके मिट्टी के खिलौने हर घर में दरीची पर रखे मिलेंगे। होली-दशहरे में मुरहा, पटाका, छुरछुरी आदि छूटती थी, यह सब जीतू मियाँ तैयार करते थे। बाकर रँगरेज थे, जिनका कपड़ा रँगने में नाम था। छेदी मेहतर गुलेल तैयार करने में नामी थे। गौरहों के रखने के लिए झोली भी वे बनाते

थे, सुग्गा-मैना पालने के लिए पिंजड़े की तैयारी और बिक्री भी उनके यहाँ होती थी। नेतलाल डोम अब नहीं रहा, लेकिन घर-घर में उसकी निशानी बाँस का पंखा, टोकरी, सूप, औडइया और बढ़नी इत्यादि मौजूद हैं। सरस्वती बुढ़िया थी, जो आहर वगैरह में से कासी लाती थी और बहुत उम्दा बाँटा तथा बढ़नी तैयार करती थी। नन्हक ककहेरी थे, जो लकड़ी का सुंदर ककहा तैयार करते थे। घूरन बहू तिल और सरसों का शुद्ध तेल देती थी, क्योंकि उसके यहाँ कोल्हू चलता था। गोवर्धन अंधा था, पर ऐसी रस्सी बँटता था कि घर--घर उसकी बुलाहट होती थी।

पर इन सबों से निराले थे तेतर वैद्य, जो नब्ज देखकर ही कह देते थे कि किसने क्या खाया है। तेतर वैद्य को जब भी बुलाया जाता था, आठ आना पैसा के साथ सवा सेर सीधा दिया जाता था। उनकी दो दवाइयों के नाम अब भी याद हैं। सुहागबट्टी और आनंदभैरव जन-जन की जुबान पर रहते थे। कभी-कभी मियादी बुखार में ऐसा तीता काढ़ा देते थे कि उसके पीने के डर से रोगी अच्छा हो जाता था। बड़े अस्पताल की विशाल अलमारियों से उनके उस टीनवाले टूटे संदूक की तुलना करता हूँ तो गुम हो जाता हूँ। टीन के उसी टूटे संदूक में वैद्यजी की सारी किताबें भी रहती थीं और पाचक के साथ-साथ सारी दवाइयाँ भी।

और वैद्यजी से भी जिनका रंग कुछ निराला है, ऐसे हैं हमारे मास्टर साहब। हाथ में बराबर खजूर की छड़ी, आँख में बराबर गुस्सा और गुस्से के साथ-साथ पुराना टूटा-फूटा चश्मा, उम्र की अधिकता से चेहरे पर झुर्री, तेजी और काबलियत से नाचता हुआ शरीर, चाल-ढाल और बोलचाल में बेतरह फुरती और जब चलते हैं तो आगे-पीछे, दूर-नजदीक से लड़के भागे रहते हैं, जिससे मास्टर साहब की नजर न पड़े, नहीं तो राह-बाट की गुस्ताखी का मजा स्कूल में चखना पड़ेगा। क्लास में बिगड़ते हैं तो मालूम होता है खा जाएँगे और जिसको खूब पीटते हैं, उसपर एहसान लादते हैं कि जा आज किस्मत अच्छी थी कि इस छड़ी से पीटा गया। करम भी फूटता है तो इस छड़ी का पीटा डिप्टी नहीं तो दरोगा तो जरूर होता है। जिस पर बेतरह खुश होते हैं पहले, उसको पादद्वय की सेवा करने का मौका देते हैं और साफ ऐलान कर देते हैं कि अमुक को इस साल दो क्लास मिलेगा और जिस पर बिगड़ते हैं, उसके बारे में भी साफ घोषणा कर देते हैं कि चाहे लाख उपाय हो, अमुक इस साल फेल होंगे। मास्टर साहब इश्तहार को भी अखबार कहते हैं और लड़कों के सामने उसको यों गौर से पढ़ते हैं कि जैसे उनको भारी मेहनत लग रही हो।

यह तो गाँव के कुछ व्यक्तियों की बात हुई। पर अभी बहुतेरे बाकी हैं। ये कौन हैं ? सात-आठ नवजवान, जिनके सिर में लंबे बाल, जिनमें से कुछ में तेल चपचपा रहा है और कुछ रूखा-सूखा है। बाल न तरतीब से सँवारे गए, न तरकीब से काटे गए। बातचीत

देहाती, वेशभूषा शहरी। हँसते एवं ठट्ठा करते जा रहे हैं। स्कूल में दाखिल हुए थे, पढ़ नहीं सके। आगे पढ़कर हाकिम-हुक्काम भी नहीं बने और पीछे घूमकर अब गृहस्थ बन सकना भी मुश्किल है। ये जा रहे हैं इमली के पेड़ के नीचे, जहाँ ये ताश खेलेंगे, पच्चीसी खेलेंगे और इधर-उधर की बात करेंगे। इनसे बात कीजिए तो मालूम होगा कि इनके सामने कोई कुछ भी नहीं। ये सारी दुनिया के बादशाह हैं, न घर का काम करते और न बाहर का—त्रिशंकु की तरह बीच में लटके हुए हैं। माँ-बाप को तंग करके पैसा लेते, अँग्रेजी जूता से कम कुछ पहनते नहीं और धोबी से कपड़ा भी स्पेशल धुलवाते हैं।

कभी-कभी उनके संरक्षक और अभिभावक इस बात को महसूस करते कि ये गाँव पर और परिवार पर भार हैं, पर जब तिलक लेने का मौका आता तो इसी बात को दूसरी तरह से गौरव के साथ पेश करते। कहते कि गो मेरे लड़के ने छः वर्ष पहले पढ़ना छोड़ दिया पर अब तक उसको मैंने खेत में पाँव नहीं रखने दिया। इन नवजवानों की तरह कुछ नववधुएँ भी इस प्रकार गाँव पर भार रहती थीं, जिनको एक भी काम नहीं करने दिया जाता था। अपने वंश और कुल की श्रेष्ठता बताती हुई बुढ़िया सास लोगों से कहती थी कि विवाह हुए दस बरस हो गए, तब भी उन्होंने पतोहू को घर से आँगन में नहीं निकलने दिया।

लेकिन हमारे गाँव की सारी कहानी अधूरी रहेगी, अगर आपसे उन दोस्तों की चर्चा हम न करें, जो हमारे गाँव से जीविका की खोज में कलकत्ता जाते थे। वे करीब-करीब हर होली-दशहरा को घर आते थे; क्योंकि गाँव में सबका यह खयाल था कि होली-दशहरा में बाहर नहीं रहना चाहिए। वे जब वापस आते, उर्दू और बँगला के सिवाय कुछ बोल सकने में अपने को असमर्थ पाते। पर जाते-जाते फिर उनकी जुबान पुरानी और देहाती हिंदुस्तानी हो जाती। वे जब आते, उनके मुँह में पान और कान पर बीड़ी होती, पर जाने लगते तो उनका पैसा घट जाता और दसई सोनार के यहाँ अपने घर का कुछ जेवर बंधक धरकर ही वे वापस जाते। लेकिन यहाँ पर जो लिखना है, वह ऊपरवाली बात नहीं है, बल्कि कलकत्ता का समाचार है, जो वे हमें सुनाते थे। वे जब आते, हम लोगों के लिए सुई, धागा, सलाई, मोमबत्ती या लेमचूस उपहार में लाते थे और उपहार के साथ यह समाचार देते थे कि कलकत्ता ऐसा अजीब मुल्क है कि वहाँ हवा तौली जाती है। वहाँ ऐसे चालाक हटवे (हमारे गाँव में उनको कहा जाता था जो तौलने-जोखने का काम करते थे) होते हैं जो तौलकर ही बता देंगे कि कौन दिन कहाँ कितनी हवा बही। फिर बताते थे कि कलकत्ता में घूमते-फिरते मकान हैं, ऐसे-ऐसे होशियार राजमिस्त्री हैं कि एक ही मकान को कभी हावड़ा में रख देते हैं, कभी भवानीपुर में और कभी बड़तल्ला में और कभी बाँसतल्ला में। पहले मैं समझता था कि वे ठीक बात कहते थे पर पीछे मालूम हुआ कि मकान एक तरह के होते हैं, इसीलिए उनको भ्रम हो जाता था कि एक

ही मकान चारों तरफ घुमाया जा रहा है। कलकत्ता जानेवाले हमारे ये बंधु जब कलकत्ता जाने लगते तो एक रोज पहले से जाकर स्टेशन पर बैठे रहते, जिससे गाड़ी न छूटने पाए।

इतने लोगों के साथ, इतनी चीजों के साथ, इतने भेदों से भरा हुआ, इतनी विचित्रताओं से संयुक्त, इतनी खूबियों और ऐबों के साथ यह मेरा गाँव है, जिसमें मैं अब नहीं रहता, पर चाहता हूँ कि मैं रहूँ-न-रहूँ, पर मेरा यह गाँव आबाद रहे।

□

हमारा देहात

यह देहात है। एक गाँव वहाँ, एक गाँव यहाँ, एक गाँव इधर, एक गाँव उधर। बीच में कहीं-कहीं बाग-बगीचे, नदी-नाले, खेत-मैदान, पतली-तिरछी पगडंडी, छोटे-छोटे आहर, तालाब, गड़हे—सब को मिलाकर इसकी रचना हुई है। चाँद-सूरज मेहरबान हैं, धूप और हवा की यथेष्ट कृपा है। इसकी रचना हुई है, यह कहना शायद भूल है। इसको किसी ने बनाया नहीं, यह बन गया है।

इसकी असुविधाओं की वजह से इसके यहाँ शिक्षित बाबू लोग रहना नहीं चाहते। पर यह इसके लिए वरदान की तरह है, क्योंकि उन बाबुओं के अभाव में यहाँ भरपूर शांति रहती है।

शहर में जिस समय रेडियो पर रहीम खाँ और करीम खाँ कलापूर्ण राग-रागिनी का प्रदर्शन करते रहते हैं, ठीक उसी समय किशुन चरवाहा अपने ढोरों के झुंड को हाँकता हुआ देहात के आँगन में मन को तड़पानेवाला गीत गाता रहता है। शहर में जिस समय किसी कोठी के अंदर से आनेवाली पियानो की आवाज को सुनकर सड़क के मुसाफिर चौंकते रहते हैं, ठीक उसी समय यहाँ पर कान्हा मेहतर बाँस की बंशी के जरिए हवा में अपूर्व संगीत की सृष्टि करता रहता है। शहर में जिस समय सितारेहिंद कमलेशजी, सितार के तारों पर बिहाग का अलाप लेते रहते हैं, ठीक उसी समय डोमन और मोचन महतो विरह गीत को विरहा का रूप देकर उसके वातावरण में करुणा की सृष्टि करते रहते हैं।

शहर में जिस समय सिनेमा के टिकट के लिए आपस में धक्कम-धुक्का और मारपीट होती रहती है, ठीक उसी समय यहाँ दिनेश बाबू के चौपाल में कठपुतलीवाली का नाच देखने के लिए सारा गाँव इकट्ठा हो जाता है। शहर में जिस समय सरकस का खेल देखने के लिए लड़के तड़पते रहते हैं, यहाँ नट, सँपेरा, मदारी इत्यादि का खेल देख-देखकर लड़के आनंदमग्न होते रहते हैं। शहर में जिस समय बाबुओं के बावर्ची और नौकर जलावन के लिए सॉफ्ट कोक खरीदकर हथौड़ी से फड़-फड़ फोड़ते रहते हैं, यहाँ रमणियाँ गोबर बीन-बीनकर दीवार में उपले पाथती रहती हैं। शाम को शहर में

जिस समय स्विच दबाकर लोग बिजली का बल्ब जलाते हैं, यहाँ कुलवधुएँ आँचल में छिपाकर मिट्टी के अमरदीप को इस घर से उस घर में ले जाकर दिखाती एवं लक्ष्मी का आह्वान करती हैं। आधी रात में जिस समय शहर में ड्यूटी देनेवाले सिपाही हाथ में बंदूक लिये कड़कड़ बूट जूतों के साथ पीच रोड पर घूमते रहते हैं, ठीक उसी समय काला झब्बावाला मुरेठा, काली वर्दी और बाँस में लगे हुए भाले के साथ अखज चौकीदार 'सोनेवालों होशियार' कहता हुआ यहाँ घूमता रहता है और चार बजे भोर को जिस समय शहर में मिल का भोंपू बज-बजकर शिफ्ट बदलने की सूचना देता हुआ मजदूरों को बुलाता है, ठीक उसी समय यहाँ अकबर मियाँ का बड़ा मुर्गा कुकड़ूँ-कूँ बोलकर ग्रामवासियों को जगाता रहता है। इस प्रकार हर बात में रात से प्रातः तक शहर का जैसे एक क्रम है, वैसे इसका भी एक क्रम है।

शहर में जिस समय टाउनहॉल में बैठकर गंभीर प्रश्नों पर विद्वानों की सभा कुछ विचार-विमर्श करती रहती है, ठीक उसी समय यहाँ इमली के पेड़ के नीचे पंचायत बैठती है, जिसमें अह्म मसले पेश होते हैं।

शहर में बैंक हैं, जहाँ रुपए जमा किए जाते हैं, निकाले जाते हैं, उधार भी लिया-दिया जाता है। यह सही है कि यहाँ पूँजी कम होने के कारण जमा करने के बैंक नहीं, पर उधार-पैंच लेकर यहाँ जो अपनी इज्जत बचाना चाहे या जरूरी काम करना चाहे, उसके लिए दसईं साहू तैयार रहते हैं। बाज दफा तो जेवर बंधक रखकर रुपया देते हैं पर बाज दफा हाथ-पैर जोड़ने, गिड़गिड़ाने और घिघियाने से ऐसे भी टिकट सटवाकर दस्तखत ठेपा लेकर रुपया दे देते हैं; पर बैंक से इनका हिसाब बड़ा है। एक बार जो इनके फेर में पड़ता है, वह जीवनभर इनका साथ नहीं छोड़ता। इसलिए नहीं कि ये प्रेम से बात करते हैं, बल्कि इसलिए कि इनका हिसाब ऐसा है कि मेरे यहाँ विरले लोग हैं जिनमें उसको साफ करने की ताकत हो। शैतान की आँत और द्रौपदी के चीर की उपमा किताबों में दी जाती है, पर यहाँ असली न घटनेवाली चीज दसईं साहू का हिसाब है। पर आप यह न समझिए कि दसईं साहू का असली कारोबार यही है। असल में वे दुकानदारी करते हैं। शहर से लाकर कुछ खैनी, सलाई, मोटा मसाला, नमक और गुड़ इत्यादि रखते हैं। शहर में दुकानें समय पर खुलती हैं और समय पर बंद हो जाती हैं पर यहाँ दसईं साहू की दुकान रात-दिन चौबीस घंटा खुली रहती है। जब चाहिए, साहूजी कहकर पुकार दीजिए और दसईं साहू फौरन घर से बाहर निकलकर आपके पास हाजिर हो जाएँगे। जरूरत बताइए और सामान हाजिर! जो चीज तौलने की है, उसको तराजू पर चढ़ाकर ही बटखरे के साथ आपके सामने आएँगे कि अगर आपका जी चाहे तो जाँच लीजिए। दसईं साहू का बटखरा लोहे का नहीं, पत्थर का है और घर का बनाया हुआ है, पर कहेंगे कि शहर में जाकर सबसे बड़ी दुकान से इन्होंने उसको

जँचवाया है और ठीक पाया है; तब उससे कारोबार करते हैं।

दसईं साहू से प्रतियोगिता करने को कभी-कभी टहल साहू भी बैल पर कुछ सामान लादे घूम जाते हैं। इनकी सारी दुकान बैल की पीठ पर है। हल्दी, धनिया, रंग इत्यादि लिये घूमते हैं और बेचते चलते हैं।

यहाँ महीन मसाला गर्म मसाले को कहते हैं। वह बहुत कम आता है, कम बिकता है, पर यह न समझना चाहिए कि खाने-पीने में यहाँ के लोग बदशौक हैं। बाड़ी में तरकारी होती है, गड़हे और नदी-नालों से मछली लाई जाती है, करमी, नोनी, बूट, खेंसारी—कई तरह के साग हैं, जो लोग राह-बाट से लाते हैं। रात को चादर के जरिए बटेर बझाए जाते हैं तथा गाय-भैंस से दूध मिल जाता है। दस-बीस आदमी मिलकर खस्सी का बाँटी लगाते हैं और थोड़ा-थोड़ा बाँटकर खाते हैं। आम के दिनों में आम का अमझोरा बनता है, आटा और गुड़ देकर आम का 'गुरामा' बनता है, पोदीना मिलाकर आम की चटनी बनती है और मसाला मिलाकर उसका अचार बनता है। मकई के दिनों में मकई का पकौड़ा लगता है, पाँकर फूलते हैं तो उसके टूसे का अचार बनता है, अमलताश फूलता है तो उसके फूल का बजका बनता है। कोंहड़ा के पत्ते की चटनी बनती है। फूल का भी बजका बनता है और फल की भी तरकारी बनती है। इस प्रकार से और भी बहुत-सी तरकारियाँ हैं। खीरा के दिनों में सुबह का नाश्ता खीरा ही होता है और लोग कहते हैं कि 'सुबह का खीरा हीरा, दोपहर का खीरा खीरा और शाम का खीरा पीरा।' बूट का होरहा तो मशहूर है ही, गेहूँ का होरहा भी कम महत्त्वपूर्ण स्थान नहीं रखता।

खाने के मामले में कुछ बँधेज भी हैं। इतवार को लोग मीठा जरूर खाते हैं, सोमवार को खिचड़ी बनवाते हैं, मंगल को कुछ पकवान, बुध को दूध-दही, बृहस्पतिवार को माँस-मछली, शुक्र को कुछ फल-मेवा और शनिवार को भूँजा फाँकते हैं। अँटता है, जुटता है तो खूब कटता है, नहीं तो किसी तरह नियम का निबाह हो जाता है।

शहर की तरह अभी यहाँ प्लेटों की चाल नहीं हुई, थाली का राज है। एक ही थाली में दाल, भात, तरकारी, चटनी, अचार सब परोस दिया जाता है। मिला-जुलाकर लोग खाते हैं।

अतिथि के आने पर जाड़ा, गर्मी, बरसात बराबर शर्बत का व्यवहार होता था, अब भी होता है। औकात के मुताबिक गुड़ या चीनी व्यवहार में आती थी, अब भी आती है। पर 'टी एक्सपेंशन बोर्ड' के सद्प्रयत्नों से अब यहाँ भी बहुत से घरों में एक आने की चाय की पुड़िया लाकर वक्त-बेवक्त के लिए रखी रहती है। हालाँकि चाय अतिथि के लिए अब भी यहाँ गिलास में ही आती है। अतिथियों के तीन प्रकार हैं—उत्तम कोटि का स्वागत पूड़ी खिलाकर होता है, मध्यम का भात से सत्कार होता है और सबसे निम्न कोटि के अतिथियों को सत्तू से सम्मानित किया जाता है।

शहर की तरह यहाँ खाने का समय निर्धारित नहीं है। पुराने खानदान के बाबुओं के यहाँ तो दिन और रात को दो-दो बजे तक खाना होता था, पर अब वह वक्त बदल गया। सर्वसाधारण के यहाँ दस से बारह बजे तक ही खाना हो जाता है। खेत में काम करने को जाना हुआ तो सुबह खाकर गए और शाम को आकर फिर खाया। यों तो दिन दोपहर जब जिसकी राय हुई, खाते हैं।

हालाँकि यहाँ खाने को उतना महत्त्व नहीं दिया जाता, जितना कमाने को। बहुत से लोग समझते हैं कि काम करने को ही उनका जन्म हुआ है। स्त्रियों को तो खासकर अगर फल दीजिए, मिठाई दीजिए तो वे खुद न खाकर बच्चों को दे देंगी, क्योंकि वे समझती हैं कि चिकना-चुपड़ा, मीठा इत्यादि जो कुछ है, चाहे मर्दों के लिए है, चाहे बच्चों के लिए। खाया जो जाता है तो पेट भरने को, विटामिन की निगाह अभी हमारे यहाँ नहीं आई। साग को लोग शहर की तरह महत्त्व नहीं देते, आसानी से उपलब्ध होने की वजह से ही खाते हैं। यहाँ शौक है तो स्वाद का, बंधेज है तो प्रकार का। महत्त्व खुद खाने का नहीं है, बल्कि महत्त्व है दूसरों के सत्कार का।

खैर, यहाँ खाना हो या न हो पर खाने की कहावतें जरूरी होती हैं। आप यहाँ आएँगे तो सुनेंगे कि 'खिचड़ी के चार यार—घी, पापड़, दही, अचार।' उसके बाद आगे बढ़ेंगे तो आपके कान में यह आवाज आएगी—'मड़ुआ मीन चीन संग दही, कोदो के भात दूध संग सही'। पर उसी से बात खत्म नहीं हो जाती। आगे आपको यह सुनाई देगा, 'बूट फाँको एगो दुगो, गोहुम गुर दस और चाउर-चूरा भर-भर फाँका, तब मिले रस'। इसके साथ-साथ नीति की कहावत भी खाने के संबंध में जैसे 'खाके मूती-सूती बाँव काहे वैद बुलाई गाँव।' और यह कि 'सावन शाक न भादो दही, आश्विन दूध न कातिक मही।' फिर यह सुनिएगा 'खाके पसरी मार के संसरी।' और भी बहुत तरह के जैसे 'खाया देह और नहाया बदन नहीं छिपता', मर्द को खाते और औरत को नहाते कोई देखे, कोई न देखे।' कहीं-कहीं यह कहेंगे कि 'भोजनान्ते तक्रम्' और कहीं-कहीं यह कहेंगे कि 'मधुरेण समापयेत्।' सबसे बड़ी कहावत यह है कि 'कम खाओ, गम खाओ, पानी पीओ, खूब जीओ।'

पर 'पानी पीओ, खूब जीओ' कहने के कारण सब कोई यहाँ पानी से ही संतुष्ट रहते हैं, ऐसी बात नहीं है। नशा का भी सेवन यहाँ होता है। हुक्का-तंबाकू तो आम बात है। शहर में जब चाय पार्टी के बाद सिगरेट की टीन खोलकर बैरा चलाता रहता है, ठीक उसी समय यहाँ बिरादरी में हुक्का चलता रहता है। बीड़ी का प्रचलन भी खूब है और खैनी के बारे में कहावत है कि 'सत्तर चुटुका अस्सी ताल, तब बने खैनी के माल।' भांग तो बहुतेरे लोग खाते हैं पर गाँजा का दम भी यदा-कदा लग जाता है। जब चिलम चढ़ता है, भीड़ लग जाती है, पर कहा जाता है कि गाँजा के यार किसके, दम

लगा और खिसके। एकाध आदमी यहाँ अफीम भी खाते हैं पर इसकी आदत शुरुआत में दमे की दवा के रूप में लगती है। असली नशा है यहाँ ताड़ी और दारू। कलाली में जब जी चाहे देख लीजिए। आमतौर से पी-पीकर लोग गाते हैं, 'बाबू दारोगाजी, कौन गुनहवा बाँधल पियवा मोर'। पर अगर होली के दिन हुए तो 'सैयां अभागा न जागा, नकबेसर कागा ले भागा', यही गाया जाता है और बोतल तथा चुकिया और साथ-साथ घुघुनी तथा खसिया। ताड़ी की दुकान का भी यही नजारा है पर यहाँ बोतल का स्थान लबनी ले लेती है; अद्धा की जगह पर घड़ा होता है और दुकान की जगह पर ताड़ के बड़े पत्तों से घिरी थोड़ी-सी जगह।

यहाँ जब कोई आपका काम परिश्रम करके कर देगा, तब इनाम भी यही कहकर माँगेगा, 'कुछ पीने के लिए हुजूर'। शहर में और देहात में यही तफरका है कि जब वहाँ स्कॉच, हेवर्ड और रम के साथ चौप, कटलेट और कबाब चलता है, तब यहाँ 70, 50 एवं ताड़ी के साथ चना का चिखना चलता रहता है।

ईंख के खेत में, अरहर की क्यारी में, लहराते हुए धान की आरी पर, मकेआ के बीच, जिनोरा के खेत में, कुदरुम के अंदर, खँडहर में, नदी-नाले में यहाँ आनंद की एक दुनिया बसी है, जिसका कण-कण गुलजार है।

पर यहाँ अपराधों की भी सीमा नहीं है। यह सही है कि यहाँ स्टेशन के जेबकट की तरह कोई ब्लेड लेकर नहीं चलता, यह भी सही है कि वामपंथियों की तरह यहाँ कोई पिस्तौल लेकर डाका के फिराक में नहीं घूमता, पर अन्य प्रकार के अपराध तो होते ही हैं। सेंधफोरनी से सेंध मारी जाती है, खलिहान से बोझे चोरी होते हैं। खेतों से बूट और धान कभी-कभी काट लिया जाता है, कोलसार से गुड़ और ईंख की चोरी होती है और भैंसवार सुबह में दूसरों की खेती भी कभी-कभी अपनी भैंस से खिला देता है। छप्पर पर से कभी-कभी कद्दू और कोंहड़ा चला जाता है, कभी-कभी केले के वृक्ष से घौद गायब हो जाता है, कभी-कभी रात को बाग से आम तोड़ लिये जाते हैं और कभी-कभी भेड़ तथा बकरी के बच्चे भी चोरी हो जाते हैं, जिन्हें लोग तत्क्षण मारकर खा जाते हैं। कभी-कभी ऐसा होता है कि आदमी सोया रहा और खूँटे से बैल खुलकर चला गया। कभी-कभी टट्टू बाहर चरने गया और वहीं से लापता हो गया।

बैल-घोड़ा गायब हो जाए तो उतना आश्चर्य नहीं है पर आपको यह सुनकर आश्चर्य होगा कि यहाँ आदमी भी कभी-कभी गायब हो जाता है। यहाँ इस प्रकार का ईर्ष्या-द्वेष का बाजार पूरा गर्म रहता है। फलस्वरूप बात-बात में फौजदारी होती है, मारपीट होती है और अगलग्गी होती है और कभी-कभी आदमी आदमी की जान भी मार देता है। थाने जाते हैं, कचहरी जाते हैं, मुकदमा होता है, परेशानी हलकानी होती है, सजा होती है कैद की, फाँसी की, पर तब भी यह क्रम जारी रहता है। पानी के

लिए किसी ने किसी की मेड़ काट दी, तकरार हो गया, किसी ने किसी के तरफ दबा के अपनी दीवार उठाई, झगड़ा हो गया, कभी लड़के लड़े और उनके चलते बड़कों में लड़ाई हो गई। हाल साल पंचायतों के चुनाव में खूब तनातनी हुई, झगड़े-बखेड़े बढ़े और अब भी उसकी लहर उतरी नहीं है। लोग एक-दूसरे से बदला लेने का मंसूबा बाँध रहे हैं, शान-शौकत बघार रहे हैं और मूँछों पर ताव दे रहे हैं।

लीजिए, एक विचित्र बात देखिए। किसी का एक वर्ष का लड़का मर गया। उसने लड़के को दफनाया नहीं, गड़वाया नहीं, बल्कि कपड़ा में लपेटकर उसकी लाश को किसी के दरवाजे पर रख आया। आप चौंकेंगे कि क्यों रख आया? इस लड़के को ओझा ने देखा था। अभी यहाँ बहुत से ओझा मौजूद हैं। ओझा ने जिस डाइन का नाम बताया, वह डाइन जिस घर की है, उसी घर के दरवाजे पर लड़केवाले ने लड़के के मरने पर उसको रख दिया। यह महाभारत का पहला चरण है। उस घर के लोग आए तो लाठी लेकर निकले, ललकार हुई, गुहार हुआ और ऐसी मारपीट हुई कि कुछ के सिर फूटे, कुछ के पैर की हड्डी टूटी और कुछ के हाथ की हड्डी टूटी।

इस प्रकार के झगड़े तो होते ही रहते हैं, पर यहाँ शायद ही ऐसी होली आती हो जिसमें एक-न-एक प्रकार का झगड़ा न हो। ऐसा मत समझिए कि होली लड़ने-झगड़ने का त्योहार है। तौबा कीजिए लड़ने-झगड़ने को! यह प्रेम से मिलने का, हँसने का, बोलने का, खाने का त्योहार है। पर इसमें एक-दूसरे से हँसी भी की जाती है। संबंध के मुताबिक पहली अप्रैल की तरह एक-दूसरे को इस त्योहार में बेवकूफ बनाने की भी कोशिश करते हैं। इसी की मात्रा में जब अति का प्रवेश होता है, मजाक भीषण रूप धारण कर लेता है तो भाईचारा संग्राम में परिणत हो जाता है। कभी-कभी गाँव-गाँव में भीषण झगड़ा होता है। लीजिए, इस गाँव के लोग होली जलने के बाद भुतही चिनगारी की तरह चमकती हुई लुआठी लिये उस गाँव के सिवाने में फेंकने गए। उस गाँव के लोगों ने कहा कि उनकी सीमा के अंदर लुआठी नहीं फेंकी जा सकती। बस इसी बात पर लड़ाई हो गई। ऐसी लड़ाई कि दोनों गाँव के बीस-तीस आदमी घायल हुए, अस्पताल गए, बरसों तक मुकदमा रहा, उसके बाद सुलह हो गई।

हाँ, यह न समझिए कि यहाँ के लोग सिर्फ लड़ने में तेज हैं, सुलह करने में भी आगे हैं, मिलने में भी मशहूर हैं। होली, दशहरा, दीवाली, वसंत पंचमी इत्यादि कुछ ऐसे पर्व यहाँ हैं, जब सब कोई उल्लास और प्रेम से मिलता-जुलता है, साल भर के वैमनस्य को भी थोड़ी देर के लिए भूलता है। एक-दूसरे को सलाम करते, पैर छूते, दुआ-आशीर्वाद लेते हैं। दिन हँसी-खुशी में, आनंद में कटते हैं। मुसलमानों के पर्व में हिंदू भी शरीक होते हैं और हिंदुओं के पर्व में मुसलमान भी मिलते-जुलते हैं।

किंतु इस मिलने-जुलने में दिल-दिमाग का पार्ट उतना नहीं है जितना परंपरा का।

हाँ, होता आता है, इसलिए हो जाता है, यही यहाँ की मनोवृत्ति है। यह मानने में हमें जरा भी हिचकिचाहट नहीं कि परंपरा और अंधविश्वास यहाँ खूब है। किसी ने अगर मजाक में भी किसी पेड़ में सिंदूर लगा दिया तो उस पेड़ में देवता का निवास हो गया। किसी ने अगर झूठमूठ भी यह ऐलान कर दिया कि अमुक कुएँ में एक मुसाफिर डूब गया था तो उस कुएँ के पास कोई भी अकेला नहीं जाएगा। जब देखिए, तब यह बहस दरपेश रहती है कि कब्रगाह में या मुर्दघटी में बराबर भूत नाचते हैं। कब्रगाह या मुरदाघाटी यहाँ अक्सर नदी-नालों के किनारे होते हैं, भरसक कोई उधर अकेला नहीं जाता। राह-बाट में कभी-कभी आपको ढकनी में अक्षत् के साथ-साथ एक पैसा मिलेगा। उस पैसे को डर के मारे कोई नहीं उठाता कि जो उसको उठाएगा, वह भारी रोग का शिकार होगा। समझा यह जाता है कि किसी रोगी ने अच्छे होने की नीयत से अपना भूत इस ढकने के अक्षत् और पैसे के जरिए भगाया है। अगर कोई इसको उठा लेगा तो भूत उस पर सवार हो जाएगा और रोगी भला-चंगा हो जाएगा।

इस अंधविश्वास का असर देहात के कारोबार पर भी पड़ता है। अगर बुध को एक अच्छी बात सूझी और उसके लिए कहीं जाने की जरूरत हुई तो लोग मंगलवार आने तक यात्रा नहीं करेंगे, हालाँकि उस काम में आठ रोज की देरी हो जाएगी। इस रोज उस दिशा में नहीं जाएँगे। इस रोज उस काम को नहीं करेंगे। यों काम पड़ा रह जाता है। कहावत है कि 'बीफे दखिन करै पयाना फिर मत जनिह उन कर आना। 'रवि शुक्र जे पश्चिम जाए चार लात बेड़ा में खाए'। 'शनि सोमारे पश्चिम जावे धरा न होए तहउँ कुछ पावे', 'कुज-दुज दशमी-नौमी रिकता, उत्तर गवन बुध मरन व्यवस्था।' नया और अच्छा काम प्रारंभ करने जा रहे हैं, राह में विधवा औरत मिल गई, तेली मिल गया, काना मिल गया या छूँछा घड़ा लिये कोई मिल गया, बस काम को बंद कर दिया जाएगा, यात्रा को स्थगित कर दिया जाएगा। कहते हैं कि 'बाएँ फनि-मणि दहिन सियारा, दधि लिये जो मिलिहैं ग्वारा, एहू से शुभ लक्षण होई, भरल घड़ा लिये मिले जो कोई।' बिल्ली या सियार अगर राह काट दे तो यहाँ लोगों का दिल धड़कने लगता है। उस पर भी अगर दाहिने से बाएँ जाए, तब तो हरगिज आगे नहीं बढ़ेंगे। हालाँकि इसका मार्जन भी कहा जाता है कि 'रवि को पान, सोम को दर्पण, मंगल को गुड़ करिए अर्पण।' हाँ, इतना कर देने से कि इतवार को पान खा लेने से या सोमवार को आईना देख लेने से या मंगल को गुड़ चढ़ा देने से विपरीत दिशा में जाने में भी दोष नहीं रहता। फिर यह कहा जाता है कि 'बुध कहै मोहि बड़ा सयाना, फिर मत जानिए उनकर आना। सवा पहर जो मानो मोही, सोने छत्र धरावौं तोही।' यानी बुध का कहना है कि बुध के रोज जो यात्रा करे, बुध उसको वापस नहीं लौटने देगा, पर सवा पहर बुध का हुक्म मानकर जो ठहर जाए, यानी बुध को जो सवा पहर दिन चढ़ने के बाद यात्रा करे उसको बुध अवश्य सफलता मंडित करेगा।

इस प्रकार के कितने अंधविश्वास यहाँ कायम हैं। देखिए कि यहाँ देवता कैसे बनते हैं। इनको देखिए ये स्वप्न महादेव हैं। वह जो पेड़ है, उसके नीचे एक साधु आए और उन्होंने कहा कि महादेवजी ने उनको सपना दिया है कि इस पेड़ के बावन पोरसा नीचे जमीन में उनका निवास है, यहाँ पर एक महादेव की मूर्ति रखकर पूजा होनी चाहिए। बस शिवलिंग आ गया। पूजा शुरु हो गई। अब वहाँ एक मंदिर भी बन गया।

ऐसे-ऐसे कामों में अभी यहाँ खूब सहयोग मिलता है। अलबेला बाबा का यज्ञ यहाँ होता है, जिसमें पाँच हजार कंगले और एक हजार ब्राह्मण खिलाए जाते हैं। भोला बाबा का यज्ञ यहाँ होता है, जिसमें चौबीस मन घी, चौबीस मन गुड़, चौबीस मन अन्न और चौबीस मन धूप का हवन होता है। महंतजी का यज्ञ भी यहाँ होता है, जिसमें सवा-सवा भर सोना की बावन मूर्तियाँ दान की जाती हैं। गोया देहात पूजा-पाठ में भी आगे और साधुओं के सेवा-सत्कार में भी आगे।

यहाँ खर्च के तीन जरिए हैं—साधु, शादी और श्राद्ध। पहले राजा के गुमाश्ते और बराहिल घूमते थे, अब सरकारी कर्मचारी और बराहिल घूमते हैं।

आइए, अब कुछ दृश्य दिखावें। देखिए यह अखाड़ा है। ये पहलवान हैं। नदी में स्नान करते हैं, अखाड़े में कसरत करते हैं और फूला हुआ चना फाँकते हैं। चने को यहाँ देशी किशमिश कहा जाता है।

यह देहात का बाजार है। गाँव की गली में सप्ताह में एक रोज, दो रोज बाजार लग जाता है। बैल-घोड़ों पर सौदा लादे हुए तथा पैदल भी दूर-दूर से व्यापारी आते हैं। कपड़ा, तेल, घी, अनाज, तरकारी, मसाला, नमक, गुड़, चीनी, मेवा, फल, पापड़, छोटे-मोटे बरतन, पेटेंट देशी दवाओं की कुछ शीशी, मिट्टी के बरतन इत्यादि इसमें मिल जाते हैं। भीड़ होती है, लोग दूर-दूर से आते हैं, बेचते हैं, खरीदते हैं और पार हो जाते हैं। दोपहर को बाजार का आरंभ होता है, शाम को चार बजे बाजार जमता है और छः-सात बजते-बजते गली पूर्ववत् सूनी हो जाती है।

और यह स्कूल है। एक छोटी कच्ची कोठरी बनी हुई है, पर तब भी लड़के बाहर बड़ की छाँह में ही पढ़ते हैं। सब एक छोटी-छोटी चटाई रखते हैं, उसी को बैठने के लिए इस्तेमाल करते हैं। शहर में जिस समय कॉलेज का दरबान घंटे पर दस चोट मारता है, यहाँ ठीक उसी समय बैल के गले में बाँधी जानेवाली घंटी को मास्टर साहब डुलाकर टनटनाते रहते हैं।

यहाँ बच्चों का पूरा आदर-मान है। शहर में जिस समय लकड़ी या लोहे की गाड़ी पर नौकर उनको इधर से उधर टहलाता है, ठीक उसी समय यहाँ पर लड़कों के बाबा, नाना, चाचा इत्यादि घोड़ा बन जाते हैं, अपनी पीठ पर लड़कों को चढ़ाते हैं, हिनहिनाते हैं, उसी मुद्रा में दौड़ने की कोशिश करते हैं और लड़का घोड़े पर चढ़ा हुआ हँसता,

खिलखिलाता उसका मजा लेता है। लेकिन तब भी यह अजीब बात है कि लड़के यहाँ साफ-सुथरा नहीं रहते, गंदा रहते हैं। कहावत है कि 'जहाँ बुढ़वन के संग, वहाँ खर्ची के तंग, जहाँ लड़कन के संग, वहाँ बाजे मृदंग'।

लड़कों को कौन कहे, बड़के भी यहाँ होली, दशहरा और बर-बारात में ही नए, साफ कपड़े पहनते हैं, नहीं तो सालों भर एक समान गंदा, फटा-चिटा रखते हैं। लीजिए, आप बारात की भी बहार लूट लीजिए। मीरपुर के कुँवरजी दूल्हा हैं, गाँव लसौखर में बारात आई है। हाथी हैं, घोड़े हैं, कहार-पालकी है, बाजे तरह-तरह के, मोटर, टमटम और एक्का—किसी प्रकार यहाँ सड़क ठीक-ठाक कर आज सब कुछ आए हैं। उधर तवायफ का नृत्य हो रहा है, जिसको देखने के लिए दो-दो कोस से लोग आए हैं। कभी डफली बजती है, कभी सिंघा, कभी ढोल ठनकता है, कभी मोरबाजा।

लीजिए, बारात में झगड़ा हो गया। यह नहीं कि बाराती आपस में लड़ गए, बल्कि बारात और सरात में साधारण-सी बात पर झगड़ा हो गया। सरातियों ने सवाल किया, बाराती जवाब देने के पहले यह बहस करने लगे कि पहले सवाल करने का हक उनका है, इसी की बहस शुरू हो गई। बहस में कटुता आई, बारात वाले समधी ने कहा कि उनका अपमान हुआ, अब खाना नहीं खाएँगे। सरात के बने हुए सारे सामान बरबाद हो गए। कोई खाने नहीं गया। जबकि समधी के सिवाय सबकी राय खाने की थी और सब की जीभ चटपटा रही थी, पर बेचारे मन मसोसकर रह गए। बारात में यहाँ अक्सर ऐसा होता है।

बारात में जाने में लोग जितना उत्साह और आनंद दिखलाते हैं, उतना बारात के आने पर स्वागत में नहीं दिखलाते, बल्कि यहाँ लोग मानते हैं कि उनको बराबर लड़का हो, जिसमें वे बारात तो खूब जाएँ पर उनके यहाँ बारात आने की नौबत न आए। बारातों में हमारे यहाँ अभी भी कभी-कभी प्रतिद्वंद्विता हो जाती है। सुनने में आता है कि अमुक बाबू ने कुएँ में चीनी की अनगिनत बोरियाँ डालकर सारे कुएँ को शरबत बना दिया और अमुक बाबू ने बाजार की तमाम खाने-पीने की चीजों की दुकानों को हुक्म दे दिया कि चाहे जो जितना खाए, सब का दाम उनसे लिया जाए।

यों तो यहाँ शादी-ब्याह में ही लोग अपने घरों को मरम्मत करते, दुरुस्त करते और साफ-सुथरा करते हैं, पर दीवाली में जब शहर के हर मकान पर चूना फिरता रहता है, यहाँ भी ग्रामवधू फटे-चीटे कपड़े के पोतने से गोबर-मिट्टी को मिलाकर अपने घर की दीवारों को लीपती रहती हैं। दीवाली में जो बड़े हैं, वे जुआ और छोटे लड़के कौड़ी खेलते हैं।

दशहरा में और सब कामों के साथ-साथ नीलकंठ का दर्शन अवश्य किया जाता है। नीलकंठ के बारे में यह विश्वास है कि वे आशीर्वाद देते हैं कि जैसे हो, वैसे रहो।

नया कपड़ा पहनकर, पान खाकर, मुँह मीठा कर, पुष्पहार पहनकर, नवीन जूता पहनकर लोग उनका दर्शन करते हैं, जिससे साल भर उनको इन चीजों की कमी न हो, साल मंगलमय हो और चिंता-फिक्र एकदम न हो।

लेकिन इन झगड़े-बखेड़ों से, उत्सव-त्योहारों से, परिपाटियों और अंधविश्वासों से अलग भी देहात की एक दुनिया है, जिसमें सादगी है, सहनशीलता है, सहिष्णुता है, संतोष है, सुख है और शांति है। अखबार आने लग गए हैं, पर हलचल अभी नहीं आई है। मजदूर हैं, पर हड़ताल अभी देखने में नहीं आती। प्रेम है तो है, दुश्मनी है तो है, पर दोनों भीतरी हैं, ऊपरी नहीं। दिखावट नहीं, ढोंग नहीं। अपने पर, अपने बाहुबल पर आदमी को भरोसा है, सब कुछ-न-कुछ कमाने का ढंग करते हैं, पर दूसरों को ठगकर नहीं, स्वयं परिश्रम करके। किस्मत पर भी लोगों को पूरा विश्वास है, पर उसमें कर्म न करने की भावना नहीं हैं, बल्कि कर्मफल की प्राप्ति और अप्राप्ति को किस्मत के मत्थे मढ़ा जाता है।

शहर में जो काम दवा करती है, वह यहाँ हवा करती है। शहर में जिन घावों की चीरफाड़ होती है, यहाँ उन पर नीम की पत्ती पीसकर चढ़ाकर, उनको अच्छा कर लेते हैं। शहर में होटल हैं, जिनके मालिक जान-पहचान वालों से भी भोजन का दाम ले लेते हैं, यहाँ घर पर ही अतिथिशाला है, जहाँ अनजान भी आकर प्रेम से खाकर चले जाते हैं। शहर में जब बिजली के पंखे घनघनाते रहते हैं, यहाँ ताड़ के पत्ते का पँखा और बाँस का बेना मधुर-मधुर डोलता रहता है। शहर में कल और फव्वारों से काम लिया जाता है, उन सब कामों को यहाँ कुएँ और तालाब पूरा कर लेते हैं। शहर में जिस काम के लिए बर्फ का बाजार बसा है, उस काम को यहाँ लेवावाले घड़े और सुराहियाँ बखूबी अंजाम दे देती हैं।

आइए, आपको गीत और संगीत सुनाऊँ! विवाह होने को है, इसलिए सारे गाँव की स्त्रियाँ उस घर के आँगन में झूमर गा रही हैं। लीजिए, दूल्हा को उबटन लगाया जा रहा है तो वहाँ भी गीत हो रहा है। शहर में ठीक खाने के वक्त जैसे सिलोन का रेडियो गाये हुए गीतों को दुहराता है, वैसे ही यहाँ पहुना लोगों के खाते वक्त स्त्रियाँ घर में गीत गा रही हैं। लीजिए, अब बारात विदा हो रही है तो दूल्हा का परिछन हो रहा है और सब के बाद जब बारात वापस आ गई है तो वर बाबू को देखकर स्त्रियाँ गा रही हैं, "हँसत खेलत मोर बाबू गेलन, मन बे दिल काहे अएलन, मन चितल काहे अएलन, सासु छिनरियो जादू कएलन, हँसत…"। इस प्रकार के गीत देहात के आँगन को बारहों महीना मुखरित करते रहते हैं। व्रत में भी गीत, त्योहार में भी गीत, पूजा-पाठ में गीत, विवाह में गीत, जाँता चलाते वक्त भी गीत, ढेंकी चलाते वक्त भी गीत—बात-बात में गीत, हर एक बात में गीत। जीवन के उल्लास को जगाए रखने में, अभाव और दुःख

के दर्द को भुलाए रखने में ये गीत संजीवनी का काम करते हैं। इस गीतमय वातावरण का कारण क्या है, क्या नहीं है, यह सोचने का मौका नहीं मिलता।

इधर देखिए! रिमझिम पानी बरस रहा है। आसमान में बादल खेल रहे हैं। कभी-कभी बिजली भी चमक जाती है। ताल-तलैया भरे हैं। गड़हा-गुड़ही सब भर गए हैं। खेत, मैदान—चारों तरफ पानी की शान है। ठीक उसी वक्त खेत के उस पानी को चीरता हुआ एक तरफ एक किसान हल से खेत जोत रहा है और एक किसान उससे थोड़ी दूर अलग हेंगा दे रहा है, उससे थोड़ी दूर पर थोड़े से मर्द धान का बीहन उखाड़ रहे हैं। उसके और थोड़ी दूर ले जाते हैं, जहाँ कुछ लोग बँधी हुई आँटियों को खेत में छींट रहे हैं और सब के बाद करीब-करीब पचास रमणियाँ उस हरी-हरी गँवछी को पानी में गाड़ रही हैं। इस रोपण-क्रिया का दर्शन कीजिए। रोपनियों का गाना सुनिए। बरसात की इस समाँ में सुरीले कोमल कंठों के द्वारा ठंडी हवा में संगीत की जो लहरी लहरा रही है, उसको सुनिए। यह बारहमासा, गीत में यह वियोग की कहानी, यह रोपण, यह पानी—सब मिलकर मानो आपका मन मुग्ध कर लेंगे। इस दृश्य को परदे पर क्या देखिएगा? देहात के आँगन में आइए! पैर में जरा कीचड़ लगाइए, जूतों को निकालकर एक हाथ में धोती सँभालिए, जरा भींगिए, जरा उछलिए-कूदिए और तब देखिए कि क्या मजा है! इससे भी अधिक आनंद लेना हो तो धीरे-धीरे गिरते-पड़ते, उछलते-पिछलते हुए मेड़ पर चले जाइए, बीहन के रखे हुए बोझे में से कुछ आँटी हाथ में उठा लीजिए, देखिए! उधर दो-तीन रोपनियों के पास बीहन कम रहा है, आँटी खेत में है, पर उनसे कुछ दूर है, अपने हाथ की आँटियों में से कुछ उधर फेंकिए, छींटिए। छप से पानी में जाकर गिरेगा, पानी उछलेगा, रोपनियों को पड़ेगा और तब वे आपकी ओर देखेंगी। बुढ़िया रही तो कहेगी कि "भींग जायब तो तोरे से लुआँ लेब" और नवयुवती रही तो हौले से मुस्करा देगी। यह शुद्ध भाव है, विशुद्ध भाव है, पर इसमें अपार आनंद है, अनिर्वचनीय आनंद है, अकथनीय आनंद है।

ठीक इसी समय में, इसी समाँ में खेतों से गाँव की ओर जाइए। फेकू साहू का दालान बन रहा है। इस गाँव में यह पहला पक्का मकान है, छत पीटा जा रहा है। करीब बारह औरतें उसको पीट रही हैं। बगल में भतू मिस्त्री खड़े हैं, जो 'यहाँ पीटो, वहाँ पीटो' बताते जाते हैं। इस मकान के ओवरसियर, इंजीनियर, एस्टीमेटर, प्लैनर सब कुछ भतू मिस्त्री हैं। कारीगरी का काम करते हैं। हाथ में करनी लेते हैं तो अकेले कितने मजदूरों का दिमाग खट्टा कर देते हैं। वे ही बगल में खड़े हैं और रमणियाँ गीत गा रही हैं। गीत, हाय रे गीत, कितना मनहरण, कितना सुंदर!

उधर देखिए, रमणियों का एक दल घास लेकर आ रहा है। एक दल उधर साग लेकर आ रहा है, एक दल हाथ में पूजा का थाल लिये मंदिर की ओर जा रहा है। यहाँ जगह-जगह छोटे-छोटे मंदिर हैं, जिनमें सुबह-शाम आरती होती है, पूजा होती है। बाहर

एक फूल बेचनेवाला बैठा रहता है। बाहर ही पुजारीजी बैठे रहते हैं, जब देखते हैं कि कोई पूजा के लिए अंदर आ रहा है तो अंदर दाखिल हो जाते हैं।

मौसम-मौसम में देहात का रंग बदलता रहता है। आश्विन में खेतों में लहराते हुए धान की और उस पर लहरानेवाली पुरवा हवा के झोंकों की शोभा देखिए। अगहन-पूस में हँसिया लेकर धान काटनेवाले किसान मजदूरों का उल्लास देखिए, माघ-फागुन में लहरानेवाले जो-गेहूँ के पौधे देखिए, खलिहान में लगी हुई मँड़ई देखिए, उसमें बिछा हुआ पुआल का गद्दा देखिए, वैशाख-जेठ में मेहनती किसानों की बदौलत बैंगन और ईंख के खेत में असमय बोलनेवाला बेंग देखिए, आषाढ़ में नवीन वर्षा के बाद मिट्टी की सोंधी महक लीजिए, सावन-भादों में मकई के लहराते पौधों को, उसमें लगे मचान को, उस पर बजते हुए टूटे टीन के बाजों को देखिए। सालों-भर नया दृश्य, सालों-भर नई दुनिया। यह सही है कि बरसात में कीच-कादों और गर्मी में धूल-गर्द की थोड़ी अधिकता हो जाती है पर सालों-भर इसका आँगन चित्र-विचित्र पक्षियों की चहकन से गुंजायमान रहता है। अनंत की वाणी कहाँ गूँज रही है? स्वर्ग का संगीत कहाँ मुखरित हो रहा है? विधाता की बाँसुरी अहरह कहाँ बज रही है? कण-कण से आनंद कहाँ निःसृत हो रहा है और कहाँ रस की सतत वर्षा हो रही है? बस देहात में।

यहाँ देखिए, ये लड़के खेल रहे हैं। चिकनिया, कबड्डी, आँख-मुंदौवल। नाना किस्म के खेल। कभी साथ में बड़े-बूढ़े भी खेलते हैं। कहीं पचीसी हो रही है, कहीं बारहगोटी और कहीं गोटी। उधर दो-चार लड़के बाजार से हुचका ले आए हैं और पतंग नचा रहे हैं। दो-चार गड़हे में स्नान कर रहे हैं और चित्ती, ढबढब, खड़ी, डुब्बी तथा तैरने की अन्य विधियाँ सीख रहे हैं। एक कुत्ती ने चार बच्चे दिए हैं, कुछ लड़के उनसे खेल रहे हैं, कुछ बिल्ली से खेल रहे हैं, कुछ बकरी से खेलते हुए उसका दूध दूह कर पीने का प्रयास कर रहे हैं। एक आदमी पड़रू को पकड़े हुए है और एक भैंस को दूह रहा है। वहाँ भी कुछ लड़के खड़े हैं और भैंस के स्तन की धार का दूध, दूहनेवाले की कृपा से पी रहे हैं। दिन आम का हुआ तो ये लड़के आपको बाग में मिलेंगे, बेर का हुआ तो बेर के पास मिलेंगे, जामुन का हुआ तो जामुन के पास और खजूर के दिन में सुबह-सुबह खजूर के पास। भुटका के दिन में जब देखिएगा ये झाड़ी-झुरमुट में भुटका खोजते चलते हैं।

अब आइए, मैं आपको बैलगाड़ी पर चढ़ाऊँ! शहर में आप मोटर पर चढ़े हैं, रेल पर चढ़े हैं, टमटम, एक्का, ताँगा, साइकिल, रिक्शा, फिट्टीन, बग्गी तथा बस की संगति आपने की है पर यहाँ आकर उनको भूल जाइए। यहाँ तो सफर के लिए सब से अच्छी सवारी, यही बैलगाड़ी, यही बैलगाड़ी। किंतु बैलगाड़ी पर अगर आपको तकलीफ हो तो आपके लिए राजसी सवारी खटोली का प्रबंध हो सकता है। बोलिए, क्या पसंद है आपको?

यहाँ कहीं हरिकीर्तन हो रहा है, कहीं रामायण की कथा हो रही है, कहीं नाचधारी

का नाच हो रहा है, किसी के यहाँ लड़के का जन्म हुआ है तो सोहर हो रहा है और किसी के यहाँ कोई मर गया है, तो उसके दरवाजे पर गरुड़पुराण की कथा हो रही है। आप कहाँ बैठेंगे?

ये हैं कुम्हार महोदय। चाक चला रहे हैं। इनके हाथों की कला और कमाल देखिए! कितनी फुरती से चाक चलाते हैं और कितने ढंग से मिट्टी के बरतन गढ़ते हैं।

ये हैं हज्जाम। पंडितजी के साथ शादी-ब्याह इत्यादि काम तो करते ही हैं, पर हजामत बनाने का काम भी इनका ही है। देशी कैंची-छुरा रखते हैं, जी चाहे दाढ़ी बनवाइए, जी चाहे बाल छँटवाइए। तमाम औजारों को रखने की एक झोली होती है, उसका नाम लोखर है।

ये हैं नागा लुहार। ये दस गाँव कमाते हैं। गाँव-गाँव भाथी लेकर जाते हैं, अपनी दुकान लगा देते हैं और सारे गाँव का काम-काज कर देते हैं। कभी-कभी ऑर्डर लेकर जाते हैं और घर से माल बनाकर लाते हैं। इसी प्रकार यहाँ धोबी, बढ़ई, लोहार, बारी इत्यादि हैं, जो 'पंच-पौनिया' के अंदर गिने जाते हैं। जातियों में तो अनगिनत जातियाँ रहती हैं, गिनाना मुश्किल है।

और ये हैं वैद्यजी। लोहे के मोमजस्ता में इनके यहाँ दवा कूटी जा रही है, एक-दो आदमी इनको घर लिवा जाने को बैठे हैं और वैद्यजी उन पर बिगड़ रहे हैं कि नंगे सिर क्यों आए? वैद्यजी का विश्वास है कि जिस रोगी के यहाँ ले जाने की बुलाहट देनेवाले नंगे सिर आते हैं, उसका कल्याण नहीं होता है।

और ये हैं ओझाजी। अक्षत् लेकर जाइए, फौरन भूत की बात बता देंगे। कोई बेहोश हो जाए, फरका आवे तो ये फौरन बताएँगे कि मिरचाई का धुक्कन दीजिए। आग पर मिरचाई को भूँजकर उसको नाक से सटाते हैं, क्योंकि लोगों का विश्वास है मिरचाई की कड़ाई से भूत भाग जाता है। रोगी को दनादन छींके आने लगती हैं और छींकों के साथ भूत भाग जाता है। और ये हैं दरगाह के दरवेश। शादी के कई वर्ष बाद भी अगर लड़का न हो तो लोग इनके पास जाते हैं। ये ताबीज देते हैं, दुआ पढ़कर पानी छींटते हैं और बहुतों का भला हो जाता है।

और ये हैं गुरुजी। जब तक लड़के को ये खल्ली न छुला दें, उसको पढ़ने का हक नहीं होता। ये गाँव के पटवारी भी हैं, सलाहकार भी हैं, पैरवीकार भी हैं। शादी-ब्याह में निमंत्रण लिखना भी इन्हीं का काम है।

और ये हैं मास्टर साहब। पाठशाला के अंदर तो इनका राज है ही, बाहर भी खूब रौब-दाब है। लड़के की किस्मत दगा भी दे दे, तब भी इनकी छड़ी उसको राह पर ले आती है। मास्टर साहब के यहाँ अखबार आता है। इलायत-विलायत सबकी खबर ये गाँव को बताते हैं।

इस तरह से पुरोहितजी हैं, गाँवा पांडे हैं और फिर गुरुजी से भिन्न एक और गुरु बाबा हैं, जो कान में मंत्र देते हैं। यहाँ मंत्र, यंत्र, तंत्र सबकुछ है।

और ये कौन हैं ? ये हैं छपनिया महोदय। छपनिया महोदय अखबार नहीं छापते, किताब नहीं छापते, ये लड़कों को चेचक से बचाने के लिए 'छाप' यानी टीका देते हैं, बाजाब्ते उत्सव के साथ, गायन के साथ, पूजा-पाठ के साथ टीका दी जाती है।

और ये कौन हैं ? ये हें हैजे से बचने की सुई देनेवाले इंस्पेक्टर साहब। पहले जो सुई से भागता था, उससे दो पैसा लेते थे, तब उसको छोड़ते थे पर अब जो सुई लेता है, उससे एक आना लेते हैं, तब उसको सूई देते हैं।

और यह क्या है ? यह है कोल्हू। पाँचू तेली तेल पेर रहे हैं। बैल की आँख पर पट्टी बँधी है और वह कोल्हू में जुता हुआ घूम रहा है। तेल पेरा जा रहा है, जो यहाँ बिकता है। शुद्ध, झनाका करुआ।

और यह क्या है ? यह है करघा। दुखन मियाँ कपड़ा बुन रहे हैं। इनका बनाया मोटिया मशहूर है और हाट-बाजार में उसकी बड़ी पूछ है

और ये कौन हैं ? ये हैं मुंशी चमार। इनके नाधा जूती तो मशहूर हैं ही, पर इनका बनाया जूता भी कम मशहूर नहीं है। तहसीलदार साहब तक उसको पहनते हैं।

और यह कौन है ? यह है बेंगा पासी। बगेरी, हुदहुद, पंडुक इत्यादि बझाने में नामी। बड़ी लग्गी होती है। उसी के एक सिरे पर लासा लगाकर रखता है, उसी के सहारे चिड़ियों को फँसाता है और बेचता है।

और ये कौन हैं ? ये हैं मरछु मलाह। जाल देने में नामी। जिस गड़हे में मछली न हो, उसमें से भी निकाल दे। मरछु का मछली बेचने का ही रोजगार है, उसी के सहारे जीते-खाते हैं।

इस प्रकार देहात का यह आँगन है, जिसमें राजा, रंक, अमीर, फकीर, कोढ़ी, कर्मठ, त्यागी, स्वार्थी, सच्चे, ढोंगी, बली, निर्बल, मूर्ख, विद्वान् सबका निवास है। नाना रूप, नाना रंग, नाना पेशा, नाना जाति और नाना स्वभाव के लोगों का डेरा यहाँ है। जिन्हें जीवन से अत्यंत ममता है, वे भी यहाँ और जिन्हें जीवन से घोर घृणा है, वे भी यहाँ। इस बात का संतोष है कि यहाँ की अंतरधारा में अभी तक कलुषता नहीं आई, उसमें विमलता है, पवित्रता है और है आत्मनिर्भरता।

और ये कौन हैं ? रोज एक बोझा लकड़ी लाकर बेचते हैं, पाँच-पाँच कोस दूर जाकर लकड़ी इकट्ठा करते हैं और वहाँ से सिर पर ले आते हैं। बस यही इनका पेशा है।

और ये कौन हैं ? ये तीन जने गाँव की गली में घूम-घूमकर राख, घूरा इकट्ठा कर रहे हैं। शहर में सर्वोदय सप्ताह के उद्घाटन में कोई मिनिस्टर एक मिनट के लिए झाड़ू लेता है तो उसका नाम और उसकी तसवीर अखबार में छपती है। ये युग-युग से झाड़ू

लेकर सर्वोदय मना रहे हैं पर इनकी तसवीर कहीं नहीं आती। ये परिश्रमी किसान हैं। अपने खेत में डालने के लिए गाँव का कूड़ा-करकट इकट्ठा कर रहे हैं।

यह कौन जा रही है ? दस-बारह बकरियाँ आगे-आगे और पीछे-पीछे यह बुढ़िया। हाँ, बुढ़िया का यही रोजगार है। जब इसके पति मरे, कुटौना-पिसौना करके पेट पालन करती हुई इसने एक बकरी खरीदी। पति के मरने पर इधर-उधर से कई रंडुओं ने इसके पास प्रस्ताव भेजा, पर इसने अपनी नीयत डगमगाने न दी। आज एक बकरी से इसके पास दस-बारह बकरियाँ हो गई हैं। उन्हीं से इसका गुजर-बसर चलता है।

और ये कौन हैं ? हाथ में एक छैनी और एक हथौड़ी लिये ये गाँव-गाँव में घूमते हैं। चौंकिए मत, ये चोरी नहीं करते। ये जाँता सिलबट कूटते हैं। आप कहिए कि जाँता सिलबट से तो पीसा जाता है, फिर कूटने का क्या मतलब ? मतलब यह है कि जाँता में और सिलबट में जो खुरदरापन है, वही उसकी जान है। खुरदरापन खत्म हो जाए तो उसमें कुछ भी पीसने की ताकत नहीं रहे। ऐसी अवस्था भी आती है, जब सिलबट या जाँता पीसते-पीसते घिस जाते हैं, चिकने हो जाते हैं, तब ये आते हैं, छैनी-हथौड़ी के सहारे उसके खुरदरापन को फिर पुराने रूप में लाते हैं और उसके एवज में जाँता सिलबट के मालिकों से चार आना पैसा पाते हैं। नौकरी कहिए या व्यापार, उनका जो कुछ है, इसी पर दारोमदार है।

और ये कौन हैं ? ये गुजराती ब्राह्मण हैं। गाँव-गाँव घूमते हैं, हाथ देखते हैं, किस्मत भाखते हैं, दक्षिणा पाते हैं, राह नापते हैं।

और ये कौन हैं ? गाड़ी भी है, घोड़ा भी है, तबला-हारमोनियम भी है और बीस-पच्चीस आदमियों का यह दल है। डरिए नहीं, ये डकैत नहीं हैं। दल में बूढ़े भी हैं, जवान भी हैं और बच्चे भी, जिनकी भोली-भाली सूरत क्या है, गोया मोहिनी मूरत है। ये गाँव-गाँव घूमकर रामलीला दिखलाते हैं। हाँ, यह रामलीला मंडली है।

और इनको देखिए। कुप्पा से फूले चले आ रहे हैं। पीछे-पीछे दफादार और चौकीदार हैं। आप समझते होंगे कि जरूर कोई गोलमाल है। गोलमाल कुछ भी नहीं, यह तो बँधा-बँधाया बँधेज है। दफादार एवं चौकीदारी के तहसीलदार का दस-पंद्रह गाँव मिलकर यहाँ एक सर्किल होता है और हर सर्किल में चौकीदारी वसूल करने के लिए एक सरपंच होता है। इनको दस प्रतिशत कमीशन मिलता है। पर ऐसे भी फी कलम एक आना उर्दी मुरेठा और फौती फिरारी कहकर वसूल करते हैं, जिसकी रसीद नहीं देते।

और इनको देखिए। खाकी पोशाक, बगल में चमड़े का झोला है।

□

मेरा परिचय

चूँकि मैं घूम-घूमकर सबका कुशल समाचार पूछता रहता हूँ, इसलिए लोग मुझे 'घुमक्कड़' कहते हैं, किसी को मैं कुछ देता हूँ तो उससे कभी नहीं माँगता और किसी का कुछ लेता हूँ तो उसको भी वापस नहीं करता, इसलिए लोग मुझे 'भुलक्कड़' कहते हैं, चूँकि मैं किसी से दबना नहीं जानता इसलिए लोग मुझे 'अक्खड़' कहते हैं, जो कुछ पास-पल्ले होता है, उसको मैं माँगनेवालों को दे देता हूँ और जो कुछ रखता हूँ, वह पास ही में, पास बुक में कुछ नहीं रखता, इसलिए लोग मुझे 'फक्कड़' कहते हैं, चूँकि मैं बात करने की कला जानता हूँ और बात-बात में शेर-शायरी का प्रयोग करता हूँ, इसलिए लोग मुझे 'बतक्कड़' कहते हैं और अपने पास आनेवालों का मतलब मैं बिना कहे-सुने समझ जाता हूँ, इसलिए लोग मुझे 'लाल बुझक्कड़' कहते है।

मैं भोगी भी हो सकता हूँ और रोगी भी हो सकता हूँ पर योगी हूँ, यह कहकर मैं ढोंगी होने का पार्ट नहीं कर सकता। मैं किसी को दावत दूँ या नहीं पर किसी से अदावत नहीं रखता। हिकमत से निस्वत हो, यह मेरी किस्मत में नहीं लिखा है, इसीलिए कभी-कभी शराफत और सखावत की हिफाजत के लिए जलालत मोल लेनी पड़ती है। यही सही है कि सोझ होने के कारण मुझे कुछ ज्यादा बोझ उठाना पड़ता है, पर यह भी सही है कि मैं अपने जमाल और कमाल के भरोसे ही जवाल उठाता हूँ। इसके लिए मुझे कोई मलाल नहीं होता, पर कभी-कभी पैसे की कमी से जब चूल बढ़ जाता है, तब मुझे अपने जीवन की भूल मालूम पड़ती है और मैं सोचता हूँ कि आइन्दे अपनी राह बदल दूँगा, पर फिर पैसा आने के साथ सारा निश्चय धूल में मिल जाता है।

इस प्रकार अनाप-शनाप कहकर रहस्यमय ढंग से अगर मैं रंग बाँधू तो पाठक तंग हो जाएँगे। इसलिए मैं अपने को पाठक के सामने नग्न रूप में रखना चाहता हूँ। घबड़ाइए नहीं, कपड़ा खोलने का मतलब न हो, मतलब बात खोलने से है। इतना समझता हूँ कि बातों के खोलने से जो बात चलेगी, वह बहुतों को बातव्याधि से पीड़ित करेगी, पर इसमें अपना बस क्या है! आदत है, इसलिए दूसरे को बदबू भले लगे पर रस पीना पड़ेगा

और किसी को छींक आवे चाहे और कुछ हो, पर आदत है, इसलिए नस भी लेना ही पड़ेगा। हाँ, आदतों का अजब दस्तूर है कि लानत कीजिए, तब भी आपके पीछे और इबादत कीजिए, तब भी आपके पीछे।

इसी आदत ने मुझे शहर में ला पटका, वरना मौज की नहर बहती थी और ऐसे दहर में रहता था कि वहाँ सिर्फ आनंद की लहर थी और किसी तरह के कहर से कोई वास्ता नहीं था। गाँव का वह गौशा था, जहाँ आदमी पर आदमी को भरोसा था। जीभ को गोस्त की आदत लगी, इसलिए शहर की गश्त लगी, गाँव का गोशा छूटा, दिमाग में गुस्सा आया और इसी के चलते कभी-कभी घूसा भी खाना पड़ा। लोग कहते हैं कि गोश्त के समान दोस्त नहीं और सब खाने की चीजें घास तथा भूसा हैं। मेरे कान में भी यह कोई कह गया, इसलिए मैं इस प्रवाह में बह गया, पर जब घूसा खाना पड़ा तो मैंने अपने मन में कहा कि भूसा खाना अच्छा पर घूसा खाना हरगिज अच्छा नहीं।

गोश्त, पोश्त और तोश्त के लिए पार्टियों के पीछे दौड़ना पड़ता है और जब पार्टी खाने की आदत हो जाती है तब पार्टी भी बनानी पड़ती है। पार्टी बनती है, तब आदमी एक भी नहीं रहता और नेक भी नहीं रहता, क्योंकि वह एक से अनेक हो जाता है! नतीजा यह होता है कि उसकी अलागर्जी हवा हो जाती है, उसको कई बड़े-छोटे दरबार में अर्जी देनी पड़ती है और उसको दूसरों की मर्जी पर जीना पड़ता है। यह ऐसा मर्ज है कि एक शिकार खाने की फिक्र में इसके शिकार होइए तो जीवनभर के लिए अपने अंदर विकार पैदा कर देगा। सो ऐसे कि इस मर्ज के फंदे में जो गिरफ्तार होता है। आदमियत का क्या फर्ज है, कभी अपनी बही में दर्ज नहीं करता; क्योंकि वह ऐसा करे तो उसका सारा काम हर्ज हो जाए। इसलिए वह गर्ज में बावला हो जाता है, कर्ज लेने को उतावला हो जाता है। कर्ज का नाम सुनकर आह चौंके नहीं, मैं उसकी वजह भी आप से अर्ज कर रहा हूँ। क्योंकि उसके आस-पास गाल बजानेवालों का एक दल बन जाता है, जिसके लिए रोटी-दाल की चिंता उसको करनी पड़ती है, माल पास में होता नहीं और दल की देखभाल जरूरी हो जाती है। इसलिए वह पामाल हो या बेहाल हो, पर दल में गोलमाल न हो और स्थिति की सम्हाल हो, इसके लिए उसको जान करके भी माल लाना पड़ता है।

जाल और माल की यह संगति बैठ गई, इसलिए मुझ पर अमानत का ख्यानत चला, पर बधाई हैं भाई वकीलों को, जिनकी कलाओं की बदौलत बाल भी बाँका न हुआ और बंदा बाल-बाल बच गया। वकील साहब ने बाल की ऐसी खाल निकाली कि हाकिम ताल देते रह गए पर उनकी दाल न गली और गाल से दीवाल डह गई।

किंतु एक बार मँझधार में डूबता जब आदमी किसी प्रकार पार हो जाता है तो और कुछ हो या नहीं पर वह होशियार हो जाता है। एक यह जाल काल भी हो सकता है, यह

सोचकर मैं दलाल हो गया। पर दलालों को मैं जितना आसान समझता था, वह उतना आसान नहीं निकला। हाकिम-हुक्काम के यहाँ जाना पड़ा, दक्ष होना पड़ा, दरबारी में, चाटुकारी में, चारयारी में, आराम के लिए इंतजाम किया था पर आराम हराम हो गया। सुंदर शरीर को रटाना पड़ा, अपने को बेहतर खटाना पड़ा। मिनिस्टर का गुण गाना पड़ा, कलम को भी अपनी राह पर चलना पड़ा, जिसके लिए उसको बेतरह समझाना पड़ा। यों जो पैसे मिलते, उनका तो बाँटबखरा हो जाता पर डाँट अपने राम पर पड़ती और चाँट भी अपने राम को खानी पड़ती। कलम खुशामद की राह चले, जिसमें कुछ आमद-वरामद हो, इसके लिए उसकी सोंट-साँट भी करनी पड़ती और उसमें लेखनी का स्वाभाविक गुमान या अभिमान जागता तो उसको भेंटभाँट भी करनी पड़ती। यों अपने राम जीवन के एक भाग में नाकाम रहे, समाज में गुमनाम तो न रहे, पर बदनाम जरूर रहे।

अब यह बात सूझ रही है। पर कहावत है कि बूझ के बझे, बझ के नहीं बूझे! सूझ-बूझ से अब क्या होता है, गुल मिले या शूल चुभे, राह पकड़ी, उस पर चलना पड़ेगा, वाह और आह की परवाह छोड़नी पड़ेगी। मैं जानता हूँ कि मैं बेकार जल रहा हूँ, ढक रहा हूँ पर तब भी मैं उसी राह पर चल रहा हूँ। लोग आ रहे हैं मेरे भोग में शरीक होने, मेरे रोग में शरीक होने, इस तरह से जैसे जान न पहचान मैं तेरा मेहमान! हाँ, क्योंकि लाख भूल होने पर भी मैंने एक उसूल नहीं छोड़ा और वह यह कि मेरी नसीब में चाहे जो हो, मैं गरीब को नहीं भूलता! इसीलिए आज ऐसा है कि किसी ने दिया, किसी ने न दिया पर सबका काम मैंने अपने हाथ में लिया। सुबह आए, शाम आए, धाम बताकर आए या बिना नाम-धाम बताए आए, रिश्तेदारी के नाते आए, या दुनियादारी के नाते आए, जितने भी आगत आए, सब मेरे अभ्यागत हुए और सबका मैंने स्वागत किया। इसलिए डेरे पर गौरैया के नीड़ की तरह रात-दिन भीड़ लगी रहती है और रिक्शा और गाड़ी, अगाड़ी और पिछाड़ी, हर तरफ सवारी! रोज सोचा कि अब मैंने बहुतों को मोचा, बहुतों को दबोचा और बहुत कुछ नोचा-खरोंचा, इसलिए इस गली से मुँह मोड़ लूँ; पर ताक पर जो बही है, उस पर मेरे हाथ की सही है। उसको देखकर मैं अवाक् हो जाता और सोचता कि या खुदा अगर एक रोज के लिए भी इस हिसाब-किताब से बेबाक हो जाता तो उस दिन मैं असली होशियार हो जाता और इन तमाम झंझटों से पार हो जाता। पर मन के अरमान कुछ और तथा विधना के सामान और। लाख उपाय हुए पर सब हाय-हाय हो गए। जितनी भी सफाई की दवाई हुई, सब खटाई में मिल गई। एक रोज और, एक रोज और, बस इसी और के घेरे में हम और से और हो गए। कैसे क्या हो, इस पर गौर करने की फुरसत न मिली, तौर-तरीका जरा भी न बदल, दौर पर दौर जैसे चलते थे, चलते रहे। हाँ, यह अजीब बात है और न जाने यह किसका घात कि मैं अपनी चाल-चलन से कई बार खीझा, पर मैंने कभी उसमें परिवर्तन नहीं किया, उस पर ज्यों-का-त्यों रीझा रहा।

परिवर्तन न करने की भी वजह है। अब मेरे नाम की धूम हो गई है और यहाँ पर पहुँचकर सूम होना मुश्किल है। पर कभी-कभी जब मुश्किल कम हो जाती है तो अकिल गुम हो जाती है और विधि के विधान पर मुझे आश्चर्य होता है, जिसके मुताबिक लानेवाले सटते जाते हैं। माँगनेवाले हैं, जो एक-से-एक बढ़ाकर आते हैं, और ब्यूकगाड़ी पर चढ़कर आते हैं और एक-न-एक तारीफ गढ़कर आते हैं। जब इज्जत बचने में भी दिक्कत होने लगी और गेह-देह की आवश्यकताओं की पूर्ति में भी संदेह होने लगा तो बंदा ने एक झोली ली और चंदा की ओर मुड़ा। चारों तरफ मशहूर है और बात भी यह जरूर है कि इस चंदे से कोई भी धंदा गंदा नहीं, पर चारों तरफ का फंदा जब फेल कर जाता है और सारा बाजार मंदा पड़ जाता है तो आखिरी अस्त्र यह वस्त्र का झोला है, जो एटमगोला का काम करता है और बमभोला की कृपा से आराधना करनेवाले का चोला मस्त रखता है तथा गुजारा का सहारा होता है। मशल मशहूर है कि जिसके रेकर्ड में धब्बा भी लगा हो, वह भी अगर हाथ में डिब्बा लेकर राहबाट में खड़ा हो जाए तो कमाल का काम करेगा और चंद मिनटों में अपना डिब्बा भरेगा, क्योंकि यह देश ऐसा है कि बाकी और शेष को लेश भी नहीं देखता, बल्कि सिर्फ भेष और केश देखता है।

लेकिन जरिया न हो तो झरिया जाने से भी कोयला नहीं मिलता, और पैसे की बात तो इतनी बड़ी है कि बिना कुछ ढंग लगाए रंग चढ़ता नहीं। कौन-सी हिकमत करूँ? क्या नाम धरूँ? देवालय और विद्यालय तो बहुतेरे बन रहे हैं, इसलिए जब अनाथालय का सुझाव हुआ तो फौरन उधर झुकाव हुआ। तो सिटी के अंदर के मित्रों की एक कमिटी बनी, खानदानी दानी लोगों की एक सूची बनी, तय हुआ कि किसी से रूठा नहीं जाए पर पहुँचा जाए तो बिना लिये उठा नहीं जाए।

खैरखाह दानियों ने खैरात से खोंची भर दी पर ऐसे भी खिलाफी निकले जिन्होंने खैरियत तक न पूछी, समय की खवारी करवाकर यह कहवा दिया कि वे भी ख्वाबगाह में हैं। ख्वाब में भी ऐसा ख्याल नहीं था कि खुशहाल लोग भी इतने खुश्क होते हैं! उनकी खुश्की खटकी तो जरूर, पर खुदा के हाथ में उनको खुदगर्जी का मामला देखकर खादिम आगे बढ़ा। यों अनाथालय भी बना, अपना आशय भी पूर्ण हुआ और अनुदारों की आशा भी पूर्ण हुई। अर्थाभाव की व्याधि तो अवश्य मिटी पर चंदाचट की उपाधि भी मिली। कुचकुचवा की तरह कुछ कुचक्रियों ने कुचकुच किया और ढाँढस एवं साहस देनेवाले कुछ मित्रों ने कहा कि कुयोग में आरंभ करो या सुयोग में, यह योग ही ऐसा है जिसमें अवश्य अभियोग लगेगा।

अपने राम जरा दिल के गहरे होते और कान के बहरे होते तो कोई परेशानी नहीं थी पर अपनी तो इतनी चौड़ी पेशानी नहीं है, इसलिए अब कोई नवीन पेशा चुनने का दरपेश हुआ! हौसलेपस्त हो रहे थे, इसलिए तुरंत फैसला करने का कस्द था। इतने में

पंडित जीआ गए, सिर बेल की तरह और उसमें लटकती हुई पगड़ी ऐसी कि जैसे सिर में दुम हो। चेहरा फीका पर उसपर रामनामी टीका, मुँह में पान है पर होठों पर मुस्कान नहीं, कोई पूछे–न–पूछे पर जबरदस्ती सलाह का दान करते हैं। पर मैंने पूछा।

बोले—आप किसी भी सभा के लिए नाक हैं, बोलने में चालाक हैं, मेरी सलाह है कि आप गवाह बन जाएँ।

मैंने कहा—यह भी क्या कोई पेशा है? जिसको देखा ही नहीं, उसका लेखा क्या? जिसकी सुनूँ ही नहीं, उसको गुनूँ कैसे?

वे बोले—इसमें न देखना है न दिखाना है, न लिखना है, न लिखाना है, पढ़ना है न पढ़ाना है। बस सिर्फ सीखना है और सिखाना है। कचहरी में बैठे रहना, जब तक नकद न मिल जाए, ऐंठे रहना। कहावत है कि बैल मोटाए दवाही और आदमी मोटाए गवाही। कौन–सा काम है जिसमें जिल्लत नहीं, मिहनत नहीं? हर बात से तबाही है पर एक यह गवाही है जिसमें इज्जत भी है और बरकत भी।

मैंने कहा—रुपया मोटा भी मिले, तब भी काम कुछ खोटा मालूम पड़ता है।

वे बोले—जिरह में जरूर कुछ झमेला होता है पर गिरह में जब सोने का ढेला बँधता है, तब मन में अरमानों का मेला लगता है। बड़ा–छोटा, खरा–खोटा का तो भेद ही मत लाइए। अलीबाई क्या, नानबाई और हलुआई क्या चीज है? उसके लिए गुंडा–शोहदा नहीं बल्कि पद और ओहदा का आदमी चाहिए।

मैंने देखा कि वे न जाननेवाले हैं, न माननेवाले हैं, बस एक तरह ताननेवाले हैं, तो मैंने मुख मोड़ दिया, उनसे बात ही करना छोड़ दिया। अनायास मेरे मन में यह आया कि संन्यास ले लिया जाए। वाल्मीकि और व्यास की तरह वाक्य विन्यास का पाश पकड़ के संसार को हास, लास और रास का पथ दिखलाया जाए। कलम हाथ में होगी, कागज साथ में होगा, न जरूरतों के दास होंगे, न कभी उदास होने का मौका आएगा।

पर जिसके आसपास खास तरह के लोग इकट्ठा हो गए, जीवन में जिसको विलास का बूवास मिल गया, जिसकी त्यागवृत्ति और सेवावृत्ति का नाश हो गया, काश! संन्यास उसके पास भी आ जाए, तब भी वह उसके फाँस में न फँस सकेगा।

पंडितजी से मैंने अपना यह विचार कहा। फौरन बोले—जिसमें देशभक्ति हो, शक्ति हो और वृत्ति हो, उसकी आसक्ति के बाद ऐसी विरक्ति हो, यह बात कुछ लगती है।

मैं बोला—पंडितजी लगने की बात है पर हो क्या? नेतृत्व के लिए तीन गुणों की आवश्यकता है—वक्तृत्व, कर्तृत्व और व्यक्तित्व। तीनों पर्याप्त मात्रा में मुझमें प्राप्त हैं, पर समय की ऐसी हवा है जिसकी कोई दवा नहीं। बिन धेला छदाम लिये सबका गुलाम बना रहता हूँ, पर तब भी बदनाम बना रहता हूँ। न यहाँ ज्ञान का सम्मान है, न योग्यता की पहचान है। जहाँ नादान नेता हो जाएँ, वहाँ कद्रदान खोजना अपनी नादानी है। आज

नहीं तो कल, इस आशा में अटके रहिए, बस राजनीति में लटके रहिए। राजनीति ऐसी हो गई कि बेशर्म और बेहया, बेधर्म और बेदया। खेले हैं जिनको रोज कुछ नहीं चटाइए तो आप ही को चट कर जाएँगे। उनके आराम का सामान जुटाइए, उनकी फरमाइश को पूरा कीजिए। उनके अरमान को समझने में जरा भी देर हुई तो अँधेर हो जाएगा। जिनके मुँह में आपके लिए जय है, उनकी जुबान पर आपके लिए क्षय हो जाएगा। ऐसा मालूम होगा कि जो आपके पीछे थे, वे अगाड़ी हो गए और जो आपके चाटुकार और चाकर थे, वे चारी हो गए। चाकरी कीजिए चाहे चोरी कीजिए, चाहे सीनाजोरी कीजिए, किसी तरह उनकी चाह पूरी कीजिए। हाँ, ये ऐसी तलवार हैं कि जब तलब करेंगे तो न इनको तजने में बनेगा न तर्जनी दिखाने में। दलबंदी की वजह से आदमी को इस दलदल में फँसना पड़ता है। हाँ, दलदल में रहने के लिए एवं दल में दलपति तथा दलवाला बनने के लिए आदमी को दलाली करनी पड़ती है।

हमारे तर्क ऐसे थे जिसे पंडित हरगिज खंडित नहीं कर सकते थे। वे बोले—यह तो ऐसी गोल दुनिया की बातें हुईं कि इसमें बिना सिर पर जंजाल लिये, बिना गोलमाल किए, बिना आल-जाल किए रहना मुश्किल है।

मैंने कहा—बस यही सबब है कि मुहब्बत नफरत में परिवर्तित हो गई।

इसी बीच श्यामलालजी आ गए। सब सुनकर उन्होंने कहा—भैया, मेरा नाम है श्यामलाल, लाल जवाल हो, मुझको जरा भी मलाल नहीं। यह कूचा ऐसा है कि एक बार इसमें पाँव रख दो तो चाहे ठाँव पर पड़े या कुठाँव पर, चाहे कढ़ी मिले या कोढ़ा मिले, पर यहाँ से कूच नहीं कर सकते, क्योंकि इस कूचे से अलग होते संसार से ही कूच करना पड़ेगा। राजनीतिक के सिर पर समाज का पाप सवार हो जाता है और वह समाज का साँप हो जाता है। एक बार साँप बन जाने के बाद अगर फुँफकारना काटना छोड़े तो लोग उसका सर कुचल देंगे। 'पावर' के 'टावर' से चाहे मन से उतरो या बेमन से उतरो, आदर की चादर फौरन फट जाएगी। इसलिए चाहे रीझकर हो, चाहे खीझकर हो, सटे रहो, मिले रहो, पिले रहो। यह सिलसिला ऐसा कि मिला चाहे न मिला, कोई गिला नहीं।

श्यामलाल का भाषण क्या हुआ गोया मेरा आसन डोल गया! दिल की सारी घृणा दिल में चली गई और पुनरपि उसी पथ पर मैं राजनीति का रथ खींचने लगा।

संक्षेप में यही है मेरा परिचय!

□

मेरा टेबुल

देश-विदेश के खत देख लीजिए, देश-विदेश की पत्र-पत्रिकाएँ और देश-विदेश का कलापूर्ण सामान देख लीजिए, गोया मेरे टेबुल पर अजायबघर या जादूघर का छोटा-सा नमूना देख लीजिए।

एक विचित्र परेशानी है। सुबह-शाम रोज साफ करता हूँ पर तब भी अस्त-व्यस्त, खूब देखभाल कर ठीक से सामानों को रखने की कोशिश करता हूँ, पर तब भी किताब पर, कापी पर ग्लास, खतों पर दावात और दावात पर आइना और आइना पर कंगही! देखते-देखते न जाने कैसे यह सब हो जाता है।

राय होती है कि टेबुल बराबर साफ रहे, सुंदर रहे। खद्दर का बढ़िया टेबुलक्लाथ लाता हूँ, पार्क के माली को चार आना रोज पर ठीक करके उससे नित्य प्रति बेहतरीन फूलों का गुलदस्ता मँगवाता हूँ, एक बेहतरीन पेपरवेट और सिगरेट की राख फेंकने की सुंदर ऐस्ट्रे मँगवाता हूँ। पर इससे टेबुल क्या साफ रहता है ? नहीं। फौरन चीजें इधर-से-उधर हो जाती हैं। एक-एक करके और भी चीजें उस पर आने लगती हैं, एक चीज और, एक चीज और, करते-करते न जाने कितनी चीजें हो जाती हैं और टेबुल का रूप फिर अस्त-व्यस्त हो जाता है।

रोज नौकर को ताकीद करता हूँ कि सबसे पहले टेबुल साफ कर दिया करे। दो-तीन रोज तक यह सिलसिला चलता रहा, फिर चाय में देर हो जाती है, तब उससे पूछता हूँ कि क्यों देर हुई ? वह कहता है कि चूँकि टेबुल साफ कर रहा था, इसलिए चूल्हा नहीं जला सका। मैं कहता हूँ कि अच्छा, अब से पहले चूल्हा जला के तब टेबुल साफ किया कर। वह यही करता है। देखने में यह आता है कि चूल्हा धराते, चौका बुहारते और चाय बनाते उसे देर हो जाती है, तब तक लोगों के आने-जाने का सिलसिला शुरू हो जाता है और टेबुल अपने अस्त-व्यस्त रूप में पड़ा रह जाता है! ऐसा प्रतीत होता है कि टेबुल को साफ रखने के लिए एक नौकर और चाहिए। पर इतना पैसा कहाँ ?

कभी सोचता हूँ, खुद टेबुल साफ किया करूँगा। दो-तीन रोज वही करता हूँ। फिर

मित्रों का सिलसिला शुरू होता है। हमारे शत्रुघ्न बाबू आते हैं तो अकारण एक-न-एक चीज इधर-से-उधर रख देते हैं। मदनजी आते हैं तो किताबों को ऐसे उलट-पुलट करते हैं कि गीता नीचे चली जाती है, वात्स्यायन का कामसूत्र ऊपर चला आता है। मुरारी भाई आते हैं तो डायरी को देखने के लिए सारे सामानों का क्रम बिगाड़ देते हैं। देहात से मेरे निर्दोष स्वयंसेवक लोग आते हैं तो पेपरवेट, ऐस्ट्रे, गुलदस्ता सबकी दुर्गति हो जाती है। लीजिए भरोसा सिंह ने ऐस्ट्रो को आगे-पीछे देखने में यों उलट दिया कि टेबुल पर राख का राज हो गया और पँखे की हवा से कमरे में भी राख उड़ने लगी और मेरे लिखने के कागज पर सड़ा तंबाकू और सिगरेट के छोटे-छोटे अवशेष नजर आने लगे। महेश सिंह आए, उन्हें फूलदान पसंद पड़ा, उलट-पुलट करने में वह पलट गया, लुढ़क गया। फूलदान का सारा पानी टेबुल पर बह गया। कागज, कलम, दवात, किताब सब गोया गंगा में स्नान करने का फल पा गया। और गणेश सिंह के हिस्से क्या पड़ा? पंखा अंतिम स्पीड से घर-घर नाच रहा था। चिट्ठियाँ दबा के रखी हुई थीं। कई रोज की डाक थी। गणेश सिंह ने उस पर रखे हुए पेपरवेट को उठा लिया। कागज इधर-उधर बिखर गए। टेबुल पर, फर्श पर, चारों तरफ, जैसे कोई उनका मालिक, मुख्तार नहीं है। पर ऐसा न समझिए कि वह किस्सा सिर्फ देहातियों के लिए है! एम. एल. ए. और एम. एल. सी. भी बहुतेरे ऐसे हैं जो इसकी पुनरावृत्ति करते हैं। एक बार तो मैंने उस पर बाजाप्ता यह लिखकर रख दिया 'प्लीज डू-नॉट टच एनिथिंग', पर कौन मानता है साहब! दोस्त कहते हैं कि यह कानून उनके लिए थोड़े है! सभ्यता की बात भी नहीं समझते! गोया मित्रों के लिए न कानून-कवायद कोई चीज है, तो सभ्यता और तहजीब की कहाँ गुँजाइश है, न शील-संकोच का कोई नाम।

कई बार ऐसा हुआ कि अगल-बगल के किसी कमरे में जाने पर मैंने देखा कि उनके टेबुल पर सिर्फ किताबें ही हैं। न जाने क्यों मुझको यह प्रबंध बड़ा अच्छा लगा। मैं तो तंग आ ही चुका था कई चीज रखकर। इसलिए फौरन मैंने वही इंतजाम किया। पर क्या मेरा छुटकारा हो गया? क्या वास्ता छुटकारा होने से? उससे बुरी बला सामने आई। एक दोस्त आए, सुबह देने का वादा करके एक किताब लेते गए। दूसरे आये उन्होंने शाम में लौटाने का वादा किया और चलते बने। उन लोगों की सुबह-शाम कभी नहीं आई, पर सुबह-शाम के वादे में और दोस्तों के फेरे में टेबुल बिल्कुल साफ हो गया। अपने टेबुल की हालत देखने से मुझे ऐसा मालूम होने लगा कि यह मुल्क पढ़नेवालों और लिखनेवालों के रहने की जगह नहीं, बल्कि उनके रहने की जगह है, जो पढ़ने लिखने को तिलांजलि दे दें। अपने इलाके से आए हुए एक सज्जन से मैंने इस बात की चर्चा की। वे दुःखी हो गए! हाँ, दुःखी हो गए, इसलिए नहीं कि मेरी किताबें चली गईं, बल्कि इसलिए दुःखी हो गए कि मैंने ऐसा क्यों कहा? वे बोले, चुनाव का समय

आएगा तो घर-का-घर साफ हो जाएगा, पर मैं सबका स्वागत करूँगा और यहाँ एक टेबुल साफ हो गया तो इसमें दु:ख मानने की क्या बात है?

जो भी हो, सब होने पर भी इस टेबुल पर मैंने जितनी चीजें लिखीं, उतनी कभी नहीं और कहीं नहीं या किसी टेबुल पर नहीं लिखी गईं। करीब दो बरस से यह कमरा मेरे कब्जे में है, दो बरस से यह टेबुल मेरे पास है। बिजली-पँखा की सुविधा है, इसलिए लिखना भी खूब होता है। यह भी एक बात है कि इतने लंबे अर्से तक मैंने अब तक किसी टेबुल का संग नहीं किया। घुमक्कड़ जिंदगी में मैं बराबर इधर-से-उधर रहा और चूँकि कहीं एक बार इस प्रकार जमने का अवसर नहीं आया, इसलिए कभी दो बरस तक एक टेबुल का संग नहीं हुआ। कहीं डाकबँगला, कहीं होटल, कहीं किसी मित्र का घर और सब जगह भिन्न-भिन्न टेबुल, भिन्न-भिन्न डिजाइन का, भिन्न लकड़ी का बना हुआ, भिन्न-भिन्न आकार-प्रकार का कभी-कभी मैं सोचता हूँ कि इस प्रकार टेबुल में नित्य परिर्वतन होने से मैं जम के लिख नहीं पाया, पर क्या करूँ? न मेरा घर, न मेरा टेबुल, न मेरा अख्तियार।

और अगर एक टेबुल पर आज जमा भी तो इस पर एक ही काम नहीं करना है, बल्कि कई काम करने हैं। सामान रखना, किताब रखना, खाना खिलाना, चाय पीना, नाश्ता करना, ताश खेलना शतरंज खेलना, हजामत बनाना, लिखना तथा पढ़ना, टेबुल एक, काम अनेक! इसके बाद अगर कभी मेरे कमरे में भीड़ हो गई तो एकाध सयाने सूझ-बूझ के आदमी फौरन एक-दो चीज हटाकर टेबुल पर बैठ जाते हैं और यों बैठ जाते हैं, गोया अब बिना टेबुल के टूटे वे वहाँ से उठेंगे ही नहीं। इससे भी आगे बढ़ जाते हैं सावजी। पिछले दिनों अपने परिवार के लोगों के ब्याह में मैंने इनसे चार हजार रुपए लिये थे। उसी के तकादे में आते हैं। पता नहीं कि रुपए जल्द वसूल करने की नीयत से या बेवकूफी से सावजी जब आते हैं, अपना छाता इसी टेबुल पर पहले रखते हैं और मैं हटवा के एक कोने में रखवाता हूँ। और देवचंद बाबू तो कायदा-कानून, सभ्यता-सादगी, आचार-विचार, व्यवहार एवं शिष्टाचार सबको ताक पर रखकर इस टेबुल पर अपने पाँवों का अगला भाग ही रख देते हैं। सामने की कुरसी पर बैठते हैं और टेबुल पर पाँव फैला देते हैं। प्रतीत होता है कि अब पैर से वे खाना खाएँगे। पर उनकी कहूँ तो क्या? वे तो अपने होश और दौलत के बोझ में समझते हैं कि उन्होंने जो चला दिया, वही कानून है, वही न्याय है, वही सामाजिक धर्म है। मेरे एक और मित्र हैं, ऑनरेरी मजिस्ट्रेट। वे जब आते हैं तो जलती सिगरेट ही टेबुल पर रख देते हैं। उनका कहना है कि ऐस्ट्रे में रखने से सिगरेट जूठी हो जाती है। नतीजा यह हुआ कि हमारा टेबुल जगह-जगह जल गया है। पर दुनिया में सिर्फ ऑनरेरी मजिस्ट्रेट की सिगरेट की आग ही इस टेबुल की दुश्मन है, यह समझना भूल है। मेरे एक अन्य बंधु, जो अक्सर यहाँ आते हैं, अपनी

चाबियों के गुच्छे में एक छोटा चाकू रखते हैं। पहुँचे नहीं कि चाकू का फल निकला और उसकी नोक से टेबुल को कुरेदने लगे। न जाने इसमें उनको क्या मजा मिलता है?

मैं कभी-कभी सोचता हूँ कि मेरे पास एक बड़ा मकान होता, उसमें बहुत से कमरे होते और हर कमरे में एक टेबुल होता, तो अलग-अलग टेबुल से अलग-अलग काम लिया जाता। उस हालत में एक टेबुल ऑनरेरी मजिस्ट्रेट महोदय को सिगरेट से जलने के लिए अलग रखा रहता और एक टेबुल मेरे मित्र के चाकू का मुकाबला करता। पर इंसान के अरमान पूरे कहाँ होते हैं! हाँ, यह बात और है कि इसी टेबुल को कभी मैं बीच कमरे में रखता हूँ, कभी दीवार से सटाकर रखता हूँ, कभी सीधे रखता हूँ और कभी तिरछे रखता हूँ। मानो इसी एक टेबुल से इधर-उधर करने का सारा शौक मैं पूरा कर लेता हूँ।

रामबाबू आते हैं तो टेबुल का कुछ और ही उपयोग करते हैं। जब जोर से बोलेंगे, टेबुल पर हाथ से एक धमाका देंगे, गोया अपनी बात को वे टेबुल तोड़कर साबित कर रहे हैं। मैंने एक बार कहा—रहम करो रामबाबू! एक ही टेबुल है।' वे फौरन बोले, 'परमात्मा को धन्यवाद दो कि यह भी मिल गया नहीं, तो हम लोग तो अक्सर स्टेशन के वेटिंग रूम में टेबुल पर ही सो जाया करते थे। हाँ, इसके साथ मोह मत लगाओ। नेह लग जाने से एक रोज छोड़ने में तकलीफ भी हो सकती है। टूट जाए, टूटने दो, फट जाए, फटने दो, हट जाए, हटने दो।' रामबाबू की इन बातों से मेरी आँखों के सामने वह सारा जमाना नाच गया, जब मैं भी स्टेशन के वेटिंग रूप में टेबुल पर खर्राटे मार के सोता था। मैं सोचता हूँ कि मैंने भी टेबुल पर कम जुल्म नहीं किया है। आज अगर मेरे टेबुल पर लोग जुल्म करते हैं तो उसमें परेशान और नाराज होने की कौन-सी बात है?

बहुत से राजनीतिज्ञों के बारे में सुनता हूँ कि वे टेबुल की बदौलत सरदार बन गए। हाँ, टेबुल पॉलिटिक्स में प्रवीण होने के कारण उनके सिर पर ताज दिया गया। मेरे टेबुल में वह क्षमता है कि नहीं, सो तो मैं अभी नहीं जानता, पर इतना जानता हूँ कि इस टेबुल पर भी बड़े-बड़े महत्त्व के काम हुए हैं। गोष्ठी हुई है तो कवियों और लेखकों की कॉपी इस पर रखी गई है। राजनीतिक निश्चय हुए हैं तो इलाका और व्यक्तियों का हिसाब इसी पर हुआ है, कलाकार का आदर किया गया है तो इसी पर उनके चित्र रखे गए हैं और संगीत एवं वाद्य के प्रेमी आए हैं, तो इसी पर उनका सितार और बाँसुरी रखी गई है।

यही टेबुल मेरा संबंध आज जहान से जोड़ता है। इसी पर आकर डाकिया खत रखता है, इसी पर बंदा खतों का जवाब लिखता है। यहीं पर वे अखबार रखे जाते हैं, जिनको पढ़कर हम संसार का समाचार जानते हैं। हाँ, सुबह में इस टेबुल पर अंग्रेजी हिंदी मिलाकर छः अखबार आते हैं पर शाम तक मित्र लोग एक-एक को लेकर पार हो जाते हैं, क्योंकि मेरे इर्द-गिर्द लोगों का पड़ाव है, जिनका यह विश्वास है कि मजा मोल लेकर पढ़ने में नहीं, बल्कि मुफ्त हासिल करके पढ़ने में है।

अंग्रेजी में एक कहावत है कि "ए मैंन इज नोन बाई दि कंपनी हि कीप्स" अर्थात् 'संगति से ही मनुष्य की पहचान होती है।' मेरा ख्याल हैं कि मैं उसे यों बना दूँ कि 'ए मैंन इज नोन बाई हिज टेबुल' अर्थात् मनुष्य की पहचान उसके टेबुल से होती है। क्योंकि टेबुल पर जो चीजें होती हैं, वे आपकी रुचि को लोगों के सामने स्पष्ट करनेवाली हैं। पर मेरे बारे में तो टेबुल देखकर लोगों को गलत धारणा हो जाएगी, क्योंकि मैं जो खाने-पीने का शौकीन हूँ, मैं जो पढ़ने-लिखने का शौकीन हूँ, क्योंकि मैं जो कला की बारीकियों का भक्त हूँ, अपने दोस्त लोगों की वजह से एक चीज भी अपने टेबुल पर नहीं रख पाता। स्टेट एक्सप्रेस सिगरेट के ९९९ डिब्बा रखिए तो एक्सप्रेस चिट्‌टी जैसे जल्दी जाती है, वैसे ही जल्दी टीन खत्म हो जाती है। घड़ी रखिए तो वह एक घड़ी भी रहने नहीं पाती। पार्कर कलम रखिए तो मित्र लोग कहते हैं कि वह तो पार करने के लिए बनी ही है, सुंदर पैड सामने रखिए तो यहीं से लोग प्रेमिकाओं को पत्र लिखने लगते हैं और अगर लिफाफा रख दीजिए तो आते ही बोलते हैं 'वाह, वाह! यही तो खोज रहा था। हाँ भाई, आज इतवार है इसलिए डाकघर में स्टांप मिलता' इतना कहकर वे एक व्याख्यान देते हैं कि जब से काँग्रेस सरकार आई, उसने इतवार को डाकघर बंद करके थोड़े से कर्मचारियों को राहत तो दी, पर अगणित लोगों के लिए उसने ऐसी असुविधा कर दी कि जिसका ठिकाना नहीं और सब के बाद वे एक लिफाफा उठाकर जेब में रख लेते हैं, जैसे वह उनका जन्मसिद्ध अधिकार हो। नतीजा यह होता है कि मैं उनके डर के मारे अपनी रुचि का कोई सामान टेबुल पर नहीं रख पाता। पता नहीं साफ और खाली टेबुल देखकर लोग मेरे बारे में क्या सोचते हैं?

हाँ, इन परेशानियों के साथ-साथ एक लाभ अवश्य हुआ है कि इस टेबुल की बदौलत मुझे कुछ साथी मिल गए है, जो भरोसा करने लायक हैं, पर वे कौन हैं, इसको नहीं कहूँगा। हाँ, जैसे क्लास के साथी होते हैं, ट्रेन के साथी होते हैं, गली के साथी होते हैं, वैसे ही टेबुल के साथी और दोस्त भी होते हैं। पर क्यों होते हैं, इसको खोलना ठीक नहीं, यह पाठकों को स्वयं समझ लेना है।

इस प्रकार अपने इस फ्लैट के टेबुल के साथ मेरी यह जिंदगी चल रही है। आगे-आगे देखिए होता है क्या?

और आज इस लेख को लिखने के लिए मैंने अपने टेबुल को थोड़ी देर के लिए फिर सजाया है और इसीलिए यह कहता हूँ कि देश-विदेश की पत्र-पत्रिकाएँ देख लीजिए, देश-विदेश के खत देख लीजिए, देश-विदेश का कलापूर्ण सामान देख लीजिए, और मेरे टेबुल पर अजायबघर या जादूघर का छोटा नमूना देख लीजिए।

□

मेरी जेब

जादू का खजाना, भानुमती की पिटारी, रहस्यों और भेदों को गुप्त रखने के लिए चोली, देखने में भोली-भाली पर कमाल का काम करनेवाली यह मेरी जेब है, जिस पर मुझे नाज है और उनको भी नाज है जिनकी इज्जत यह मौके-बेमौके बचाती है। ऐसा कहने की वजह है और वह यह है कि मैं एक ऐसा आदमी हूँ जिसको जमापूँजी पर कोई भरोसा नहीं, भरोसा है तो सिर्फ जेब पर है। इसको यों कहिए कि मैं जो कुछ रखता हूँ, पास में, पासबुक में कुछ भी नहीं रखता। इससे कभी लाभ भी होता है, कभी घटी भी होती है। सबसे बड़ा लाभ यह होता है कि बैंक फेल करने का न मुझे अंदेशा होता है, न चिंता होती है और घटी यह होती है कि सामने जेब में देखकर जब कोई कुछ माँग देता है तो 'नहीं' कहने में नहीं बनता; कुछ-न-कुछ अवश्य देना पड़ता है, चाहे मैं चाहूँ या न चाहूँ। अगल-बगल में कुछ माँगनेवाले ऐसे हैं कि बराबर इस बात पर निगाह रखते हैं कि जेब की हालत क्या है। यों तो बराबर यह खाली ही रहती है और ऐसी पतली मालूम पड़ती है जैसे कोई पुराना तपेदिक का रोगी, पर कभी-कभी यह भरती है और अलग से भदैया बैग की तरह मालूम पड़ने लगती है।

कभी-कभी मैंने यह भी कोशिश की है कि सामने की जेब में नोट-रुपया इत्यादि न रखकर गँजी में नीचे जो जेब है, उसमें रखूँ, पर वैसी हालत में मेरे मोटे पेट के साथ जब भरी जेब की संधि होती है तो रूप गर्भिणी स्त्री का सा हो जाता है, जो बड़ा खराब लगता है। इसलिए रुपया-पैसा फिर ऊपर ले आता हूँ। लेकिन दोस्त लोग इस बात की ताक में रहते हैं कि कब फिर जेब भरती है और जब मामला हसबखाह देखते हैं तो फौरन होटल चलने का आग्रह करने लगते हैं। मेरा यह भी एक स्वभाव है, जब तब जेब में कुछ रहे, मैं किसी को भी भरसक कहीं पर बिल चुकाने नहीं देता। जेब की वजह से ही कभी-कभी मित्रों को बेहतर धोखा भी हुआ है। भरा पूरा समझकर होटल लिवा गए और इन्होंने खूब खा लिया तो बिल मेरे पास पेश हो गया। तमाम होटलों के बेरा लोगों में इस बात की शोहरत हो गई हैं कि मैं खूब इनाम देता हूँ। नतीजा यह हुआ

कि ये कम्बख्त भी यही कोशिश करते हैं कि बिल मैं ही चुकाऊँ, क्योंकि उनको यह अंदेशा होता है कि अगर बिल कोई दूसरा चुकाएगा तो उनका इनाम भी बिल ही में चला जाएगा। इस तरह बिल आने पर मुझे कहना पड़ा है कि मेरे पास पैसा नहीं है। 'जेब तो भरी है' दोस्त कहते हैं, 'लेकिन रद्दी कागज-पत्र से भरी है। कोई लज्जत नहीं है।' मेरे यह कहने पर बिलबिलाते-बिलबिलाते उन्हें बिल देना पड़ता है।

कभी ऐसा भी होता है कि महीनों तक जेब खाली रह जाती है। एक मित्र तो मेरे ऐसे हैं कि उन्होंने बाकायदा मुझे यह समझाया है कि इस तरह से जेब हरगिज खाली नहीं रखनी चाहिए। मैंने पूछा ''क्यों, खाली रहने में क्या हर्ज है?'' वे बोले, ''सबसे बड़ा हर्ज तो यही है कि जेबकट अगर जेब काटे और उसको कुछ न मिले तो गाली देगा कि साले भारी-भरकम ठाट में रहते हैं और जेब में एक पैसा भी नहीं रखते।'' उनकी उस दलील को मैंने डिसमिस कर दिया है, तो फिर बोले ''दूसरी बात यह है कि आप खर्राच आदमी हैं। घर में, बॉक्स में या बैंक में आप कुछ भी नहीं रखते। कहाँ, क्या हो जाए, कोई ठीक नहीं। मान लीजिए कहीं हार्टफेल कर जाए, अगर जेब में कुछ रहेगा तो कोई शरीफ उसी से आपके दफन-कफन का प्रबंध तो कर देगा।'' उसकी यह बात मुझे कुछ जँची है। मैंने दूसरे रोज से यह प्रबंध किया है कि 100 रु. अपनी जेब में बराबर रखूँगा। यह उनको मालूम हो गया है। उसी दिन एक सौ रुपया माँगने को आ धमके हैं। 'है कहाँ?' मैंने कहा। बोले 'वही कफन-दफन वाला'। 'मैंने कहा, 'वह तो कफन-दफन के लिए है।' फिर बोले 'राम कहिए। आप आज ही मर रहे हैं थोड़े? कल तो मैं वापिस ही कर दूँगा।' मैंने उनको यह रुपया दे दिया है। उनका कल अब तक नहीं आया। उन्होंने अब तक वापस नहीं किया। उनको शायद यह मालूम हो गया है कि मैं कब मरूँगा। मेरा खयाल है कि वे मेरे मरने के एक रोज केवल उसको वापस करेंगे।

खैर, दोस्त न लौटावें न सही। दोस्त बरकरार रहें और मेरे दोस्त बने रहें। मरने पर कफन-दफन का इंतजाम न हो सही, पर एक सौ रुपया के लिए हम अपने दोस्त की दोस्ती दफन नहीं कर सकते।

यह तो एक बात रही, पर इसी बात की वजह से जेब मेरे लिए पहेली बन गई है। अगर खाली रहे तो जेबकट की गाली सुन और भर जाए तो दोस्त की दावत करूँ, नहीं तो उनसे अदावत हो जाए। भरने में देर हो तो हो, खाली होने में देर हो तो अँधेर हो जाए।

इसी उधेड़बुन में पड़ा था कि उधर से स्टेनो बाबू आए। स्टेनो से सलाह ली जाए, यह बात कुछ जँचती नहीं है। पर हमारे सामने ही ऐसी-ऐसी मिसाल मौजूद हैं कि जब पहलवान अपने को किसी भी पहलवान के लायक नहीं पाते थे तो लकड़ी के खूँटे पर ही अपना पेंच लगाते थे। एक यह भी रहे। मैंने स्टेनो बाबू से अपना असमंजस बयान किया। बोले—'क्या कहूँ, हुजूर। छोटी मुँह बड़ी बात कहने की हिम्मत नहीं होती। यही रहस्य

की बात है कि जिस देश की बदौलत दूसरे कमाते हैं, आप उसी की बदौलत गँवाते हैं।'

स्टेनो की बात से मेरा मिजाज कुछ बढ़ा। मैंने कहा—क्या कहा आपने? कमाते हैं। कैसे कमाते हैं?"

"जेब में बहुत-सी संस्थएँ रखते हैं। धनियों से, सरकार से सहायता लेते हैं। उसको अपने काम में लगाते हैं। मैं पहले बाबा सुंदरदास के यहाँ रहता था। उनका बालिका विद्यालय क्या है? जेब की संस्था है।" वे बोले।

"क्या कहा आपने? बालिकाएँ जेब में पढ़ती हैं? कैसे पढ़ती हैं? कैसे अँटती हैं?

"बालिका कहाँ हैं हुजूर! एक भी बालिका नहीं है। सिर्फ जेब में एक कार्ड रखते हैं, उस पर उनके नाम के साथ बाजाप्ता 'सभापति बालिका विद्यालय' लिखा है। तभी तो कह रहा हूँ कि जेब की संस्था है। इसके अलावे जेब में बहुत-सी, तरह-तरह की दरख्वास्त रखते हैं, जब जिस मिनिस्टर से भेंट होती है, एक उसके सामने बढ़ा देते हैं और आर्डर करवा लेते हैं। आप उसकी बदौलत गँवाते हैं।"

अब तो समझिए कि आँख खुल गई। जेब को इतना महत्त्व मैंने कभी नहीं दिया था। मालूम हो गया कि जेब से एक और काम हम मजे में ले सकते हैं। मैंने एक बार अपनी जेब की ओर देखा मनसूबे के साथ और जैसे मैंने उसकी ओर देखते हुए कहा कि तू भी तैयार हो जा! अब वे दिन गए जब तुम्हारी बदौलत घटी होती थी! अब कुछ होकर रहेगा। किसी की मजाल नहीं कि तुमको महीनों खाली रख सके। जेबकट आवें, गिरहकट आवें, दोस्त मुँहफट आवें, अब वह लटपट लगेगी कि तुम सबके बाद भी सदा भरी रहोगी।

पर जेब ने जैसे इस आश्वासन पर कुछ ज्यादा ध्यान नहीं दिया। जैसे वह कह रही हो कि आप कहते हैं, लेकिन मौका आता है तो सब भूल जाते हैं। जैसे वह कह रही हो कि आप मेरी इज्जत की ओर कभी नहीं देखते, बराबर दूसरों की इज्जत बचाने के फेर में मुझको बेइज्जत करते रहते हैं।

अपनी जेब से तो मैं खुद शर्मिन्दा हूँ, पर क्या करूँ? उदार स्वभाव, मदद करने की आदत, दूसरों के दुःख में हाथ बँटाने की चाह, यह सब जब साथ हो जाते हैं, तब जेब का कुछ खयाल ही नहीं रहता।

अपना खयाल दूसरा है और जेब का कुछ दूसरा है। जेब की समझ में यह आता है कि उसकी शान इसमें है कि आठों याम, सुबह-शाम भरी रहे और मेरी समझ में आता है कि इंसान की शान इसमें है कि उसकी जेब खाली हो जाए तो हो जाए, पर कोई उसके पास से खाली न लौटे। जेब की मजबूती और कमजोरी का सबसे बड़ा सबूत यही है कि वह कब किसके काम आई, कब किसका कितना भला कर सकी, कब किसको कितना आराम दे सकी। इसीलिए मैं कभी-कभी घर लौटता हूँ तो उन पुर्जों से जेब की

उपयोगिता की माप करता हूँ, जो इसमें मेरे साथ आते हैं।

बात यह होती है कि मैं अपनी जेब में फाउंटेनपेन नहीं रखता। कलम रखकर इतनी बार धोखा खा चुका हूँ कि मैंने कलम रखना ही छोड़ दिया। बिना कलम बाहर निकला तो जगह-जगह आदमी मिलते हैं।

कोई कहता है—मेरे लड़के ने एम.ए. का इम्तहान दिया है। अगर फर्स्ट क्लास न आया तो नौकरी मिलनी दुश्वार है। इतना कहकर मेरी ओर देखता है कि मैं उसका नाम लिख लूँ। मैं साफ कह देता हूँ कि कलम नहीं है। इसके बाद वे लड़के का नाम, पता, रोल नंबर सब लिख के दे देते हैं और साथ-साथ परीक्षक का नाम भी। पुर्जा मेरी जेब में चला आया है।

दूसरे मिलते हैं—कहते हैं कि हुजूर ही के पास जा रहा था। पब्लिक सर्विस कमीशन में कल मेरे भाई ने इंटरव्यू दिया है। पोस्ट दस हैं। किसी प्रकार नवें-आठवें में भी इसका नाम आ जाता तो बेड़ा पार हो जाता। उनके नाम-पता का पुर्जा भी जेब में चला आता है।

तीसरे मिलते हैं, कहते हैं कि मैंने अमुक सड़क पर मिट्टी संग्रह के लिए टेंडर दिया है। अमुक इंजीनियर के अख्तियार का काम है। मैं कहता हूँ, सब लिख के दे दीजिए। सड़क का नाम, काम का ब्योरा, अधिकारी का नाम जो टेंडर खोलेगा और टेंडर खुलने की तारीख जेब में चली आती है।

चौथे मिलते हैं, बोलते हैं, मेरे साले की बदली पटना से सहरसा हो गई। आपकी जबान हिलेगी और मेरा काम हो जाएगा। मैं पूर्ववत् लिखकर माँगता हूँ। यह पुर्जा भी मेरी जेब में।

पाँचवें मिलते हैं तो कहते हैं कि उनके पिता अस्पताल में हैं। अगर अमुक डॉक्टर से जरा कह देते तो उनकी देखभाल ठीक से होती। बस वार्ड नंबर, डॉक्टर का नाम, रोगी का नाम, बेड का नंबर सब लिखकर एक पुर्जा दे देते हैं। यह पुर्जा भी जेब में। गोया जेब क्या है अजायबघर है। डॉक्टर भी जेब में, इंजीनियर भी जेब में, एक्जामिनर भी जेब में, कमिश्नर भी जेब में, कलक्टर भी जेब में, दवा भी जेब में, दारू भी जेब में, नौकरी भी जेब में, टीका भी जेब में, मिनिस्टर भी जेब में और न जाने क्या, सब जेब में! जानता हूँ कि इसमें बहुत सा अनुरोध है, जो बेइमानी है, बेमतलब है, न जज के यहाँ कहने जाऊँगा, न इंजीनियर के यहाँ, न कमिश्नर के यहाँ, न कलक्टर के यहाँ। अगर बहुत होगा तो मिनिस्टर और डॉक्टर तक पहुँच जाऊँगा, काम हो, न हो, राम जाने! पर किससे कहूँ? क्या कहूँ? कहाँ-कहाँ लड़ाई मोल लूँ! बस बेचारी जेब है, जो सारा भार सहन करती है। चुप रहती है और कभी नहीं बोलती है।

कभी-कभी तो ऐसा होता है कि एकाध आदमी पुर्जा लेकर कहते हैं कि ऐसा

न हो कि जेब ही में रह जाए। राय होती है कि उनसे कह दूँ कि अगर आपकी बहुत किस्मत होगी तो जेब में रहेगी वरना ऐसे-ऐसे पुर्जे जेब में कुछ देर तक रह जाएँ तो जेब को पहाड़ का बोझ उठाना पड़ जाएगा। कभी-कभी किसी के बारे में कुछ भी नहीं कर पाता और वह एकाध रोज के बाद दरियाफ्त करने आ जाता है कि क्या हुआ, तो ऐसे वाक्य में भी जेब का सहारा लेना पड़ता है। कहता हूँ कि पुर्जा जेब ही में रह गया, कुर्त्ता धोबी के यहाँ चला गया। सोचता हूँ कि एक जेब के मत्थे इतना भार! अगर जेब न होती तो अनर्थ हो जाता।

लेकिन सिर्फ इतने मौकों पर ही जेब नहीं काम देती बल्कि और भी नाजुक और संगीन मौके आते हैं जब काम देती है। हाँ, कभी-कभी ऐसा होता है कि कोई सयाने सज्जन जब कुछ काम करवाने की गरज से कुछ देना चाहते हैं और मैं लेना चाहता हूँ, तब भी शर्मिन्दा होने के कारण न-न कहता हूँ तो वे जबरदस्ती नोट का पुलिंदा जेब में रख देते हैं कि जैसे जेब से मेरा कुछ वास्ता ही नहीं।

वे चले जाते हैं तो फौरन नोटों को सरियाता हूँ और गिनता हूँ और जेब को धन्यवाद देता हूँ।

अगर मेरे हाथ में फैशन चलाना होता तो मैं फौरन पहले यह चलाता कि कुर्त्ता के ऊपर एक नहीं, अनेक जेब हों। मेरे हाथ में सत्ता आ जाए तो मैं जेबों के लिए इतना काम करूँ कि कानून बना दूँ कि चाहे किसी की जेब हो, उसमें कुछ रखना ही पड़ेगा। हाँ, जेबों को खाली रख के उनकी बेइज्जती नहीं की जा सकती। एक जेब भरी हो तो दूसरी खाली क्यों रहे? ऐसा उपाय हो कि हर जेब में कुछ-न-कुछ हो।

एक मन कहता है कि अगर जेब साथ न दे तो मेरे हाथ में सत्ता आ ही नहीं सकती। प्रजातंत्र में चुनाव के चक्कर में भी जेब का ही जादू काम देता है। जब मैं जेब के लिए ही सत्ता का आह्वान कर रहा हूँ तो जेब क्या इतनी मूर्ख है कि मेरा साथ न देगी?

जरूर साथ देगी। अपनी जेब पर मुझको भरोसा है, और मैं जानता हूँ कि जब तक जीवन है इसका सहयोग मुझे सदा मिलता रहेगा।

जेब जिंदाबाद!

□

मेरा नौकर

नादानी में जो बच्चे को भी मात करे, शैतानी में जो शेखचिल्ली का भी कान काटे, हँसाने में जो बीरबल से भी दो कदम आगे रहे, रुलाने में जो खानदानी दुश्मन को भी पीछे छोड़ जाए और शब्दों का मतलब लगाने में शब्दकोश भी जिससे हार मान जाए, ऐसा यह मेरा नौकर है।

यों तो मैं नौकर का बहुत शौकीन हूँ पर मेरी शौकीनी गुणवान और बुद्धिमान नौकर के लिए नहीं, बल्कि मैं इस बात का शौकीन हूँ कि मेरे पास कई नौकर रहें। एक शब्द में यों कहिए कि मैंने जब तक नौकरों की संख्या पर ध्यान दिया पर गुण पर ध्यान नहीं दिया।

पिछले दिनों ऐसा हुआ कि 'एके बाद दिगरे' मेरे यहाँ चार नौकर हो गए। चार हुए तो चार चोर की तरह चारों में चार गुण। हाँ, गुण कहिए या ऐब। क्योंकि उनके लिए जो गुण था, वह मेरी दृष्टि में ऐब था। एक ऐसा था कि पुकारिए तो उसे सुनाई नहीं दे, दूसरा ऐसा था कि सुन ले, तब भी मटिया दे। तीसरा ऐसा था कि उसे पुकारिए तो 'हाँ' कहके आश दिला दे, पर पास न आवे और चौथा ऐसा कि बिना पुकारे अकस्मात् 'कहा जाए हुजूर' कहके जब न तब हाजिर हो जाए।

चारों ने काफी तंग किया तो धीरे-धीरे एक-एक कर मैंने तीन को खिसकाया। एक को मैं तब तक रखना चाहता था, जब तक कोई दूसरा न मिल जाए, पर श्रीमतीजी की आज्ञा हुई तो मुझे उसको भी दरकिनार करना पड़ा। पर जाने किस शायत में उसको मैंने डिसमिस किया कि बहुत खोजने पर भी दूसरा नौकर बहुत दिनों तक नहीं मिला। श्रीमतीजी को स्वयं खाना बनाना पड़े और बरतन-बासन करना पड़े। वे इस बात के लिए तैयार थीं पर मुझसे यह सब देखा न गया। वे नहीं-नहीं करती रहीं और मैं एक नया नौकर ले आया।

नाटा-मोटा, लड़का छोटा, देखने में स्वभाव का अच्छा प्रतीत हुआ पर मालूम हुआ कि इसका स्वभाव है खोटा। हाथ में अगर एक सोंटा ले लेता तो मोटा, छोटा, खोटा और सोंटा मिलाकर हम एक भारी-भरकम कविता तैयार करते, पर दुःख है कि कभी इसने

सोटे का संग नहीं लिया। लेकिन सोंटा न लेकर भी यह लोटा से अवश्य दुश्मनी रखता है, क्योंकि जब से यह आया, मेरे घर में कई-लोटे फूटे। कभी-कभी मैं बिगड़कर कहता कि टोंटा लाओ, इसको गोली मार दें। तब श्रीमतीजी कहती कि आप इसे हरगिज गोली नहीं मारेंगे पर एक-न-एक दिन इससे मेरा झोंटा जरूर नोचवाएँगे।

मैं कभी-कभी यह सोचता कि मेरे जैसा परिष्कृत रुचि का आदमी, जो बेहतरीन खाने, बेहतरीन पहनने और बेहतरीन तरीके से रहने का आदी है, नौकरों के मामले में क्यों बराबर बेवकूफ बन जाता है, पर इस क्यों का उत्तर मैं कुछ भी नहीं दे पाता। यही सोचिए कि जिसका जैसा भाग और इसी पर मैं संतोष कर जाता।

बगल में किशोरी बाबू हैं, जिनके दवाखाने को भी नौकर सम्हाल लेता है और घर के भी सारे काम का इंतजाम कर देता है। मुखियाजी हैं, जिनका खाना भी नौकर बना देता है और गाड़ी हाँकने की बेला में ड्राइवर भी बन जाता है। बगल में दिनेशजी हैं, जिनका नौकर बिना साइकिल के शहर भर में खत बाँट आता है और खाना बनाने में भी कभी कोताही नहीं करता। शहाब साहब हैं, जो नौकर को सिर्फ पैसा दे देते हैं और जानते भी नहीं कि कहाँ क्या हो रहा है और वह एक-से-एक बढ़िया खाना उनके पास हाजिर कर देता है। मैं हूँ, जो इसको सामानों की सूची बना देता हूँ, पर तब भी वह ठीक से सामान नहीं लाता और जो लाता भी है, उसको ठीक से बना नहीं पाता। आपको आश्चर्य होगा अगर मैं यह कहूँ कि ये तमाम लोग जिनका कि अभी मैंने आपके पास नाम गिनाया है कम-से-कम दस नहीं तो पंद्रह सदस्यों का परिवार रखते हैं और मैं हूँ सिर्फ एक मियाँ-बीवी। हाँ, तब भी उनका काम ठीक और मेरा बेठीक होता है। यह नौकर महाराज की कृपा है।

उस पर तुर्रा यह कि पहली तारीख हुई कि नहीं और यह तलब माँगने को तैयार। हाँ काम करने में पीछे और तलब लेने में आगे इसी को कहते हैं। दूसरे नौकरों के बारे में सुनते हैं कि कभी-कभी दो और कभी-कभी तीन-तीन, चार-चार महीने पर उनका वेतन मिलता है पर यह तो हर पहली तारीख को सुबह आकर पहला काम यही करता है कि पिछले माह का तलब माँगता है और अगर न दे सकूँ तो रोना-धोना, हो-हल्ला करना याने पहले ले लेना, तब आगे बढ़ना। महीने भर में कभी तारीख की बात कहिए तो नहीं समझेगा। पूछिए, तब भी तारीख बताने को तैयार नहीं, पर न जाने अगल-बगल में कौन वे महोदय हैं कि पहली होते ही कम्बख्त को मुँहलुकान भिनसार में ही सूचित कर देते हैं कि आज तलब माँगने का दिन आ गया।

ज्योतिषी जब हाथ देखते हैं तो पुत्र, स्त्री, आयु, विद्या, यश एवं धन इत्यादि की बातें कहते हैं, लेकिन नौकर के बारे में कुछ नहीं कहते। मैं सोचता हूँ कि सबसे पहले इंसान को ज्योतिषी से यही सवाल करना चाहिए कि मुझे अच्छा नौकर कब, कहाँ और

कैसे मिलेगा, और यह भी पूछना चाहिए कि कौन ग्रह है जो अच्छे नौकर के मार्ग में बाधा बनकर खड़ा है और कैसे उसका शमन होगा।

यह भी क्या जीवन है जिसमें बात-बात पर शंका हो! चावल लाने जाए तो उसमें आधा सेर कम हो जाएगा, दाल लाने जाए तो उसकी भी तौल कभी नहीं पूरी होगी। तरकारी लाने जाए तो भाव और है पर दाम और देकर चला आवेगा। दूध लाने जाए तो सेर भर दूध में तीन पाव पानी मिलाएगा और सिगरेट लाने जाए तो गोल्डफ्लेक का दाम लाएगा जो आपके पास सीजर हो जाएगा। पूछिए कि किस दुकान से लाया तो बस एक बात कि याद नहीं। पूछिए कि दक्षिण से लाया या उत्तर से लाया तो लावेगा उत्तर से तो बतावेगा दक्षिण। इसको साथ लेकर जाइए और एक-एक दुकान दिखला जाइए, तो यह नहीं, यह नहीं कहेगा और यों आप चाहे लाख दूर जाइए वह दुकान कहीं नहीं मिलेगी जहाँ से इसने सौदा खरीदा।

मुझ पर एक रोज शामत सवार हुई। बात यह हुई कि आम चुनाव में बेहद दौड़-धूप करने की वजह से मिनिस्टर नहीं तो डिप्टी मिनिस्टर तो जरूर होऊँगा, ऐसा मैं सोचता था। पर जो लिस्ट निकली, उसमें पार्लियामेंटरी सेक्रेटरी में भी अपना नाम नहीं था। मैंने सोचा कि कुछ न हुए तो बला से, अपने इसी फ्लैट में मिनिस्टर होने का सारा अरमान पूरा कर लेंगे। ऐसा सोचकर मैंने इस कम्बख्त को बाहर दरवाजे पर बैठा दिया और कह दिया कि बिना हुक्म किसी को अंदर मत आने दो। मैं क्या जानता था कि मैं मिनिस्टर होने का शौक पूरा कर रहा हूँ तो यह भी अरदली होने का शौक पूरा करेगा। नतीजा यह हुआ कि डाकिया जब मनीऑर्डर लेकर आया और अंदर आना चाहा तो इस बेहूदे ने उससे चार आने पैसे माँगे। उसने न दिया, तब इसने कह दिया कि साहब बाहर गए हैं। पीछे अपने बाकी का तगादा लेकर मोदी आया तो इस बेहूदे ने सिर्फ दो आना लेकर अंदर हाजिर कर दिया।

एक रोज हजरत और भी आगे बढ़े। मैं कहीं गया हुआ था। टेबुल पर इत्र की शीशी थी, जिसको इन्होंने खोला और सारे का सारा अपने माथे पर उलझकर लगा गए। मेरे भाई भी उस रोज आए थे। उन्होंने यह कांड देख लिया। पूछा—'यह क्या जी?' ठाठ से बोला—'तेल लगा रहे हैं।' मेरे भाई ने फिर प्रश्न किया, 'यह तेल तुम्हारे लगाने का है?' वह नम्रता से और इत्मीनान से बोला—"मालिक तो बोतलवाला लगाते हैं। नौकर होकर हम बोतलवाला कैसे लगावें? मालिक की शान में शान मिलावें? इसलिए हमने छोटी शीशी का तेल लगा लिया।"

चूँकि वह पानी मिलाया हुआ दूध लाता, इसलिए मैं अपने सामने दूध लेने लगा। लेकिन लाख यत्न करने पर भी दूध मेरी किस्मत में नहीं लिखा था। जब दूध चौके में रख दिया जाता, तो वह वहीं धीरे से आधा पी जाता और बाकी में पानी मिला देता।

मैंने नवाब साहब का किस्सा सुना था। अफीम खाकर जब नवाब साहब ऊँघते रहते थे, रात को उनका नौकर उनको मलाई खिलाता था। पाव भर मलाई में आधा पाव नौकर खुद खा लेता था और आधा पाव उनको खिलाता था। सुबह को नवाब साहब बहुत बिगड़ते कि साले ने मलाई नहीं खिलाई। बिगड़ के नवाब ने नौकर को बदल दिया। लेकिन नया नौकर जो आया, वह और भी काइयाँ! वह कुल मलाई खुद खा जाए और अल्पमात्रा में नवाब साहब के मुँह पर मल दे और उनका मुँह धोवे। सुबह में नवाब साहब आइना में मुँह देखते और समझते इसने मलाई खिलाई है। क्योंकि मलाई मुँह पर लगी होती थी।

मैं सोच रहा हूँ कि मैं नवाब भी नहीं हूँ और अफीम भी नहीं खाता, तब भी खोज-खाज कर भगवान् ने नवाब साहब के पुराने नौकर को मेरे यहाँ क्यों भेज दिया? फिर यह सोच रहा हूँ कि अगर मैं इसको छुड़ा दूँ और इसके बाद नवाब साहब का दूसरा नौकर मेरे यहाँ दाखिल हो जाए तो वह तो कुल दूध साफ कर देगा, चाय बेचारी भी दूध की सूरत देखने के लिए तरसती रह जाएगी।

कभी-कभी स्टेशन पर या बड़े लोगों के घर में तथा होटल में पानी माँगने से ग्लास को नौकर लोग बहुत तरतीब से तश्तरी या प्लेट में देते हैं, मन बड़ा प्रसन्न हो जाता है। मैंने उसे यह बताया। क्या वास्ता साहब सीखने से? हिमाँशुजी ने दूसरे दिन पानी माँगा तो वह शैतान प्लेट में पानी डाल के लिये आ रहा है। वे बड़े हँसे। मैंने उधर देखा तो मैं भी सन्न! "यह क्या रे?" 'हुजूर ही ने तो प्लेट में पानी देने को कहा था।' फिर मैंने प्लेट में ग्लास रखकर बताया कि प्लेट में पानी देने का क्या मतलब है। दूसरे दिन कुछ लोग खाने को आए। टेबुल पर खाने के लिए उसने जो प्लेट बनाया उसी पर ऊपर से ग्लास भी रख दिया! प्लेट में भी थोड़ा-थोड़ा पानी छलक गया फिर साफ करवाना पड़ा और पोंछवाना पड़ा।

उस दिन ऋषिकेषजी बिगड़ते हुए आए। वे चारों तरफ जाने-माने जाते हैं पर मुझ पर उनका सहज स्नेह है इसलिए मैं उनको कभी-कभी अपने यहाँ बुला लेता हूँ। उस दिन मेरे यहाँ कुछ सज्जन आए थे। मैंने नौकर को कहा कि जाकर जरा उनको लिवा लाए। वह गया, उनके यहाँ भी दो-चार आदमी बैठे थे। सब के सामने जाकर बोला—"मालिक आपको फौरन बुला रहे हैं।" बेचारे करते क्या? गाली या मार की परवाह तो नौकर को है ही नहीं। मेरे पास आए और उसकी बदतमीजी के लिए उन्होंने मुझ पर ही बिगड़कर संतोष किया। कमबख्त की बोल-चाल भी ऐसी है कि इसकी बदौलत कब किससे लड़ाई होगी, कहना मुश्किल है।

उस दिन संध्या में मेरे यहाँ पाँच आदमी का खाना था, चूँकि उन लोगों को अचानक आना जाना पड़ा, इसलिए देवेंद्र इसको एक खत देकर कह गए कि रात के खाने के बारे

में है, मालिक को दे देना। उसमें लिखा था कि आज दावत बंद कर दी जाए, अब किसी अगले दिन नवीन प्रोग्राम बनेगा। इस कमबख्त ने पुर्जा दिया ही नहीं। पाँच आदमी का सब सामान तैयार हुआ। हम लोग दस बजे तक बैठे रहे पर कोई न आया। ठीक दस बजे उसने पुर्जा दिया। हाय बेहूदे ने बेकार खर्च करवा दिया। पूछा—'पहले क्यों नहीं दिया?' बोला—'रात के खाने के बारे में था, इससे सोचा रात को देंगे।'

मैं हैरान हो जाता हूँ कि काजीजी दुनिया से चले गए पर अपने पाजी नौकर को भूत की तरह मेरे पीछे क्यों लगा गए? मैंने कभी-कभी यह भी सोचा कि काजीजी के मजार पर जाकर शिरनी चढ़ाऊँ और उनसे यह प्रार्थना करूँ कि काजीजी दया कीजिए और अपने इस पाजी नौकर से मेरा पिंड छुड़वाइए। पर मैं वैसा कर न सका।

एक बार मुखियाजी के नौकर का उदाहरण देकर मैंने कहा—"देख तो, एक उनका नौकर है, जो ड्राइवरी भी कर लेता है और उनका सब काम भी कर देता है। एक तुम हो, जो थोड़े काम में रात-दिन सब खत्म कर देते हो।" बात शायद उसके मन में लगी। एक दोस्त आए थे। नीचे उनकी छोटी गाड़ी रखी थी। गलती से चाबी भी उसी में छूट गई थी। वह उस पर चढ़ गया। न जाने कैसे उसने स्टार्ट कर दिया। गाड़ी गियर ब्रेक में थी। गियर को भी उसने जोर से झटक दिया। पर उसे यह नहीं मालूम था कि क्लच दबाने पर ही गियर अपना काम कर सकता है। गाड़ी एक बार जोर से उछली। एक आदमी को चोट लग गई। बड़ी भीड़ हो गई। लोगों ने नौकर को पकड़ लिया। बहुत कहने-सुनने पर लोगों ने उसे छोड़ा। मैं बड़ा लज्जित हुआ। जिसका न कभी कुछ लिया, न खाया, उसके सामने भी इस नौकर के चलते हाथ जोड़ना और गिड़गिड़ाना पड़ता है। अलग होने पर डाँटने लगा कि रह-रहकर तुझे क्या शैतानी सूझती है? बोला—"आपने ही तो कहा था कि मुखियाजी के नौकर की तरह से ड्राइवरी सीख लो।" मैं समझ गया कि यह अब कुछ कहने-सुनने लायक भी नहीं है।

पर कहने-सुनने का आसरा वह बराबर नहीं देखता। कभी प्रसन्न होता है तो अपने मन से भी काम करता है। बात ऐसी हुई कि शहाब साहब के यहाँ मछली बनी थी। स्वाद बराबर अच्छा हुआ, इसलिए अपने हाथ से दो पर्चा लेकर वे मेरे लिए लाए। खाकर उनसे पूछा "बड़ी अच्छी मछली थी। कहाँ से मँगवाए थे आप?" बोले—"मेरे नौकर ने वंशी के सहारे बझाया है। पास में जो तालाब है, उसी में जाकर वह वंशी डालता है और एक-न-एक मछली रोज जरूर ले आता है।" मैंने कहा—"हीरा है आपका नौकर। उसने भी जैसे यह तय किया कि चाहे जैसे हो, वह भी एक मछली जरूर लाएगा। मेरा खयाल है, इसी से वह भी पास के तालाब पर गया। मछुओं ने फौरन जाल लगाया था। ढेर की ढेर मछलियाँ बझी थीं। सब लेकर मछुए चले गए पर एक बड़ी मछली छूट गई थी। इसने जाते के साथ देखा और उसे लेकर फौरन घर चला आया। मैंने सुना तो

मैं भी ताज्जुब में पड़ा कि मछुए से बझायी मछली छूट जाए, यह तो नामुमकिन बात है। वे तो देखी मछली भी नहीं छोड़ते। कौन-सी मछली है, मैंने दरयाफ्त किया 'बामी' मेरी श्रीमतीजी ने कहा। वे बहुत खुश थीं कि अब अपना नौकर सुधर गया और अपना कर्त्तव्य पहचानने लगा। पर मुझको शक हुआ। मछली मेरे सामने लाई गई। मैंने देखा कि वह बामी नहीं, वह थुथरा साँप है। एक तरह का साँप होता है जिसके दोनों तरफ मुँह होता है। प्रत्येक छः महीना खुलता है और छः महीने बंद रहता है। श्रीमती पहचानती नहीं थीं। अंत में कुछ सयाने लोग बुलाए गए। उन्होंने मेरा समर्थन किया। साँप फौरन फेंकवाया गया। नौकर को क्या कहूँ? यही सही है कि सयाने लोग भी थुथरा साँप और बामी के बारे में भ्रम में पड़ जाते हैं। लेकिन साँप के फेंकवा देने पर भी कई रोज तक साँप का डर हम लोगों को बना रहा।

यह ऐसी घटना हुई कि अब हम लोग रोज नौकर से सावधान रहने लगे। मैं जैसे बराबर यह सोचा करता कि देखें आइन्दे यह कौन गुल खिलाता है! जिस रोज इत्मीनान से कट जाता है, उस रौज मैं परमात्मा को धन्यवाद देता, जिसकी कृपा से नौकर का कोई नया तमाशा उस दिन देखने को नहीं मिला।

□

मेरी कलम

आज मेरी कलम गुम हो गई। पार्कर मेक, नई डिजाइन, नाम पार्कर फिफ्टीवन, पर खरीदा मैंने उसे तिरपन में। इतनी जल्दी गुम हो गई जितनी जल्दी गुम होने का हरगिज गुमान नहीं था।

मैंने बड़ी-बड़ी चीजें खोई हैं। एक साथ कभी-कभी ट्रंक भर का सामान भुला चुका हूँ। धोती, कुरता तो भूलते ही रहते हैं, पेंसिल तो रोज खरीदी, रोज गायब, तौलिया से जिसे हाथ साफ करने का मौका मिला उसी ने उसे साफ कर दिया रुपयों का भूलना तो जैसे मामूली बात है। किताबें भुलाने का तो आदी हो गया हूँ। रुमाल तो इतने भूलते हैं कि उनकी गिनती मैं माल में करता ही नहीं और कलम का भूलना भी कोई नई बात नहीं है। पर न जाने क्यों आज एक अजीब परेशानी मालूम हो रही है, मानो कलम भूलने का यह ऐसा गम है, जो भूलाए न भूले।

ऐसा मालूम होता है कि अगर आज वह कलम साथ होती तो कुछ ऐसी कीमती चीजें लिखता, जो किसी और कलम से संभव नहीं है। आज मेरे पास पर्याप्त पैसे हैं, चाहूँ तो बेहतरीन, नवीन कलम खरीद सकता हूँ। पर चित्त की वृत्ति अभी ऐसी है कि दूसरी कलम पर जी जाता ही नहीं। ऐसा खयाल होता है कि उस कलम का मुकाबला करनेवाली कोई दूसरी कलम इस दुनिया में नहीं है। एक मेक होने से क्या होता है, आदमी तो सब भगवान् के बनाए हैं पर सूरत भिन्न होती है। डिजाइन से भी क्या, यहाँ तो तमाम लोगों को दो पैर और दो हाथ हैं पर करनी तो सबकी अलग-अलग होती है। मन मानने का सौदा है, जिस पर जी आ गया, जो दिल में समा गया, समा गया।

कल कलम पास थी तो वातावरण में बड़ी गरमी थी और हवा बिल्कुल बंद थी, पंखे से अलग होना मुश्किल था। ऐसे वक्त में लिखना नहीं सुहाता। आज कलम नहीं है तो वातावरण में नमी आ गई है, धीमी-धीमी बूँदा-बाँदी हो रही है, शीतल मनहर, सुखकर आदि मंद समीर शरीर को हौले-हौले गुदगुदा रहा है। बस समझ जाइए कि प्रकृति लिखने का निमंत्रण दे रही है। हाँ, यह वैसा वक्त है, जब लिखे बिना नहीं रहा जाता, पर लिखूँ किस चीज से? हाय मेरी कलम!

कल कलम पास में थी, लाख माथापच्ची करने पर भी दिमाग में भाव नहीं आते थे और कलम चली गई तो बार-बार भावों की भरमार हो रही है। नए मौलिक प्लाट आँख के सामने से निकले जा रहे हैं, खुद-ब-खुद आकर प्राण में सर्वोत्तम संगीत बसे जा रहे हैं और ऐसा मालूम हो रहा है कि अभी सिर्फ कागज कलम की देर है, नहीं तो रचनाओं का ढेर लग जाए। लेकिन कहाँ है कलम ? इसलिए कहता हूँ कि भावुक का मन और है भावी का मन और।

मुझे आज ऐसा मालूम हो रहा है कि आज अगर मैं पटना का एक साधारण नागरिक न होकर बंबई का बड़ा सौदागर होता और मेरे पास पैंतीस मिलीमीटर का लाइका फोटो कैमरा, रोलेक्स की घड़ी, हिंदी अँग्रेजी के रेमिगटन टाइपराइटर, चढ़ने को केडलक कम्फरटेबल गाड़ी, पानी और सामानों को ठंडा करने के लिए रेफ्रीजिटायर, नवीन जर्मन का मौजर पिस्तौल, शेर के शिकार में जो बेहद काम दे, ऐसा मैनलाइकर एक्सप्रेस राइफल, विचित्र चित्रों से परिपूरित सुंदर एलबम, कीमती स्टांपों से भरा हुआ और जिससे आप दूर-दूर की चीजों को पास की तरह देख सकते हैं, वेल एंड हावेल का चार लेंस का टरेटहैंड मूवी कैमरा, ग्यारह बल्ब का रेडियोग्राम, जिसमें बिना बदले हुए एक-एक दर्जन तक रेकार्ड बज जाते हैं और श्रीमतीजी, जिसको बजाना सीखती रहती हैं, जर्मन का वह रालक पियानो भी होता, तब भी आज किसी पर आँख नहीं ठहरती, खोई हुई कलम इस तरह हलचल मचाती कि उसका अफसोस दिल से नहीं जाता और सब के बाबजूद बार-बार ध्यान उस पर जाता। उतनी चीजों के होने पर भी अगर वह हालत होतो, तो फिर मेरी आज की दशा का अनुमान कीजिए। उनमें से एक भी चीज जब मेरे पास नहीं है, तब तो कलम के भूलने से ऐसा मालूम हो रहा है कि मैं निर्वस्त्र हो गया, निर्धन हो गया। कलम क्या गुम हुई कि अक्ल गुम हो गई, कलम क्या उड़ गई कि उसके साथ कल्पना की उड़ान भी उड़ गई।

आज याद पड़ती है कि वह कलम चार रोज की कमाई थी। वे चार रोज भी ऐसे कि चार रोज में मुझे चार खिड़की झाँकनी पड़ीं और चार जगह झिड़की खानी पड़ीं। एक शेख साहब का काम था, उनको लेकर मैं कई जगह दौड़ा, कामयाबी न मिली। पर मेरी मेहनत से वे बेतरह प्रभावित हुए और इसलिए बाजार जाकर उन्होंने मिलनेवाली कलमों में से सबसे अच्छी कलम चुनकर मुझको उपहार में दी। एक तो मिले हुए उपहार को गले का हार बनाकर रखना चाहिए, उस पर भी अगर वह लेखनी हो तो उसका मूल्य और भी बढ़ जाता है। उससे भी बड़ी बात यह कि ऐसे भले आदमी का उपहार हो कि उसका इतना अच्छा स्वभाव हो कि उसका काम न भी हो, तब भी उपहार दे—हाँ, ऐसे जमाने में जब काम करवा के लोग बेखटके पार हो जाते हैं, ऐसे व्यक्ति विधाता की कृपा से ही मिलते हैं। इसलिए उस कलम को मैं और भी प्यार करता था, पर प्यार का

जितना प्राचुर्य था। आज अफसोस को भी उतनी ही अधिकता है।

कभी-कभी यह सोचता हूँ कि शायद इस संसार के नियम के मुताबिक जो चीज बिना काम किए याने मुफ्त आ गई, वह मुफ्त में चली गई। लेकिन फिर यह खयाल आता है कि शेख साहब का काम न हुआ, न सही, मैंने तो चार दिन मेहनत की थी। इसलिए कलम मुफ्त की नहीं थी। वकील साहब बहस कर देते हैं, फीस ले लेते हैं, हारने-जीतने की गारंटी नहीं करते। तो क्या मैं वकील से भी गया-गुजरा हूँ?

आज यह सोचता हूँ कि बेकार मैंने उस कलम के इस्तेमाल में कँजूसी की। कौंसिल में जाता था तो हाजिरी बही पर अपनी उस प्यारी पेन से दस्तखत नहीं करता था, बल्कि वहीं रखी हुई टूटी-फूटी कलम से करता था, जो कि निब के खराब रहने के कारण बहुत बार मेरा हस्ताक्षर वहाँ बिगड़ गया है। यहाँ तक कि जिस रोज मैंने कौंसिल की शपथ ली, उस रोज भी बही पर मैंने वहीं की कलम से दस्तखत किया और अपनी कलम को जेब में जुगोए रहा। फिर भी यह सोचता हूँ कि उस कलम को लेकर नाहक मैंने अपने कई दोस्तों से लड़ाई की। महेश याद आए, जिन्होंने एक रोज कलम न देने के कारण मुझसे बोलना बंद कर दिया। उमा याद आए, जिनसे कलम को लेकर ऐसा चख-चुख हुआ कि जिंदगी भर के लिए उन्होंने मुझसे संबंध विच्छेद कर लिया। याने तमाम वे दोस्त सामने आकर कहने लगे कि मूर्ख! इसी नश्वर पदार्थ के लिए तुमने हमारी मित्रता पर लात लगाई! हाय! कलम कम्बख्त को जाना ही था तो इतने दोस्तों से छुटाछूटी होने के बाद! अगर जानता कि कलम को जाना ही है तो फिर दोस्तों को क्यों जाने देता?

खैर, कलम चली गई तो अब क्या करना है। अपनी उस किस्मत पर रोऊँ, जिसकी बदौलत मेरे आसपास चोर रहते हैं। उस शहर को छोड़ दूँ! जिस किसी भलेमानुस की कलम भी सुरक्षित नहीं है, या यह सब न करके इसी शहर में रहके फिर दूसरी कलम हासिल करने का उपाय करूँ!

उस दिन आए थे कौशलेशजी! कहते थे कि एक प्रकार के कलम चोरों का गुट है, जो बड़े डाकघर में, जंक्शन पर, पार्क में, गांधी मैदान में, सिनेमा आदि के पास अपना आदमी रखते हैं। ये लोग सफलता के साथ पॉकिट मारना नहीं जानते इसलिए माँग कर ही कलम लेते हैं। दिन भर जो भी उधर जाए, उससे कलम माँगते रहते हैं मौका नहीं मिला तो कलम के मालिक को कलम लौटा देते हैं। ये लोग शरीफ लिबास में होते हैं, बराबर हाथ में एक पोस्टकार्ड रखते हैं, जिसमें सबकुछ लिखा रहता है पर पता नहीं लिखा रहता। वे ऐसी बेचैनी का भाव बनाए रखते हैं कि मालूम हो कि जल्दी से पता नहीं लिखा जाएगा तो अनर्थ हो जाएगा। एक-एक आदमी रोज जगह बदलता रहता है। यों ये कलम मार ले जाते हैं।

उनकी बात मुझे याद थी पर तब भी मैंने स्टेशन पर एक व्यक्ति को कलम दे दी।

भारी-भरकम चेहरा, रौबदार मूँछ, हाथ में छड़ी, कलाई पर घड़ी, मुख में पान, आँख पर चश्मा, साफ कुरता, साफ ढीली बँगाली धोती, चेहरे से शरीफ और बोलचाल भी बाकायदा और बाअदब—इतने के साथ एक आदमी हो तो उन पर क्यों यह संदेह करूँ कि वह कलम चोर गुट का है? हो सकता है कि उसने पासा फेंका, मैं दाव हार गया पर तब भी मैं साफ-साफ यह ऐलान करने को तैयार नहीं हूँ कि वह कलमचोर गुट का है। यह भी तो हो सकता है कि भूल से वह कहीं चला गया, पीछे उसको मालूम हुआ कि मेरी कलम उसके पास है, उसके बाद उसने बहुत अफसोस किया और अब बराबर वह कलम के असली मालिक की तलाश में है।

इस विचार का आना था कि बंदे को बराबर उस व्यक्ति के आने की आहट मिलने लगी। प्रतीक्षा, बेचैन प्रतीक्षा! जूता कड़कड़ाया तो मैंने समझा वह आ रहा है, नौकर से अगर किसी ने पूछा कि मालिक हैं, तो मैंने समझा कि हजरत कलम वापस करने आए हैं। नतीजा यह हुआ कि मैंने नौकर से कह दिया कि जब कोई आए तो फ़ौरन दरवाजा खोल दिया करे। मुझे डर था कहीं दरवाजा खोलने में देरी हुई और वह शख्स ऊबकर वापस गया तो आई कलम भी वापिस चली जाएगी। परिणामस्वरूप नौकर फौरन दरवाजा खोल देता। मान लीजिए कि मैं नाश्ता कर रहा हूँ और एक सज्जन आ गए। पुराना जमाना होता तो सब काम खतम करके दरवाजा खोलता, पर अभी कलम की तलाश हो रही है, इसलिए उसी समय खोलना पड़ता है। दरवाजा खुल गया तो साधारण शिष्टाचार और औचित्य के नाते आगंतुक को भी चाय के लिए पूछना पड़ता है। और पूछने के बाद तो मत पूछिए। ऐसा मालूम होता है कि आगंतुक को इसी प्रश्न का इंतजार था। एक बार भी इनकार नहीं, वही सीधा-सादा पुराना जबाब—हाँ, अगर फाजिल नहीं है। इस प्रकार कलम की प्रतीक्षा में सैकड़ों प्याले चाय गई और सैकड़ों व्यक्तियों को नाश्ता भी कराना पड़ा। हमारी संस्कृति में तो मृत्यु के बाद कुछ खर्च करना ही पड़ता है। कलम चले जाने के बाद उसके नाम पर कुछ खर्च करके संस्कृति की रक्षा तो जरूरी है। इस बीच श्रीमतीजी ने कहा भी कि आजकल चाय की रफ्तार कुछ तेज है। मैंने कहा कि देखिए, कमबख्त कलम अभी क्या-क्या कराती है! वे बेचारी क्या बोलतीं! कलम का मोह उन्हें भी कम नहीं था।

इसी बीच कहीं से एक शगुन करनेवाले महाशय पधारे। थोड़ी दूर पर जो डिप्टी साहब रहते हैं, वे ही उनको लेकर आए थे। असल में मेरे अफसोस के कारण कलम न भूलने की खूब हलचल हो गई है। मैं प्रसन्न मिजाज का आदमी ठहरा, हिम्मत से भरा हुआ दिल, मुसीबतों में भी मुस्कुरानेवाला चेहरा। आन और शान के साथ रहनेवाला एक इंसान होकर भी आजकल मैं मुसीबत में इस प्रकार परेशान हूँ। वह मेरे लिए अस्वाभाविक बात थी, अतः दोस्तों ने भी कलम भूलने की गंभीरता महसूस की और सब अपने तईं

यह कोशिश कर रहे हैं कि कैसे वह मिल जाए! उन्हीं में एक हैं डिप्टी साहब, ये ही पंडितजी को ले आए, जो शगुन करते हैं।

पंडितजी ने कहा कि दो तरह का शगुन वे करते हैं। एक कुँआरे, ब्रह्मचारी लड़के के हाथ के अँगूठे पर के नख पर कागज लगा देते हैं और उसी में चोर की मूरत नाचने लगती है। मैंने पंडितजी से निवेदन किया कि चोर की सूरत तो मेरी आँख में नाच रही है, इसलिए उस शगुन का कोई मतलब नहीं। असल तो यह पता लगाना है कि वह कौन है, कहाँ रहता है। तब उसके लिए दूसरा शगुन है। यह कहकर पंडितजी ने बताया कि एक कटोरे को वे मंत्र से अभिसिक्त करेंगे। कटोरा चलने लगेगा और हम लोग कटोरे के पीछे-पीछे चलेंगे। कटोरा खुद-ब-खुद वहाँ पहुँचकर रुक जाएगा, जहाँ चोर का निवास है। उसके बाद पंडितजी ने सवा रुपए की माँग की। थोड़ा अक्षत भी माँगा। पानी हाथ में लेकर कटोरे पर छिड़कते गए और मंत्र पढ़ते गए। इस प्रकार घंटा भर होता रहा। पर कटोरा टस-से-मस न हुआ। अंत में पंडितजी ने कहा कि चोर इस शहर का नहीं है, इसलिए कटोरा नहीं चलेगा। मैं अफसोस में कि हाय, कमबख्त कटोरा न चला पर पास के सवा रुपए चले गए।

पंडितजी के जाने के बाद श्रीमतीजी की रहीम के एक दोहे पर नजर पड़ी—

रहिमन निज मन की व्यथा मन ही राखी गोय।
सुनि अठिलैहें लोग सब बाँट न लैहें कोय॥

रहीम के इस दोहे के प्रकाश में हम लोगों ने यह निश्चय किया कि अब किसी से हम लोग कलम भूलने की चर्चा भी नहीं करेंगे और कलम लेकर आनेवाले आगंतुक की भी अब प्रतीक्षा नहीं करेंगे। दरवाजा पूर्ववत् बंद रहेगा और आनेवालों की छानबीन होने के बाद ही खुलेगा।

□

मेरे पात्र

जो लिखना शुरू करे, उसको एक बात के लिए बराबर तैयार रहना चाहिए। वह एक बात क्या है? समालोचकों का निर्मम प्रहार। सृष्टि कैसे की जाती है, समालोचक नहीं जानते। सृष्टि क्यों होती है, यह भी उन्हें नहीं मालूम। गोया यह कि आदमी बनाने की कला उन्हें नहीं मालूम पर बने आदमी पर निगाह डालकर उन्हें कहना आता है कि इसका स्वास्थ्य खराब है, आँखों में तेज नहीं है, चाल धीमी है, स्वभाव आलसी है, इत्यादि। महल उठाने से उन्हें कोई वास्ता नहीं पर आप अगर एक मकान बनाइए तो फौरन कहेंगे कि आगे फूल-पत्ती न होने की वजह से शोभा नहीं आई और यह भी कि दीवारों का रंग फीका है और कारीगरी में सजीवता नहीं है और यह भी कि मकान के साथ एक 'गैरेज' का न होना बड़ा खटकता है।

मैंने कई किताबें लिखीं। एक-से-एक दिलचस्प, एक-से-एक शिक्षाप्रद, एक-से-एक ज्ञानवर्द्धक। पर कभी मैंने समालोचकों से तारीफ नहीं पाई। बराबर उन्होंने मेरे पात्रों की शिकायत की। यह कि मेरे पात्र त्यागी नहीं, भोगी होते हैं। यह कि मेरे पात्र देश और समाज को नहीं देखते, खुद अपने को देखनेवाले स्वार्थी होते हैं, यह कि मेरे पात्र परिश्रम की खानेवाले नहीं होते, कमानेवाले नहीं होते, ईमानदार नहीं होते—गोया कि तरह-तरह खामियाँ उन्हें मेरे पात्रों में दीखती हैं। समालोचकों से तंग आकर मैंने यह निश्चय किया कि मैं एक पात्र ऐसा बनाऊँगा जिसमें इन सब गुणों का समावेश हो। जो त्यागी हो, परिश्रमी हो, जो समाज के लिए आदर्श हो, समालोचकों की मेरे बारे में जो धारणा है, बदल दे। जो हिंदी के इतिहास में स्वयं अमर हो जाए और मुझको याने अपने लेखक, सृष्टा को भी अमर कर दे।

मैंने मित्रों से अपना खयाल बताया। उनमें से कुछ ने कहा कि यह बिल्कुल असंभव है। धरती के जीव जैसे होते हैं, होंगे, ऐसी दुनिया हो नहीं सकती, जिसमें निराशा न हो, सिर्फ आशा रहे, रात और दिन का क्रम जैसे चलता है, चलता रहेगा। रोमाँरोला, रस्किन, टालस्टाय, रवींद्रनाथ, गाँधी सब हारे-थके, पर ऐसे पात्र की सृष्टि अब तक न

हुई, जिसमें कमजोरियाँ न हों। हमारे यहाँ शरत् और प्रेमचंद का लोहा सब मानते हैं। उनके पात्रों में भी तो अब तक ऐसे पात्र का प्रदर्शन न हुआ। पर इन सलाहों के बावजूद मैंने हार न मानी। अपने निश्चय पर डटा रहा।

मैंने यह पक्का निश्चय किया कि उस पात्र का समस्त जीवन मैं चित्रित करूँगा। उसके जन्म से लेकर मरण तक की कहानी लिखूँगा। उसमें कहीं दोष नहीं आने दूँगा। दूषण नहीं आने दूँगा। मेरा वह पात्र संसार का आभूषण बन जाएगा। वह न ज्यादा गरीब होगा, न ज्यादा अमीर होगा। बस मध्यमवर्ग का एक व्यक्ति होगा। पर मध्यमवर्ग में रहने पर भी वह बुराइयों से दूर रहेगा। शुद्ध-विशुद्ध, तपे-तपाये सोने की तरह, निर्मल चरित्रवाला। उसको ढंग से पढ़ाऊँगा, ढंग से लिखाऊँगा, ढंग के साथ उसको व्यावहारिक बातें सिखाऊँगा। उसको पवित्र चीजें खिलाऊँगा, जिसमें उसका विचार सुंदर रहे, उसको अच्छी संगति में रखूँगा, जिसमें वह उत्तरोत्तर विकसित हो, उसमें साहित्य, संगीत और कला के लिए रुचि जाग्रत करूँगा, उसमें समाज और देश की सेवा का भाव भरूँगा, मानवोचित कर्त्तव्य के प्रति उसको ऐसा जागरूक बनाऊँगा कि वह जीवन में कभी चूके नहीं। इन तत्त्वों से जो पात्र निर्मित होगा, वह अवश्य हमारा अरमान पूरा करेगा।

वह स्वार्थ के पास नहीं फटकेगा, परोपकार के लिए अपना सबकुछ उत्सर्ग कर देगा। उदार होगा, आचार-विचार, व्यवहार सब के आगे, स्वास्थ्य, सौंदर्य, नेकनीयती, सदाचार सबकुछ का धनी, ज्ञान का आगर और अनुभवों का सागर होगा।

इतना कुछ सोचने के बाद मैंने जैसे एक आवाज दी—"कहाँ है रे, ओ ज्ञान का धनी, दिल का धनी, हिया का धनी, चरित्र का धनी, चरित्र का धनी! आ, कलम में समा जा, स्याही में समा जा, कागज में समा जा। देख, ये शत-शत मनुष्य तुम्हारी प्रतीक्षा कर रहे हैं। इनके हाथ में जयमाला है, मुख में जयघोष है। हृदय में अभिलाषा और असीम श्रद्धा का भाव है और सब तुम्हारे लिए। नगर-नगर में, डगर-डगर में आकुल बिछी हैं। आ इनका स्वागत स्वीकार कर, आ, इनको परितृप्त कर। आ, इनका नेतृत्व कर।"

इसके बाद कल्पना-कोश से प्रस्तुत हुआ एक सुंदर लड़का। उसके जन्म के समय झाँझ बजे, शुभ गाने गाए गए, हल्दी बँटी ओर पंडितों ने आकर उसकी कुंडली बनाई। यह सब देहाती वातावरण में हुआ पर इनमें से एक बात पर मैंने खास खयाल रखा। वह यह कि लड़के का नार मैंने चमारिन के भोथरे गंदे हँसुए से नहीं कटवाया, बल्कि अस्पताल की आई, चमचमाती छुरी लेकर आई और वह लड़के की नार काट गई। एक आदर्श वातावरण में, आदर्श ढंग में, लड़के का लालन-पालन होने लगा। सबकुछ अच्छा हो रहा था पर भारी दु:ख की बात यह है कि गुलेल के खेल में एक रोज लड़के की आँख में बनावटी तीर लग गई और उसकी आँख फूट गई। अब क्या करूँ? मैंने सोचा कि अच्छा ही हुआ, अब वह एक ही आँख से सबको देखेगा। इससे अन्याय नहीं होगा।

पर तब भी मन में जैसे यह खयाल आया कि जो कुछ हो, पर यह काना हो गया। मेरा पात्र काना हो गया! इसको छोड़कर दूसरा पात्र बनाना पड़ा।

शुभ शायत विचार कर दूसरे को जन्म दिया। माता-पिता को आदर्श बनाया। लालन-पालन का ढंग आदर्श बनाया। आदर्श वातावरण की सृष्टि की और सबके बीच वह आदर्श-शिखर पर चढ़ने लगा। पढ़ाई-लिखाई भी चलने लगी। वह स्कूल में भी दाखिल हुआ। फुटबॉल में भी उसकी खूब दिलचस्पी हुई। पर ये क्या हुआ? एक रोज फुटबाल खेलने में वह गिर गया, एक टाँग की हड्डी टूट गई, अस्पताल में रहा पर पूर्णतः अच्छा नहीं हो सका। वह लँगड़ा के चलने लगा। मैंने सोचा कि चलो, अच्छा ही हुआ, वह धीरे-धीरे चलेगा, मेरी कलम के साथ चलेगा। आगे नहीं भागेगा। पर तब भी मन के किसी कोने के लेखक ने कहा 'सब ठीक है, पर मेरा पाँव लँगड़ा हो गया।' लँगड़े को लेकर आगे नहीं बढ़ा जा सकता। इसको छोड़ना पड़ा। ठहरकर दूसरा पात्र खोजना पड़ा।

लेकिन खोजूँ, तो खोजूँ कैसे? कोई काना हो जाता है, कोई लँगड़ा हो जाता है। जिस पर निगाह जाती है, उसमें पीछे एक-न-एक ऐब हो जाता है। क्या उसको खेलने न दूँ? हाँ, न मेरा पात्र खेलेगा, न उसकी आँख फूटेगी, न मेरा पात्र खेलेगा, न उसकी टाँग टूटेगी। बड़ी मुसीबत है। नहीं खेलने से तो यह मायूस हो जाएगा। नहीं, वह खेलेगा, पर और तरह का खेल। कबड्डी, चिक्की, गुलेल और फुटबाल नहीं। फिर मैंने यह सोचा कि जन्म से ही पात्र की जिम्मेदारी न लेकर मैं एक बड़े लड़के को पात्र बनाऊँ। जो शिशुता को पार कर चुका हो, जो पढ़ रहा हो या पढ़-लिखकर तैयार हुआ हो। क्योंकि शुरू से किसी को अपनाने में बड़ा झंझट होता है। उसको जनमाना, लालन-पालन करना, पालने में झुलवाना, गाँव के बच्चों के बीच उसे खेलना। बड़ा तरदुद होता है।

यह सोच ही रहा था कि मेरी निगाह एक लड़के पर गई, जो एंट्रेंस की परीक्षा देकर परिणाम की प्रतीक्षा में था। बड़ा सीधा-सादा, देखने में सुंदर, होनहार और निर्दोष। मैंने समझा कि वही सही पात्र हो सकता है। मैं उसके पीछे हुआ। मैंने उसको समझाने के लिए, मंत्र देने के लिए, उसको सत्यपथ से विरत न होने देने के लिए एक गुरु की सृष्टि की। गुरु ने उससे कहा 'भगवान्'! तुम्हारे जरिए संसार में कुछ महत्त्वपूर्ण काम करना चाहता है। प्रलोभन त्यागकर अपना कर्तव्य कर। झाड़ू देने का ही काम मिले तो क्या, उसी में अपनी क्षमता और ईमानदारी का परिचय दे। तुम्हें नमस्य होना है, प्रणम्य होना है। इस बात को हरगिज मत भूल कि तुम्हारे ऊपर बड़ा उत्तरदायित्व है।'

एंट्रेंस पास कर वह लड़का किरानी हो गया। मैं थोड़ी देर के लिए झिझका। झिझका इसलिए कि मेरा आदर्श-पात्र किरानी हो, यह बात कुछ जँचती नहीं है। गौर करने पर

यह समझ में आया कि मानवता का परिचय मनुष्य कहीं से भी दे सकता है। मजिस्ट्रेट हो या किरानी, उसमें मानवता की पुकार का उत्तर देने की क्षमता हो, उसमें कर्त्तव्य पर अटल रहने का निश्चय हो, उसमें आदर्श जीवन जीने की प्रेरणा हो—वह ऊपर उठेगा और दूसरों को आदर्श पथ दिखलाएगा।

हुआ भी वैसा ही। वह दस बजे कचहरी पहुँच जाता, पाँच बजे तक बिना समय बरबाद किए लगातार कचहरी का काम करता, एक भी काम दूसरे पर और दूसरे दिन के लिए नहीं छोड़ता उसके ऊपर के अफसर उससे निहायत खुश, उसके मातहत काम करनेवाले भी बेहतर प्रसन्न, जनता भी उसके पीछे पागल, क्योंकि अगर किसी का काम होता तो वह एक पैसा नहीं लेता और वो आदमी उसकी सराहना करता। सत्तर रुपए में वह अपना काम चलाता अपने हाथ से अपनी रसोई बनाता और बाकी वक्त में कचहरी का हुक्म बजाता।

इस बीच शादी करने के लिए उसके यहाँ कुछ अगुआ आने लगे। एक अगुआ को जब यह मालूम हुआ कि यह शख्स घूँस वगैरह कुछ नहीं लेता, सिर्फ तलब पर रहता है, सादा पहनता है, सादा खाता है, अपने हाथ से सब काम करता है, नौकर भी नहीं रखता, तो वे भड़के और इतना भड़क गए कि वे वापस चले गए। इस प्रकार एक, दो, तीन, पाँच, छह, न जाने कितने अगुआ आए। पर यह सुनकर कि उस व्यक्ति की ऊपर-चापर की आमदनी कुछ भी नहीं है, सब लौट गए और जैसे-जैसे अगुआ लौटते गए, ब्याह करने की उसकी प्यास बढ़ती गई। क्योंकि आकर वापस लौटना तो बेहद अपमान की बात थी, बरदाश्त के बाहर की बात थी। सारी बातें उसको मालूम हुईं।

उसने देश को कोसा। समाज को कोसा। जनता को कोसा और सब को कोसने के बाद उसने घूस लेना शुरू कर दिया। मुकदमे के कागजों की नकल लेने को परेशान एक आदमी से उसने पाँच रु. लिए। उसके हाथ में पाँच रु. पहुँचे और मेरा दिमाग गुस्सा एवं नफरत से भर गया। जिस पर इतनी आशा थी, जिस पर इतना भरोसा था, उसने दगा दिया। वह कापी, जिस पर मैं उसका चरित्र-चित्रण कर रहा था, हवा में डोलने लगी। कलम काँपने लगी। मेरी रूह काँप गई। मैंने एक बार उसको याद दिलाने के लिए कहा, "तू मेरा आदर्श पात्र, जिनमें मैंने गुणों का भंडार देखा। तू, मेरा आदर्श पात्र, जिसमें मैंने सद्गुणों का अंबार देखा, तू मेरा आदर्श पात्र, जो पहाड़ों से भी ऊँचा था, तू मेरा आदर्श पात्र, जो आसमान से भी निर्मल था, इतनी जल्दी घबरा गया, तूने घूस लेना शुरू कर दिया? ऐसा न कर।"

वह बोला "सब है लेकिन ब्याह का कौन उपाय होगा? ब्याह हो जाए, इसके लिए चलता-पुर्जा बनना पड़ेगा। ब्याह हो जाए, इसके लिए घूस भी कबूल करना ही होगा।"

मैंने उससे कहना चाहा कि तू बिल्कुल न घबरा। मैं तुम्हारे योग्य लड़की खोजूँगा।

लाऊँगा। पर जब तक मैं बोलूँ, वह सर्वांग घूस के दल-दल में फँस गया। अब उसका निकलना मुश्किल था। मैंने उसकी आशा छोड़ दी। उसको छोड़कर मैं दूसरे पात्र की तलाश करने लगा।

मैंने समझ लिया कि अब ऐसा पात्र चुनूँगा, जिसका विवाह हो गया हो, जो कुछ आगे बढ़ चुका हो। आरंभ से साथ लेकर अंत तक चलना मुश्किल हो जाता है। मेरा पिछला पात्र सिर्फ विवाह की चिंता में पड़कर अपने आदर्श को खो बैठा।

सहसा एक आदमी पर नजर गई। मेरे डेरे के पास से होकर यह रोज गंगास्नान के लिए जाता था। जाड़े के दिन में भी एक धोती लिये इस प्रकार गंगास्नान को जाता। मैंने समझा कि वह कोई तपस्वी है। पता लगा वह एक स्थानीय पत्र में उप-संपादक है। बड़ा नाम है उसका। पत्रकारिता में तो उसको कमाल हासिल है ही, संयम और ईमानदारी में भी उसका मुकाबला आसान नहीं। काम करने में बेजोड़ है। संपादक उसकी बड़ी कद्र करते हैं। है तो उपसंपादक ही, पर असलियत में पत्र का सारा भार इसी पर है। इसकी निर्भीक टिप्पणियों के कारण बड़े-बड़े मिनिस्टर इससे डरते हैं। इसके चुटीले व्यंग सूबे में क्या, भारत भर में विख्यात हैं। इसके कारण उस पत्र की बड़ी प्रतिष्ठा है जिसमें वह काम करता है। एम.ए. पास करके इसने पत्रकारिता को अपना पेशा बनाया है। मिलते भी हैं उसे सिर्फ डेढ़ सौ रुपए, पर तब भी इधर-उधर, लटपट-सटपट से उसे कोई वास्ता नहीं। वह अपने आप से संतुष्ट रहता है। जम के अपना काम करता है।

मैं समझ गया कि इसी की खोज में मैं पागल था। यही मेरा आदर्श पात्र होगा। साहस कर मैंने एक बार फिर लेखनी से सहयोग की अपील की। उसमें स्याही भरी गई। उप-संपादक का इतिवृत्त कागज पर उतारा जाने लगा।

मुझे संतोष हुआ कि मैं अपने जीवन में कुछ काम कर सका। ऐसे पात्र को ढूँढ़ निकालना और उसका चित्रण करना आसान काम नहीं है। मैंने महसूस किया कि इसको अमर करूँगा और इसके साथ-साथ स्वयं भी अमर हो जाऊँगा।

पर आदमी सोचता कुछ और है, विधाता करता कुछ और है। इस उप-संपादक की एक लड़की थी। उम्र सोलह वर्ष, रंग गोरा, कद लंबा, अजहद खूबसूरत, शिक्षा मैट्रिक पास, कला-संगीत में खूब अभिरुचि रखनेवाली। उसकी शादी के लिए परेशान था। इधर-उधर दौड़ा। उसके दोस्तों ने भी कोशिश की। पर सब व्यर्थ। असल में तिलक की माँग बेजोड़ थी। मन के लायक दूल्हा दस हजार के बिना नहीं मिलता था। दस हजार आवें तो कहाँ से आवें?

कहावत है कि दुनिया में पतिव्रता बहुत हैं, पर गुंडे जो उन्हें बचने दें। इस उप-संपादक के पीछे भी यही यार लोग लगे। सूबे के एक बदनाम मिनिस्टर, जिस पर इस बेचारे ने न जाने कितनी बार लिखा था, इस बात को ताड़ गए कि वह जरूरत में है।

उसको बुलवाया, इधर-उधर की बातें कीं और अंत में सहायता स्वरूप पाँच हजार रु. उन्होंने उसको दिया।

त्यागियों की सहायता की जाए, इसमें कोई बात नहीं है। यह भी सही है कि सहायता मिलने मात्र से ही त्यागी पथ-भ्रष्ट नहीं हो जाता। इसलिए मुझे यह बात न अखरी, पर दरअसल अखरनेवाली बात यह हुई कि पाँच हजार रुपया मिलने के बाद मेरे इस पात्र ने मिनिस्टर को धन्यवाद देते हुए यह स्वीकार किया कि उसने उनके खिलाफ लिखकर बहुत गलती की थी, उसको ऐसा नहीं करना चाहिए था।

इस एक बात ने मेरे मनसूबों को झकझोर दिया। मैंने समझा कि सिर्फ अपना ब्याह ही इन्सान के सामने मसला नहीं है बल्कि बेटी का ब्याह उससे भी बड़ा मसला है। मैंने इस पात्र को भी छोड़ दिया।

मैंने इस बार यह पक्का निश्चय किया कि मैं उसको अपना पात्र बनाकर अपनी अमर रचना करूँगा, जिसको कम-से-कम दो-ढाई सौ माह की आमदनी हो, जो पढ़ा-लिखा हो, जिसका अपना विवाह हो गया हो और जिसको ब्याह करने के लिए बेटी भी न हो। इस निगाह से देखने पर मिले एक प्रोफेसर महोदय। तीन-चार वर्षों से प्रोफेसरी करते हैं, कमाते हैं, खाते हैं, पढ़ते हैं, लिखते हैं, प्रसन्न रहते हैं। हँसमुख हैं, उदार हैं, दिलदार और मिलनसार हैं। मिलिए तो इनसे मिलकर खुश हो जाइएगा। अपने विषय के प्रकांड पंडित। देश-विदेश की पत्र-पत्रिकाओं में रचनाएँ छपती हैं, सभा में बुलाहट होती है, चारों तरफ माने-जाने लगते हैं, और हैं भी बस एक मियाँ और बीबी। बीबी भी इन्हीं की तरह निर्दोष, सुंदर, पति की आज्ञा में रहनेवाली, गृहकार्य में निपुण, पढ़ी-लिखी पर कमाने की अजीबोगरीब हवा से बिल्कुल अपरिचित। बस, यही प्रोफेसर मेरे आदर्श पात्र होंगे। सबकुछ है, सुख भी, शिक्षा भी, संतोष भी, शांति भी और सुंदरता भी।

बस मैं प्रोफेसर को लेकर आगे बढ़ा। अपने क्लास में प्रोफेसर इतना तैयार होकर जाते कि लड़के दंग रह जाते। समय पर जाते और समय पर आते। किसी से फालतू बात नहीं करते। लड़के इन पर मुग्ध रहते और मुक्त कंठ से इनकी सराहना करते। प्रिन्सिपल कहते हैं कि अगर दो-तीन प्रोफेसर ऐसे मिल जाएँ तो कॉलेज सारे सूबे में अपना आला और निराला स्थान बना ले और प्रबंध समिति के सदस्य कहते कि वे लोग किसी कीमत पर प्रोफेसर साहब को छोड़ नहीं सकते।

पर प्रोफेसर के घर से कॉलेज जाने का जो रास्ता था, वह बाजार होकर था। इस रास्ते में प्रोफेसर को एक बात रोज खटकती। वह यह कि बाजार के धनी मानी सौदागर सप्लाई इंसपेक्टर को देखकर उठते हैं और उनकी कद्र करते हैं, दारोगा सड़क पर ही रिक्शा या मोटर में रहता है और व्यापारी दुकान से उठकर उसके पास चले जाते हैं पर प्रोफेसर हैं कि बाजार में कुछ भी कद्र नहीं पाते। वे रास्ते से गुजरते रहते हैं, कोई ध्यान

भी नहीं देता, वे दुकानों में जाते हैं, तब भी उनके प्रति कोई दिलचस्पी नहीं दिखाई जाती। ड्राइवर उनके लिए पाँच मिनट भी लारी रोकने को रवादार नहीं। हालाँकि दारोगाजी के लिए लारी घंटों रुकती है, गोश्त के दुकानदार के यहाँ प्रोफेसर का नौकर लाख-लाख कहे कि प्रोफेसर साहब का है, अच्छा गोश्त नहीं मिलता और दारोगाजी के नाम लेते ही वह काटकर अच्छा गोश्त देता, फलों का दुकानदार दारोगाजी को रुपए में बारह नारंगी देता तो प्रोफेसर साहब को आठ देता।

इस बीच एक घटना और घटी। शहर के नामी-धनी रायबहादुर गेंदा सिंह के घर सूबे के एक मिनिस्टर की पार्टी थी। उसी दिन प्रोफेसर के लड़के की छठी थी, उसके यहाँ भी दूसरे प्रोफेसरों की दावत थी। प्रोफेसर अपने डेरे को सजाने के लिए बीस-पच्चीस लाल, पीला, हरा, नीला बल्ब तलाश कर रहे थे। बिजली के सामानों की कई दुकानें शहर में थीं पर हर दुकान पर यह जवाब मिला कि कुल बल्ब रायबहादुर के लिए रिजर्व हैं और उसमें कोई हेरफेर नहीं हो सकता, क्योंकि डिप्टी साहब का आर्डर है। मन मसोसकर प्रोफेसर को सजावट का मोह छोड़ना पड़ा। पर इस घटना ने प्रोफेसर के मन में वर्तमान समाज के प्रति घृणा पैदा कर दी, विद्रोह पैदा कर दिया। धीरे-धीरे प्रोफेसर साम्यवादी हो गए। सो ऐसे कि वे डाका डालने में हाथ बँटाने लगे। अपने लड़कों में वे यह जहर फैलाने लगे कि अमीरों के यहाँ डाका देना धर्म है, कर्त्तव्य है, इन्सान का फर्ज है। मामला यहाँ तक बढ़ा कि प्रोफेसर ने अपने हाथ से पिस्तौल दाग कर दो-तीन अमीरों की हत्या की।

मैंने प्रोफेसर से कहा "तू प्रोफेसर,पढ़ा-लिखा, तू मेरा आदर्श-पात्र, हिमालय से भी उच्च जिसके आदर्श हों और गंगा से भी निर्मल जिसका जीवन हो, वह इस प्रकार घृणित हत्याकांड में शरीक हो, यह आश्चर्य की बात है। तू यह सब छोड़ दे।"

प्रोफेसर बोला, "मैं कुछ भी नहीं करूँगा, मैं सबकुछ छोड़ दूँगा, पर इस व्यवस्था के अमूल परिवर्तन के बाद।"

मैं क्या करता? मेरे अरमान एक ओर सिसक रहे थे, मेरे मंसूबे एक ओर पस्त हो रहे थे और मेरी कलम एक ओर पड़ी थी।

□

मेरा चुनाव

मसल मशहूर है, किसी से एक पुश्त की दुश्मनी हो तो उसको मुकदमे में फँसा दो, दो पुश्त की दुश्मनी हो तो उसको पिंगल पढ़ने में लगा दो और खानदानी दुश्मनी हो तो बस बढ़ा-चढ़ा के खड़ा करके उसको चुनाव लड़वा दो।

लेकिन पता नहीं चलता कि वे कौन हैं, जिनके बढ़ाने-चढ़ाने से मैं इस चुनाव में खड़ा हुआ! खड़ा हो गया तो कहीं जाने पर यह कहानी सुनने को मिली, पर जब तक इस पर गौर करूँ, मामला आगे बढ़ गया था और वहाँ से पीछे लौटना लड़ाई में असफल होने के बराबर ही था। सोच-समझकर यह तय हुआ कि डट के चुनाव लड़ना है और किसी भी हालत में नहीं बैठना है।

इस बीच रुपयों के सरसब्ज बाग दिखाए गए, हितमित्रों से दबाव दिलवाया गया, धमकी के खौफनाक खत भिजवाए गए, गुंडों के हाथ की चमचमाती और लपलपाती छुरी दिखलवाई गई। याने मेरे खिलाफ के उम्मीदवार ने नाना प्रकारेण यह तिकड़म लगाया कि मैं बैठ जाऊँ, जिससे वह निर्विरोध चुन लिया जाए।

मेरे मंसूबे की एक और वजह थी। इस क्षेत्र के कुछ प्रभावशाली लोगों ने मुझसे यह आग्रह किया था कि मुझे इन सब कामों में दिलचस्पी लेनी चाहिए।

लेकिन खड़ा होने के बाद पता चला कि समस्या जटिल है। कम-से-कम मैं उसको जितना आसान समझता था, उतना आसान तो हरगिज नहीं है। तालाब में जाने के पहले तैराक तालाब की लंबाई-चौड़ाई को ही देखता है पर कूद जाने पर उसको गहराई का पता चलता है। पहले सिर्फ यही मालूम था कि यहाँ इस क्षेत्र में एक लाख आदमी हैं, जिनमें साठ हजार वोटर हैं। अब यह मालूम हुआ कि यहाँ जो चुनाव में खड़ा हो, उसका फर्ज है कि हर वोटर को एक-एक मोटर दे। मैं कुछ घबड़ाया। घबड़ाया इसलिए कि अगर रुपए-पैसे का प्रबंध हो भी जाए, तब भी संसार की तमाम कंपनियाँ इतने कम समय में इतनी गाड़ी नहीं दे सकतीं।

मैं इस उधेड़बुन में पड़ा था कि उधर से दरबारीलालजी आए। बाल सफेद है,

चेहरे पर झुर्री है, आँख में चश्मा और हाथ में छड़ी है। जिससे तुरंत का लगाया तेल टपटप चू रहा है। गिनाने लगें तो क्या कहना। बिना किसी रेकार्ड के, बिना कागज के, बिना लिखे-पढ़े अपनी याद से ही अपनी उँगलियों पर व करीब-करीब बासठ ऐसे चुनावों का नाम गिना गए, जिनमें उन्होंने उम्मीदवारों की ओर से काम किया और राय साहब, खाँ साहब, राजा साहब, दीवान बहादुर आदि बत्तीस उम्मीदवारों के नाम पता के साथ उन्होंने यह बता दिया कि अब तक उनका कोई उम्मीदवार असफल न हुआ। चुनाव में भी पुरानी कोंसिल का चुनाव, सेंट्रल एसेंबली का चुनाव, डिस्ट्रीक्ट बोर्ड का चुनाव, म्यूनिसिपैलीटी का चुनाव, यूनियन कमिटी का चुनाव, सेंट्रल कोऑपरेटिव का चुनाव, छोटे-बड़े तमाम चुनावों का नाम वे गिना गए। मोटर के बारे में उन्होंने कहा कि यह बेवकूफ लोगों की सवारी है। दौरा टमटम से होना चाहिए। न उम्मीदवार को मोटर रहे, न कोई माँगे! और नहीं तो मँगनी देते-देते नाक में दम हो जाएगा। मैंने परमात्मा को धन्यवाद दिया कि वे अकस्मात् मिल गए।

दरबारी लालजी ने यह भी बताया कि हर किसी की माँग पर यहाँ 'हाँ' कहना चाहिए। कब मिलेगा, के जवाब में बहुत जल्दी कहना चाहिए। कोई भी नकद माँगे तो कहना चाहिए कि बैंक का चेक देंगे। चेक माँगे तो कहना चाहिए कि चेकबुक घर पर है। जाति के लोग मिलें तो कहना चाहिए कि अपनी जीत जाति की जीत और अपनी हार जाति की हार है। दूसरी जाति के लोग मिलें तो उनको अलग बुलाकर कहना चाहिए, उन्हीं की जाति पर प्रेम रखने के कारण अपनी जाति के लोग उनसे बिगड़े हुए हैं। नौजवान मिलें तो कहना चाहिए कि अपना आंदोलन नौजवानों का आंदोलन है, बूढ़े क्या इसमें खाक भाग लेंगे, और बूढ़े मिलें तो कहना चाहिए कि अपने राम को जो भी उम्मीद है तजुर्बेकार लोगों से, आजकल के नवसिखुए छोकरे तो कुछ समझते ही नहीं। किसान मिले तो कहना चाहिए कि अपने राम को तो किसानों के दु:ख ने ही खड़ा होने को मजबूर किया है और जमींदार मिलें तो कहना चाहिए कि अगर गई जमींदारी वापस न आई तो अपने राम इस मेंबरी पर लानत कर देंगे। सब कहकर दरबारी लाल ने यह भी साफ कर दिया कि वे जो शिक्षा दे रहे हैं, उसका प्रयोग उन पर वहीं होना चाहिए। उनको पच्चीस रु. रोज मिलना जरूरी है। मैंने उस रोज का पच्चीस रु. उसी वक्त दाखिल कर दिया।

तब मैंने उन लोगों की तलाश की जिनका कुछ भरोसा मुझे था और जिन्होंने मुझको खत लिखकर बुलवाया। मालूम हुआ कि कल उन्होंने विरोधी पार्टी की मीटिंग करवाई थी। उनके दरवाजे पर गया। दबी जबान से मैंने पूछा, आप लोग तो मेरे साथ हैं फिर सुनने में आता है कि यहाँ विरोधी पार्टी की मीटिंग हो गई, सो कैसे? उनमें से एक बोला 'आपकी राह हम लोगों ने पाँच रोज देखी। न आए तो क्या करते? हम लोग बैठ के खानेवाले नहीं हैं। कुछ काम करना पड़ता है।'

मुझको बड़ी परेशानी हुई। मैंने अजीजी से कहा—अब क्या होगा? आखिर आप ही लोगों के बल पर तो हम खड़े हुए हैं?'

उनमें से एक बोला—'होगा क्या? काम थोड़े ही बिगड़ा है। लाख मीटिंग हो जाए, वोट आपके सिवाय दूसरे को नहीं मिलेगा। लेकिन दुनिया का दस्तूर है कि प्यासा कुएँ के पास जाता है, कुँआ प्यासे के पास नहीं जाता। आपको सबके पास जाना चाहिए। हाँ, मगर सबके पास तक आप नहीं पहुँच सकें तो हम लोग उसके लिए तैयार हैं, लेकिन बिना ताल दिए तो ढोलक नहीं बजती। जितना गुड़ दीजिएगा उतना ही मीठा होगा।'

मैंने उनको कुछ खर्च दिया और वे चलते बने। वहाँ से दूसरे गाँव में गए। यह एक भारी गाँव है। दो रोज केवल यहाँ के मुखियाजी मुझसे मिले थे। यहाँ वे लोग जिसको वोट देना तय करते हैं, उससे गाँव के बच्चों में पहले दो सौ रुपयों की मिठाई बँटवाते हैं। जमाने से यही दस्तूर वहाँ चला आता है। मुखियाजी उसी रुपए के लिए गए थे। मैंने दिया भी था। देखूँ कि अब वहाँ क्या हो रहा है!

गाँव में पहुँचने के साथ देखा कि कुछ कारीगर और मजदूर मिलकर एक छोटा सा मकान बना रहे हैं। पूछने पर मालूम हुआ कि मेरे विरोधी उम्मीदवार की ओर से वहाँ स्कूल बनवाया जा रहा है। मैं मुखियाजी के यहाँ गया। ऐसा लगा, जैसे उनका मुँह काला हो गया। मैंने हिम्मत करके पूछा—'यह क्या मुखियाजी?' बोले—'कुछ नहीं' मर्द की जुबान ही काम आती है। चाम काम आने की चीज नहीं। कह दिया, वह होकर रहेगा। बनने दीजिए स्कूल। धर्म धक्का है। धक्के में जो आ जाए, वह ठीक है। स्कूल आ जाए, अस्पताल आ जाए, पुस्तकालय आ जाए, सड़क आ जाए, सबका स्वागत है। पर वोट अंततः आपका है। लड़कों का मुँह मीठा हो चुका। आपकी मिठाई खा चुके। आपका गुण गा रहे हैं। जब स्कूल बनेगा, लड़के उसमें पढ़ेंगे, तब न उसका गुण गाएँगे। तब तक तो चुनाव खत्म हो जाएगा।'

मैं निश्चिंत होकर आगे बढ़ा। दूसरे गाँव में पहुँचा। महेश सिंह के दरवाजे पर गया। मालूम हुआ, यहाँ लोग हमारे पक्ष में हैं। भगवान् को धन्यवाद देता हुआ मैं आगे बढ़ गया पर आदमी सोचता कुछ और है, नियति करती कुछ और है। उसी गाँव के सुरेश सिंह से दूसरे दिन बाजार में मुलाकात हुई। मैंने हालचाल पूछा। बोले—'वोट तो आपका था पर आपने अपनी मूर्खता से उसको बिगाड़ दिया। आप गाँव में जाकर महेशसिंह के दरवाजे पर क्यों बैठे? उनको कौन पूछता है? उधर फेंकार फेंकने नहीं जाता, सियार और कुत्ते भूंकने नहीं जाते। वह तो मच्छी मारता अकेला बैठा रहता है। हाकिम, सूबा, डिप्टी, कलक्टर—जो आते हैं, सीधे मेरे दरवाजे पर आते हैं। साधु हो, फकीर हो, भिखमँगा हो या किसी राहगीर को राह में रात हो जाए, सब मेरे यहाँ रहते हैं। फिर किस अक्ल से आप उसके दरवाजे पर गए, पता नहीं चलता!' मैं सन्न, काटो तो खून नहीं। दरबारी

लाल ने ऐसे मौके के लिए कुछ भी सलाह नहीं दी। तब भी मैंने दावे के साथ कहा, 'अब से दस रोज तक हर रोज आपके दरवाजे पर आऊँगा।' वे बोले—'काम बिगाड़ के आने का क्या लाभ? अब चिड़िया खेत चुग गई, अब क्या होगा?' मैंने कहा—'चिड़िया को दाने उगलने पड़ेंगे। उसके पेट में से दाना निकाला जाएगा। आपकी कृपा चाहिए। यहाँ नहीं, बस आपके दरवाजे पर आकर मैं आपसे बात करूँगा।'

रात को दरबारी लाल से भेंट हुई। उन्होंने दिन भर का हिसाब पूछा—मैंने सब बताया। वे बोले—आप गलती कर रहे हैं। चुनाव वही लड़ सकता है जिसकी जेब में जादू हो, मुख पर मुस्कान हो, मूँछ पर शान हो, पेट में बावन हाथ की अँतड़ी हो, पैर में चक्कर हो, दिल में कुछ और हो और जुबान पर कुछ और हो। अगर देना जरूरी हो जाए तो बस उम्मीद दीजिए, अगर कुछ करना जरूरी हो जाए तो बस हाँ-हाँ कर दीजिए। जहाँ ढीले हुए, हालत खराब हो जाएगी। घबराए तो हार जाएँगे और मन की बात जुबान पर आ गई तो कौड़ी के तीन हो जाएँगे। गाँठ बाँधिए, खोलिए मत, हाथ जोड़िए, बोलिए मत। इन मंत्रों को याद रखिए और आपका बेड़ा पार है।' दरबारी लाल से बात करने के बाद कार्यकर्त्ताओं की सभा में गया। बहुत से कार्यकर्त्ता इकट्ठे थे। जाने के साथ ही लोगों ने कहा कि कुछ नाश्ता-पानी आना चाहिए। मैंने जेब से पच्चीस रुपए निकालकर दिया। हँसी-खुशी और मौज-मजा के दरमियान लोगों से राय माँगी कि चुनाव जीतने के लिए क्या-क्या किया जाए?

सरजू जी बोले—सवारी में कुछ हाथी भी जरूरी हैं, जिससे हम लोग हर जगह जा सकें।

नगेंद्र बोला—हाथी देखकर ही लोग बिगड़ जाएँगे। आजकल देहात की मनोवृत्ति अमीरों के खिलाफ है। कुछ घोड़ा-टट्टू का प्रबंध हो तो अच्छा है कि काम भी बने और खर्च भी कम पड़े।

बहादुर बोले—सवारी न मिले, न सही। कार्यकर्त्ताओं की जान तो बचनी चाहिए। देहात में आजकल मच्छर काटता है और थोड़ी भी परेशानी होती है तो दवा के लिए शहर में जाना पड़ता है। हर कार्यकर्त्ता के साथ एक मच्छरदानी और दवाइयों का एक बक्स होना चाहिए।

सियाराम ने जोश के साथ कहा—दु:ख है कि आप लोग सब अपना-अपना राग अलाप रहे हैं। दरबारी न रहे न सही, जान भी चली जाए तो चली जाए, पर काम तो हो। उस पार्टी की ओर से गाँव-गाँव में लेमनचूस बँट रही है। हम लोगों को भी एकाध मन लेमनचूस मँगाकर बच्चों में बाँटना चाहिए। बहुत से वोटर बीड़ी सिगरेट माँगते हैं, इसलिए हर कार्यकर्त्ता को अपने साथ पाँच सौ बीड़ी और पचास सिगरेट जरूर रखना चाहिए। फिर उधर के लोग मारपीट पर उतारू हैं इसलिए हर कार्यकर्त्ता के हाथ में कुछ हथियार रहना चाहिए।

तब तक नगेंद्र बोले—सब फालतू बात है। अब समय नहीं रहा कि एक-एक वोटर के पास पहुँचा जा सके। हवाई जहाज से पर्चा गिराकर सारे क्षेत्र में अपील होनी चाहिए।

सियाराम ने कहा—मैं अब हवाई जहाज की सलाह नहीं दूँगा। जो भी काम हो रहा है, नहीं होगा। हवाई जहाज आने से पहले तो कार्यकर्त्ताओं में लड़ाई हो जाएगी। सब कहेंगे कि हम चढ़ेंगे और जिनको नहीं चढ़ने दिया जाए, वे बिगड़ जाएँगे।

पंडितजी बोले—कुछ हो या न हो, हर कार्यकर्त्ता के साथ एकाध ढोल बजानेवाला या बाजावाला जरूर चाहिए। ढोल या किसी और बाजे को लेकर देहात में जाएँ, जहाँ बजावें भीड़ लग जाए और उसी भीड़ को अपना संदेश सुना दें। लेकिन इसके बाद वोटर को लाने के लिए सवारी जरूर चाहिए। बिना सवारी के वोटर नहीं आएँगे। उनके खाने का इंतजाम जरूर चाहिए।

नथुनी सिंह बोले—यह कहना वोटरों पर नाहक इल्जाम लगाना है। बिना सवारी के लोग आ सकते हैं पर खाना जरूर चाहिए।

मैंने कहा—पर सवारी या खाना दोनों में से एक का भी इंतजाम करने से चुनाव नाजायज हो जाएगा।

पंडित बोले—सब कर चुके हैं। सब का ढंग मालूम है। सवारी ऐसी हो कि लोग मतदान केंद्र से कुछ दूर पर उतर जाएँ, और खाना ऐसा हो कि कार्यकर्त्ताओं को रुपया जमा करा दिया जाए। गाँव में ही बनवा के और खिलवा के लोग वोटर को ले आवें।

ऐसा मालूम हुआ कि थोड़ी देर और सभा चली, यों एक-न-एक कौन से वोटरों के लिए कुर्त्ता और धोती की माँग भी चली आवेगी। मैंने उठकर कहा—आप लोगों का सारा सुझाव मैंने नोट कर लिया है, इन पर विधिपूर्वक विचार करके आपको सूचना दी जाएगी।

उसके बाद लोगों से बारी-बारी से बातें होने लगीं। एक सज्जन, जो मेरे बड़े हितैषी थे और बहुत चिंतित भी नजर आते थे, अलग ले जाकर बोले— मेरे यहाँ विरोधी का काम जग्गू साव का लड़का नग्गू साव करता है। वह बड़ा अमीर है। जेब में नोटों का बंडल लेकर चलता है, इससे बड़ा असर हो जाता है। मेरी राय है कि दो सौ पचास से तीन सौ रुपए मिलते, तो कुछ पाँच-पाँच रु. के और कुछ एक-एक रु. के नोट भुनवाकर जेब में रख लेता। वह खर्च तो होता नहीं, अंततः आपको लौट जाता पर अभी दिखाने मात्र से असर हो जाता। काम बन जाता।

फिर एक दूसरे सज्जन आगे बढ़कर बोले—कुछ प्राइवेट बात है। मैं अकेले थोड़ी दूर उनके साथ गया। कहने लगे—मेरे यहाँ उधर से जो काम करता है, वह तातानगर के लोहे के कारखाने में काम करता है और अभी छुट्टी में यहाँ आया हुआ है। चूँकि उसको काम लगा हुआ है, इसलिए वह जहाँ जाता है, उसका पूरा असर होता है। मुझको लोग बेकार समझते हैं, इसलिए उतना असर नहीं होता। अगर मुझको भी एक

छोटा-मोटा काम लग जाता तो मेरी बात का भी बड़ा असर होता। हालाँकि अभी मैं जाता नहीं, छुट्टी लेकर यहीं काम करता और चुनाव के बाद जाता पर लोग समझ जाते कि यह भी बेकार नहीं हैं।

मैं बड़ा परेशान हुआ। उधर नोटों की माँग और इधर नौकरी की माँग! इन तमाम माँगों के बीच वोटों की माँग दबी जा रही है। इन चट्टानों के नीचे दबे हुए वोट को बाहर निकलवाकर बक्से में दिलवाना आसान काम नहीं है। खैर, यह तो बाद में सोचा जाएगा, अभी तो कार्यकर्त्ताओं से निपटना है।

एक भाई साहब और आसरा देख रहे थे। आगे आकर बोले—एक विवाह के काम में आपकी मदद जरूरी है। भत्तू सिंह अभी हमारी जोरदार मदद कर रहा है। उसने अपनी शादी एक हजार में की थी।

मैंने समझा, वे मुझसे रुपया माँगेंगे। फौरन बोला—इतना रुपया तो मैं चुनाव के दरमियान में नहीं दे सकूँगा। वे फिर बोले—नहीं, नहीं आपसे रुपया नहीं माँगता। कुछ गड़बड़ा रहा है, उसी में आपकी सहायता चाहिए।

क्या सहायता चाहता है? लड़के के बाप के यहाँ जाना हो तो मैं जरूर जाऊँगा। इस काम में तो मुझे आनंद आता है। भला भत्तू की लड़की की शादी और मैं मदद न करूँ?

वे फिर बोले—उसकी लड़की कहाँ से आई। तीन भाइयों में से एक की भी शादी नहीं हुई है। इस बेचारे ने बड़ी मुश्किल से एक हजार में एक लड़की ठीक की। पहले बातचीत हो गई। अब लड़की के बाप को कोई दो हजार दे रहा है, इसलिए वह बदल रहा है। उसी को समझाना है। अगर वोट होने के पहले यह शादी हो जाए तो इलाके पर ऐसा असर पड़े कि एक-एक वोट हम लोगों को मिले।

मैं सोचने लगा कि हाय विधाता तुमने मुझे कहाँ ला के पटक दिया! अगर खड़ा होना ही था तो ऐसी जगह क्यों खड़ा हुआ, जहाँ लड़कियों को खरीद कर शादी की जाती है? क्या वोटरों और कार्यकर्त्ताओं की बदौलत बंदों को अब लड़कियों के पीछे भी दौड़ना पड़ेगा? क्या यह दिन भी देखना पड़ा है?

मन में यह सोचने के बाद मैंने उनसे यह कहा कि यह सब विवाह वगैरह का किस्सा चुनाव के बाद के लिए रखिए। मैं कहीं जानेवाला नहीं हूँ। अगर मेरी जिंदगी है, तो भत्तू की शादी होकर रहेगी।

अब दिनेशजी बात करने आए, बोले—"आपके लिए कल एक सभा रखनेवाला हूँ। उसमें दस मानपत्र देने का विचार है।"

मैंने नम्र भाव से कहा कि "वे जानें कि क्या होगा, कैसे होगा। मुझको उन बातों से क्या मतलब?"

वे बोले—"सो तो सही है। आपका यह काम है भी नहीं, पर उनके लिए पचास

रुपए खर्च चाहिए। जरा ढोल-ढाक बजे, हल्ला-गुल्ला हो, गाँव-गँवाई में खबर दी जाए तो शानदार सभा हो।''

मेरे मत में यह बात आई कि अगर अपने लिए मानपत्र का पैसा भी मुझको देना है तो ऐसा मानपत्र मिले-न-मिले, दोनों बराबर हैं। पर चुनाव का जमाना है, इसलिए कार्यकर्त्ताओं से साफ-साफ कुछ कहने लायक भी नहीं हैं। मैंने रुपया निकालकर दे दिया।

दूसरे दिन ठीक वक्त पर मैं सभा में पहुँच गया। चुनाव के दिनों में डर भी लगता है कि देरी हो गई तो लोग बिगड़कर चल न दें। पर जाकर देखता हूँ कि न एक आदमी और न आदमी का पूत, तीन टाँग का एक टूटा शामियाना खड़ा है, उसमें एक छोटी-सी फटी-पुरानी दरी बिछी है। तब तक उधर से दिनेशजी आए। पूछा—''क्या साहब ?''

बोले—''ठीक ही है।''

मन में तो आया कि कह दूँ कि अगर यही ठीक है तो सब चौपट हो गया पर कह न सका। तब तक गाँव के एक दूसरे सज्जन आए। उन्होंने कहा—हम लोगों को तो अभी जब दिनेश बाबू आए तो सभी को बात मालूम हुई। पहले तो कोई खबर नहीं थी।

क्या दिनेश बाबू आप अभी आए हैं ? मैंने पूछा। बोले—मैं तो सुबह में ही आ जाता पर बगल में जो गाँव है उसमें ठीक किया हुआ वोट गड़बड़ा रहा था, इसी में देर हो गई। फिर मानपत्र वगैरह के लिए चला गया। बदमाश प्रेस बाले ने मानपत्र भी नहीं दिया और रुपया भी ले लिया। शाम को देने की बात हुई थी। शाम तक रुकते तो इधर सभा की फिक्र थी। उसके लिए क्या हर्ज है, मैं जबानी स्वागत कर दूँगा।

मैंने पूछा—मीटिंग कब होगी, यह तो बताइए ?

वे बोले—अभी चार-पाँच आदमी आ जाएँगे और हम अपना काम शुरू कर देंगे। सभा से क्या होता है; असली चीज तो वोट है, सो वहाँ ठीक है। श्यामसुंदरजी (एक विजयी उम्मीदवार का नाम, जो मेरे पहले इस क्षेत्र से मेंबर थे) की सभा इसी शामियाने के नीचे होती थी। कभी एकाध आदमी आए, कभी वह भी नहीं। अखबार में समाचार चला जाता था। असली तो अखबार है, यह शामियाना इतना शगुनाहा है कि जिसकी मीटिंग इसके नीचे हो गई, वह हार ही नहीं सकता। मैंने एक सौ रुपए में इसको एक महीने के लिए रिजर्व कर लिया है, जिसमें विरोधी की सभा इसके नीचे चुनाव के दरमियान न हो सके।

लीजिए शगुनाहे शामियाने के नाम पर यह एक सौ की चपत और पड़ी। मैं मन-ही-मन घबड़ा रहा था कि सिवाय शगुनाहे-शामियाने के और कहीं भी जीत का लक्षण नहीं है। मुझे ऐसा मालूम हो रहा था कि शायद मिस्टर सम्पत सिनेमा के परदे की तसवीर से भागकर मेरे चुनाव के दरमियान मेरी मदद को पधार गए हैं। उनकी कृपा के लिए धन्यवाद

दूँ। मेरी आँख में तो घी वाले सेठ को तसवीर नाची और मैं काँप गया, रूह काँप गई।

कुछ लोग आ गए। सभा शुरू हो गई। हमारी ओर से अपील हुई। बाद में गाँव में एक सज्जन, जो नेता समझे जाते थे, बोले—हम लोग देहाती हैं। हमें जो चाहे ठगे। कई बरस से हम वोट देते आ रहे हैं। कभी इनको, कभी उनको। हमें किसी ने कुछ भी नहीं दिया। हम यही चाहते हैं कि हमारे यहाँ से पक्की सड़क तक राह ठीक हो जाए। जो यह काम कर सकेगा, वोट उसी को मिलेगा।

मैंने कहा—एवमस्तु, यह जिम्मेदारी मैंने अपने ऊपर ली। आप परमात्मा से प्रार्थना करें कि वे मुझे सफल करें।

वे फिर बोले—जिम्मेदारी तो आज तक न जाने कितनों ने ली! वोट के हाथ जिम्मेदारी भी खत्म हो जानी है। आप अगर सचमुच इसको करना चाहते हैं तो पाँच सौ रुपए कहीं जमा कर दीजिए। काम नहीं लगेगा तो रुपया सोख्त हो जाएगा।

मेरा सिर चकरा गया। खड़ा होने से पहले अगर मालूम होता कि हमारे वोटर इतने चतुर हैं तो मैं हरगिज खड़ा नहीं होता। पता नहीं यह आसान बात मुझे पहले समझ में क्यों नहीं आई?

सभा खत्म हो गई तो फिर कार्यकर्त्ताओं से बात करने का मौका आया। चुनाव में सबकुछ होता पर यह अवसर न आता। कार्यकर्त्ताओं से बात करने में उम्मीदवार की रीढ़ टूट जाती है। यही वह वक्त है कि जब चुनाव में उम्मीदवार का कुल रस चूसा जाता है। मैं सुन रहा हूँ और एक बूढ़ा अपने लड़के को समझा रहा है—बेहूदे, हम चुनाव में काम करते-करते थक गए। जो कह रहे हैं, उसको पक्का समझो। हजार प्रेम हो, लाख दोस्ती हो, अपने हों या सगे हों, बस चुनाव तक। फिर फेंटा पर नहीं चढ़ेंगे। बाहर खड़े रह जाओगे, भीतर से दरवाजा बंद कर लेंगे। बस माँग लो, जो माँगना हो। ले लो, जो लेना हो।

मुझे ऐसा गुस्सा आ रहा था कि उसको दो तमाचा मारूँ। पर मन-ही-मन उस गुस्से को मैं पी रहा था। मैंने मन में कहा कि ले लो बच्चू जो लेना हो, पर तुम्हीं से सूद समेत सब वसूल करेंगे। परमात्मा करे हम कामयाब हो जावें, फिर चाहे तुम हो या हम।

उसके बाद तो साहब वह फरमाइश शुरू हुई कि क्या पूछना! बारात की फेहरिस्त भी नीचे चली गई।

एक ने कहा कि उसके दाँत में दर्द है, इसलिए वह बराबर हलुआ खाता है। घी-आटा का बंदोबस्त होना चाहिए।

तीसरे ने कहा कि वे जल्दी बीमारी से उठे हैं और कमजोरी है, इसलिए कम-से-कम चार अंडों का मिलना जरूरी है।

चौथे ने कहा कि उसको रात भर जगकर काम करना पड़ता है, इसलिए चाय, चीनी, दूध प्याले का बंदोबस्त होना चाहिए।

गोया कुछ रोग के बहाने, कुछ काम के बहाने, कुछ पथ्य के बहाने, कुछ प्रभाव के बहाने—एक-न-एक बहाने, संसार में जो कुछ भी खाने और मजा उठाने लायक है, उनकी फरमाइश हो गई।

मन में मैंने कहा कि माथा मुड़ा के बेल के पेड़ के नीचे जाना अच्छा, पर उम्मीदवार बनकर क्षेत्र में जाना नहीं अच्छा।

लेकिन भागूँ तो कैसे भागूँ? चुरकी छूटे नहीं तो आदमी भागे कैसे?

थैली के पैसे स्वाहा हो रहे हैं। शरीर का स्वास्थ्य स्वाहा हो रहा है, जीवन का अमूल्य समय स्वाहा हो रहा है और चुनाव की भट्ठी में मान, शान, अभिमान—सब कुछ झोंका जा रहा है।

लेकिन मैं भागा नहीं, लगा रहा। हाँ, उम्मीदवार बना रहा और एक दिन विजयी हुआ। कीमत गहरी जरूर लगी पर सफलता के कारण थोड़ी देर के लिए सबकुछ भूल गया। किंतु वह छीछालेदर बराबर भूलने की चीज नहीं। इसीलिए चुने जाने के बाद जो चस्का सवार होता है, वह मुझ पर सवार न हो सका। मैंने गरज यह निश्चय किया कि फिर इस फेर में बंदा नहीं पड़ेगा, फेर में पड़ना भी क्या है? इसी तरह के असंभव वादे हुए हैं, उनका पूरा होना दुश्वार है। वादाखिलाफी से लोग तो बिगड़ेंगे ही, फिर भला उनके पास वोट के लिए कौन जाएगा?

खैर, मैं उम्मीदवार बनूँ या नहीं, मैं इस नतीजे पर पहुँच गया, जो अपने अनुभव के कोष में बेहतर वृद्धि करना चाहे, वह एक बार चुनाव में उम्मीदवार हो जाए, जो रोजगार के मामले में बेहतर पक्का होना चाहे, वह एक बार किसी उम्मीदवार का कार्यकर्त्ता बन जाए और जो जीवन में खुशामद पाने का अरमान पूरा करना चाहे, वह वोटरों के एक गिरोह का सरदार बन जाए।

□

कविता

प्रणति

मेरा उनको कोटि प्रणाम
जो खेतों में खटते रहते
मरते रहते, कटते रहते
और सदा हैं रटते रहते
तब भी अपने लिए चाहते नहीं कभी धन धाम
मेरा उनको कोटि प्रणाम
बैलों के संग सोते हैं जो
बैलों के संग उठते हैं जो
बैलों के संग रहते हैं जो
बैलों के संग हँसते-रोते-बसते आठों याम
मेरा उनको कोटि प्रणाम

□

किसान की ओर से

थक चुके ये हाथ मेरे चल चुके पग एक जीवन
किंतु रुकने का नहीं तब भी यहाँ पर बीच में मन
सोचता हूँ, अनवरत यह काम करके क्या कमाया?
रात-दिन रटता रहा, तब भी नहीं कुछ हाथ आया—
विश्व के भंडार में मेरे लिए संतोष ही धन
थक चुके ये हाथ मेरे, चल चुके पग एक जीवन

खेत में ही बीतता है आज आठों याम मेरा
स्वप्न में भी देखता हूँ काम मेरा, काम मेरा
एक भी अरमान अपना किंतु पूरा कर न पाता
एक बेला भी खुशी से पेट अपना भर न पाता
कह रहा जग काम तेरा पर नहीं आराम तेरा
खेत में ही बीतता है आज आठों याम मेरा

हाय कर्जे के अलावा कोई जो आधार पाता
तो खुशी से नाचता मैं, मत्त होकर गीत गाता
खेत में ले संग बैलों को परिश्रम कर रहे हैं
पर कमा सर्वस्व अपना सूद ही में भर रहे हैं
ठीक ही है इस जगत् में कोई कमाता, कोई खाता
हाय कर्जे के अलावा कोई जो आधार पाता

भार से इस कर्ज के जो मैं कभी भी मुक्ति पाता
ब्याह में पैसा, ललन के मुक्त हाथों से लुटाता
हैं पुजारी चाहते कुछ और साधु चाहते कुछ
हैं महाजन चाहते कुछ और बराहिल चाहते कुछ

किंतु करने दूर मेरा दु:ख नहीं कोई पास आता
भार से इस कर्ज के जो मैं कभी भी मुक्ति पाता

आ गया आषाढ़ जग में और वह पावस प्रवासी
साथ घन के गीत गाते हैं पुनः आकाश वासी
आज कण-कण में धरा के हर्ष का संचार होता
और जग यह आज अपने उर सदन का ताप धोता
फिक्र से मेरे हृदय में आज भी बैठी उदासी
आ गया आगाढ़ जग में और वह पावस प्रवासी

आज जाने किस विरह में मास भादो है रहा झर
रो रहा है आँसुओं से कर रहा है मेदिनी तर
प्रेमिकाएँ झूमती हैं आज प्रिय का प्रेम पा पा
और प्रेमिक झूलते हैं आज झूला राग गा गा
आज भी पर खेत में ही मैं परिश्रम हूँ रहा कर
आज जाने किस विरह में मास भादों है रहा झर

कोई नहीं फरियाद सुनता हम सबों से कह रहे हैं
इस दशा पर आज आँसू हर किसी के बह रहे हैं
कह न सकता किस कलम से लिख गया वह भाग मेरा
क्रूर विधि का और जग का, राज्य का अन्याय सारा
मौन होकर एक युग से हम सबों को सह रहे हैं
कोई नहीं फरियाद सुनता हम सबों से कह रहे हैं

चैन से कटती नहीं है एक भी अब शाम मेरी
कर रहे हैं लोग चर्चा हर जगह हर याम मेरी
चुक गये गहने हमारे बैल गायें भी गयीं चुक
सूद औ' कर किंतु तब भी इन सबों से ना सके चुक
बोलते सब डाँक, होती है जमीं नीलाम मेरी
चैन से कटती नहीं है एक भी अब शाम मेरी

पड़ रही प्रचंड गरमी हो रहा है अनल वर्षण
नीड़ से पड़ता सुनाईं पक्षियों का करुण क्रन्दन
और हाहाकार से है गूँजता वातावरण
इस समय भी खेत में ही कर रहा मैं ईंख सींचन
काठ से बाँधे मुझे यह मोह का है कौन बंधन?
पड़ रही प्रचंड गरमी हो रहा है अनल वर्षण।

□

यही गृहस्थी की बेला है

यही गृहस्थी की बेला है
नसा साल है वर्ष नाम है
नयी खुशी है हर्ष नया है
सखे भूल जा वह पिछला दिन जब तुमने संकट झेला है
यही गृहस्थी की बेला है
आओ हम सब खुशी मनावें
पुण्य पर्व में नाचें गावें
सत्य करो उन सब सपनों को लगा हुआ जिनका मेला है
यही गृहस्थी की बेला है
बरसो बादल बरसो पानी
लहरा दो फिर अंचल धानी
युवक युवतियाँ हिल-मिल गावें बेला यह अलबेला है
यही गृहस्थी की बेला है।

□

किसान का घर

फूस फास का छप्पर है यह खपड़े का तो नाम नहीं है
किसी तरह से रह लेता है हवा नहीं है घाम नहीं है
धरती पर ही सो लेता है खटिया का कुछ काम नहीं है
जो पृथ्वी पर छिल-छिल जाए उसका वैसा चाम नहीं है

एक ओर दो बैल बँधे हैं एक ओर है पड़ी चटाई
एक ओर कुछ सत्तू बारु एक ओर कुछ नून खटाई
एक ओर बच्चे लुढ़के हैं एक ओर हैं भाभी भाई
सब के लिए अलग कमरा हो यह किस्मत में कभी न आई

छोटे से ढाबे में चूल्हा जाँता एक उधर रहता है
खटखट करती छोटी ढेंकी कौवा काँव-काँव करता है
आँगन में कुछ कीचड़ कादो पानी सदा वहीं बहता है
माछी मच्छर काट रहे हैं वह बेबस सब कुछ सहता है

कुल देवता हैं बने भीत पर सिंदूर की कुछ छाप लगी है
राम-राम के कुछ शब्दों से आस-पास दीवार रँगी है
जब-जब पूजा होते देखो समझो किस्मत आज जगी है
और नहीं तो पीड़ा ज्वाला इन भूखों की बहन सगी है

इधर सीम की लता लटकती छप्पर पर कुछ कद्दू फलते
म्यों-म्यों करती बिल्ली मौसी बच्चे भाग उधर कुछ चलते
आँगन में कुछ फुस-फास गिर पानी के संग सड़ते गलते
सारी रात अँधेरी रहती एक घड़ी को दिये बलते

हाय विधाता! किसका फल यह किन जन्मों के पाप रहे हैं
नहीं ओढ़ने को कुछ तन पर लड़के सारे काँप रहे हैं
एक बोरसी भरी हुई है सबके सब वह ताप रहे हैं
किसकी बिस्टी बड़ी सबों में सब लड़के यह नाप रहे हैं।

□

साथी! संगी बढ़ते जाना

साथी! संगी बढ़ते जाते
नये जमाने की दुनिया में
तुम बैठे छोटी कुटिया में
और उधर प्रासाद महल हैं भाँति-भाँति के बढ़ते जाते
साथी संगी बढ़ते जाते
चढ़े हुए वे चंचल रथ पर
पर तुम बैठे कर पर कर धर
नई-नई चीजों के जरिए वे हैं आगे चलते जाते
साथी संगी बढ़ते जाते
उनके अद्भुत आविष्कार
तेरी यह दुनिया बेकार
वे हँसते हैं खलिहानों से तुम अपने कर मलते आते
साथी संगी बढ़ते जाते।

□

खेत के नीलाम होने पर किसान की बोली

जिससे इतने दिन तक खेला जिससे इतने दिन तक खाया
जिसके पैदा को खा-खाकर सदा जुड़ाती आई काया
बैठ-बैठकर हँसा और फिर बैठ-बैठकर जिस पर गाया
हाय अभागा आज उसी को विवश विदा है देने आया
इतने दिन तक अपना था वह
आज दूसरों का होता है।
इसीलिए बीती बातों को कह-कह
आज कृषक रोता है।
मेरे खेत जन्म के संगी! युग-युग के ऐ मेरे जीवन
करने यहाँ आज आया हूँ अंतिम बार तुम्हें आलिंगन
धागा ज्यों का त्यों स्नेह का पर टूटा कागज का बंधन
अंतिम बार पटा जाता हूँ करके नयनों से जल वर्षण
मुझसे तुम्हें छीनकर देखो
ले जाते हैं ये हत्यारे।
आज तुम्हारा हँसना-रोना
सब कुछ पराधीन है प्यारे।
याद आज आता है कैसे-कैसे जँगल काट-काटकर
भर-भरकर मिट्टी पानी में औ पौधों को छाँट-छाँटकर
मिहनत बहुत तरह से की जब मैंने और ललन की माँ ने
उगी फसल तब हरी-हरी कुछ उगे यहाँ तब श्रम के दाने
किंतु लगे ज्योंही ये दाने
त्योंही नजर लगी दुनिया की
किसी तरह इसको अपना लें
दिल में प्यास जगी दुनिया की

बड़ी जरूरत थी रुपयों की तब मैंने कर्जा खाया था
किंतु महाजन ऐसे होते इनका ध्यान नहीं आया था
देते-देते आयु शेष है किंतु न कर्जा भर पाया वह
इसीलिए यह डिग्री आई इसीलिए आफत आई यह
इसीलिए यह आई नीलामी
इसीलिए यह खेती छूटी
जब से जग को हुई जरूरत
तब से जग की किस्मत फूटी
जो कुछ मैंने दिया सूद ही में सब का है हुआ सफाया
दुगना-तिगना दिया माल का किंतु न असली चुकने पाया
और महाजन की नालिश पर समन गया तब मैं भी धाया
नहीं बात का काम न्याय ने कागज को ही सच बतलाया
बड़ा हौसला दिल में रखकर
मुन्सिफ को सब सत्य सुनाया
किंतु यहाँ को सुनता किसका
वही हुआ जो होता आया
कण-कण मैंने सींचा जिसका सदा बहाकर खून पसीना
जिसके लिए जगत् में सीखा मैंने मर-मर कर भी जीना
पानी के बदले जिसके हित मैंने सदा दिया था खून
उसको आज लिये जाता है मुझसे यह खूनी कानून
साहुकार जिस स्वर में बोला
सदा उसी में हाकिम बोला
हाथ दुहाई देते रह गए
नहीं न्याय का आसन डोला
जो कुछ होता जाता सब को धीरज धर हूँ सहता जाता
किंतु बिदाई की बेला में एक बात हूँ कहता जाता
सत्य राम होंगे तो जग में कभी हमारा दिवस फिरेगा
और लूटने वालों के सिर पर उसका तूफान घिरेगा
कोई कुछ बोले पर हम तुम
उस दिन पुनः जरूर मिलेंगे
पंक सदा सब रौंदे लेकिन
इसी पंक पर कमल खिलेंगे।

□

किसान का परिचय

सदा चिंतित जो रहता हाय उसी का जग में नाम किसान

कि

घिरा है घन का घना समाज
जगत् में आई है बरसात
कृषक की पत्नी कहती आज
अरे पावस की पहली रात
किया कुछ गुन-गुन कवि ने आज
लगी फिर बहने शीतल वात
जुटा पाऊँ कैसे सब साज?
यही है कृषक सोचता बात।
और बीहन बुनने को हाय
कहाँ से ले आऊँ मैं धान?
सदा चिंतित जो रहता हाय
उसी का जग में नाम किसान।

सा

लगा बच्चे को ज्वर दिन-रात
न हो पाया कुछ भी उपचार
रोग बढ़ता जाता हर रोज
खून की आती मुँह से धार
कहाँ से पैसे लावें खोज
न देनेवाला कोई उधार

हुआ है मरणासन्न सुपुत्र
और वह रोता है लाचार
बचा लेता वह अपना लाल
बचा सकता जो देकर जान
सदा चिंतित जो रहता हाय
उसी का जग में नाम किसान

न

उसे क्या होली औ क्या ईद
अरे यह पैसे का त्यौहार
न पाता जो भरपेट अनाज
भला क्या कर पाए शृंगार?
एक ही सूर्य एक ही चाँद
एक माता बच्चों का प्यार।
किंतु कैसे दो होता हाय,
यहाँ परमेश्वर का व्यवहार?
हँसा करता है कोई नित्य
कोई रोता है साँझ बिहान
सदा चिंतित जो रहता हाय
उसी का जग में नाम किसान।

□

किसान की आत्मकथा

1

एकाकी हूँ निर्जन पथ है चलना ही है काम हमारा।
एक गृहस्थी ही पेशा है औ' किसान है नाम हमारा।
उर में है संतोष सहारा एक जगत् में राम हमारा।
कोई क्यों पूछेगा हमको दो कौड़ी है दाम हमारा।
पहन गले में जो चलता था
खेतों का वह हार नहीं अब।
विश्व ललकता था जिसके हित
मेरा वह उपहार नहीं अब।

2

काँधे पर हल औ' जुआठ है आगे है बैलों का जोड़ा।
दाएँ हाथ में छोटा पैना और बगल में सत्तू थोड़ा।
पैरों में है फटी बिवाई तन पर कहीं-कहीं है फोड़ा।
तब भी मिहनत करता जाता मैंने कभी न मुख को मोड़ा।
अपने पर कुछ सोचूँ समझूँ
इतना भी अवकाश नहीं है।
जो प्राणों में आग लगा दे
वह चिनगारी पास नहीं है।

3

करते हैं उपहास जगत् में सभी जगह सब लोग हमारा।
मैंने कभी न आदर पाया ना जाने क्या योग हमारा।

भोजन की क्या फिक्र सदा ही एक भूख है भोग हमारा।
जो कुछ खाते पच पच जाता एक यही है रोग हमारा।
दुनियाँ देख-देख खुश होवे
इसीलिए नाटक करता हूँ।
युग-युग लोग जगत् के जीवें
इसीलिए मैं नित मरता हूँ।

4

और नशा के पास न जाऊँ मिले कभी कुछ खैनी चूना।
और नास्ता क्या करना है चना कभी कुछ भूना-भूना।
सबके घर में हँसी खुशी है एक हमारा घर है सूना।
देख जगत् की रीति निराली कभी-कभी दुःख होता दूना।
आँख नाक पर हैं कुछ मरते
कुछ गालों की लाली पर।
युग-युग से मैं मरता आया
पौधों की हरियाली पर।

5

घट जाने पर मुगल गुसाईं से कर्जा कुछ ले लेता हूँ।
बंधक में कुछ खेत और बरतन जेवर भी दे देता हूँ।
एक शाम कुछ खा लेता हूँ कुछ मालिक को दे देता हूँ।
गाली हो या मार सभी कुछ हँसते-हँसते ले लेता हूँ।
घरनी है नंगी रह जाती
बच्चे हैं भूखे रह जाते।
पी-पी खूँ अपने शरीर का
हम सब कुछ हैं सहते जाते।

6

एक-एक से बड़े महल हैं उठे हुए कहते सब भू पर।
उनकी नींव पड़ी सब कहते दीन किसानों के ही खूँ पर।
मेरा तो छोटा-सा घर है फूस-फास के हैं कुछ छप्पर।
कुछ कद्दू हैं, कुछ कोंहड़े हैं, कुछ भतुए हैं उसके ऊपर।

एक इधर मिट्टी का घर यह
उधर कई सोने की लंका।
हाथों में छोटा ढोलक यह
और उधर ऊँटों पर डँका।

7

गैया देती दूध कहो पर कब मेरे बच्चे पी पाते?
सारी मटकी को ले जाकर हम बाबू के घर दे आते।
पैदा हम सबकुछ करते हैं पर उनको हम कब खा पाते?
अपने मन से पूछ-पूछकर जग को बाँट-बाँट हैं आते।
धर्म तराजू पर कुछ तौले,
कलयुग में वह तोल नहीं है।
दया सदा हम सब पर करते,
पर मेरा कुछ मोल नहीं है।

8

शरद रहे या रहे ग्रीष्म पर हमें सदा खट-खट कर मरना।
तब भी नित भूखों हैं मरना और दूसरों का घर भरना।
सीमा को कर पार आज यह सोच रहा हूँ है क्या करना?
मर-मर कर जीना है हमको या जीने के हित है मरना?
रोज-रोज मर कर जीने से
एक रोज मर जाना अच्छा।
बिना किए कुछ जाने से है
नाम अमर कर जाना अच्छा।

9

जान सका बे पीर जगत् में को कब मन का मर्म हमारा?
आज हमें ठग-ठग जाता है सुंदर सीधा धर्म हमारा।
सदा दूसरों को फल देना ना जाने क्यों कर्म हमारा?
तब भी कुछ परिताप नहीं है चित्त सदा यह नर्म हमारा।
भू में रो-रोकर धँस जाए
जग को वैसी शर्म नहीं है।

विष के बाणों से बिंध जाए
मेरा वैसा चर्म नहीं है।

10

जग को जलन और पीड़ा को वक्षस्थल के बीच सँजो लें।
अहित सदा जो मेरा करते उनके दुःख में संगी हो लें।
युग-युग से हम मौन रहे हैं कहो आज कैसे मुँह खोलें?
धर्म हमारा मौन सिखाता विद्रोही बन कैसे बोलें?
एक रोज जो आगे चल दूँ
दुनिया सारी जाग उठेगी।
जल जाएगा सकल विश्व यह
डरता हूँ जब आग लगेगी।

□

किसान का कथन

इस कुरान से, इस पुरान से, धर्म बहुत हम सीख चुके।
तेरी इस दुनियाँ को बिधना बहुत-बहुत हम देख चुके।
छींट-छींटकर जिनका पानी हिय की आग बुझाते थे हम।
उनका भी तो अंत हुआ अब वे सागर भी सूख चुके।
यह गिर्जाघर औ यह मसजिद औ ये मंदिर और शिवाले।
पीर पादरी और पुजारी कथा वार्ता कहने वाले।
समझ गए ये सारे-के-सारे झूठा कहकर ठगते हैं।
सब कोई हैं लेनेवाले कोई नहीं हैं देनेवाले।
यह कोठी औ' महल अटारी औ' वे बाबू कोठी वाले।
खून हमारे पर सारे-के-सारे हैं ये रहने वाले।
किंतु नहीं अब उतना सस्ता होने को यह खून हमारा।
आज यहाँ कटिबद्ध सभी हैं अधिकारों पर मिटनेवाले।
सहने की भी सीमा होती बोलो कितना और सहें हम?
खुद से कमा कमाकर बोलो किसको-किसको दिया करें हम?
कहीं जगत् में क्या ऐसा भी न्याय देखने में है आया?
लूटें पौटें कूटे हमको तब भी उनको कुछ न कहें हम?
बहुत हुआ हम मौन रहे पर मौन नहीं अब रहनेवाले।
सम्हले वे मेरी कमाई को अब तक थे जो खानेवाले।
गया जमाना जब खिलवाड़ हुआ करता था हम लोगों से।
जाग गए अब जीवन आया और नहीं हम सहनेवाले।

□

कहानी

पठान का बच्चा

चार ऊँटों के बच्चों में से एक को दिखाकर अफरीदी ने ऊँटों के मालिक से कहा—''खुदा के वास्ते ऊँट का यह बच्चा मुझे दे दो, बड़ा सबाब होगा।''

ऊँटों का मालिक बड़े पशोपेश में पड़ा। असल में वह यह नहीं समझ सका कि अफरीदी दाम से बच्चे को माँग रहा है। उसका यह खयाल हुआ कि अफरीदी मुफ्त में उसको चाहता है और इसी खयाल से उसने धीरे से कहा—''मैं तो इसे जान दे के मानता हूँ, अलबत्ता कोई दूसरा हुक्म हो तो बजाने को तैयार हूँ।''

तुरंत ही अफरीदी बोला—''देखो, मैं पठान का बच्चा हूँ। दिल आ गया है तो किसी-न-किसी तरह से ले के छोड़ूँगा। मन की मौज है, इसलिए आज एक हजार देने पर तैयार हूँ, नहीं तो यों ही ले लूँगा।''

एक हजार की बात सुनकर ऊँटों का वह मालिक बड़ा सकपकाया। जब तक वह यह समझ रहा था कि अफरीदी बच्चे को मुफ्त चाहता है, तब तक उसे अनेक झिझक हो रही थीं पर अब एक हजार की बोली ने उसके मुँह को एकदम मुलायम कर दिया। तब भी अपनी बात से पलटे तो कैसे पलटे? जो कह चुका था, उसी को निर्वाह करने को बोला—''इतना तो गुलाम खाँ एक महीना पहले ही देते थे, लेकिन हमारा बेचने का इरादा कहाँ है? अगर राय होती तो यह बच्चा कब का बिक चुका होता।''

वह गुलाम खाँ वाली बात सरासर झूठ थी। मुझे तो इसमें भी संदेह है कि उस इलाके में कभी भी कोई गुलाम खाँ नाम का शख्स था। असल बात यह थी कि अपने जन्म से अब तक कभी भी ऊँटों के मालिक ने इतने भारी दाम में न किसी ऊँट को बेचा था और न अब तक कोई इतना देने को आमादा हुआ था।

थोड़ी देर की बातचीत के बाद और बहुत तरह के झंझट के बाद उसी एक हजार में सौदे की बात पक्की हो गई। लेकिन अफरीदी के पास रुपया नहीं था इसलिए पचास रुपया बयाना देकर वह बाकी के रुपया लाने के लिए घर चला गया।

जब अफरीदी घर पहुँचा तो उसकी औरत उस पर बहुत बिगड़ी। बिगड़ने की

बात भी थी। अब तक शायद ही किसी ने एक हजार में ऊँट का कोई बच्चा खरीदा था और उस पर तुर्रा यह कि पास में रुपये नदारद। जेवर बेचकर काम चलाना था। लेकिन जब किसी भी तरह से अफरीदी की वह प्यास न मिटी, जो उसके दिल में ऊँट के बच्चे के लिए पैदा हो गई थी, तब औरत ने यह कहते हुए गहने का बक्स उसके सामने बढ़ा दिया—"ले जा, तुमने ही कमाया था और तुमने ही आग लगाई।"

अफरीदी ने गहनों को अपने कब्जे में करके औरत को समझा देना चाहा। उसने ऊँट के बच्चे की बड़ी तारीफ की और यह भी कहा कि उसको यह पूरा यकीन है कि किसी-न-किसी दिन बच्चा बड़े सरकार के जरिए कारवाँ के आगे चलने के लिए चुन लिया जाएगा और तब उन लोगों की सारी तकलीफें दूर हो जाएँगी। पर जब औरत किसी तरह से खुश होती दिखाई न पड़ी तो आखिर में अफरीदी बोला—"जा बकबक मत कर। यह समझ कि कोई जुए में लाख हार जाता है और मैं हजार हार रहा हूँ। यह तो जुआ है, आया तो आया, नहीं तो गया तो है ही। जो चीज आँखों में समा गई है उसको अपनी जरूर बनाऊँगा।"

उधर अफरीदी जब घर गया हुआ था तो ऊँट के मालिक ने अपने मन में सोचा कि आखिर इस बच्चे में कौन-सी ऐसी बात है, जिसके लिए वह अफरीदी इस पर फिदा है और जान दे रहा है। यही सोच कर उसने ऊँट के बच्चे को देखने के लिए और उसका सबकुछ जानने के लिए नजूमी को बुलवाया। नजूमी ने यह बताया कि अगर यह बच्चा जिंदा रहा तो खुदा का अकबाल इस पर सवार होगा और यह कारवाँ में आगे जगह पाएगा।

अब ऊँटों के मालिक को यह फिक्र लगी कि किसी तरह से वह अफरीदी अपना बयाना वापस कर ले। इसीलिए वह बड़ी अधीरता से इस बात की प्रतीक्षा करने लगा कि कब वह अफरीदी खाली हाथ आए और बच्चे को लेने में अपनी मजबूरी जाहिर करे।

इसी तरह से सात दिन बीत गए और अफरीदी की करार की मियाद खत्म हो गई। मियाद के खत्म हो जाने पर ऊँटों का वह मालिक बड़ा खुश हुआ। उसने अपने मन में यह निश्चय कर लिया कि अब अगर वह अफरीदी एक हजार के बजाय दो हजार भी लेकर आवे तो यह ऊँट का बच्चा उसको न मिलेगा।

दो रोज और बीते और वह ऊँट का बच्चा बीमार था। जैसे इंसान अपने बच्चे की खबर लेता है, उसी तरह से ऊँट का मालिक बच्चे को दुनिया की नजरों से बचा रखने के लिए उसको नदी किनारे की अपनी झोपड़ी में ले गया। झोपड़ी गाँव से दूर थी। कुछ नजूमी आए और कुछ देखनेवाले मौलवी। बाकायदे कुरान की कुछ आयतें खुदा को खुश करने के लिए पढ़ी गईं। लोबान जलाया गया। लेकिन इन सब का कोई फायदा नहीं हुआ, आखिर उस बच्चे की साँस बंद हो गईं।

ऊँटों के मालिक की दर्दभरी तसवीर देखकर उस समय नदी रोने लगी। दरिया किनारे पेड़ों पर बैठी हुई चिड़ियाँ भी जैसे रो रही थीं। उसी समय उधर से वह अफरीदी हाथ में रुपए की थैली लिये आया। तमाम वाकयात देखकर उसकी आँखों से चश्मे की तरह पानी की धारा चलने लगी। लेकिन तब भी उसने हिम्मत करके कहा—"तू मत रो, वह मेरी किस्मत से आया था और मेरी किस्मत से गया। मैंने आने में तीन रोज की देरी की। अगर ठीक वक्त पर आता तो वह ऊँट का बच्चा मेरा था और रुपया तेरा। खैर, मैं पठान का बच्चा हूँ, कमीना नहीं। ले, यह रुपया तेरा है, बच्चा तेरा नहीं मेरा मरा।"

लेकिन ऊँटों का मालिक गम में इतना मुब्तिला था कि उसने रुपयों की ओर ताका भी नहीं। उल्टे आँखें लाल करके बोला—"तू मेरे सामने से हट जा। तेरी नजरों की यह करतूत है। न तू लेने की बात करता और न मेरा लाल मरता।"

अफरीदी को जैसे बड़ी चोट लगी। वह तत्क्षण वहाँ से चला और दरिया किनारे रुपयों की थैली रखकर और अपने दोनों हाथ बाँध, आसमान की ओर मुँह करके बोला—"या खुदा! सिर्फ तू ही इस बात का गवाह है कि मैं इस बच्चे को औलाद से भी अजीज समझता था।" यह कहकर उसने थैली उठाई और यह कहते हुए उसे दरिया में फेंक दिया—"जिस राह में मेरी किस्मत गई, जा तू भी उसी राह में जा।"

एक बार थैली झन्न से बोली और दरिया में दो-चार बुलबुले उठे, किंतु क्षण भर के बाद वातावरण वैसे ही शांत हो गया, जैसे वहाँ कुछ हुआ ही नहीं था।

□

हिरिया की होली

सोनू घर पर नहीं था, कहीं गया हुआ था। हिरिया पैसों को गिन रही थी। कपड़े की सात तहों के उद्‌घाटन के बाद ताँबे के चंद टुकड़े जमीन पर गिर गए। एक, दो, तीन, चार.................. बीस। फिर एक, दो, तीन, चार.................. बीस। इस तरह से तीस-बीस और एक पैसे। इतने में दो कुर्ते आसानी से होंगे। जुलाहे से दो आने गजवाला गाढ़ा कपड़ा लेगी, ढोंढ़ी के यहाँ से एक पैसे का उधार रंग। उसके लिए ढोंढ़ी एक पैसा का उधार न देगा? देगा क्यों नहीं? जब ढोंढ़ी के बाप बसावन जीते थे, तब से यह उनके यहाँ घास देती है, तो क्या वह एक पैसे के लिए भी महँगी है? गाढ़े रंग में रँग देने के बाद यह कैसा खिलेगा? लाल रंग कैसा भला मालूम होता है? वही कपड़ा अगर लल्लू बाबू के यहाँ बड़े बाबू पहनें तो लोग यही कहेंगे कि कोई कलकतिया साटन है। पर हम लोगों को कौन पूछता है? तो इससे क्या? मोहन कितना खुश होगा? आज तीन साल से होली आती है और चली जाती है और बराबर मेरा लाल फटा पुराना पहनकर गुजर करता है। इस साल तो वह एक-एक पैसे की छुरछुरी भी दोनों को जरूर ला देगी। गाँव भर मुरहा-पड़ाका छोड़ेगा तो इनको कैसा मालूम होगा? बिल्कुल कलेजा फट जाएगा। नहीं; ऐसा क्यों? जैसे मुर्दे पर नौ मन, वैसे एक मन और सही। सबकुछ गया तो दो पैसे की छुरछरी के लिए मुँह लुकाऊँ? जो होगा सो देखा जाएगा। भाग्य में तो कमाना खाना बदा ही है, फिर अगर आज वे कुछ लेकर आए तो सबकुछ ठीक हो जाएगा। धीरे-धीरे अगर एक-बीस भी और हो गया तो वह काहे को दूसरे का मुँह जोहने जाएगी? हिरिया की कल्पना छलाँग ही मार रही थी कि उधर से सोनू आया, डबडबाई हुई आँखें, रोता हुआ चेहरा।

"तुम रोते क्यों हो?" हिरिया ने पूछा।

"क्या बताऊँ? रोने के लिए तो हम लोगों का जन्म ही हुआ है।" सोनू ने रोते-रोते कहा। सुबह से अब तक मुँह में एक दाना भी नहीं पड़ा है। जिस समय यहाँ से चला, उसी समय थानेदार के आदमी ने पकड़ लिया। देव से औरंगाबाद जाना था। एक

बकरी लेकर चौकीदार के साथ औरंगाबाद गया। खाने को माँगा तो गाली सुनने को मिली। वहीं से चला आ रहा हूँ। बाबूजी फुटहा लाएँगे, इस आसरे में बैठे हुए लड़कों की आँख लग गई थी, पर आज वे कुछ लावेंगे, इस आशा में बैठी हिरिया पर जैसे वज्र गिर गया। उसकी आँखों से भी इस भयानक अत्याचार के प्रतिकार में जैसे चिनगारियाँ निकल रही थीं पर दिल बेबसी के मारे बैठा जाता था। वह चुपके से वहाँ से उठी और सोनू के लिए रखा हुआ भात और बथुआ का साग ले आई। सोनू ने बड़े प्रेम से खाया। मालूम होता था कि सोनू कुछ खोकर आ रहा है और हिरिया सहानुभूति दिखला रही है।

खाकर जब सोनू उठा तो दोनों सो गए। थके-माँदे सोनू की साँसें तो चलने लगीं, परंतु हिरिया को नींद नहीं आई। वह कह रही थी कि हे भगवान्! यह जुल्म का राज कब तक चलेगा? यह तकलीफ कब तक दोगे? नैहर में रही तो बाबूजी पर, यहाँ आई तो पति पर। न्याय का पासा कब पलटेगा भगवान्? सहसा उसे खयाल आया, उनको आज भूखे-प्यासे चलना पड़ा है, बहुत थक गए होंगे। क्यों न जरा तेल लगा दूँ? उसने जाकर ताक पर के दीये को जलाकर भांड़ा में से मलिया में वह तेल ढाल लिया, जो वक्त-बेवक्त के लिए रखा हुआ था। वह ज्योंही मलिए को लेकर बाहर चली, त्योंही बाहर किसी ने आवाज दी, "ओ सोनू, सोनू हो जी?" हिरिया को आवाज परिचित मालूम पड़ी। वह गाँव का चौधरी था। दौड़कर बाहर गई और पूछा—"क्या हुआ भीखू काका? इतनी रात गए कहाँ चले।" भीखू बोला—"क्या कहूँ? आफत है। तुरंत ही कुरका से आया हूँ। सुबह सब अहीरों को गुमास्ते ने बुलाया है। होली के लिए घी इकट्ठा करना है, उसी के लिए रुपये मिले हैं, वहीं बाँटा जाएगा। इसीलिए बुलाहट है। बरहगाँवा से लोग यहीं आवेंगे। यहाँ भी सब को कह देना था। दूसरी जगहों में देरी हो गई तो अब अपने गाँव में रात को कहता फिर रहा हूँ। करम में यही लिखा था। कहने को चौधरी और करने को गोड़इती; सब लोग फाँय-फाँय सो रहे हैं और मैं रतजगा की तरह रौन देते फिर रहा हूँ। क्या करें बेटी, जिसके गाँव में रहते हैं, उसका हुक्म न मानें तो उजाड़ ही डाले। सोनू को कह देना, भोर में बड़े बाबू के दरवाजे पर कचहरी लगेगी। नहीं जाने पर पाँच रुपया जुरमाना है।"

"सब दे रहे हैं, तो क्या तुम कहीं के पुरोहित हो, जो तुमको छोड़ दिया जाए?" तमककर तहसीलदार ने कहा।

"नहीं सरकार, यह कैसे कहूँ कि पुरोहित हूँ। राज्य में बसता हूँ, गुलाम हूँ, पैरों की धूल हूँ। एक भैंस दूध देती थी, तीन महीने हुए मर गई। तब से अब तक, दोहाई सरकार की, घर भर के कंठ में माठा भी नहीं गया है। एक गैया है, सो गाभिन है। जब ब्यायेगी तो हाजिर है। कोई गाँव छोड़कर भागे थोड़े जाता हूँ। भाग के भी कहाँ जाऊँगा सरकार? सरकार का राज्य कहाँ नहीं है? फिर क्यों जाऊँगा? सरकार के राज में कुछ

तकलीफ है थोड़े? ऐसे न्यायी मालिक और कहाँ मिलेंगे?'' लालधारी ने कहा।

'तुम बात बनाने में बड़े हुशियार हो। इससे काम नहीं चलेगा। तुमको बराबर से एक रुपया मिलता है, चाहे एक रुपया ले जाओ और चार सेर घी दाखिल करो या अढ़ाई सेर घी दाखिल करो, मैं एक रुपए का डेढ़ सेर खरीदकर उसमें मिला दूँगा और मालिक के यहाँ तुम्हारे नाम में दाखिल हो जाएगा, समझे!'' तहसीलदार बोले।

''सरकार की जैसी मरजी।''—कहते हुए लालधारी गया और कहीं से खोजकर डेढ़ रु. ले आया। तहसीलदार ने रुपए को पैरों के निकट देखकर कहा—''साले गए और दौड़े-दौड़े रुपए लेकर चले आए। यहाँ कोई तुम्हारा गुलाम है कि तुम्हारे लिए खरीद-बिक्री करता रहेगा? जाओ आठ आने पैसे चैता सिंह के लिए ले आओ। जब सिपाही को दे दोगे तब ठीक से घी खरीद देगा, नहीं तो सेंत में आजकल बेटा तो बाप को नहीं पूछता है और ये तो राज के सिपाही हैं।''

उसके बाद सोनू की बारी आई—''क्या रे, तू क्या कहता है? देख, एक बात बता देते हैं, हम इतने सस्ते नहीं हैं कि आदमी-आदमी से अलग-अलग बात करते फिरें? अगर हीला-हुज्जत करनी है तो उसके लिए सिपाही हैं। इनसे बात करो, लेकिन याद रहे कि हड्डी टूटेगी तो उसके जवाबदेह हम नहीं हैं। बोलो तुमको घी देने में क्या उज्र है?''—तहसीलदार ने पूछा।

''आप से सीधा नहीं होगा सरकार, इसके लिए हम लोग हैं। साले की बदमाशी देखिए, आया कितनी देर से? कचहरी कब से लगी है। और साले अब आए हैं, जैसे इन्हीं का दरबार हो। उस पर बोलता क्या है? सब के तो गाय भैस हैं, चार चरवाही होती है, इसलिए देते है, हम क्यों दें?''—घूरा सिंह सिपाही ने कहा।

''गाय-भैंस नहीं होने से क्या होता है? राजा के राज में रहता है कि नहीं और अहीर है कि नहीं? फिर और साल कैसे देता था? जो बात पहले से चली आई है, उसको हम क्या करें?''—तहसीलदार बोले।

''सरकार, मेरे पास गाय-भैंस तो पहले से भी नहीं हैं, पर पाँच बीघे की खेती थी, वही जड़ थी। अब तो हुजर, जमीन नीलाम हो गई। तीन-तीन दिन चूल्हा नहीं जलता है। दो नन्हें बच्चे हैं। भूखे पल रहे हैं। माँ के स्तन में दूध नहीं कि उनको पिला सके''—सोनू ने बड़ी दीनता से अर्ज की।

''हम यह सबकुछ सुनना नहीं चाहते। जमीन नीलाम हो गई तो घर तो अभी इसी राज में है। लो तुम्हारे लिए रियायत कर देते हैं। आठ आने पैसे तुमको मिलेंगे और दो सेर घी दाखिल करना होगा। जल्दी करो जल्दी! अभी सैकड़ों गाँव में तहसील बाकी है।''

हिरिया कलसी लिये जल भरने जा रही थी। सहसा बुधनी, जो गाँव की बेटी थी, दौड़ी आई और बोली—''चाची, चाचा को सिपाही पीट रहे हैं''।

हिरिया को पहले से इसकी आशंका थी। जाते समय उसने सोनू को लाख बार समझाया था कि तहसीलदार साहब के पैरों पड़ना, उनसे कुछ बोलना नहीं। कलशी पटककर वह दौड़ी। कचहरी पर पहुँची तो देखा कि सोनू के हाथ-पैर बँधे हैं, वह करीब-करीब बेहोश पड़ा है। आगे बढ़कर गिड़गिड़ाती हुई बोली—"इसको खोलवा दीजिए सरकार। जो दंड कहिए, देने को तैयार हूँ"।

"दंड की बात नहीं है, यहाँ तो रुपया दाखिल करना है। होली के उत्सव में तुम लोग बराबर घी दिया करते थे। उसी का बखेड़ा है। चाहे अपने पास से एक रुपया दाखिल करो या आठ आने ले जाओ, दो सेर घी दाखिल करो। तब बंधन खुलेगा, ऐसे नहीं।"

"खोलवा दोजिए बाबू, हम रुपया लिये आते हैं।"

हिरिया वहाँ से बिजली की तरह दौड़ी। जब चली गई तो तहसीलदार साहब ने सिपाहियों को लक्ष्य करके कहा—"देखो साले को, झूठ बोलता था! कहता था, घर में एक पाई भी नहीं। अब कहाँ से रुपया लाने गई? क्या ससुरी के एक खसम और है, जहाँ से लाने गई? सच है, लात के देवता बात से नहीं मानते। इन लोगों को जितना पीटा जाए, उतना ही ठीक है!"

मोहन इस गाँव में कुछ पढ़ा-लिखा और बड़ा सुशील लड़का था। हिरिया दौड़ी हुई अपने घर से पैसों को लेकर मोहन के पास पहुँची और बोली—"बाबू, इनके बदले में हमें एक रुपया दे दो। जो कुछ बाकी रहेगा, उसका दुगुना हम दे देंगे?" "बात क्या है?"—मोहन ने पूछा।

लेकिन लाख पूछते रहने पर भी हिरिया ने नहीं बताया क्योंकि वह जानती थी बात बताने से एक बखेड़ा और खड़ा हो जाएगा।

"दुगुना देने की बात कहोगी तो मैं नहीं दूँगा।"—मोहन ने कहा।

"अच्छा बाबू गलती हो गई। माल-का-माल ही लौटा दूँगी।"

मोहन ने 62 पैसे ले लिये और हिरिया को एक रुपया दे दिया। हिरिया तहसीलदार साहब के निकट पहुँची। वह जानती थी कि वह अपना कलेजा निकालकर दे रही है और सचमुच उसका कलेजा निकाला जा रहा था, पर वह इतनी खुशी से रुपये दे रही थी जितनी खुशी से कोई अपने जिस्म की मैल दे। तहसीलदार के पैरों में पड़ती हुई बोली—"अब खोलवा दीजिए बाबू"।

सोनू को कुछ होश हो रहा था। वह बोला—"रुपए मत दो। हमको बँधे-बँधे मरने दो। जाओ, कमाओ खाओ। हम आर्शीवाद देते हैं। तुम्हारे बच्चे सुख से रहेंगे।"

"क्या होगा तुम्हारे मरने से? साले चुप रहो, नहीं तो जान से मार के फेंक देंगे।"—सिपाही ने लाठी की नोक से मारते हुए ये बाते कही।

"पागल है बाबू, खोल दो। उसकी बातों का खयाल मत करो"—हिरिया बोली।

सिपाही बंधन खोल रहे थे तो तहसीलदार हिरिया की तरफ वैसे ही ताक रहे थे। जैसे कह रहे हों कि आज तो इसकी जान ले लेते पर तुम्हारा खयाल करके छोड़ देते हैं। और सोनू के बँधन जैसे-जैसे खुल रहे थे, वह अपने को धिक्कार रहा था कि उसके कारण हिरिया को इतना कष्ट हुआ।

तीसरे दिन सोनू का बुखार जोर पर था। हिरिया रो रही थी। कुछ भूख से और कुछ माँ को रोते देखकर बच्चे भी रो रहे थे।

रही सही आशा भी जाती रही। सोनू के हाथ-पैर ठंडे हो गए। ठीक उसी समय कहीं से 'अरररररर भइया मोर कबीर' सुनाई दे रहा था और इधर हिरिया की 'रजवा हो रजवा' की आवाज आकाश की छाती फाड़ रही थी।

□

भत्तू सिंह

कैदियों के कोश में; 'जुबली' का अर्थ है वह दिन जिस दिन सब कैदी छूट जाएँगे। इसलिए जब भत्तू सिंह ने सुना कि 25वीं तारीख जुबली की तारीख है, उसका रोम-रोम पुलकित हो गया। 50 वर्ष के इस बूढ़े को अब संसार में कोई काम करना बाकी नहीं रहा, दिल में सिर्फ एक ही अरमान है, बबुनी को देखने की। बबुनी के पिता दिल्ली में नौकर हैं। भत्तू सिंह उनके यहाँ नौकर था। उस समय बबुनी 6 वर्ष की थी। वह उसे बाबा कहती, उसके कँधे पर बैठी रहती। वह कहीं इधर-उधर हो जाता तो रोने लगती। वह उसे दिल से मानता था और वह भी उसके साथ एक हो गई थी।

उस वक्त जब भत्तू सिंह गाँव में आया, रैयत और मालिक में लड़ाई चल रही थी। रैयतों की ओर से खड़े होने के कारण उसे पाँच वर्ष सजा हुई। मालिक ने रैयतों में से तीन को मारा और जिनके लोग मरे, उन्हीं को सजा हुई। राम-राम करके इसके चार साल कट गए हैं। अब छूटने के दिन निकट आ रहे हैं। जल्दी क्या पड़ी है, न बाल न बच्चे, औरत मर ही चुकी थी। हाँ, कभी-कभी जब बबुनी की याद आती है तब वह अधीर हो जाता है।

उसने किसके पाँव नहीं पकड़े! साहब के, जेलर के, जमादार के, सिपाहियों के। इसलिए नहीं कि उसे काम नहीं करना पड़े। काम करने में तो यह बहादुर था। चक्की पीसने को मिले तो अकेले 20-20 सेर आटा ठीक करके रख दे, तेल पेरने को मिले तो कोल्हू चलाने में बैल को मात कर दे। तो क्या उसे अच्छा खाने की हवस थी? राम कहिए, अव्वल नंबर का संतोषी। मिट्टी छोड़कर, जो कुछ मिले, चुपचाप खा ले। चावल मोटा है तो रहे, सड़ा है तो हाकिम को पाप लगेगा। दाल खेसारी की है तो क्या आखिर दाल है तो दाल ही। पर सबके बाद जब उसे बबुनी याद पड़ती है, वह उनके पैरों पर गिरकर कहता है—'मुझे छोड़ दो बाबू, भगवान् तुम्हारा भला करेगा।' वे हँसते हुए आगे बढ़ जाते। इस देहाती पागल की बातें सुने, इतनी फुरसत किसे थी?

अरे, कभी-न-कभी छूटेगा ही। इतनी चिंता काहे की? लेकिन उसकी आँखें

कमजोर होती जा रही थीं और अगर वह जेल में अंधा हो गया तब? हाय! तब वह बबुनी को कैसे देखेगा? अब बबुनी दस वर्ष की हुई होगी। तो क्या वह भत्तू सिंह को पहचानेगी? शायद नहीं पहचाने। वह कैसे रहती होगी? कहाँ बबुनी को एक क्षण भत्तू सिंह के बिना चैन नहीं पड़ता था और कहाँ ये चार बड़े-बड़े वर्ष? लेकिन सब बेकार बातें हैं। अमीर आदमी की लड़की, उसके पास क्या नहीं है? फिर वह भत्तू सिंह को क्यों याद करने लगी? याद करे या नहीं, पर वह उसको जरूर देखने जाएगा। अगर साहब ने डाँट दिया तब? इसका भी क्या ठिकाना? जो पाँच-पाँच वर्ष का सजावार है, उसको क्या साहब घर में रहने देंगे? मत रखें, उनके यहाँ जाता कौन है? वह जो बरगद के नीचे बड़े महादेव हैं, वहीं भत्तू का डेरा रहेगा। भीख माँगकर खाएगा और एक बार दूर ही से बबुनी को देख लिया करेगा। फिर भीख क्यों माँगेगा? उसके तो जेल के फाटक में 51 रुपए जमा हैं। मिलें तब न? हाकिम तो सब खुद ही चोर हो गए हैं, कहीं जेलर ने रुपए रख लिये तो क्या उस पर वह नालिश करने जाएगा? और नालिश करेगा भी कहाँ? हाकिम पर नालिश ही करने से क्या होता है? हाकिम-हाकिम सब एक हैं। जो हो, रुपया रख लेंगे तो रख लें, उसे तो दिल्ली जाने से काम। दिल्ली का खर्च मिल जाए, सब जाए चूल्हा भाँड़ में।

गिद्ध जैसे दूर से अपना शिकार देख लेते हैं और बनारस के पंडे जैसे कई स्टेशन आगे ही अपने यात्री को पहचान लेते हैं, वैसे ही जेल के सिपाहियों को आनेवाली चीजों और आनेवाले रुपयों की, खुशबू मालूम हो जाती है। जमादार बेचारा धुन में तो बराबर था कि भत्तू को छुड़वा दें, लेकिन बात उसके अख्तियार की नहीं थी। इस बार जब उसने देखा कि अफसरों ने छूटनेवालों की जो लिस्ट बनाई है, उसमें भत्तू का भी नाम है तो उसकी बाँछें खिल गईं। आसानी से उसको पचास रुपए मिल जाएँगे। कई आदमियों के लिए वह कोशिश कर रहा था, लेकिन कोई घर पहुँचकर रुपए देने की बात कहते थे, कोई हैंडनोट लिख देने को कहते थे और कोई उसके नाम से छूटने के साथ जगह-जमीन लिख देने को कहता था। सब जगह परेशानी थी और तरद्दुद, पर भत्तू था नकद आसामी।

जमादार ने भत्तू से कहा—"देख रे भत्तू, बहुत मुश्किल से तुझे छुड़वा रहे हैं, दगा करेगा तो बँध जाएगा।"

भत्तू को पहले ऐसा मालूम हुआ कि जमादार दिल्लगी कर रहे हैं, पर जमादार के बार-बार विश्वास दिलाने पर उसको छूटने का पूरा-पूरा भरोसा हो गया। आशा से उसकी आँखें चमक उठीं। उसके रोम-रोम से जमादार के पुत्र-पुत्रियों के लिए आशीर्वाद की वर्षा होने लगी। वह डबडबाई आँखों से दोपहर के प्रचंड सूर्य की ओर इशारा करते हुए बोला—'मालिक, अगर दगा करूँगा तो वही जो उगे हुए हैं फैसला करेंगे। हमारा

शरीर नहीं काम आवे, हम कोढ़ी हो जावें। हमारा 51 रु. जमा है, हमको दिल्ली का खर्च चाहिए और सब आपका।'

जमादार बोला—"नहीं, तुझे उस 51 रु. की कोई जरूरत नहीं है। हम कोशिश करके जेल से भाड़ा दिलवा देंगे और तुम दिल्ली पहुँच जाओगे। मकान कहाँ लिखवाया था?"

भत्तू बोला—"मकान तो हजारीबाग है ही सरकार, पर हाल मुकाम दिल्ली लिखने को कहा था।"

जमादार कुछ सोचकर बोला—"सब ठीक हो जाएगा, कुछ भी हर्ज नहीं है" अभी छूटने के तीन दिन बाकी थे। भत्तू दरी विभाग में काम कर रहा था। वह पंखा अच्छा बना लेता था। उस रोज से वह पंखा तैयार करने में लगा। आखिर वहाँ जाएगा तो गरीब बेचारा बबुनी को क्या देगा? कुछ तो चाहिए न। पंखा ही सही। इस पंखे के बनाने में उसने जीवन की सारी कारीगरी खर्च कर दी। मोटे कागज का पंखा, दरी विमाग में आए हुए मोटे सूतों को काटकर रंग-बिरंगे फूल बनाए, जगह-जगह उनको साटा, चिपकाया और किनारे पर उन्हीं सूतों का महीन झालर लगाया। पंखा जो तैयार हुआ, वह बड़ा खूबसूरत था, दंग थे लोग भत्तू की सफाई पर।

कल छूटने की तारीख है। भत्तू सिंह के पैर भूमि पर नहीं हैं। वह बिजली की तरह इधर-उधर दौड़ रहा है। सपने में भी भत्तू ने जिसका कोई कसूर नहीं किया, उससे भी माफी माँगी जा रही है। भत्तू बोलता, 'कहा सुना माफ करना भाई, जिंदा रहे तो बबुनी को देखकर एक बार फिर इधर आवेंगे। तुम लोगों से भेंट करेंगे। तुमलोग भी छूट जाओगे। भाई, जिस भगवान् ने हमें छुड़ाया है, वही तुम्हारी भी मदद करेगा।' किसी से कहता, 'तुम्हारी दया से मेरी जनम-जनम की साध पूरी हो गई, भाई, एक ही साध थी और भगवान् ने चाहा तो अब इन आँखों से एक बार बबुनी को देख लूँगा। मेरे पीछे मेरे लिए इतना करना भाई कि इस तुलसी के बिरवे पर नजर रखना। हम जानते हैं अब यह बिरवा तुम्हारा है।' भत्तू सिंह ने ही इस तुलसी को फूलों के बीच में एक ओर लगाया था।

धीरे-धीरे संध्या हुई। बैरक बंद होने लगे। भत्तू सिंह का बैरक भी बंद हुआ। दो-तीन घंटे के अंदर बैरक के और लोग सो गए। लेकिन भत्तू की आँखों में नींद कहाँ? यह जानते रहने पर भी कि कब-कब सिपाहियों की डूयूटी बदलती है, आज उसको भ्रम हो जाता था। अभी आठ बजे का सिपाही आया था। भत्तू को मालूम हुआ कि दस बजे हैं। उसने संशय मिटाने के लिए पूछा—'कितने बजे हैं सिपाहीजी?' 'आठ' सिपाही ने कहा। भत्तू को मालूम हुआ कि जैसे कोई भारी अचंभे की बात हो गई। आठ, अरे तब तो अभी भोर होने में दस घंटे की देर है। अच्छा जैसे-तैसे बीतेगा ही। जब-जब सिपाही आते, भत्तू पूछ बैठता, कै बजा है? सिपाही रंज होकर बोला, 'कह तो दिया कि बारह

बजे हैं। क्या तुम्हारे डर से सूरज अभी उग पड़ेगा? मालूम होता है जब से जेल बना एक तुम्हीं छूट रहे हो। यहाँ तो दो-चार आदमियों के लिए रोज ही जुबली और राजगद्दी रहती है। चुपचाप सोओ। जब वक्त आ जाएगा तो तुमको ब्रह्मा भी नहीं रोक सकेंगे।' बेचारा भत्तू चुप हो गया। क्या करता? इस निर्दयी सिपाही को वह कैसे समझाता कि बबुनी को देखने के लिए वह कितना छटपटा रहा है। सोचते-सोचते उसकी आँख लग गई। आँखें जो लगीं तो क्या देखता है कि एक विकट धारावाली नदी बह रही है। किनारे की भूमि पर एक ओर वह खड़ा है, दूसरी ओर घुँघराले बालोंवाली वह लड़की बबुनी खड़ी उसको बुला रही है। पार जाने का कोई साधन नजर नहीं आता। सहसा एक नौका आई। भत्तू सिंह को नाविक ने बुलाया और भत्तू खुशी से उसपर चढ़ गया। पर उस पार ले जाने के बदले निर्दयी नाविक ने भत्तू की मुश्कें कस दीं और उसको मँझधार में फेंक दिया। छप्प-छप्प की आवाज हुई। भत्तू धार के साथ बह चला। उसके कानों में बबुनी के रोने की आवाज साफ सुनाई पड़ रही थी। भत्तू की नींद टूट गई। वह हड़बड़ा के उठ बैठा और 'सीताराम-सीताराम' कहने लगा। ज्यों-त्यों करके सुबह हुई।

छूटनेवाले हर रोज सुबह के समय ही छूटते थे। पर आज हुक्म हुआ कि सभी कैदी शाम को छूटेंगे। दिन का यह आठ-दस घंटों का समय भत्तू के लिए पहाड़ हो रहा था। पर ज्यों-त्यों करके वह भी गुजर गया। शाम को पुकार हुई। भत्तू सुनता रहा, उसका नाम अंत में था। जब तक दूसरों के नाम पुकारे जा रहे थे, भत्तू के हृदय में हड़कंप मचा हुआ था। सब के साथ भत्तू फाटक तक गया। लेकिन यह क्या? न जाने कौन-सी गड़बड़ी हो गई? जिस हिसाब से कैदी छोड़े जा रहे थे, उतनी सजा पूरी होने में अभी भत्तू को तीन रोज की देरी थी। सब लोग छूट गए, लेकिन भत्तू फाटक से लौटा दिया गया। कैदियों में से कोई उसकी ओर दया और सहानुभूति से ताक रहा था! कोई कुछ पूछ रहा था और उसकी आँखें शून्य बनीं सब को देख रही थीं। बैरक बंद हो गए।

सुबह को जब बैरक खुला तो धड़ाधड़ सारे कैदी उठ गए। लेकिन भत्तू न उठा। सिपाही ने एक-दो आवाजें दीं, पर भत्तू तब भी न उठा। दो-तीन कैदी उसको झकझोरकर उठाने लगे।

लेकिन उठता कौन? उसके हाथ-पैर लकड़ी हो चुके थे, वह सदा के लिए सो गया था।

□

धन्ना भगत

आज धन्ना भगत के मुकदमे का आखिरी दिन था। महीनों से हलचल थी इस मुकदमे की। मुकदमा तो था यह हलचल लायक शुरू से ही, किंतु शुरू से कोई हलचल न हो पाई थी। देहात के धन्ना भगत के बारे में जानने-सुनने की उत्सुकता शहरी लोगों में न पैदा हो सकी थी। किंतु जब इस मुकदमें में जमींदार की ओर से पटना से शहर के मशहूर बैरिस्टर आए, तब उत्सुकता पैदा हो गई। कोई भी नामी बैरिस्टर आता है तो अदना मुकदमा भी प्रकाश में चला आता है और मुकदमे के बारे में ऐसा ही होने पर उसे बड़ा मुकदमा कहा जाता है। इस मुकदमें में ऐसा ही हुआ। पहले कोई दिलचस्पी इसमें लोगों को नहीं थी। भीड़ भी अदालत में बहुत कम लगती थी। शहादतें उसी तरह से उदास वातावरण में गुजरी थीं। लेकिन गवाहों के गुजर जाने के बाद जमींदार को डर हुआ कि धन्ना भगत छूट न जाए। इसलिए उसने पटना से हजार रुपए रोज में एक बड़े बैरिस्टर को बुलाया था। तब से आलम में इस मुकदमे की शोहरत हो गई। वकील मुकदमे को बनाते हैं और वकील की ही बड़ाई और छोटाई पर लोग मुकदमे की गुरुता और लघुता को तौलते हैं। बड़े-बड़े मुकदमे भी, जो गरीबों के होते हैं, यों ही गुजर जाते हैं। उनके बारे में कोई सुन भी नहीं पाता और छोटे-छोटे मुकदमे अपनी शोहरत कर जाते हैं। हाँ, तो इस मुकदमे की भी शोहरत हुई, जब पटने से मशहूर बैरिस्टर इसमें आए।

और आज इसके फैसले का दिन था। बहुत लोग इसको देखने-सुनने के लिए दौड़े हुए आए थे। वे समझते थे कि इनमें भारी सजा होने को है। अत: उनके लिए मामला महत्त्वपूर्ण हो गया था। अगर उसके मन में यह होता कि इसमें एक हल्की सजा होगी तो इस मुकदमे को वे इतना अधिक अहमियत नहीं देते। यही मानव के मन का विज्ञान है। फाँसी सुनने को जितना दौड़ते हैं, उतना रिहा सुनने को नहीं दौड़ते। अपने-अपने अंदाज के मुताबिक लोग सजा के बारे में बातें कर रहे थे। कोई आजन्म काले-पानी की बात कहता और कोई पागलपन की बात बता कर रिहा की बातें करता था। कुछ बहस दिखलाकर फाँसी पर जोर देते थे। इस भीड़ में भी तीन तरह के लोग थे। एक वे, जो

शुरू से आखिर तक धन्ना भगत को बेकसूर बताते थे, और एक वे, जो दोनों पर यानी जमींदार और धन्ना भगत दोनों पर कुछ दोष का भार देते थे। सब कोई आसरे में बैठा था उस समय की इंतजार में, जब नाटक का आखिरी परदा गिरेगा।

दूर बैठी थीं दो औरतें। एक धन्ना भगत की पत्नी और एक उसकी लड़की। सबकी सहानुभूति की केंद्र थीं ये दोनों मूर्तियाँ। उनमें से एक शायद जल्दी ही विधवा होने जा रही थी और दूसरी इस तमाम नाटक का कारण थी। लड़की थी, जिसके कारण आज धन्ना भगत हिरासत में अपने फैसले का इंतजार कर रहा था। प्रौढ़ा के मुख पर चिंता की गहरी रेखाएँ थीं और उसका सारा मन भगवान् से कुछ कहने-सुनने में तल्लीन था, जिससे दया की भीख मिले और उसका पति छूटे। उसकी लड़की 16 वर्ष की निर्दोष नवयुवती शायद अपने भाग्य को धिक्कार रही थी, जिसके कारण उसके पिता को यह दिन देखना पड़ा और फिर दिल से वह भी दया के दरबार में अपनी फरियाद और अरजी सुना रही थी, जिससे उसके पिता बेलाग छूट जाएँ। सारी भीड़ इन लोगों की ओर सहानुभूति की नजरों से देख रही थी। और उस समय भीड़ में से कुछ लोग ऐसे आदमी की तलाश कर रहे थे, जो उनको सिलसिलेवार धन्ना भगत की सारी कहानी, इस मुकदमे का सारा हाल और उन दो बेबस औरतों के बारे में सबकुछ सही-सही सुना दें। ऐसा एक आदमी मिल भी गया।

वह शायद उसी गाँव का आदमी था, जिसके धन्ना भगत थे। वह अभिमान के साथ बोला, "मैं सबकुछ जानता हूँ, आदि से अंत तक। वह जो धन्ना भगत है, वह मेरे ही गाँव का है। बिरले आदमी इस तरह के होते हैं। बड़ा ही दिलदार है यह धन्ना भगत। अकेले 15 बीघे खेती करता है। और वह भी अच्छी तरह। उसके बैलों का जोड़ा देखते बनता है। क्या बैल होंगे जमींदार के! सारे-के-सारे लोग जब सोए पड़े रहते थे, तब तक यह एक बीघा बो लेता था। कुदाल जो पकड़े तो अकेले दो बीघे की खबर ले। कुछ दिन पहले यह ठाकुरजी की बड़ा पूजा करता था। उसके करीब आठ महीने बीते। इस धन्ना भगत ने अपने घर में एक लौकी लगाई। उसकी लता देखते बनती थी। जब सारे गाँव में कद्दू की लताएँ पेट में ही थीं, तभी धन्ना भगत की लौकी में फूलों ने निश्चित समय पर फल भी प्रदान किए। भतियाँ जो लगीं तो उस समय सारे गाँव की नजर उन पर लगी। धीरे-धीरे वे भतियाँ लौकी भी बन गईं। न जाने कैसे उनपर नजर पड़ गई जमींदार की। और जमींदार ने फौरन भेजा अपने प्यादे को। लेकिन यह धन्ना भगत, जो एक जिद्दी है, उसने लौकी नहीं दी। प्यादे से भगत ने यह कहा कि पहला ठाकुरजी पर चढ़ेगा, तब इधर-उधर दिया जाएगा। इस पर जमींदार आग-बबूला हो गया। दस आदमियों को साथ लेकर उसने सारी-की-सारी लता उजाड़ दी। लहलही हरियाली बरबाद हो गई और धन्ना आह करके रह गया। इस मामले की फरियाद की धन्ना ने ठाकुरजी के दरबार

में। वह ठाकुरजी के पाँव पड़ा और उसने उनसे यह प्रार्थना की कि हे भगवान्! जिस तरह दुष्टों ने मेरी लताएँ बरबाद की हैं, उसी तरह से उनका घर बरबाद हो जाए। साथ ही उसने ठाकुरजी को यह चेतावनी भी दी कि अगर बीस रोज के अंदर जमींदार के घर पर परमात्मा का कोप न पड़ा तो वह ठाकुरजी को सदा के लिए छोड़ देगा। वे बीस दिन खत्म हो गए और जमींदार ज्यों-का-त्यों हँसता रहा। उसकी सुख-शांति में कुछ भी खलल नहीं पहुँची। तब दु:खी होकर धन्ना भगत ने ठाकुरजी की मूर्ति को दूर नदी में फेंक दिया। उसके बाद जैसे धन्ना भगत के एक नए जीवन का श्रीगणेश हुआ। वह आस्तिक से नास्तिक हो गया। भगत विद्रोही हो गया। परमात्मा को अंधा कहता, उनके पूजनेवालों को मूर्ख। देवताओं को रिश्वतखोर कहता और अमीरों का गुलाम कहकर उनको संबोधित करता। ज्यों-त्यों करके उसके दिन बीतने लगे।

''सदा की तरह एक रोज जमींदार साहब का कारिंदा उसके यहाँ घी के लिए गया। होली के दिन बराबर और असामियों के साथ धन्ना भगत भी घी देता था। इसलिए कोई नई बात नहीं हुई थी। पर इस साल न जाने क्यों धन्ना भगत ने एक छँटाक भी घी देने से इनकार कर दिया। इस पर कारिंदा कुछ भला-बुरा कहता हुआ चला गया। मालिक ने फिर बदमाश भेजे और वे धन्ना भगत की भैंस को पकड़कर फाटक में ले चले। फाटक ले जाते समय उन कसाइयों ने भैंस को इतना पीटा कि गाभिन भैंस, जो अभी चंद रोज में बच्चा देनेवाली थी, वहीं फाटक में जो बैठी, सो फिर न उठी। फाटक में ही मर गई।

''परमात्मा के दरबार का विश्वास धन्ना भगत को लेशमात्र भी नहीं रहा था, अत: इस बार आदमी के ईजलाश में इस बात का इस्तगासा दायर हुआ। बाकायदे मुख्तार रखे गए। कागज पत्तर ठीक करवाया गया और डिप्टी के यहाँ धन्ना भगत की ओर से दो चार मस्त लोगों ने गवाही भी दी। पर न जाने क्यों, धन्ना भगत का यह मुकदमा खारिज हो गया। धन्ना अपना-सा मुँह लेकर घर लौट आया।

''उसके कुछ रोज तक दिन वैसे ही बीते। धन्ना भगत वैसे ही उदास और चिंतित से रहे। कभी कोई बात करता तो अदालत की कड़ी आलोचना करते और कहते थे कि सबकुछ देख चुका भैया। यह पुलिस, यह कचहरी, सब-के-सब रुपए के खेल हैं। यहाँ इंसाफ नहीं होता, इंसाफ का खून होता है। धन्ना भगत ने सभी जगह आना-जाना छोड़ दिया। अपने घर ही में मस्त रहते।

''एक रोज धन्ना भगत खेत में काम करने गए थे। पीछे से उनकी यह लड़की खेत में खाना लेकर जा रही थी। उसी से मालिक के कारकुन ने कुछ छेड़खानी की। हम लोगों को यह बात पीछे मालूम हुई। लड़की जब खेत में खाना लेकर पहुँची, तब खाना एक ओर रखकर फूट-फूटकर रोने लगी। धन्ना ने कारण पूछा तो लड़की सब कुछ कह गई। धन्ना भगत ने खाया नहीं। लड़की को घर भेज दिया, खुद पीछे गए।

ली अपनी लाठी और गए कारकुन की खोज में। उसके बाद की बात कोई नहीं जानता। लेकिन वह कारकून मरा हुआ पाया गया। खूनी का कोई पता न चला। लोग हैरान रहे। पर धन्ना भगत ने खुद जाकर पुलिस में इकरार कर लिया। तब इस खून का पता चला। यही इस मुकदमे की शुरुआत है। सो तो यह कहिए कि डाक्टर ने धन्ना को पागल करार दिया है, नहीं तो अब तक कभी का यह खेल खतम हो जाता।"

और तब सुननेवालों में से एक ने कहा, "क्या करे बेचारा, आखिर सहने की भी कोई सीमा होती है? परमात्मा के दरबार से हारा तो आदमी के इजलास में गया। वहाँ से भी निराश हुआ तो उसने अपने ऊपर यकीन किया। खुद लाठी ली, इंसाफ किया।"

और तब दूसरे ने कहा कि "नहीं जी, यह साफ कमजोरी है इंसान की। अपनी एक रोज की तौहीनी के लिए इसके दिल में गुस्सा हुआ और इसने खून कर डाला। अब फर्ज करो कि फाँसी हो जाए तो जन्म भर के लिए इन औरतों को कौन देखेगा? कैसे इनकी रक्षा होगी? बेहतर था धन्ना भगत कोई दूसरा उपाय काम में लाते।" और एक बूढ़ा जो अलग बैठा था बोला—"मेरे बाल सफेद हो गए दुनिया देखते-देखते। मैं जानता हूँ कि ऐसे मौकों पर आदमी को राह नहीं सूझती। धन्ना भगत को दोष नहीं दिया जा सकता। उसने जो कुछ किया, आखिर और उपाय ही क्या था?"

तब तक अदालत से पुकार हुई। दो सिपाहियों के बीच रस्सी और बेड़ियों से जकड़ा धन्ना भगत जज की कचहरी की ओर चला। और उसके साथ-साथ चली सारी भीड़। वे दोनों औरतें भी काँपती चलीं अदालत की ओर। जज ने क्या कहकर बाद में सात वर्ष कहा। धन्ना भगत मौन और अवाक् खड़ा रहा। लेकिन औरतों में थोड़ी गति नजर आई। जैसे वे किसी अज्ञात शक्ति को धन्यवाद दे रही हों।

भीड़ जब तितर-बितर होने लगी तो एक शख्स बोला, "कैसे रहेंगी ये बेचारी सात वर्ष?" और एक आदमी यह कहता हुआ आगे निकल गया, "मुझे तो भाई, इस फैसले को समझने की बुद्धि नहीं। इस सात वर्ष का क्या मतलब? फाँसी होती या रिहाई!"

□

फुआ

अपने ऊपर बड़ा नाज था मुझे। रास्ते में चलते हुए ऐसा मालूम होता था कि और लोगों से अलग मेरी कोई अपनी दुनिया है, वह बहुत विचित्र, अजीब। जैसे उसकी ऊँची सतह तक ये लोग, जो मेरे साथ ही सड़क पर चले जा रहे हैं, कभी भी नहीं पहुँच सकते। न पहुँच सकने की भी एक वजह है और वह यह कि वहाँ तक पहुँचने के लिए अपूर्व मेधा की जरूरत है। वह मेधा, जो मुझे इतना ऊँचा पहुँचाने में समर्थ हो सकी है, सब के पास नहीं। अनुभव भी एक चीज अवश्य है पर अनुभव का भी मुझमें अभाव नहीं। इस अनुभव और मेधा के सम्मिश्रण से जो एक वस्तु तैयार हुई है, उसने मुझे जड़ जगत् से और उस जगत् से, जिसमें ये सारे लोग घूम रहे हैं, बहुत ऊपर उठा दिया है। क्या हुआ जो मैं साधारण लोगों की तरह होटल में खाता हूँ और उससे भी क्या हुआ कि साधारण लोगों की तरह मैं सिनेमा देखने जाता हूँ, असल में मेरा एक अपना अस्तित्व है, अपनी हस्ती है, जो औरों से परे है। मैं उनमें रह के भी उनसे उसी तरह दूर हूँ, जैसे जल में रहकर कमल। ऐसा सोचने का खास कारण है। उस समय जब स्कूल में पढ़ता था, साथियों में से बहुतेरे झूठ बोलते थे, पर मैं नहीं। कई एक ऐसे भी थे जो सिगरेट वगैरह पीते थे पर मैं उन चीजों के पास भी नहीं गया और साथी जब सोए रहते थे, मैं देश-देश की पत्र-पत्रिकाएँ पढ़ा करता था और उसी का यह फल था कि उसी उम्र में साहित्य एवं इतिहास पर मैं जितना अधिकारपूर्वक बात कर सकता था, कॉलेज के लड़के आज भी नहीं कर सकते चरित्र भी मेरा सबसे परे था, जिस पर सभी मुग्ध थे।

लेकिन आज मुझे ऐसा मालूम हो रहा है कि मेरे हाल के कुछ बीते दिन मुझे धिक्कार रहे हैं। अब तक इसका पता नहीं था। लेकिन आज जब इस कारागार के शून्य वातावरण में अपने ऊपर कुछ सोचने का अवकाश मिला है, प्रतीत होता है कि मेरी सारी संचित निधि खत्म हो गई और मैंने जैसे अपना समस्त वैभव, जिस पर मुझे अभिमान था, खो दिया है। तो मैं पापी हूँ। अपने मन में भले यह कहूँ, पर इसे अगर लोगों के पास खोलना पड़े तो मैं निरपराध हूँ। प्यार ही मेरा कसूर है। उसे चंद लोग कसूर कह

सकते हैं, पर वह प्यार, शायद अपराध का जो दायरा है, उसके अंदर न आएगा। अगर बहस करके देखा जाए तो मैं जीत जाऊँगा, लेकिन असल में उसके भीतर जो एक बात छिपी है, वह प्रेरित करती है, यह मानने को कि मैंने पाप किया है! यह बात क्या है, विश्वासघात। असल में अभी इस क्षण में अपने मन ने जो कुछ कहा है और जो कह रहा है, उससे यह साफ-साफ जाहिर होता है कि मैंने रायबहादुर की लड़की को प्यार किया है, और करता हूँ। अब तक यह बात मालूम न थी। पर आज की यह बेचैनी, यह दिल का दर्द और यह कसक, सब मुझे इस बात के लिए लाचार करते हैं कि मैं यह खुलासा कहूँ कि मैं सविता को प्यार करता हूँ। यही मेरा अपराध है, इस अर्थ में कि रायबहादुर मुझे ऐसा नहीं सोचते। वे समझते हैं कि मैं मुनियों का मुनि हूँ।

उस समय मैं शुरू-शुरू में फर्स्ट इयर में आया था। सीधा-सादा वेष और भव्य सा चेहरा। दो-तीन बार डिबेटिंग सोसायटी में और दो-तीन बार कुछ दूसरी सभाओं में बोलने के बाद मेरा नाम फैल-सा गया और एकबारगी शोहरत-सी हो गई कि एक काबिल लड़का आया है। प्रोफेसरों से और प्रिंसिपल से जान-पहचान करने में भी मुझे कोई दिक्कत न हुई और कुछ ही दिनों में जैसे मैं उनका छात्र होके भी उनका दोस्त हो गया। जब मैंने अपनी आर्थिक कठिनाई की चर्चा प्रिंसिपल साहब से की, तब उन्होंने मुझे रायबहादुर का पता बताया। रायबहादुर ने उनसे कह रखा था कि अगर चरित्र का कोई धनी लड़का मिले तो उसे भेज दोगे। प्रिंसिपल साहब को मेरा रूप-रंग देख के ही मुझ पर इतना विश्वास-सा हो गया कि उन्होंने मेरे चरित्र के बारे में और कुछ दरयाफ्त करना वाजिब न समझा और मेरा नाम उन्होंने अपने हृदय की उस बही में दर्ज कर लिया, जिसमें वे सच्चरित्र लड़कों को रखा करते थे। मैं रायबहादुर के यहाँ गया। काम दो थे मेरे! रायबहादुर के दो छोटे नातियों को पढ़ाना और एक घंटा रायबहादुर को कुछ किताब पढ़कर सुनाना। रायबहादुर बूढ़े थे, खुद पढ़ नहीं सकते थे, लेकिन कहानी में बहुत दिलचस्पी रखते थे। वे मुझसे कहानियों की किताबों का नाम पूछते थे और उसका दाम मुझे दे देते थे। मैं किताब लेके आता था, उन्हें सुना देता था और इसके बाद वह किताब भी मेरी हो जाती थी। इसलिए मैं उनको देरी तक डेढ़-डेढ़ घंटों तक किताब सुनाता था, जिससे किताबें जल्दी खतम हों और नई किताबें आवें। जितनी अधिक किताबें मैं सुना सकूँ, उतनी ही अधिक किताबें पाऊँ! तब फिर भला सुनाने में कोरकसर कैसे करूँ?

लड़कों को पढ़ाने में भी तो मिहनत कम ही थी। कुछ इतिहास, कुछ हिंदी और कुछ अंग्रेजी। हल्की चीजें और प्यार से पले लड़के। ताकीद थी कि पढ़ाई ऐसी हो कि भार न होने पावे।

रायबहादुर का यह काम पाकर मैंने अपने को धन्य माना और रायबहादुर भी मुझको देखकर खुश हुए। करीब छह महीने से यह क्रम चल रहा था और मेरी पढ़ाई की गाड़ी

भी द्रुत गति से चली जा रही थी। लेकिन आज यह फर्स्ट अप्रैल जैसे उस गाड़ी के लिए जंकशन की तरह आया है, जहाँ मेरी पढ़ाई की गाड़ी देर तक रुकी रही है। 1937 का यह साल, पहली अप्रैल का यह नया विधान दिवस, पटने का यह जुलूस, उस पर सरकारी 144। चंद मनचले छोकरों की गिरफ्तारी और उसके साथ मैं भी।

इस सिटी सबजेल में आ गया हूँ तो बहुत कुछ सोच रहा हूँ।

सब बातें एक-एक कर याद पड़ रही हैं। जिनको निरा अर्थहीन समझता था, उनमें भी आज कुछ अर्थ दिखाई पड़ रहा है। आज के दृष्टिकोण की छाप लगा कर उन बातों पर विचार करता हूँ तो ऐसा मालूम होता है जैसे इस जीवन में बहुत कुछ हो गया। मैं अनजान-सा, बेबूझ-सा एक प्रवाह के साथ बहता गया। गति की तीव्रता ने मुझे यह बोध नहीं होने दिया कि मैं बह रहा हूँ। आज उस धारा से अलग किनारे पर खड़ा हूँ, आँखों में सब चीजें नाच रही हैं, जिनको धारा के साथ बहते-बहते मैंने देखा था। आज उन सबों का अपना मतलब, सबों का अपना इतिहास समझ में आ रहा है। कल जिन घटनाओं को मैंने क्षुद्र कहकर कोई महत्त्व नहीं दिया था, आज वे ही घटनाएँ विशाल मुँह बाकर जैसे मुझे खा जाने को उद्यत हैं।

मुझे रायहादुर के यहाँ दो-तीन रोज भी नहीं बीते थे कि एक रोज छोटे लड़के ने कहा, ''फुआ की फरमाइश है कि आप उनके लिए कुछ अच्छी किताबें लावेंगे।'' उस समय मैं लड़के को किसी शब्द का अर्थ बता रहा था। बीच में उसकी वह बात बड़ी भद्दी प्रतीत हुई। पर आज ऐसा समझ में आता है कि लड़के के उस एक वाक्य में जैसे मेरे जीवन के लिए एक रहस्यमय वातावरण छिपा था, उसके उन कई शब्दों में मेरे लिए भविष्य की एक आहट थी, जिसको मैं उस समय न समझ सका था। और जब पढ़ाई के बाद मैं जाने लगा तो लड़के ने दोहराके मुझसे किताबों के बारे में कहा।

दूसरे दिन जिस समय मैं रायबहादुर के यहाँ जाने लगा, उस समय तक मुझे किताबें नहीं मिलीं। मुझे अपने ऊपर बड़ा खेद हुआ। खेद इसलिए नहीं कि किताब नहीं खोज सका, बल्कि खेद इसलिए कि मैंने भी क्या काम अपनाया है? एक ट्यूशन है, लेकिन उसी में सबों का हुक्म बजाना पड़ता है। फुआ कौन शख्स है, जो मुझसे किताब खोजने को कहती है? पर अगर किताब न ले जाऊँ तो हो सकता है कि मुझे निकम्मा समझें, अपने भाई और बाप से इसकी चर्चा करें और मेरी जो योग्यता उनकी दृष्टि में है, उसमें कुछ धक्का पहुँचे। इसलिए एक-दो किताब ले जाना तो आवश्यक है। बगल के कमरे में जो लड़का था, उसके टेबुल पर दो जासूसी किताबें पड़ी थीं, मैं उन्हें लेता गया। और जाने के साथ मैंने पहला काम यही किया कि लड़के से किताबें भिजवा दीं। लेकिन लड़का तत्क्षण किताब लेकर लौट आया, फुआ को यह नहीं, दूसरी किताब चाहिए।''

दूसरी के किसी मतलब को बिना गौर किए ही मैं उस समय लड़के को पढ़ाने

लगा। घंटे भर बाद जब फुरसत हुई तो लड़का दौड़ा हुआ भीतर गया और किताबों की एक लंबी लिस्ट ले आया। यह लिस्ट उसकी फुआ ने इसलिए लिख के दी थी कि मैं लिस्ट के अंदर की ही किताबें चुन-चुनकर उनके सामने लाया करूँ। लिस्ट को देखकर जैसे उन भावों में, जो फुआ के प्रति मेरे दिल में उस समय तक थे, सहसा एक परिवर्तन हुआ। यह फुआ एक कलाकार से टक्कर ले सकती है और साधारण तह से ऊपरवाली है। क्योंकि किताबों के तमाम नाम ऐसे थे जिनको चुननेवाला साधारण श्रेणी का पाठक नहीं कहा जा सकता। और उसी समय जैसे मेरे मन में यह सवाल उठा कि यह फुआ जवान है या बूढ़ी? और अगर जवान है तो विवाहिता है या अविवाहिता? ठीक उसी समय रायबहादुर के यहाँ से छः औरतें निकलकर बगल में लगे हुए कार पर सवार हुईं। उनमें पाँच तो बड़ी-बूढ़ी के सदृश थीं, किंतु, एक लड़की कम उम्र की थी, सत्तरह की रही होगी। बहुत ही सुंदर, बहुत ही भली। अविवाहिता जान पड़ी। मेरे मन ने कहा कि अगर यह फुआ हो तो कितना अच्छा हो! पर फिर मैंने सोचा कि कोई भी फुआ हो, यहाँ तो न लेना, न देना। मेरा सरोकार ही क्या? यही न कि किताबें ले आऊँगा, लड़के को दूँगा और लड़का उनको देगा। वे पढ़ेंगी, वापस कर देंगी। मैं किताब लौटा ले जाऊँगा। इससे मिलता ही क्या है? पर दूसरे क्षण जैसे मन के साहित्यिक ने कहा कि अगर यह सरोकार भी सुंदर और रसिक युवती से हो तो उस सरोकार पर भी सैकड़ों को रश्क रहेगा।

और फिर पता चला कि फुआ वही है। किताबों का अविराम सिलसिला भी जारी रहा। मेरा काम ले जाना, लौटा लाना, उनका काम पढ़ना और वापस करना।

और उसके बाद धीरे-धीरे मामला बढ़ता गया। एक रोज मैंने उस फुआ को एक किताब में का वह स्थल नोट करके यानी नीचे लकीर देके दिया, जिसमें नायिका ने नायक से कहा था कि मैं प्रेम की प्यासी हूँ और उस पर फुआ ने अपने हाथ से 'हाँ' लिखके मुझे वह किताब वापस किया। उस समय से जैसे मुझ नायक को भी प्यास लग गई।

सारा-का-सारा परिवार एक रोज बाँकीपुर के उस लॉन में प्रदर्शनी देखने गया था। साथ में मैं भी था। उस रोज वह फुआ जैसे कुछ और आगे बढ़ गई। साथी तीन दुकान आगे चले गए और वह पीछे छूट गई। मैं लौट के उसको देखने आया, तब हाथ में एक रूमाल थमाकर बोली, 'आप ही के लिए रूमाल ले रही थी और यह कहकर वह आगे बढ़ गई। मैं हक्का-बक्का-सा रूमाल लिये खड़ा ही रह गया। फिर खयाल आया। मैंने रूमाल को जेब में रखा और उन लोगों के साथ हो लिया।

अब प्रेम का जादू सिर पर चढ़कर बोलने लगा था। मेरी भाव-भंगी देख के ही उस दिन रायबहादुर का वह बावर्ची, जो मेरा बड़ा मुँहलगा हो गया था, कहता गया—देखिए मास्टर साहब, ऐसा न हो कि शोहरत हो जाए। काम जरा सम्हल के करना पड़ता है। तब तक मैं एक तरह से इस चेष्टा में नहीं था कि प्रेम पाऊँ, किंतु मन में कभी-कभी

हौली-हौली गुदगुदी उठ जाया करती थी और अगर सच पूछिए तो उस ओर से बिलकुल उदासीन भी नहीं था। हाँ, एक सवाल कभी-कभी मन को बेतरह परेशान करता था और वह यही था कि आखिर इन सबका अंत क्या होगा?

एक रोज रायबहादुर ने मुझे फुआ का एक फोटो इसलिए दिया कि मैं उसको पैक करके रजिस्ट्री के जरिए लंदन में एक भारतीय छात्र के पास भेज दूँ, जिसका पता उनके सामने रखा हुआ था। मुझे पैक करके उन्हीं के सामने पता लिख देना था और नौकर को वहाँ से डाकखाना जाकर रजिस्ट्री करनी थी। मेरा मन बारंबार यह प्रश्न करने लगा कि यह किसलिए हो रहा है? दरअसल यह काम मेरे मन के खिलाफ हो रहा था। मैं नहीं चाहता था कि वह फोटो भेजा जाए। अंदाज से ही उसका मैंने जो मतलब लगाया, वह यही था कि कानपुर के किसी संपन्न परिवार का कोई लड़का कृषि-विज्ञान की शिक्षा पाने के लिए विदेश गया हुआ था। उसी से फुआ के विवाह की बातचीत चल रही थी। वर के पिता ने अपनी स्वीकृति दे दी थी। वर की रजामंदी के लिए फुआ का वह फोटो लड़के के पास भेजा जा रहा था। भला वैसा फोटो देखकर कौन अपने विवाह की स्वीकृति न दे देगा? मेरा मन कर रहा था कि उस फोटो को निकालकर उसकी जगह पर एक दूसरी तसवीर पैक कर दूँ, जिससे लड़के को संबंध पसंद न हो। पर वैसा कर कैसे सकता था? सामने तो सब काम करना था।

उसी समय मेरे दिल ने मेरे अनुभव से यह सवाल किया कि बताओ तो सही, वह फुआ इस कानपुरवाले लड़के से जो विवाह की बातचीत चल रही है, उसको जानती है कि नहीं? और अगर जानती है तो जान-बूझ के भी मुझे रूमाल क्यों देती है? उसका क्या आशय है? पर तुरंत ही यह सोचकर सँभल गया कि क्या रूमाल का अर्थ विवाह है? नहीं। मेरी भूल थी। वह हो कैसे सकता था? कहाँ कानपुर का वह लड़का, जिसके पीछे अपार धनराशि थी और जो कृषि-विज्ञान की तालीम पा रहा था और कहाँ मैं, जो ट्यूशन करके अपनी फीस और खर्च चलाता था। यह महान् अंतर। वैषम्य की यह गहरी खाई पार करने की मुझमें सामर्थ्य कहाँ थी!

और यह सब चल ही रहा था कि यह पहली अप्रैल आया। पहली अप्रैल का आगमन अच्छा ही हुआ। मेरा यश, मेरा सम्मान और मेरा नाम सबकुछ बच गया। इस तरह से दुनिया से दूर अगर जेल में न रख दिया जाता तो पता नहीं मेरा प्यार मुझे कहाँ ढकेल देता!

मन से वह प्यार अब भी कहीं जाने को तैयार नहीं। विवशता है, इसलिए चुप हूँ। एक रोज सपना भी देखा था तो वैसा ही। यह कि फुआ मुझसे मिलने को आई है, लेकिन सुपरिंटेंडेंट ने यह कहकर कि मेरी जो मुलाकात होनी चाहिए थी, सो हो चुकी है, उसे मिलने नहीं दिया।

उसके बाद सुबह सचमुच जेलर की जबानी मालूम हुआ कि मुझसे मिलने के लिए एक लड़की आई थी। कौन थी वह लड़की? कहाँ की थी वह लड़की? यह सब एकदम नहीं मालूम। लेकिन इस संसार में फुआ के सिवाय और कौन लड़की हो सकती है जो मुझसे मिलने के लिए आए? लेकिन इन लोगों ने मुझे उस लड़की से मिलने क्यों नहीं दिया? कितने कठोर होते हैं ये जेल के अधिकारीगण? कानून ने इन्हें एकदम मशीन बना दिया है। आदमीयत से तो जैसे कोई वास्ता ही नहीं। बेचारी मासूम लड़की अगर मुझसे मिल ही पाती तो ब्रिटिश सरकार का क्या बिगड़ जाता? लेकिन इन्हें समझाए कौन? कानून ने इनके शरीर से हृदय नाम की चीज बाहर कर दी है।

साढ़े तीन महीने के बाद आज मैं जेल से छूटा हूँ। पंद्रह रोज विचाराधीन रहा और तीन महीने की सजा हुई। कुल साढ़े तीन महीने के बाद।

'बी' क्लास मिला था। रहन-सहन की सुविधा थी। "जल्दी ही कांग्रेस के लोग मंत्री होनेवाले हैं" ऐसा सोचनेवाले अधिकारीगण बाहर की बातों पर जहाँ नियंत्रण रखते थे, वहीं भीतर की बातों में कुछ मुलायम थे। बाहर की बातों को तो खुफिया के लोग सरकार तक पहुँचा सकते हैं! परंतु भीतर की बात मालूम किसे होने को? भीतर की अपनी जो इस बार की दुनिया थी, उससे ऐसा अंदाज लगता था मानो नेता हो गया हूँ। इसीलिए खयाल था कि जिस रोज छुटूँगा, उस रोज अच्छा स्वागत होगा, अच्छे-अच्छे लोग आवेंगे, फाटक पर से शहर ले जाएँगे। परंतु वैसा हुआ नहीं। इस कारबार की दुनिया में किसे इतनी फुर्सत है कि इस नाचीज के स्वागत के लिए इतनी तकलीफ करे? फाटक सूना था, सूने में ही मैं बाहर निकला और चलने लगा। लेकिन थोड़ी देर चलने के बाद वह फुआ मिली। मुझे खुशी भी हुई और तकलीफ भी। तकलीफ इसलिए कि फुआ ने मुझे मेरे नग्न रूप में देखा। खुशी इसलिए कि सामने फुआ मिली। आश्चर्य भी कम नहीं हुआ। इतने कड़े पहरे में से निकलकर, अमीर की यह लाड़ली लड़की यहाँ तक पहुँच कैसे पाई? इसके अभिभावकों ने यहाँ तक आने का हुक्म कैसे दिया? और इस दुनिया में आखिर यह लड़की मेरी कौन होती है, जो मेरे लिए इतनी अधिक बेचैन रहती है? जहाँ मेरे इतने स्वजन, प्रेमी, नातेदार भरे पड़े हैं, वहाँ एक लड़की यहाँ तक आई, और कोई नहीं आए? तो क्या यह मुझे सबों से ज्यादा चाहती है?

मैंने उससे यह जानना चाहा कि वह कैसे आई? शुरू से आखिर तक वह जो कुछ कह गई, वह एक बड़ी लंबी कहानी के समान है।

कानपुर के लड़के से उसका जो विवाह तय हुआ था, किसी कारण से फुआ को वह पसंद नहीं था। पर अभिभावक उस विवाह पर ही तुले थे। वे किसी की कोई बात नहीं सुनना चाहते थे। उसने बहुत कहा, पर वे न पिघले।

एक दिन वह चुपके से घर से बाहर निकल गई! तब मेरी सजा खत्म होने में डेढ़

महीने की देरी थी। उसी समय वह मुझसे मिलने के लिए आई थी पर न मिल सकी। और तब से वह किसी तरह इधर से उधर घूमती हुई अपने दिन काट रही है।

और तब मैंने जानबूझकर भी उससे यह जानना नहीं चाहा कि आखिर वह मुझसे क्या चाहती है ?

वह मेरे साथ रहना चाहती है। हाँ, मेरे साथ अपना जीवन व्यतीत करना चाहती है। मेरे कदमों के पास मरना चाहती है।

इतने स्पष्ट तरीके से उसके ये शब्द! सहसा मैं चौंक गया। कभी-कभी ऐसा होता है कि हम और आप जिस पद या प्रतिष्ठा के लिए लालायित होते हैं, उसके हाथ में आने पर हम लोगों का यह खयाल होता है कि उसकी जिम्मेदारी का निर्वाह हम लोगों से न हो सकेगा। आप जिसके लिए तरसते हैं, कभी-कभी वह मुट्ठी में चला आता है, तब आपके जेहन में यह बात आती है कि हीरे के उस आलोक में आपकी आँखें ठहर सकने में असमर्थ हैं, उस चकाचौंध को बरदाश्त कर सकने की शक्ति उनमें नहीं। यहाँ भी कुछ वैसा ही हुआ। अनजाने में जिस फुआ को मैं चाहने लगा था वही फुआ सामने खड़ी होकर मुझसे भीख माँग रही थी, किंतु उसको शरण देने की शक्ति का मैं अपने में अभाव पाता था। उसको कहाँ रखूँगा। क्या खाएगी ? क्या पहनेगी ? ना, मुझसे यह नहीं हो सकेगा।

मैंने बहुतेरा समझाया उसको कि वह घर चली जाए, लेकिन वह न मानी। उसे लेकर हम पटने पहुँचे। दो दिन के बाद वह रास्ते पर आती दिखाई दी। मैं उसको लेकर रायबहादुर के यहाँ गया। रायबहादुर नहीं थे। घर की औरतें बहुत खुश हुईं। मेरी बड़ी खातिर हुई। वह अपने घर पहुँच गई और मैं खुशी-खुशी अपने घर लौट आया।

उसके दो रोज के बाद छज्जे पर बैठा मैं अपने चंद दोस्तों से जेल का अनुभव बयान कर रहा था। कभी उस बूढ़े की बात चलती, जो छूटने पर मुझे पचास रुपए देने का वादा करता था। वह इसलिए कि मुझे जेलर बाबू से जान-पहचान है। मैं जेलर बाबू से उसके लिए कोशिश कर दूँ। कभी उस वार्डर की बात चलती, जो बूढ़े को यह कह-कह कर अपना पैर मलवाता था कि वह उसे छुड़वा देगा। अनेकों किस्म की बातें हो रही थीं, कभी दुःख की, कभी सुख की।

ठीक उसी समय थानेदार आया और थानेदार आया दो सिपाहियों के साथ और आया मुझ पर वारंट लिये। वारंट इसलिए कि मुझ पर रायबहादुर के लड़के ने इस्तगासा किया था कि मैंने रायबहादुर की लड़की को बहकाया और उनको बहका कर उनका तमाम जेवर ले लिया। यह वारंट है ननबेलेबुल याने जिसमें जमानत न हो सके। हाँ जरूर, रायबहादुर के लड़के की ओर से कोई इस्तगासा दायर हो तो उस पर कोई भी मजिस्ट्रेट यही कहता। और एक सर्चवारंट भी, वह इसलिए कि दारोगाजी मेरा तमाम

सामान ढूँढ़ डालें, जिससे सबूत पक्ष के दावे को सही बतानेवाली कोई भी चीज मिल जाए। मेरे घर की खानातलाशी हुई भी पर कोई भी चीज न मिली। लेकिन तो भी मैं गिरफ्तार हुआ, जेल गया।

और आज मैं जेल में हूँ। उस बार आया था तो स्वाभिमान से मेरा मस्तक ऊँचा हुआ जा रहा था और इस बार आया हूँ तो आत्मग्लानि से मरा जा रहा हूँ। उस समय कैदी लोग भी मेरा प्रवचन, मेरी बात मन लगा के सुनते थे, लेकिन आज वे भी कान नहीं देते। साहब, हाँ, एस.डी.ओ. साहब भी दिन में एक दफा उस समय कुशल समाचार पूछने आते थे, पर अब तो आकर भी कुछ नहीं पूछते। उसी उपेक्षा के भाव से देखते हुए चले जाते हैं, जिस उपेक्षा के भाव से अन्य कैदियों को देखते हैं। उस समय जब विचाराधीन था, तभी से एक अलग लालटेन पढ़ने के लिए मिली थी, किंतु इस बार तो सारे कमरे में वहाँ एक क्षीण ज्योतिवाली लालटेन टिमटिमाया करती है। मैं वही हूँ, मेरा अंत:करण मानता है कि मैंने कोई भी अपराध नहीं किया, किंतु तो भी मुझे अपनी इस हालत पर तरस आती है। मैं जमाने को कैसे समझाऊँ?

उस समय कचहरी में हाजिर होने जाता था तो भीड़ लग जाती थी। मुझे गर्व हो आता था। आलम में जैसे एक हलचल मच जाती थी, सब-के-सब मेरी चर्चा करने लगते थे। लेकिन अब तो एक भी आदमी नहीं आता। एक पत्ता तक भी नहीं खड़कता। वातावरण वैसा ही उदास बना रहता है। उस समय मेरी हालत पर जैसे लोग शक करते थे, ईर्ष्या करते थे, किंतु आज दो-चार नजरें जो मेरी ओर ताकती हैं, उपहास सी करती नजर आती हैं।

उस दिन कचहरी का सिपाही, जो मुझे जेल तक पहुँचाने आया था, कितने व्यंग्य के साथ बोल रहा था। "आपको क्या साहब? आप तो पहले से ही बड़े घर की हवा खा चुके हैं, परवाह क्या है? डर तो उसे हो सकता है, जो नया आसामी हो। आपका तो देखा भाला घर ठहरा।" मैं जैसे गड़ा जा रहा था और जब सिपाही मुझे फाटक के पार कर चुका तो बाहर के उस वार्डन ने, जो पहरे पर था और जो आज ही छुट्टी से लौटकर आया था, कचहरी के सिपाही से कहा, "बड़ा मर्दाना आदमी है भाई, देखो तो दूसरों की भलाई के लिए कितनी जल्दी-जल्दी आता है?" और तब कचहरी का सिपाही बोला, "अरे हजरत बहुरूपिया हैं बहुरूपिया! उस बार आए थे तो स्वराजी बनकर और इस बार रायबहादुर की लड़की का जेवर गबन किया है। दिन-रात तो यही काम है लोगों को देखना। रोज दुनिया को चराता हूँ। ऐसे कई लोग देखे। एक हजरत और थे गांधी टोपीवाले। देखा था उनको भी। पहली बार आए थे पिकेटिंग करके और दूसरी बार आए पाकेटमारी करके। अरे भाई! यह भी एक पेशा हो गया है। जब खाने-पीने की तकलीफ हुई गांधीजी के नाम पर पुलिसवालों को दो गालियाँ दे दीं बस जेल

चले गए और लगे मजे में हलुआ-पूड़ी उड़ाने। ये उसी में हैं। वे और होते हैं, जो आन पर जान देते हैं और लोगों की भलाई के लिए घर का आराम छोड़कर जेल की तकलीफ सहते हैं।'' मुझे अंदर का सिपाही हटने को कह रहा था कि उसके बावजूद भी मैं वहाँ खड़ा रहा। ये बातें जब कान में पड़ीं तो मुझे जैसे दोहरी वेदना हो आई। एक वह दिन और एक यह दिन!

और एक रोज फुआ भी जेल में आई थी। क्यों आई थी, कैसे-कैसे आई थी, मैं नहीं जानता। मुझसे उसने धीरे से कहा 'अगर मुझे साथ रखने को तैयार हो तो मैं तुम्हें छुड़वा दे सकती हूँ। तुम्हारी पत्नी की दासी होकर ही रहूँगी'' वह बोली। लेकिन मैं तब भी राजी न हुआ। वह रंज होके चली गई। चली जाए, मैं अपना सिद्धांत कैसे छोड़ सकता हूँ?

पर उसके बाद उसने अदालत में जो बयान दिया, वह मेरे पक्ष में था। मैं निर्दोष समझा गया, मैं रिहा हो गया। यह कैसे-कैसे हुआ, सो मैं नहीं जानता। किंतु मैंने स्पष्ट देखा, रायबहादुर के लड़के उसकी तरफ आँख तरेरकर घूर रहे थे। उस पर भी वह उनके खिलाफ बोली। हाँ, अपने भाई के खिलाफ और एक दूर के वैसे आदमी के पक्ष में, जो उसका कोई भी नहीं होता और कोई बनने को भी तैयार नहीं है। मजिस्ट्रेट के इंगित से भी साफ जाहिर था कि वह फुआ के मुख से ऐसे बयान की आशा नहीं करता था, किंतु करता क्या? फुआ जो बोली, उसको लिखने के लिए मजबूर था।

और मेरे रिहा होने के तीन दिन बाद।

एक आदमी आया था फुआ की माँ का भेजा हुआ। उसने मुझे दोस्तों से अलग करके यह कहा, ''माँजी ने मुझे भेजा है। उन्होंने आपसे प्रार्थना की है कि आप उसको अच्छा तरह से रखें। उसको कोई कष्ट न हो। साथ-साथ यह भी कहा है कि उसके भाई यह सब जानने न पावें। और यह एक सौ का एक नोट दिया है। वे बराबर कुछ-न-कुछ देती रहेंगी।''

''लेकिन फुआ कहाँ है?'' मैंने पूछा।

''फुआ तो कल ही यहाँ आई थी। क्या नहीं आई?'' वह बोला।

''नहीं तो,'' कहकर मैंने वह नोट नौकर के हाथ में दे दिया।

''नहीं!'' विस्मय के भाव से कहता हुआ वह नौकर लौट गया।

□

सोने का गगरा

उस दिन असमय में वर्षा हुई थी। हम सब खूब भींग गए थे। जमीन चारों तरफ की भींग गई थी और वातावरण आलस्यमय हो गया था। थोड़ी देर पहले सूरज उगा था। इसलिए किरणें मीठी मालूम हो रही थीं। अपनी खिड़की के नजदीक कुरसी पर बैठा मैं ताजी धूप खा रहा था। अपने मन में कुछ बीती बातें सोच रहा था और धीरे-धीरे पुरानी स्मृति में मग्न हुआ जा रहा था। सहसा उधर से एक बुढ़िया हाँफती आई। बुढ़िया के पहले उसके पदचाप की ध्वनि कानों में पड़ी और उसके बाद आई आँखों के सामने बुढ़िया।

जीवन में ऐसी बुढ़िया के दर्शन कम हुए थे। आँखें भीतर धँसी थीं और सफेद बाल अस्त-व्यस्त रूप में इधर-उधर बिखरे हुए थे। शरीर का माँस कहीं दूर चला गया था और हड्डियों का ढाँचा मात्र शेष था। शेष ऐसा मालूम होता था कि चलता-फिरता कंकाल हो। गाल का चमड़ा लटका हुआ था। इतना होने पर भी आँखें यह साफ व्यक्त कर रही थीं कि बुढ़िया किसी भारी परेशानी में है। ऊपर की आती हुई साँस जैसे जल्दी में कुछ कहना चाहती थी पर हाँफ चढ़ जाती थी और जुबान लड़खड़ा जाती थी और उसी लड़खड़ाती जुबान में बुढ़िया ने कहा "बाबू, जरा इधर आओ" मैं बाहर निकला तो बुढ़िया बोली, 'मेरे साथ आओ'। उसके साथ जाने में हिचकिचाहट भी हो सकती थी पर उसके अजीब अनुरोध ने यह सब सोचने का मौका नहीं दिया कि मैं कहाँ जा रहा हूँ और क्यों जा रहा हूँ! उसकी वह आजीजी, उसका वह चेहरा, उसका वह अनुरोध और उसका वह रहस्यमय आगमन, सबके सब इतने कुतूहलप्रद थे कि उस उत्सुकता के क्षण में मुझे सोचने की फुरसत न हुई कि बुढ़िया कौन है, मुझे क्यों बुला रही है और कहाँ लिये जा रही है! मैं मंत्रमुग्ध-सा उस बुढ़िया के पीछे-पीछे जाने लगा।

आखिर वह रुकी। सामने एक गंदा-सा घर था। चारों ओर उदासी बोल रही थी, मायूसी छाई थी और सारा-का-सारा घर जैसे किसी बीते हुए युग की याद में आँसू बहा रहा था। प्रतीत होता था कि अभी जल्दी में इस घर से लक्ष्मी दूर हुई है। कहीं-कहीं

तेलवाली बत्तियों से कालिख का निशान दीवार में लगा था, वह साफ तौर से यह शोहरत कर रहा था कि इससे चंद दिन पहले इस घर में भी मिट्टी के दिए जला करते थे। दीवारों में कतार के कतार बिल नजर आ रहे थे और चूहों ने जो पतली मिट्टी निकाली थी, उसका भी ढेर लगा था। एक-दो साँप के केंचुल भी पड़े थे और बरबस यह बोध हो रहा था कि अभी-अभी उन बिलों से कुछ साँप निकल पड़नेवाले हैं। मन-ही-मन मैं काँप गया। छप्पर में जगह-जगह सुराख हो गई थी और सूर्य की रोशनी उनसे होकर घर के अंदर आ रही थी। बाँसों में घुन लग गया था और नीचे स्थान-स्थान पर कीड़ों से गिराए गए पीले घुन का ढेर लगा हुआ था। नीरवता थी और विचित्र शांति में मैं अवाक् बना हुआ था। उसी जगह घोंसले में बैठे हुए गौरैय्या ने जैसे अपने बच्चे से कुछ कहा और उसी क्षण मेरी रहस्यमयी बुढ़िया भी बोली "इधर आओ, बाबू इधर आओ।"

उधर जाने पर बुढ़िया एक छोटे से कमरे में घुस गई। मैं भी उसके साथ अंदर दाखिल हो गया। वहाँ जाने पर बुढ़िया के मुख का भाव कुछ और बदला, जैसे मुझसे ही डर रही हो और उसने इशारे से मुझे एक कोने की ओर दिखलाया। मैंने देखा कि कोने में एक गगरा रखा हुआ था और ऊपर तक रुपए भरे थे। पीले रंग का गगरा! मैंने कहा, वह पीतल का होगा पर देखने और छूने से पता चला कि वह सोने का है। मैंने उसे देखा, बुढ़िया ने उसे दिखलाया। लेकिन मुझे पता नहीं चला कि किसलिए बुढिया मुझे गगरा दिखला रही है। मेरी हिम्मत न हुई कि आगे कुछ पूछूँ, किकर्त्तव्यविमूढ़ मैं खड़ा था, तब तक वह बुढ़िया बोल उठी, "बाबू मैं चाहती हूँ तुम यह गगरा ले जाओ।"

यह कौन सा तिलिस्म है? मैं जाग रहा हूँ अथवा सो रहा हूँ? मेरी आँखें धोखा दे रही हैं या सचमुच मेरे सामने एक सोने का गगरा और उसमें हजारों रुपए हैं! मेरे कान मुझको ठग रहे हैं या सचमुच बुढ़िया मुझे गगरा ले जाने की इजाजत दे रही है? इस संसार में जहाँ हर शख्स पाई-पाई के लिए बेचैन है, फटेहाल मैले कुचैले चिथड़ोंवाली बुढ़िया कौन ऐसा जादू जानती है कि जिसके बल पर वह हजारों रुपयों को भी कुछ नहीं समझती? इसने कैसे यह अपार धन पाया होगा? और यह किसका घर है? जहाँ फूस-फास के छप्पर हैं, शृंगाल रोते हैं और उलूक बसेरा लेते हैं तथा जहाँ की मिट्टी भी बेजार रो रही है, वहाँ किस तरह से, कौन तदबीर से, किस धन के धनी ने यह अपार धनराशि फेंक दी है? आखिर माजरा क्या है? मैं जैसे चेतनाहीन हुआ जा रहा था। यह सच है कि झूठ? यह स्वप्न है या वास्तविकता?

मुझे याद पड़ी उन मायाविनियों की बात, जो इसी तरह से जादू दिखाकर मानव जगत् को ठगा करती हैं और बुढ़िया के रूप में मायाविनी का दर्शन करके मैं काँप उठा। मैंने यह निश्चय करना चाहा कि बुढ़िया सचमुच मायाविनी तो नहीं? मैंने सुन रखा था कि मायाविनी के सिर के पिछले हिस्से में एक आँख होती है और उसकी पलकें

नहीं गिरतीं तथा उसके पैर का निचला भाग टेढ़ा और चपटा होता है, किंतु बुढ़िया में यह सबकुछ नहीं था। मैंने यह भी सुना था कि माया के रुपए कुछ ही देर तक ठहरते हैं अथवा यों कहिए कि पाँच ही मिनट में मिट्टी हो जाते हैं। पर करीब आधे घंटे से सामने खड़ा हूँ, निर्निमेष नयनों से देख रहा हूँ और वह सोने का गगरा ज्यों-का-त्यों अब भी वहीं पर अटल अचल खड़ा है और रुपए भी बराबर लबालब भरे हैं। उसमें भी कुछ फर्क नहीं पड़ा है। फिर कैसे कहूँ कि आँखों के सामने की यह सारी दुनिया धोखा है, माया, प्रवचना है?

मिथ्या नहीं सत्य है। हाँ, तो आज मुझे बेशुमार रुपए मिले। आज से मैं लक्षाधीश हुआ। आज कौन-सा शुभ मुहूर्त था जब मेरी आँख खुली थी? वह कौन-सी सुंदर घड़ी थी, जिसमें मुझे इस बुढ़िया के दर्शन हुए थे? मैंने ज्योतिष का उपहास किया था, लेकिन आज देख रहा हूँ कि वह बिलकुल सच्चा है! उस गुजराती पंडित ने साफ शब्दों में कहा था कि सुशील को अकस्मात् धन की प्राप्ति होगी। मैंने उन बातों को मजाक में उड़ा दिया था पर आज तो इस सोने के गगरे के रूप में और इन सहस्रों मुद्राओं के रूप में जैसे ज्योतिषी की सारी वाणी साकार होकर बैठी है। क्यों मैंने उस ज्योतिषी का अपमान किया था? आज मुझे पछतावा हो रहा है। एक साँस में मैं इन तमाम बातों को सोच गया। आखिर इन रुपयों का क्या होगा?

तब तक फिर बुढ़िया बोली,—"तुम इन रुपयों को ले जाओ, बाबू ले जाओ। तुम्हें इसलिए कह रही हूँ कि तुम भूत-प्रेत को नहीं मानते और अगर भूत तुम्हारे पास आवे भी तो तुम लड़कर जीत सकते हो।"

इस आखिरी बात ने, जिसमें भूतप्रेत न मानने की चर्चा थी, जैसे मुझे सतर्क कर दिया और मैंने पूछा—"मामला क्या है?"

"मामला क्या बताऊँ बाबू? मेरे लिए ही सबकुछ है तुम्हारे लिए कुछ भी नहीं है। आज से पाँच साल पहले की बात है। खैराती मियाँ के खँडहर में मुझे यह गगरा मिला था। लोग समझ रहे थे कि गगरा में रुपए नहीं, भूत भरे हुए हैं। पर मेरे बेटे···!" कहती हुई बुढ़िया रो पड़ी—"भूतप्रेत नहीं मानता था। बड़ा भारी जवान था। उसने कुछ भी नहीं सुना। हमलोग इस गगरे को ले आए पर फल अच्छा न हुआ। मेरी पतोहू और मेरा बेटा दोनों मर गए। मेरी सारी दुनिया उजड़ गई। रोज-रोज सारा मकान हिलता है, कभी खाने बैठती हूँ तो हड्डियों की वर्षा होती है, छत अट्टाहास कर उठता है। हर वक्त भूत उछलते रहते हैं, धूम मचाते हैं। और कौन खानेवाला है बाबू? किसके लिए मैं यह सारा जँजाल सहूँ? कौन भोगनेवाला है? किसके लिए इन रुपयों की माया रखूँ? बचाओ बाबू, मुझे इस विपत्ति से बचाओ। प्राण अब जीना नहीं चाहते, सिर्फ एक बार अपने भगिने को देख लेने की हविस है। मेरी बेटी कल आनेवाली है। मैं नहीं चाहती

कि कल तक यह गगरा मेरे घर में रहे। शायद कोई नई खुराफात हो, शायद कोई नई आफत आवे। हे भगवान् कहीं मेरी बेटी पर गगरे का कोप न पड़े। हे भगवान्, मुझे माफ करना। हे गगरा देवता, मुझे माफ करना।''

मैं बी.एस.सी. का विद्यार्थी और विज्ञान का पुजारी, मैंने इन बातों में कुछ भी नहीं देखकर परोक्ष की इन शक्तियों की सत्ता पर मुझे विश्वास कैसे हो? प्रत्यक्ष में एक सोने का गगरा रखा था, उसमें रुपए भरे थे और वह मुझे मिल रहा था। मैंने सिर्फ इतना ही देखा। शाम तक बुढ़िया को प्रबोधन देता रहा, वहीं ठहरा, पूड़ियाँ मँगवाईं और उसको खिलाकर मैंने खुद भी खाईं। शाम को मैंने अपने चाचा, छोटे भाई और नौकर को बुलवाया, सब मिलकर उस गगरे को उठाकर घर ले गए। जिस समय हम लोग गगरे को लेकर चले, उस समय बुढ़िया की दशा देखने लायक थी। आँखों से कृतज्ञता का भाव साफ टपक रहा था और इस तरह से हम लोगों की ओर देख रही थी, जैसे हमलोगों ने उसका कोई बड़ा उपकार किया हो। उसका भार हलका हो गया था।

कहने की आवश्यकता नहीं कि मैं उस रात को वहीं सोया, जहाँ गगरा रखा हुआ था। जरा देर के लिए भी नींद नहीं आई, बराबर परेशान रहा। सर्वदा ऐसा मालूम हो रहा था कि आँखों के सामने किसी की छाया घूम रही है। कभी भान होता कि कड़कड़ बूट जूतों के साथ कोई छाती पर चढ़कर घूम रहा है और मेरी पसलियाँ टूटी जा रही हैं। कभी ऐसा प्रतीत होता कि गले में फंदा लगाकर कोई आसमान की ओर खींच रहा है। नींद टूट जाती तो यह सब भ्रम जैसा जान पड़ता और मेरी मूर्खता पर मानो दीवारें हँसती हुई दिखलाई पड़ती। कभी राय होती कि चिल्लाकर कुछ लोगों को बुलाऊँ, किंतु फिर सोचता कि मेरी हँसी उड़ाई जाएगी और अब तक का मेरा भूतप्रेत न मानने का जो सिद्धांत रहा है, उसका भी गला घुट जाएगा। इसलिए चुप रह जाता। किसी तरह रात खत्म हुई।

दूसरे दिन मैंने अपने नौकर को चारपाई के निकट ही सोने को कहा। मन में खयाल था कि इसके रहने से अवस्था में बहुत कुछ परिवर्तन होगा और भ्रम का नाम भी नहीं रहेगा। परंतु हुआ इसके ठीक विपरीत। अपने को मैं ज्यों ही लिहाफ में लपेटकर पैर पसार रहा था, मुझे ऐसा मालूम हुआ कि कोई पैर में चिकोटियाँ काट रहा है। हड़बड़ाकर मैंने पैर खींच लिया। कान में किसी की आवाज आने लगी, जिसमें साफ सुनाई दे रहा था कि तुम यहाँ मत सोओ। नौकर, जो अभी अच्छी तरह से सो भी नहीं पाया था कि चिल्लाकर कहने लगा कि बाबूजी कोई कान उमेठ रहा है और यहाँ से जाने को कह रहा है। अजीब परेशानी! गगरे की ओर जो नजर गई तो और भी आश्चर्य हुआ। वह डोल रहा था। जान पड़ा किसी के अदृश्य कर गगरे को उठा लेने की कोशिश कर रहे हैं। जहाँ तक ले जा सकते हैं, ले जाते हैं और फिर भारी होने की वजह से बीच में ही छोड़ देते हैं। मन-ही-मन अपने तमाम सिद्धांतों पर और आज तक के पढ़े हुए कुल

विज्ञान पर हँस रहा था। आज तक भूत के खिलाफ मैंने जहाँ कहीं जो दलीलें पेश की थीं, वह मुझे आज निरर्थक मालूम पड़ने लगीं। यह क्या हुआ? प्रत्यक्ष जगत् की हस्ती को ललकारनेवाला यह कौन-सा जादू स्वर्ग से भूतल पर आया? मैंने साफ देखा कि उस कमरे की एक-एक ईंट मुझ पर हँस रही है। नीचे की जमीन मेरा उपहास कर रही है। उस पर लगी हुई पट्टी भी मेरी बेवकूफी पर हँस रही है। मैंने यह क्या बला मोल ली? वह बुढ़िया मेरी कौन थी जो मुझ पर इतना अनुग्रह कर गई। सारी रात परेशानी में कटी। आँख भी न लगने पाई।

तीसरे दिन भूकंप फंड वाले कुछ लोग चंदा माँगने आए। मैंने सोचा, चलो गगरा चंदे में दे दिया जाए और तमाम बला से छुटकारा मिले! किंतु मन के अंदर एक मोह था, बड़ी-बड़ी स्कीमें थीं और सबसे लंबी, विज्ञान की वह डोरी थी जिसको पकड़कर इस रहस्यमयी दुनिया से दूर जाकर मैं प्रत्यक्षवादी बनता था। मैंने सोचा, शायद ये मनोविकार हों और दो-चार रोज में अभ्यस्त हो जाऊँ तो इतना झंझट न रहे। बड़े-बड़े मनसूबे गगरे के इन रुपयों पर जाकर केंद्रित हो गए थे और मैं आसानी से उसे हाथ से बाहर जाने नहीं देना चाहता था। पर आखिर किसी-न-किसी तरह एक रोज उसमें से कुछ निकाल कर परीक्षा तो लेनी होगी। क्यों नहीं इस पुण्य कार्य से ही श्रीगणेश किया जाए? चलो 50 रुपया निकालकर भूकंप फंड में दे दें। ज्यों ही मैने उस गगरे के अंदर हाथ लगाया, ऐसा मालूम हुआ कि कोई पिशाच मूर्ति दीवारों के अंदर से गरज उठी और ऐसा लगा कि घहराकर उस दीवार का कोना गिर गया। मेरे हाथ खुद-ब-खुद हट गए और जन्म से ही नास्तिक रहने पर भी मुँह से 'रघुपति राघव राजा राम' की आवाज निकलने लगी।

अब मन को समझाने का अवकाश नहीं था। मनोविकारों से हटकर विपत्ति अब प्रत्यक्ष बन गई थी। दीवार का कोना गिर गया था, इसमें कोई संदेह नहीं था। अब बहाना बनाकर मन को ठगा नहीं जा सकता। मेरे सिद्धांत, विज्ञान और प्रत्यक्षवाद उस अघट घटना के सम्मुख नतमस्तक हो रहे थे। मैं त्राहि-त्राहि कर रहा था। यह अपने ढंग की पहली घटना थी।

चौथी रात को जब मैं सोने चला तो मेरी सारी नसें ढीली पड़ गई थीं। मैंने गँवार की तरह गगरे के सम्मुख खड़े होकर कहा—"हे गागर देव, आप कौन हैं? क्या चाहते हैं? अपना अभीष्ट कहिए। आप क्यों कुपित हैं? मैं आपके सामने हाथ बाँधे खड़ा हूँ। मुझे सोने दीजिए। मैं अपने अपराध का प्रायश्चित करने को तैयार हूँ। आपकी आज्ञा शिरोधार्य है।"

और उस रात में सोते ही नींद भी आ गई। कहीं कुछ खटका भी न हुआ, पर आधी रात गए, जैसे किसी ने प्यार से जगाया। आँखें जो खुलीं तो देखता हूँ सामने एक बड़ा डंडा लिये अपने स्वाभाविक रूप में एक काबुली खड़ा हँस रहा है। उसने कहना शुरू

किया, ''तुमने बड़ी गलती की। एक पठान से बैर मोल लिया है। मुझे देखो। मुझे जीतना आसान नहीं। तुम समझोगे जिसने मुझे मारा, वह मुझसे भी शक्तिशाली होगा। नहीं, यह बात हरगिज नहीं। फकीरा डाकू ने मुझे पीछे से मारा था। यह देखो, अब भी पीठ में यह घाव उसी तरह से ताजा है। पर मुझको मारकर फकीरा सुख की नींद नहीं सो सका। अभी उसके खंजर का खून भी नहीं सूखा था कि मैं शैतान की तरह उस पर टूट पड़ा। जिस फकीरा की उदरदरी में संसार की सैकड़ों चीजें पच चुकी थीं, उस फकीरा के पेट में मेरा यह द्रव्य नहीं पचा। फकीरा की दुनिया मिट गई। वह बरबाद हुआ।

''ओह, मेरे ये रुपए? इन रुपयों के लिए मुझे अपना सारा खून पानी बनाकर बहाना पड़ा है। सैकड़ों बार सहारा मरुभूमि पार करके, ऊँटों पर माल ढोकर ले गया हूँ और तिल-तिल देह सुखाकर मैंने जो रोजगार किया है, उसको मैं ही जानता हूँ। उस वक्त मेरी जवानी फूट रही थी। मैं दालिया को चाहता था और दालिया की माँग थी पचास हजार रुपए और सोने का गगरा। दालिया की माँग पूरी करने के लिए मैंने अपनी सारी जिंदगी में आग लगा दी और दो रोज में पचास हजार पूरे होने को थे कि ठीक उसी समय पीछे से उस कायर डाकू ने वार किया और मैं गिर पड़ा।

''आह मेरी युग-युग की साधना दालिया! एक रोज के लिए भी यह अभागा उसके सरस कपोल का चुंबन नहीं कर सका। न करता तो कोई हानि न थी, लेकिन यह पचास हजार उसके सामने रख देता, दालिया समझ जाती कि संसार में तमाम चाहनेवालों में मैं एक हूँ। मेरी बराबरी कोई नहीं कर सकता। बस इतना होता तो मेरे अरमान पूरे हो जाते। लेकिन हाय!

''वह कायर फकीरा डूबा जरूर पर अपने साथ मेरी दुनिया लेकर डूबा। तब से अब तक मैं इसी गगरे के पीछे पागल बना फिरता हूँ। फकीरा के बाद इसको खैराती खाँ ने अपने यहाँ रखा। इसको भोगना चाहा। एक-एक करके खैराती खाँ के परिवार के तमाम सदस्यों का दम मैं घोंट चुका। उनको जहन्नुम भेजकर मुझे शांति मिली। फिर वह गगरा पड़ा बुढ़िया के हाथ में। उसकी दुर्गति तुम देख चुके हो। और अब तुमने इस काबुली को न्योता दिया है, जो किसी को कुछ नहीं समझता। अगर खैरियत चाहो तो कल जाकर इस गागर को नदी किनारे एकांत में गाड़ दो। बस इसी शर्त पर मैं तुम्हें छोड़ सकता हूँ। अब जाता हूँ, तुम्हें कल तक की मुहलत है।''

मैं उसी दम वहाँ से उठा और साथियों के साथ उस गगरे को लेकर निकट ही बहनेवाली नदी के किनारे गड़वाकर लौट आया। उस समय मुझे ऐसा मालूम हो रहा था कि मुझे किसी भारी झंझट से छुटकारा मिला। लेकिन तब भी दिमाग में बहुत दिनों तक वह गगरा, वह काबुली और उस रहस्यमय सप्ताह के कुछ दिन घूमते रहे थे।

□

आत्मप्रवंचन

स्वामी जीवानंद, बुद्ध के दूसरे अवतार माने जाते थे। उन दिनों उनके बारे में अनेकों कथाएँ प्रचलित थीं। उन लोक कथाओं की सत्यता में अगर कोई जरा भी संदेह करता तो उसे उसके चेले बुरी तरह तंग करते थे। उस समय वे भारतभर में घूमकर अपने धर्म का प्रचार कर रहे थे। यह धर्म असल में बौद्ध धर्म का नवीन संस्करण था। बातें सब पुरानी थीं पर प्राकृत के बदले हिंदी में रखी जाती थीं। लोकप्रवृति इस पर बड़ी जोर से झुक रही थी। स्कूल में विद्यार्थी स्वामी जीवानंद की तुलना बुद्ध भगवान् से करते थे। रेल के डिब्बों में यात्री स्वामी जीवानंद के इस नवीन धर्म के बारे में अनेक तर्क-वितर्क करते थे। कचहरियों में जहाँ कहीं मुवक्किलों की भीड़ जुटती थी, वहाँ भी स्वामी जीवानंद की चर्चा चलने लगती थी। फेरीवाले भी स्वामी जीवानंद के नाम पर लटका बनाकर गाते और अपनी चीज बेचते थे। दुकानदार भी अपनी दुकानों में स्वामी जीवानंद की तसवीर लटकाकर दुकान का आकर्षण बढ़ाते थे। वकील-मुख्तार भी स्वामी जीवानंद की तारीफ और शिकायत करके अवकाश को व्यतीत करते थे। कहने का मतलब यह कि स्वामी जीवानंद बड़े लोकप्रिय हो रहे थे और उनका धर्म नए सिरे से बौद्ध धर्म में प्राण संचार कर रहा था।

अरसे से यह बात सुन रहा था कि स्वामी जीवानंदजी औरंगाबाद में आनेवाले हैं। हम सभी लोग उनके स्वागत की तैयारी कर रहे थे। आखिर एक रोज स्वामीजी आए। बड़ा भव्य चेहरा, बड़ा ही दिव्य रूप। एक बार उनके नजदीक पहुँचकर लोगों का सारा पाप जैसे लुप्त हो जाता था। स्वामी एक ऐसे तीर्थ हो रहे थे जिनकी वाणी-गंगा में स्नान कर लेने के बाद हरिद्वार की गंगा और प्रयाग की त्रिवेणी में जाने की जरूरत खत्म हो जाती है। सचमुच जीवानंद तमाम जीवों को आनंद देनेवाले थे। उनका दर्शन उनके नाम को चरितार्थ कर रहा था।

महाजन क्लब का जो नाटकघर है, वहीं स्वामीजी का व्याख्यान होनेवाला था। लोगों की भीड़ थी और स्थान की कमी थी। बहुतों को तो निराश लौट जाना पड़ा। हम

लोग आगे की पँक्ति में बैठे थे। निश्चित समय पर स्वामीजी का व्याख्यान शुरू हुआ। वाह क्या कहना! मीठी बोली में वे सारगर्भित उपदेश। वैसे अकाट्य तर्क बिरले सुनने को मिलते हैं। आलोचना-प्रत्यालोचना का नाम नहीं, किसी धर्म पर व्यंग्य के छींटे भी नहीं। अपनी सहज बोली में स्वामीजी अपना लक्ष्य चित्रण कर रहे थे और सारी सभा उस काल्पनिक संसार के पीछे पागल होकर दौड़ी जा रही थी। वाह, वह भी क्या संसार होगा, जहाँ कोई भी मनुष्य दूसरे के दुःख को अपना मानेगा? जहाँ का सब कोई स्वयंसेवक रहेगा और बराबर कमर कसकर वैसे मौके का आसरा देखेगा, जब उसे सेवा का अवसर मिले। छुरी, कटारी, तीर, तलवार का अस्तित्व केवल इतिहास के पृष्ठों में रह जाएगा। हर हाथ में वंशी होगी और कंठ-कंठ से मधुर रागिनी निकला करेगी। कर्कश स्वर का कहीं नाम भी नहीं रहेगा। सुग्गे रहेंगे, लेकिन पिजड़े नहीं, गायें रहेंगी, लेकिन कत्लगाह न होंगी, बकरी के बच्चे रहेंगे, लेकिन उनको खानेवाले नहीं। अब की तरह तब भी तालाबों में, कुओं में, नदियों में मछलियाँ नाचेंगी पर जाल और मछली पकड़नेवाले नहीं रहेंगे। बुलबुल खुशी-खुशी चहका करेंगी, मोर नाचेंगे और हरिण चौकड़ियाँ भरेंगी।

सब के बाद स्वामीजी ने एक जीव दया संघ की स्थापना की। उनके पास जो छपी हुई नियमावली थी, वह सब के सामने रखी गई और लोगों ने उसे मुक्त कंठ से स्वीकार किया। एक सभापति, एक मंत्री और कुछ सदस्य बने। सदस्यों में एक मैं भी था। उन्होंने संघ के सदस्यों को अलग बुलाकर कुछ उपदेश दिया। हम लोगों ने उस रोज अहिंसा का व्रत लिया और हम लोगों का ध्येय हुआ, जहाँ तक हो सके शांतिपूर्ण उपायों से हिंसा को रोकना। सारा सबडिवीजन 11 हिस्सों में बाँटा गया और संघ के एक-एक सदस्यों को एक-एक श्लोक का भार दिया गया।

साल भर के बाद जब काम जाँचा गया तो मेरा नंबर सबों से अव्वल रहा। असल में मेरा प्रभाव भी था और मेरा काम करने का ढंग भी निराला था। कोई भी हिंसा का जरिया इलाके में नहीं बचा। इसलिए मेरे नाम की बड़ी धूम रही। आखिर यह समाचार स्वामीजी तक पहुँचा। कुछ ही दिनों के बाद अपने काम में प्रथम आने के उपलक्ष्य में स्वामीजी ने मुझे एक स्वर्णपदक और एक चिट्ठी भेजी। वह चिट्ठी यों थी—

प्रिय वत्स,

खुश रहो। जीव दया संघ की औरंगाबाद की शाला की रिपोर्ट मुझे मिली। काम बड़े ढंग से हुआ है। अगर इसी तरह की रिपोर्ट और शाखाओं की होती तो हम लोग कितनी जल्दी से आगे बढ़ते! इस संघ में तुम्हारे प्रयत्न विशेष रूप से स्तुत्य हैं। तुम्हारे उत्साह पर मुझे बड़ा संतोष हुआ। मैं चाहता था कि और सदस्य इससे कुछ सीखते। सोने का एक तगमा भेज रहा हूँ। औरंगाबाद के तथा और जगहों के सदस्यों के लिए एक प्रेरणा होगी। अच्छा होता अगर तुम अपने काम करने का तरीका मेरे यहाँ लिख भेजते।

उसको मैं अखिल भारतीय जीव दया संघ के दफ्तर में भेज देता और उसका व्यापक प्रचार करता, ताकि अन्यान्य सदस्यों को उससे कुछ हिम्मत मिले और मार्ग भी दिखाई दे। यह काम तुम जितनी शीघ्रता से कर सको, उतना ही अच्छा। जीओ!

तुम्हारा
"जीवा"

शिष्यों में इतनी ऊँची जगह मिली, इससे मैं फूलकर कुप्पा हो गया। असल में मुझे ऐसा मालूम होने लगा कि अगर थोड़ा और बोलना आ जाए तो मैं गुरु-स्वामी के निकट बैठने का अधिकारी हो जाऊँ। उस चिट्ठी ने और उस तगमे ने मुझे एकाएक जैसे बड़ा आदमी बना दिया। मुझे भान होने लगा कि साधारण जनता से कहीं ऊँची तह पर मैं बैठा हूँ और जैसे इन लोगों के साथ मेरा मेल नहीं हो सकता। अपने ढंग का वर्णन मैं स्वामीजी के पास किस तरह भेजूँ, यही सोचने लगा। राय हुई कि एक विस्तृत पत्र लिखूँ, जिसमें अनेकों सुझाव पेश करूँ। पर सोचने लगा कि कहीं कामों में व्यस्त रहने के कारण स्वामीजी को उतनी लंबी चिट्ठी लिखनी चाहिए। पर खयाल आया कि अगर छोटी लिखूँ तो शायद स्वामीजी के मन में यह आए कि लड़का कम जानता है तो वह भी ठीक नहीं। तब आखिर करूँ क्या? एक ऐसा खत लिखूँ, जो न ज्यादा बड़ा हो न ज यादा छोटा। बस बीच का रहे। सोचते-सोचते मुझे ऐसा मालूम हुआ कि मैंने स्वामीजी को एक चिट्ठी लिखी। उसकी बड़ी हलचल रही। तमाम संघों के पास वह खत प्रांतीय भाषाओं में अनुवाद करके भेजे गए। स्वामीजी ने मेरी तारीफ में एक लेख लिखा और उसको छपवाने के लिए उन्होंने मेरी तसवीर माँगी है। अपने दिमाग में अनेक तर्क-वितर्क करके मैंने खत लिखा—

एम.सी.होस्टल
औरंगाबाद,

श्रद्धेय स्वामीजी,

कोटिश: प्रणाम। आपकी चिट्ठी हमारे दिल को बारंबार बढ़ावा दे रही है। काम करने में दिल सौ गुणा जोश से बढ़ रहा है। पदक मेरा पथ-प्रदर्शन कर रहा है। आपका आशीर्वाद मेरे पथ को प्रशस्त कर रहा है। ऐसा ज्ञात होता है कि मैं ऊँचा उठता जा रहा हूँ। आपने मुझसे मेरे काम करने का ढंग चाहा है। ढंग क्या बताऊँ? कुछ विशेष ढंग तो है नहीं। सरकारी कृपा को हाथ में लिये कुछ आगे बढ़ते जाना और लोगों को समझना, मैंने अब तक यही जाना है। हाँ, यह बात दूसरी है कि खास-खास मौकों पर दिमाग की कुछ खास खूबियों से काम लेना पड़ता है। एक-दो उदाहरण दे दूँ, यदि अप्रासंगिक न हो।

अपने इलाके में जो माँस खाते थे, उनमें सबसे कठोर एक मुंशी थे, जो उसी जगह राजा साहब के यहाँ रहते थे। मुंशीजी को यह आदत थी कि जब तक दोनों शाम माँस न मिले, खाने को न बैठें। बिना नागा खाते थे। उस जगह के सब कोई जब मेरे संघ के सदस्य हो गए तो मैं मुंशी की ओर चला। कहने की आवश्यकता नहीं कि राजा साहब का सहयोग हमें प्राप्त था, जिनके यहाँ मुंशीजी रहते थे। मैंने उनको बहुत समझाया पर मुंशी न माने, मैंने उनको यह भी धमकी दी कि अगर वह न मानेंगे तो राजा साहब के यहाँ से मैं उनको निकलवा दूँगा। इसका भी उन पर कोई असर न हुआ। असल में वह मजबूर थे। माँस सेवन उनका धर्म बन गया था। बिना माँस के वह जी भी नहीं सकते थे, लेकिन मैं भी तो उतना ही मजबूर था, जितना वे। बिना छुड़ाए दम कैसे ले सकता था? मैंने इसके बारे में राजा साहब से कहा। राजा साहब ने मुंशीजी को माँस छोड़ने को कहा पर वह नौकरी छोड़कर चले गए, लेकिन माँस का छोड़ना उन्होंने कबूल नहीं किया। राजाजी की नौकरी छोड़कर मुंशीजी घर ही पर रहने लगे। कुछ रुपए जमा थे, उसी से मुंशीजी के परिवार का खर्च चला। पीछे स्त्री के गहनों की बारी आई पर वे भी एक-एक कर चुक गए। भूख से बेहाल एक रोज मुंशी दरवाजे पर बैठे थे। उसी समय उनकी स्त्री ने कहा, ''एक जीभ के स्वाद के लिए तुमने सारे परिवार को फाँसी दी। अगर तुम माँस खाना छोड़ देते तो न नौकरी छूटती और न तकलीफ होती।'' स्त्री का यह व्यंग्य मुंशीजी को वज्र के समान लगा। रात में उन्होंने आत्महत्या कर ली। उन्होंने जहर खाकर अपने प्राण दे दिए। मुंशीजी के मरने की खबर तमाम जगह फैल गई। जहर खानेवाली बात तो तह में छिपाई गई, लेकिन यह हल्ला जोर से हुआ कि मुंशी ने जीवदया संघ के सदस्यों की बात नहीं सुनी, इसीलिए उनकी मृत्यु हो गई। मैंने इस अवसर से लाभ उठाया और अपने व्याख्यान में मैंने तमाम यह बात प्रचारित कर दी कि चूँकि मुंशी ने जीवदया संघ की बात नहीं सुनी, इसलिए उस पर भगवान् का कोप पड़ा। इस बात का इतना असर हुआ कि सारे के सारे लोगों ने हिंसा को छोड़कर अहिंसक होने का व्रत लिया। बस इसी का परिणाम है कि इस दो कोस के कस्बे में न कहीं बलि होती है, न बंदूकें काम में लाई जाती हैं।

मेरी आशा है कि शीघ्र-से-शीघ्र यहाँ की बस्तियाँ सरकारी कल्पना के अनुरूप हो जाएँगी। इस पुनीत कार्य में हमें हर समय सरकारी दया और आशीर्वाद की जरूरत है और हम जानते हैं कि सफलता हमारी है।

आपका स्नेह भाजन,
सुशील

इस खत को डाक में छोड़ आने के बाद मैं इस बात के आसरे में रहा कि कब

मौका आए और स्वामीजी का विस्तृत जवाब मिले, जो मेरी प्रशंसा से भरा हो। आखिर वह दिन भी आया जब मुझे स्वामीजी की चिट्ठी मिली। धड़कते हुए हृदय से मैंने उसे खोला। लिखा था—

जीवन कुटीर,
हरिद्वार,

प्रिय वत्स,

जीओ। असल में मुझे फुरसत नहीं पर तब भी जल्दी में यह खत इसलिए लिख रहा हूँ कि तुम काम करने के इस ढंग को जहाँ तक जल्दी हो सके, छोड़ दो। अँधकार से प्रकाश का प्रसार नहीं हो सकता और असत्य से सत्य का भी नहीं। तुमने अहिंसा के प्रचार के लिए बड़े हिंसक साधन काम में लाए। पदक की मानहानि हुई। मुझे बड़ी वेदना, बड़ा पश्चाताप और बड़ी ग्लानि हुई। अपने आश्रम समेत तीन रोज का उपवास करके कल से मैं इसका प्रायश्चित करूँगा। तुम उन लोगों से माफी माँगो जिनको तुमने झूठ कहकर छला है और इस तरह से अहिंसा का जो असल सौंदर्य है, उस पर जो परदा गिर पड़ा है, उसको उठा दो। तुम्हारे इस कार्य से मेरे लक्ष्य को बड़ा धक्का पहुँचा है। परमात्मा से शुद्ध हृदय से प्रार्थना करो कि वह इस क्षति की पूर्ति करें।

तुम्हारा
जीवा

पत्र पढ़कर मुझे काठ मार गया और मैं लज्जा से गड़ गया। इसी समय उधर से सुरेश ने लपककर कहा, 'देखें यार, इस बार स्वामीजी ने कौन-सा पदक भेजा!' मैंने लिफाफा छिपाते हुए कहा, 'नहीं देखने की नहीं। इसमें स्वामीजी की कुछ निजी बातें हैं।'

□

एक पैर का जूता

मेरा एक पैर का जूता भूल गया। मैंने अपने हाथ से उसे फेंक दिया था।

बात यह हुई कि गया जंक्शन से जब गाड़ी चली तो पेशाबघर में जाने को मैंने जूता खोजा। एक तो दिखाई पड़ा लेकिन एक बहुत खोजने पर भी नहीं मिला। मैं खोजते-खोजते हैरान हो गया। बहुत परेशान होकर मैंने दूसरा जूता भी उसी के साथ रहने के लिए डिब्बे के बाहर फेंक दिया। अब दिल को यह जानकर कुछ तसल्ली हुई कि जिस राह में पहला गया था, उसी राह में यह दूसरा भी गया। अत: किसी भाग्यशाली को हाथ लग जाए तो फिर भी जूते इकट्ठे हो सकते हैं। मैं बनारस में उतरने लगा तो सारे सामानों को उतार लेने के बाद सीट के नीचे बाल्टी के उस ओर मेरा वह जूता मिला, जिसे मैं भूला समझ रहा था। अब मेरे दु:ख का ठिकाना न रहा। जिसके डर से भागा, वही मेरे आगा। मैंने अपने एक जूते को इसलिए फेंक दिया था कि इसको देख-देख कर दूसरे जूते की याद मुझे सताएगी। लेकिन यह कमबख्त कहीं छिपकर बैठा हुआ था और अब मेरा दु:ख दूना करने को उठकर खड़ा हुआ है।

तो अब क्या करूँ? मन में यह आया कि इस जूते को भी उसी तरह से फेंक दूँ पर यह सोचकर थक गया कि कहीं वह जूता जिसे मैं फेंका हुआ समझ रहा हूँ यहीं सामान के साथ उलझा हुआ पड़ा हो तो और भी दु:ख होगा! क्योंकि अभी जिसे मैंने भूला हुआ समझा, वह तो यहीं है तो जिसे फेंका हुआ समझ रहा हूँ, उसको यहाँ होने में क्या ताज्जुब? अत: अच्छी तरह से छान-बीन करनी चाहिए। फिर इसको उसी भाँति फेंककर अपनी बेवकूफी का परिचय देना ठीक नहीं। और यह सोचकर मैंने सारे सामान को देखा-भाला पर वह जूता कहीं नहीं मिला। मुझे अब पक्का विश्वास हो गया कि वह जूता हरगिज मेरे पास नहीं है, उसको मैं फेंक चुका हूँ। यह जब निश्चित हो गया तो इसको फेंकने में अब देर क्यों की जाए? पर मस्तिष्क के किसी कोने में यह बात आई कि इसे हरगिज न फेंका जाए, क्योंकि जल्दीबाजी में जूता फेंककर जो गलती कर चुका हूँ, उसकी पुनरावृति न की जाए।

न फेंका जाए, यह तो तय हो गया पर अगर न फेंका जाए तो रखा कहाँ जाए? एक तो जूता देखना खुद ही मना है, उसपर इस अकेले जूते का दर्शन तो और भी अशुभ होगा। फिर यहाँ भी एक मौजू बात है कि जब-जब इस पर नजर पड़ेगी, भूले हुए जूते के लिए दारुण दु:ख होगा। अत: इसको ऐसी जगह रखें, जहाँ रखने से इस पर मेरी नजर न पड़े। पर फिर यह खयाल आया कि यात्रा के आरंभ में ही मैंने जाने-बूझे बिना जूता फेंकने की जो भारी बेवकूफी की है, उसकी स्मृति ताजी बनाए रखने के लिए यह आवश्यक है कि इस जूते को आँख के सामने रखा जाए। ऐसा होने से हर वक्त अपनी एक बेवकूफी का नमूना पेशेनजर रहेगा, तो भविष्य में फिर कभी बेवकूफी के संस्करण न हो सकेंगे। अत: इसको संदूक में ही रखा जाए, जिससे जब कभी संदूक खोलूँ, तब अपनी बेवकूफी साफ-साफ जाहिर हो। पर एक जो भारी गलती हो चुकी थी, उस वजह से मन ही मन नुक्ताचीनी करने की आदत मेरे में बेतरह बढ़ी जा रही थी। इसलिए सवाल पर सवाल जब मन से हुआ तो संदूक में रखने की बात फिर ओझल हो गई। क्योंकि हम आए थे तीर्थयात्रा को और प्रसाद लेकर लौटना था। अगर संदूक में जूता रखते तो प्रसाद भी खराब हो जाता, इसलिए संदूक में रखने की बात भी ठीक नहीं जँची।

हाथ में जूता रखने से खुद-ब-खुद जोश बढ़ जाएगा।

फिर जेब में ही क्यों न रख लिया जाए? पर वैसा करने में महाशंका है पुलिस की। पुलिस जेब के जूते को क्या समझेगी, यह कहना कठिन है। आजकल जब युद्ध के जमाने में तलाशियों का बाजार सरगर्म है, कहीं तलाशी हुई और जेब में जूता बरामद हुआ तो खुफियावाले उसका तरह-तरह का मतलब लगाएँगे। शायद यह समझकर कि इस जूते में जर्मन की कुछ गुप्त चिट्ठियाँ होंगी, जूते को तोड़ताड़कर देखेंगे। जूता भी अपनी राह जाएगा और जिल्लत भी अलावे में होगी।

मैं अजीब पशोपेश में पड़ा हुआ था। अगर रखूँ तो यह आफत! विचित्र समस्या थी। इसी उलझन में पड़े-पड़े कुछ सोचना शुरू कर रहा था कि एक-ब-एक अपने उस जूते पर नजर पड़ी। मैं फिर दु:खी हो गया। सबसे अधिक दु:ख इस बात का था कि एक जूता क्यों भूला? अगर दोनों चले जाते और किसी आदमी को हाथ लगते तो उसे काम देते। बला से मेरे पास से मेरा जूता चला जाता, किसी भी देशवासी को उससे आराम होता तो मैं उसको अहोभाग्य समझता। लेकिन न देश के ही किसी आदमी का काम बना, न मेरा। दस रुपए का खरीदा हुआ जूता था और फिर दस रुपए में खरीदना पड़ेगा। यों मेरे हाथ से बीस रुपए चले गए। मेरा काम बिगड़ा और मुझे बेहद चिंता भी हुई। इससे बड़ा दुर्भाग्य और क्या होगा? इतना सोचते-सोचते एक बार फिर मेरी नजर जूते की ओर गई तो मालूम हुआ कि खुद जूता भी रो रहा है। रोने का कारण भी था। मेरा जूता गायब हुआ था, लेकिन इस बेचारे का तो जन्म भर के संगी से बिछोह हुआ

था। गोकि उसके आँसू दिखाई नहीं पड़ रहे थे पर उसकी मुद्रा से साफ बोध हो रहा था कि जूता रो रहा है।

मैं जब आप से यह कहता हूँ कि जूता, जो बच रहा था, वह बेजार रो रहा था तो आप शायद यह समझते हैं कि जूता जो बचा था, वह पुलिंग होगा। नहीं यह बात नहीं। असल में मुझे पता नहीं कि जो जूता बच रहा है, वो पुलिंग है या स्त्रीलिंग? मामला ऐसा मालूम होता है कि संसार के नियम के अनुसार हर चीज में स्त्रीलिंग-पुलिंग का बखेड़ा होता है। बशर्ते कि वह वस्तु उभयलिंग न हो। पर जूते का जो कारबार करता है, वही कह सकता है कि दो जूतों में कौन स्त्रीलिंग है और कौन पुलिंग है, क्योंकि जूतों में वैसी योनि की तरह की कोई चीज नहीं, जिससे लिंग के निर्णय में आसानी हो। हाँ, अगर यह अनुमान लगाया जाए कि हिंदू शास्त्रों के मुताबिक जो बाएँ रहे, वह स्त्री और जो दाहिने रहे, वह पुरुष है। जैसा कि रामायण में एक स्थल पर आया है कि "वामांके च विभाति भूधरसुता", तो यह बात समझ में आती है कि दाहिने पैर का जूता मर्द है। अत: किसी तरह इसको पुलिंग कहना संगत प्रतीत होता है।

हाँ, तो जूता बेजार रो रहा है।

क्यों रो रहा है यह बेचारा? शायद इसलिए रो रहा है कि इसके एक साथी को मैंने जिस बेरहमी से फेंक दिया, उसी बेरहमी से इसको भी फेंके जाने का डर है। पर इसकी यह गलती है। मैं इसको फेंकनेवाला नहीं हूँ। पर न फेंकने पर फिर वही तंग करने वाला सवाल उठता है कि कहाँ रखूँ? तंग आकर एक बार मैंने जूते की ओर ऐसी दृष्टि से निहारा, जिस दृष्टि से निहारकर लोग आमतौर से सवाल पूछा करते हैं। और अपनी उस दृष्टि को दौड़ाकर मैंने भी गरज जूते से यह सवाल किया कि अब आप ही बताइए जूता महाराज कि आपको कहाँ रखा जाए?

जूता यह कहता हुआ प्रतीत हुआ कि मेरा तो स्थान पैर में है। जूता का यह कहना ठीक भी था पर मैं यह सोचने लगा कि ऐसे समय में जब एक जूता खो गया है, लोग यह पूछते-पूछते तंग कर देंगे कि एक ही पैर में जूता क्यों है? इस प्रश्न तक बात रह जाती तो गनीमत थी पर कुछ जवाब न देने पर चाहे तो लोग चोर समझेंगे या कंगाल! चोर इसलिए कि शायद लोगों का खयाल हो जाए कि मैं किसी मंजिल से जूता चुरा के लिये आ रहा हूँ! जब तक एक जूता दाहिने पैर में पहन पाया था कि जूते का मालिक उठ गया और मैं हड़बड़ में न इस जूते को निकाल सका और न दूसरा पहन सका। बस एक पैर में ही लेकर चलता बना और इसलिए दूसरे में जूता नहीं है। यह समझकर लोग चोर कह सकते हैं। और कंगाल इसलिए कि उनके अंदाज में यह एक पैर का जूता मुझे कहीं पड़ा हुआ मिल गया और उसी को पैर में लेकर दौड़ा-दौड़ा फिर रहा हूँ। तो अगर एक पैर में जूता पहना जाए तो लोगों के सवाल का क्या जवाब है और लोगों

के दिल में मेरे बारे में जो भ्रम पैदा होगा, उसके निवारण का क्या उपाय है? हाँ, एक बात हो सकती है कि एक पैर में इस जूते को पहन लूँ और दूसरे पैर में ठीक जगह में, जहाँ से सब कोई देख सकें, पाँच रुपए का एक नोट बाँध लूँ, तब लोगों के दिल में मेरे कंगाल होने का भाव उदय न हो सकेगा। पर अगर वैसा करने से लोग मुझे पागल समझ लें तो किसको-किसको पकड़कर डॉक्टर के नजदीक ले जाऊँगा और अपना दिमाग दिखलाता फिरूँगा? यह भी अच्छा न होगा! सहसा मेरे मन में एक बात आई और मैंने कहा कि सूझ गई।

वह बात क्या थी? बात यह थी कि मेरे दाहिने पैर में तो जूता रहेगा ही, लेकिन लोग यही सवाल करेंगे कि बाएँ का जूता क्या हुआ? लोगों को मैं युक्तिसंगत जवाब आसानी से दे सकूँ, इसका एकमात्र तरीका यही मालूम होता है कि मैं अपने बाएँ पैर में छुरी से काटकर एक छोटा घाव बना लूँ। वैसा करने से मैं तुरंत यह कह बैठूँगा, चूँकि बाएँ पैर में घाव है, इसलिए जूता पहनने को नहीं बनता।

हाँ, तो अपने बाएँ पैर में ही थोड़ा काट देने की बात पक्की हो गई। पर फिर यह सोचा कि अस्पताल के नजदीक चलकर काटना चाहिए, जिससे तुरंत दवा लगवा सकें और दर्द भी न हो और इसी नीयत से अस्पताल जाने के लिए मैंने एक इक्केवाले को आवाज दी। उसने अस्पताल का भाड़ा आठ आना कहा। आठ आना खर्च करूँ तो अस्पताल के नजदीक पहुँचूँ और अगर डॉक्टर दवा न देकर कोई नुस्खा लिख दे तो दवा खरीदने में फिर कुछ खर्च हो। बाएँ पैर को इस लायक दबा देने के लिए, जिसमें वह जूता के लायक न रहे, यह तूला इसका भी कहीं ठिकाना है? इससे तो अच्छा है कि उतने ही पैसे में एक संदूक ले अलग ही एक संदूक में जूते को रखा जाए। हाँ, यही ठीक है।

और तब मैंने एक छोटी-सी संदूकची दो रुपयों की खरीदी और उसी में जूते को रख दिया। पर फिर यह बात मन में आई कि अब जहाँ-जहाँ इस संदूकची को ले जाऊँगा, कुली इसको एक लोड अलग गिनकर हर स्टेशन पर उतारने का एक आना और चढ़ाने का एक आना लेगा। मैं घूमता-घामता आदमी, महीने में तीन-चार रुपया तो इसको ले चलने का खर्च हो जाएगा।

तब राय हुई कि घर के किसी कोने में पहले चलकर इस संदूकची को छिपा लूँ, तब फिर लौटकर पर्यटन करूँ। लेकिन उसमें भी खतरे के आसार नजर आने लगे। सब की नजरों से तो संदूकची बच भी जाए पर श्रीमतीजी की आँख से उसका बचना मुश्किल है। फिर अगर खोलने की मनाही कर दूँ तो वे समझेंगी कि इसमें किसी औरत का प्रेम पत्र है और वे जरूर खोलेंगी। तब तो शुरू से अंत तक सारी कहानी कहनी पड़ेगी। इसलिए मैं श्रीमतीजी के निकट भी बेवकूफ बन जाऊँगा, जो मुझे नापसंद है और पाठकों में से शायद ही कोई इस बात को पसंद करे कि अपनी औरत के सामने बेवकूफ बना जाए।

लोग सारे संसार में तो किसी तरह बेवकूफ बनना पसंद भी कर लें पर घर में घरनी के सामने बेवकूफ बनने के पहले जान दे देना अधिक पसंद करेंगे। अब अपने मन में तर्क-वितर्क करते-करते मैं इतना घबड़ा गया था कि मुझे इस बात की जरूरत मालूम हुई कि इस मामले में किसी सयाने से कुछ सलाह ली जाए। और एक ऐसे सयाने मिले भी। सब कथा सुनकर वे हँसे तो बहुत पर अंत में मेरी आजीजी देखकर उन्होंने राय दी कि इस जूते को बैंक में जमा कर देना ठीक होगा।

बैंकवाले गहना जमा करते हैं। जेवर की तौल ले के फिर उनकी स्लिप बनाई जाती है और बैंकवालों के सामने वह बक्से में बंद कर दिया जाता है। बैंकवाले उनको जमा कर लेते हैं। मालिक को माल के मुताबिक कुछ मासिक बैंक को देना पड़ता है। जेवर शरीर का भूषण है और है भी दोनों जकार ही। फिर अगर जेवर जमा होता है तो जूता क्यों न जमा होगा?

अपने मन में अनेकों बात सोचते हुए मैं उस जूते को बैंक में ले गया। बैंकवाले ने बिना किसी एतराज के कायदे के मुताबिक उसे जमा कर लिया और चार आना मासिक उसको देना तय हो पाया। हाँ, उसके साथ-साथ बैंकवाले ने यह भी शर्त लगा दी कि जिस मास में मेरा चार आना नहीं पहुँचेगा, उसी महीने में संदूकची के साथ वह जूता नीलाम कर दिया जाएगा।

अब मैंने संतोष की साँस ली। इस तरह से जमा कर देने से मैं हड़बड़ी में जूते को फेंकने से भी बच गया, उसके रखने का सवाल भी हल हो गया, श्रीमतीजी की नजरों से मेरी बेवकूफी का नमूना भी ओझल हो गया और सबसे बड़ा फायदा यह हुआ कि अब जब तक चार आने का महीना मैं भेजता रहूँगा, तब तक मुझे यह बात याद रहेगी कि मैं एक बेवकूफ आदमी हूँ और इस बात से मैं बराबर सँभल के चलूँगा।

□

यात्रा-वृत्तांत

घुमक्कड़

कभी काम नाम के पीछे दौड़ता है और कभी नाम काम के पीछे दौड़ता है। देखा गया है कि जिसको लोगों ने बहादुर सिंह कहके पुकार दिया, वह कभी-कभी वीर निकला और यह भी कि कभी-कभी किसी ने वीरता दिखलाई तो लोग उसे बहादुर सिंह कहकर पुकारने लगे। पर ऐसे भी बहादुर सिंह मिले हैं, जो चूहे या बिल्ली के कूदने की आवाज सुनकर चारपाई के नीचे दुबक गए और कहीं-कहीं ऐसे निर्बल राम भी देखने में आए हैं, जिन्होंने लोटा से बाघ मारा। हाँ, किस्सा मशहूर है कि निर्बल राम लोटा लेकर बाहर जंगल की ओर शौच के लिए गए थे। उसी बीच बाघ मिला और उन्होंने लोटा से मारते-मारते उसे मार दिया।

जो हो, मेरा नाम घुमक्कड़ है और मैं खूब घूमता हूँ।

लेकिन मैं कैसे घुमक्कड़ हो गया, इसका पता अब तक नहीं चला। यह कहना मुश्किल है कि पहले मेरा नाम 'घुमक्कड़' पड़ा, तब मैंने घूमना शुरू किया या मेरी भ्रमण वृत्ति देखकर दुनिया मुझे 'घुमक्कड़' कहके पुकारने लगी।

मेरे सामने रात-दिन, अँधकार-प्रकाश, दूर-नजदीक, सुविधा-असुविधा का कोई प्रश्न ही नहीं उठता। सुना है कि बागबाजार के रसगुल्ले सारे देश में मशहूर हैं और मैं बागबाजार पहुँच गया। मालूम हुआ, ताजमहल हमारे मुल्क का गौरव है और बंदा आगरा में दाखिल हुआ। किसी ने कहा कि लखनऊ की आर्ट गैलरी में वाजिदअली शाह की जो तसवीर है, वह बोलती मालूम होती है, बस, लखनऊ पहुँचने के लिए इतना ही सुन लेना काफी है। 'कंचनजंघा से सूर्योदय का दृश्य खूब भला लगता है, यात्री के भ्रमण वृतांत में इतना देखना और बंदा का कंचनजंघा पहुँच जाना। बुद्ध भगवान् के बारे में एक किताब पढ़ी। बुद्धगया, राजगीर, सारनाथ सब का नाम पढ़ा। मजाल क्या कि कोई अब मुझसे दूसरा काम करवा ले! पहले तमाम जगहों को देखूँगा, तब दूसरा काम करूँगा। वैसे ही डी.वी.सी. के चमत्कारों का नाम सुना तो दामोदर के किनारे तब तक घूमता रह गया, जब तक दामोदर गंगा में विलीन न हो गई। उपन्यास में जो पात्र पसंद आया, वह

मसूरी में रहना पसंद करता था, इसलिए मैं भी मसूरी का मजा लेने वहाँ पहुँच गया। हमारे देश के राष्ट्रपति को जब सेहत की जरूरत होती है तो पंचवटी जाते हैं। बस मैं सबकुछ ताक पर रखकर पंचवटी हो आया। नेहरूजी ने अपने एक लेख में 'सरमा भैली' की बड़ी तारीफ की। अब अगर मैं किसी से बात भी करूँगा तो वहाँ से वापस आके करूँगा। नेतरहाट की तरह पहाड़ की चौड़ी चोटी शायद ही कहीं हो, इतना ही सुना और मैंने नेतरहाट का कोना-कोना छान डाला। मेरे एक मित्र ने बताया कि जमशेदपुर के कारखाने में जो करेन लगा हुआ है, उसके मुकाबले का करेन एशिया में नहीं है। एक तरफ उनका वाक्य खत्म हुआ और दूसरी तरफ बंदा जमशेदपुर को रवाना हुआ। दूसरे दोस्त ने कहा कि बंबई के अमुक होटल में मछली का कवाब बेहतरीन बनता है। बंबई गया और कवाब खाकर मैंने अपनी धारणा उन्हें फौरन लिखी। मालूम हुआ कि मिर्जा गालिब की कब्र पर जो चंद वाक्य लिखे हैं, वे पढ़ने लायक हैं। बस उनको पढ़ने को मैं दिल्ली पहुँच गया। इस प्रकार बंबई, कलकत्ता, हिमालय और गंगा सब का ज्ञान लेकर आज मैं इस पथ पर घूम रहा हूँ। बंगाल के गाँवों में सूखी मछलियाँ खा चुका, बिहार के गाँवों में लिट्टी पर हाथ साफ कर चुका, यू.पी. के गाँवों से चुस्त-दुरुस्त हिंदी बोली-सीखी, पंजाब के गाँवों में हीर-राँझा की कहानी सुनी, राजपूताना में कभी-कभी आठ-आठ आना में एक घड़ा पानी लेकर स्नान किया, मद्रास में कई जगहों में इतना लाल मिर्च खा चुका हूँ कि अभी भी उसकी याद होती है तो जल्दी से चीनी खाकर अपना मुँह मीठा करता हूँ। कोलर गोल्ड फील्ड में मैं उतना नीचे कैसे गया था, इसको याद कर अब भी सिहर उठता हूँ और दिल्ली के कुतुब-मीनार पर एक साँस में कैसे चढ़ गया था, इस पर अब भी आश्चर्य होता है।

पुरी में समुद्र में स्नान करने में क्या आनंद है, मुझसे पूछिए। हरिद्वार में गंगा की धारा कितनी तेज है, यह भी मुझसे पूछिए। अलीगढ़ और बनारस हिंदू विश्वविद्यालय के छात्रों में क्या अंतर है, इस प्रश्न का जवाब भी मैं दे सकता हूँ। अहमदाबाद के मिल मजदूरों में से 80 प्रतिशत किस यूनियन के सदस्य हैं, इसकी भी रत्ती-रत्ती खबर मैंने वहाँ जाकर हासिल की है। डायमंड हार्बर और काग द्वीप के जो दृश्य हैं, उनका भी हूबहू चित्र मैं आपके सामने खींच सकता हूँ। चाय की खेती कहाँ कैसे होती है, इसका स्कूल के किसी भी वर्ग में मैं आँखों देखा वर्णन कर सकता हूँ। फतेहपुर सीकरी में ऊँची दीवार से किसी के सामने जब लोग तालाब में कूदते हैं, उस समय यात्री के मन में कैसे भाव पैदा होते हैं, इसको जब कहिए, मैं लिपिबद्ध कर सकता हूँ। देश के नवनिर्माण के हित सिंदरी में खाद का कारखाना मेरे सामने बना, चितरंजन किस प्रकार विकसित होकर आज इस अवस्था में पहुँचा है, इसको मैंने बार-बार वहाँ जाकर देखा है। भारत का वह कौन-सा तीर्थ है, जहाँ जाने से आपको अधिकाधिक आनंद मिलेगा, इस विषय

पर आप मेरी राय लीजिए। भारत का वह कौन-सा पहाड़, कौन गुफा या कौन कोना है, जहाँ सत्संगति के लायक साधु रहते हैं, इस मामले में भी आप मेरी सलाह लीजिए। भारत के राज्यों की सरकारों में किस सरकार ने शिक्षा की कैसी उन्नति की है, इसके लिए मैं अखबारों और प्रचार विभागों के आँकड़ों को नहीं देखता, क्योंकि व्यक्तिगत रूप से हर राज्य में जाकर मैंने इसका विधिवत् अध्ययन किया है। भारत के किस राज्य में जंगल की हिफाज़त सबसे बढ़-चढ़ के हुई है, इसका भी निर्णय मैंने तमाम जंगलों को देखने के बाद किया है।

देश का वह कौन-सा हिस्सा है, जहाँ के पुरुष सबसे ज्यादा मिलनसार होते है, देश का वह कौन-सा हिस्सा है, जहाँ की महिलाएँ मिलनसारी में सबसे आगे हैं, हमारे देश के बाहर से आए हुए क्रिश्चियन मिशनरियों ने देश के किस हिस्से में अपने सेवा कार्यों का कैसा जाल बिछाया है, यह सब कुछ प्रश्न हैं, जिनपर मैं अपने को अधिकारी विद्वान् मानता हूँ।

मैं यह भी बता सकता हूँ कि सारे मुल्क में कहाँ घी उम्दा होता है, कहाँ दूध बढ़ियाँ होता है, कहाँ तेल बेहतरीन होता है, पर वह नहीं बताऊँगा, क्योंकि वैसा होने पर सारा देश उधर ही बस जाने की कोशिश करेगा। यूँ तो मैं इस बात पर भी प्रकाश दे सकता हूँ कि भारत के किस अंचल के लड़के खूब पढ़नेवाले और मेधावी होते हैं, पर वह नहीं करूँगा, क्योंकि वैसा होने पर देश के बाकी हिस्से के लड़के अकारण मुझ पर क्रोधित हो जाएँगे।

बाजार में जब सेव की दुकान पर लोगों की भीड़ देखता हूँ तो मुझे हँसी छुटती है। शायद सेब के इन चाहनेवालों को यह पता नहीं है कि काश्मीर से आते-आते सेब में बहुत विकृति आ जाती है। मैंने महीनों सेब के बाग के पास डेरा रखकर ताजे सेब खाए, नतीजा यह हुआ कि अब बाजार के सेब अच्छे नहीं लगते। सिलहट की नारंगी के बारे में क्या कहूँ? कैसे कहूँ कि टोकरी में भर-भरकर मैं बाग से नारंगी लाता था और उनका रस निचोड़कर पीता था। लेकिन कहूँ या न कहूँ, चूँकि एक दिन वैसा हो चुका है, इसलिए अब बाजार से खरीदी गई नारंगी में कोई स्वाद नहीं मिलता।

आप अगर मेरे मित्रों की सूची देखेंगे तो आश्चर्य में पड़ जाएँगे। घोष, बोस, बनर्जी, चटर्जी, सेन, दत्त, हलदार, मुखर्जी इनकी तो गिनती ही नहीं है। अपने सूबे के मिश्र, पाठक, सिंह, चतुर्वेदी, द्विवेदी, सहाय, लाल, रुखेयार, मल्कियार, वर्मा, राम, मंडल, महतो, पासवान, रविदास आदि तो इतने कि आपको देखने और पढ़ने का धैर्य नहीं हो सकता। आगे देखिए तो खत्री भी, कक्कड़ भी, सक्सेना भी, पोद्दार भी, त्रिपाठी भी, उपाध्याय भी। अगर पन्नों को उलटते जाइए तो पटेल, अमीन, देसाई, राव, आचारी, सुचंती, महंती, चौधरी, महताब, धर, गाँधी, राव, चेटियर, ये सब आपको उसमें मिल

जाएँगे। सरसरी निगाह डालिए तो कोहली भी, गोयलीय भी, माथुर भी, मालवीय भी आप्टे भी, गुलरजानी भी, राँका भी और बाँका भी।

अगर धर्म के हिसाब से देखिए तो भारत में कोई ऐसा धर्म नहीं, जिसमें मेरे मित्रों की भरमार नहीं। जाति के हिसाब से देखिए तो जाति-जाति की पांति-पांति में मेरे मित्र जगमगा रहे हैं। राज्य तो कोई बिना मित्र के है ही नहीं, पर शहर भी बिरले हैं जहाँ दो-चार घर मेरे मित्र न बसे हों। वर्ग के हिसाब से देखिए तो अमीर, गरीब, ऑफिसर, मजदूर, किसान, लेखक, कवि, कलाकार, संपादक, गृहस्थ, व्यवसायी इत्यादि सबों का नाम इसमें है।

कहने का अभिप्राय यह है कि अपने देश में न कुछ देखने को बचा और न कुछ सुनने को बचा। हाँ, यह बात जरूर है कि अभी मैंने यह सारा वृत्तांत अपने दिमाग में रखा, याने मैंने किसी से नहीं कहा और इसीलिए अगर बचा तो बस कहने को बचा।

आज कुछ कहने की नीयत से, अपने को इस भारी दायित्व से मुक्त करने की नीयत से और इस भारी भार को हल्का करने की नीयत से मैंने लेखनी उठाई है। मेरे पास हर प्रकार के पत्थर पड़े हुए हैं, पर मैं पाठकों को विश्वास दिलाता हूँ कि जो नगीना मैं उन्हें देने जा रहा हूँ, वह बहुमूल्य और अलभ्य होगा।

□

दार्जिलिंग

विलियम ब्लैक ने लिखा है कि पेड़ या फूल की एक पत्ती में जो शोभा होती है, वह किसी की भी आँख में आँसू ला सकती है, पर अनजान के लिए वह सिर्फ एक बेजान पत्ती है। उसने जब ऐसा लिखा, बिल्कुल ठीक लिखा, क्योंकि दुनिया का आनंद वही ले सकता है, जो दुनिया को देखने की कला जानता है।

जिन्हें देखने की आँखें और समझने की ताकत प्राप्त है, उनके लिए हिमालय पर्वत के एक सुंदर और मनभावन दृश्य का मूल्य हीरे और जवाहरात से भी ज्यादा है। हिमालय उनके लिए पवित्र है, विशाल है, मनभावन है, प्रभु की सत्ता का इयत्ता है, उसकी शोभा के देवता का वरदान है एवं अमर कलाकार के स्वप्न की सृष्टि है। उसकी हिमाच्छादित अमल-धवल चोटियाँ, महिमामंडित घाटियाँ, वक्र चंद्रमा की तरह यत्र-तत्र बिखरी उसकी पगडंडियाँ, उसकी झीलें, झरने और चाँदी के समान नव उज्ज्वल जलधार के साथ बहनेवाली उसकी नदियाँ, सब एक से एक हैं, सब निराली हैं।

इस हिमालय में एक से एक जगह हैं जो अपनी शोभा के लिए, विचित्रता के लिए, नयनाभिराम दृश्यावली के लिए और स्वास्थ्यप्रद वातावरण के लिए, समग्र संसार में प्रसिद्ध हैं और उनमें से शायद सबसे प्रसिद्ध है दार्जिलिंग। मनहर और सुंदर, जादू के इस नगर दार्जिलिंग को हर इन्सान के लिए एक बार देखना जरूरी है।

तपस्वी ने इसे देखा तो तपस्या के लायक समझा, कलाकार ने इसको देखा तो उसे साधना की पृष्ठभूमि मिली और कवियों ने देखा तो उन्होंने सौंदर्य सरोवर में स्नान किया। रोगी गए तो सेहत लेकर आए और उद्विग्न गए तो शांति मिल गई। दार्जिलिंग क्या है, गोया कितने प्रश्नों का समाधान है।

सिलीगुड़ी से दार्जिलिंग हिमालय रेलवे के जरिए 51 मील चलकर दार्जिलिंग पहुँचा जा सकता है। सिलीगुड़ी से 32 मील जाने पर कर्सियाँग मिलता है, जो बहुत दिनों से एक हिलस्टेशन की तरह व्यवहृत होता आया है। छोटी जगह होकर भी

प्राकृतिक दृश्यों की प्रचुरता और आनंदप्रद वातावरण की संपन्नता के कारण काफी मशहूर है। यहाँ के चाय बागानों से संपूर्ण भारत को चाय मिलती है। कर्सियाँग से 15 मील आगे जाने पर याने सिलीगड़ी से 47 मील पर और दार्जिलिंग के चार मील इधर घूम स्टेशन है जिसकी ऊँचाई 7407 फीट है। दुनिया में कोई भी रेलवे स्टेशन इतनी ऊँचाई पर शायद नहीं है। यहाँ से चार मील आगे जाने पर दार्जिलिंग की मशहूर नगरी आती है, जो अपनी चित्र-विचित्र शोभा से दर्शकों का दिल खींच लेती है।

51 मील का यह रेलपथ संसार में अपना सानी नहीं रखता। यही एक रास्ता है जिसमें गाड़ी को पहले आगे जाना पड़ता है, फिर पीछे आना पड़ता है और फिर आगे जाना पड़ता है। यों आगे-पीछे करते 51 मील की राह को आदमी रेलगाड़ी से करीब-करीब 6 घंटे में पार करता है। और वाह रे दृश्य! यह दृश्य है, जो लाश में साँस फूँक दे, यह दृश्य है, जो रसिकों की जान ले ले। पतली, तिरछी, चक्करदार रेल की सड़क घूमती-घामती जाती है, हर मोड़ पर आगा-पीछा करती है और सामने मुसाफिर के एक दृश्य आता है। कहीं हिमालय सोने के रंग में डूबा नजर आता है, कहीं हिमालय पर चाँदी ढ़लती दिखाई देती है, कहीं सतरंगा इंद्रधनुष उगा हुआ नजर आता है। रंगबिरंगे रंगों का यह खेल। कहीं लाल-लाल गुलाल उड़ता नजर आता है, कहीं पहाड़ी हरी स्याही के समुद्र में डूबकर स्नान करती नजर आती है। पेड़-पौधे, फूल-पत्तियाँ सब एक-से-एक शोभा में मस्त, अपनी निराली अदा और मनलुभावन छटा पर दर्शकों को लुट जाने का निमंत्रण देती हैं। और सब के बाद ऐसा प्रतीत होता है कि यह सारा काव्यमय वातावरण, यह सारी अवर्णनीय शोभा और यह सारी निराली दुनिया एक रहस्यमय गंभीर और पवित्र संसार की ओर इंगित कर रही है, जिसका कण-कण देवत्वमय है और जिसके चप्पे-चप्पे पर देवता के पवित्र चरणों की छाप है।

यों तो हवाई जहाज से बागडोगरा हवाई अड्डे पर उतरकर भी दार्जिलिंग पहुँचा जा सकता है, पर इस रेलपथ का आनंद कुछ और ही है।

दार्जिलिंग में रिक्शा, डाँडी और टट्टू सब मिलते हैं। डाँडी पालकी के किस्म की एक सवारी है, जिसे कई आदमी लग कर ढोते हैं।

यहाँ से हिमालय की निम्नलिखित चेटियों के दर्शन होते हैं—

माउंट एवरेस्ट	29002 फीट
कंचनजँघा	28146 फीट
काबस	24002 फीट
जानो	25294 फीट

पंडिम	22010 फीट
नरसिंह	19130 फीट
सिनिओलच	22621 फीट

इन तमाम चोटियों का अपना-अपना रंग है, अपने-अपने प्रकार हैं, अपना-अपना ढंग है और अपनी-अपनी शोभा है। पर सबसे बड़ी भीड़ होती है दार्जिलिंग में उन यात्रियों की, जो टाइगर हिल से सूर्योदय का दृश्य देखना चाहते हैं। कहा जाता है कि कार्तिक पूर्णिमा की चाँदनी में जिसने ताजमहल की शोभा सुषुमा का दर्शन नहीं किया और टाइगर हिल से जिसने सूर्योदय का दृश्य नहीं देखा, उसका जीवन व्यर्थ ही गया।

दार्जिलिंग से टैक्सी पर सवार होकर खूब अँधेरे मुँह-लकान में याने करीब साढ़े तीन बजे सुबह मुसाफिर को टाइगर हिल आना पड़ता है। अँधेरे में, कुहासे में, शांति की उस गोद में, बहुत में मुसाफिर उत्सुकता के साथ उस अमर क्षण की प्रतीक्षा साँस रोककर करते हैं, जिस क्षण से संसार के एक दुर्लभ दृश्य का दर्शन उन्हें प्राप्त होगा।

क्रमशः अँधेरा हटता जाता है, कुहासा फटता जाता है, सामने मीठा-प्रकाश बढ़ता जाता है। ऐसा प्रतीत होता है कि सामने की उजली बर्फीली चोटियों पर कोई रंग-बिरंगा जाल फेंक रहा है और इन सबों के साथ-साथ हिमशिखरों का रंग सतत परिवर्तित हो-होकर चमचम करता हुआ आँखों में चकाचौंध उत्पन्न कर रहा है। इसी बीच कोई देवता-पुत्र एक सोने का गोला लेकर धीरे-धीरे उसको उछाल रहा है और हिमशिखरों को अपने रंग में रँगता हुआ शनैः शनैः आगे बढ़ रहा है। कवि बोल उठता है—

अँधकार का द्वार खोल दे,
किरण-किरण में स्वर्ण घोल दे,
बिछुड़ा साथी आता है अब,
प्राची जय-जयकार बोल दे।

और अब ऐसा मालूम होता है कि इंद्रधनुषी रथ पर सवार होकर लाल सूरज सारे संसार को जीतने का कार्यक्रम बनाकर पर्वतों पर अपना साम्राज्य विस्तार करता हुआ आगे बढ़ता आ रहा है।

यह दृश्य है जिसके दर्शन में नैन थकें या नहीं थकें पर वर्णन में बैन थक जाते हैं। कुछ अजब नाजो अंदाज है उस सूर्योदय का कि वह अंदाज में अँट नहीं सकता और उसको बिना देखे सिर्फ सुनने या पढ़ने मात्र से कल्पना वहाँ तक पहुँच नहीं सकती। वह अंदाज की पकड़ के बाहर और कल्पना की पहुँच के परे है।

यह तो कुछ चोटियों की और सूर्योदय की बात रही, पर इसके अलावे भी दार्जिलिंग में और उसके आसपास बहुतेरी देखने की चीजें हैं। यह नेपाल, भूटान, सिक्कम, तिब्बत और भारत की संस्कृति का मिलनस्थल है।

कुहासे का खेल देखिए, बादलों की आँखमिचौनी देखिए, ओस की लीला देखिए एवं धूप और छाया का नृत्य देखिए। दाएँ-बाएँ इधर-उधर हिममंडित शिखरों की गौरव गरिमा दिखाई देती है, नयनाभिराम पर्वतीय प्राकृतिक दृश्यों में विधाता की कला कुशलता, रहस्यमयता, गोपनीयता, पवित्रता और महिमा दिखाई देती है, पेड़-पौधों में, झाड़ी-झुरमुटों में, फूलों में, सब मिलाकर एक अपरूप सुषमा दिखाई देती है। और सबके ऊपर जादू करती है; चिड़ियों की चहक तथा तितलियों की चमक। कहते हैं कि तितलियों और फलों के मामले में दार्जिलिंग तमाम जगहों को पीछे छोड़ गया है। फूलों की ठीक गिनती नहीं हुई पर अकेले गुलाब की सैकड़ों किस्में हैं और तितलियों का जहाँ संग्रह है वहाँ, 600 तरह की तितलियाँ देखने को मिलती हैं।

देखने की चीजों में झूलने वाला पुल, सेंचल झील, दार्जिलिंग गोल्फकोर्स, तेनजिंग स्कूल ऑफ माउंटेनीयरिंग, कैभेंडर डेयरी फार्म, घूम मोनास्टरी, टाइगर हिल के अलावे खास दार्जिलिंग में ओवज भेंटरी पहाड़ी, लेबंग रेसकोर्स, बोटेनिकल गार्डन, वर्चहिल पब्लिक पार्क, विक्टोरिया झरना इत्यादि प्रमुख हैं। मिशनरियों के बनाए भवनों में भी कई अच्छे हैं और सरकारी इमारतें भी यहाँ प्रमुख इमारतों में हैं। तेनसिंह का नया घर भी दर्शनीय है।

और माल रोड आकर्षण का केंद्र है। मालरोड, जो दार्जिलिंग का बेहतरीन बाजार है। यहाँ एक साथ लेपचा, लेमुआ, भुटिया, तिब्बती, नेपाली, पहाड़िया, बँगाली, कश्मीरी, मारवाड़ी, बिहारी सब घूमते हुए नजर आते हैं। जो भी यहाँ एक बार जाएगा, वह बार-बार जाने की कामना करेगा और जो एक बार यहाँ नहीं जाएगा, वह जीवन पर पछताएगा। □

कलकत्ते का वनस्पति बाग

खास कलकत्ते से 12 मील दूर 'शिवपुर कॉलेज आफ इंजीनियरिंग' के पास भारत की एक कीमती राष्ट्रीय संपत्ति अवस्थित है, जिसको बोटेनिकल गार्डेन के नाम से पुकारते हैं।

विचित्रताओं से भरी, जादू की नगरी कलकत्ता जाकर आपने बोटेनिकल गार्डेन नहीं देखा तो कुछ नहीं देखा। कलकत्ते में जिस समय कोलाहल अपनी चरम सीमा पार करता होता है, उस समय भी इस बाग में स्निग्ध शांति रहती है। सड़ी गरमी में इन्सान जब कलकत्ता से अपना दामन छुड़ाकर भाग जाना चाहता है, उस समय भी इस बाग के विचित्र वटवृक्ष के नीचे एक अजीब ठंडक रहती है, जो इन्सान का दामन थाम लेती है।

चित्त को पवित्र और प्रसन्न करनेवाली चीजों में दो प्रधान हैं, जलाशय और बाग-बगीचे। इस बात को ध्यान में रखकर यह सोचिए कि जहाँ हुगली जैसी नदी और बोटेनिकल गार्डेन जैसे बाग एकाकार होते हैं, वहाँ की पवित्रता और प्रसन्नता का भला क्या पारावार होगा ?

यह बाग है, जो शक्ति और वृत्ति को नवीन स्फूर्ति देता है, यह बाग है, जहाँ भावना और कर्त्तव्य का मेल होता है, यह बाग है, जहाँ चेतना और कल्पना की संधि होती है, यह बाग है, जहाँ रस और सौंदर्य की सतत सृष्टि एवं वृष्टि होती है।

यहाँ का एक-एक पेड़ कहानियों और कविताओं से लदा हुआ है। हवा के हरेक हल्के झोंके के साथ यहाँ नई-नई खुशबू आती है, जो घूमनेवालों के दिल एवं दिमाग को मस्त और आप्लावित कर देती है। यहाँ की सड़क का एक-एक इंच शोभा में डूबा हुआ है, जिस पर चलने में राहगीर को थकान नहीं होती।

एशिया में एक, संसार में निराला, खूबियों और दुर्लभ पौधों से भरा-पूरा, यह बाग बँगाल का ही नहीं, सारे भारत का गौरव है। घूमनेवाला घूमता रह जाए, आँख नहीं अघाए, देखनेवाला देखता रह जाए, शोभा नहीं समाप्त हो और गौर करनेवाला गौर करता रह जाए पर विचित्रता समझ में नहीं आए।

एक पेड़ है, जिसका एक पत्ता दूसरे से नहीं मिलता। जैसे हिंदुस्तान में करोड़ों आदमी हैं पर उनकी आकृति भिन्न-भिन्न है, वैसे ही इस पेड़ के हजारों-हजार पत्तों की हजारों किस्में हैं। चार पत्ता तोड़ के ले जाइए, चार जगह दिखाइए, यही आवाज आएगी कि चारों चार पेड़ के पत्ते हैं।

एक फूल है। देखने में बेहद सुंदर, छूने में निहायत कोमल, सुगंधि से भरा-पूरा, नाम का नागलिंगम। हर फूल के बीच में लिंग रूप महादेव बैठे हुए हैं और हर फूल में शेषनाग सहस्त्रों फन फैलाकर आपताप से शिवजी की रक्षा कर रहे हैं। यह फूल शाखों में नहीं, पेड़ की जड़ में ही फूलता है और शिवजी पर चढ़ता है।

एक विशाल बड़ है, जिसकी जड़ का पता नहीं, पर जिसका धड़ चार एकड़ में फैला हुआ है। ऊपर से लटकते-लटकते वृक्ष के एक हजार तने जमीन में गड़ते चले गए हैं और इस प्रकार इन तनों ने चार एकड़ जमीन को अपने बाहुपाश में जकड़ लिया है। गरमी का तापमान चाहे जितना भी रहे, यहाँ बराबर आपको ठंडक मिलेगी, जो हर रोज इस छाया में आकर जुड़ा लेने का निमंत्रण देगी। संसार में अपने ढंग का यह एक ही पेड़ है, जिसको जिसने देखा, उसी के मुँह से वाह-वाह निकल गया। इस पेड़ पर मैंना का एक झुंड रहता है, जो दर्शनीय है। इस पेड़ की उम्र 200 वर्ष है और कहा जाता है कि दुनिया में यह सबसे बड़ा पेड़ है। 1925 में इसकी जड़ नष्ट हुई थी, तब से धड़ खड़ा है।

इस बाग का रकबा 273 एकड़ है एक मील तक इसके साथ चल-चलकर हुगली नदी इसका चरण पखारती है, वनस्पति-शास्त्र में इन्सान का ज्ञान जहाँ तक दौड़ सका है, करीब-करीब वहाँ तक की दौड़ लगाकर अधिकारियों ने इसमें 16 हजार प्रकार के पेड़-पौधों के एक संसार का निर्माण किया है, जो एशिया में दुर्लभ है। बाग के चारों ओर घूमनेवालों की सुविधा के लिए सीधी, तिरछी, चक्करदार, लहरदार, साँप की तरह बल खाती एक सड़क दौड़ती है, जिसकी लंबाई 10 मील है। इसके पेड़ों पर शरण लेनेवाली चिड़ियों की किस्में भी हजारों हजार हैं, जिसकी चहक से इसका वातावरण सतत गुलजार रहता है। अधिकारियों से लेकर दरबान और माली तक को मिलाकर इसमें काम करनेवालों की संख्या करीब 275 है, जिसमें कॉलेज की शिक्षा न पाकर भी वनस्पति-शास्त्र के बहुत से ऐसे जानकार हैं, जो बॉटनी के स्नातक को ललकारते हैं। 1786 में स्थापित होनेवाले इस बाग की तवारिख के 170 वर्ष में 1864 और 1867 में एवं और भी कई बार बड़े-बड़े तूफान आए, जिन्होंने इस बाग की अपार क्षति की, पर सबका मुकाबला करता हुआ यह बाग सतत विकास के पथ पर अग्रसर है। करीब 1000 (एक हजार) दर्शक रोज इसको देखने आते हैं और करीब 20000 (बीस हजार) वनस्पति-शास्त्र के विद्यार्थी इसमें हर साल भम्रण करके ज्ञानार्जन करते हैं।

लेकिन अगर आपने इतना ही देखा तो इस बाग का एक कोना भी नहीं देखा। देखिए

यह पतंगमुख है। अब तक आपने बहुतेरे ऐसे कीड़ों को देखा होगा, जो पेड़-पौधों को, पत्तियों को खा जाते हैं, पर इस बाग में जाकर आप एक ऐसा पौधा देखिए, जो कीड़ों को खाकर पचा जाता है। यही है पतंगमुख, इसके अगल-बगल में इस प्रकार की नली बनी है कि एक बार कीड़ा उस नली में घुस जाए तो फिर बाहर न आ सके, वहीं वह पौधे का आहार बन जाए। हिमालय की तराई में से लाकर इस बाग के सुपरिंटेंडेंट महोदय ने इस पौधे का उद्धार किया है। और उससे भी गजब है यह फूल राक्षस कमल। भारत के अनेकानेक भागों में भिन्न तालाबों में आपने अब तक कई प्रकार के कमल का दर्शन किया होगा। एक-से-एक सुंदर और मनहर पर तब भी इस कमल पर आपकी नजर अब तक न पड़ी होगी। यह इस बाग की खास चीज है। इसका जो पत्ता है, उसका वृत्त 6 फीट है, जिस पर मजे में एक छोटा लड़का बैठ जा सकता है। वह हरगिज गिरने को नहीं, डूबने को नहीं, सही सलामत वापस चला आएगा। यह अमेरिका से आया है! वहाँ इसकी पत्तियों का वृत्त 8 फीट होता है। जुलाई से दिसंबर इसमें फूल लगने का दिन है। इसका फूल अपार खुशबूदार होता है, सुबह को सफेद रहता है और शाम को लाल हो जाता है। अब तक आपने रंग बदलनेवाला आदमी देखा होगा, पर पहले पहल रंग बदलनेवाला फूल भी देख लीजिए।

और भी एक फूल है, जो तीन दिन में तीन रंग बदलता है। पहला दिन वॉयलेट, दूसरा दिन स्लेटी कलर और तीसरा दिन उजला हो जाता है। नाम फ्रानसिसिया है, दर्शन सुखद है, मौसम बारहों महीना है और खुशबू 'चमेली' की तरह है।

उससे भी विचित्र एक पौधा है, जिसका अंग्रेजी नाम फर्न है। धड़ इसका रेशम-सा कोमल चमकीला है और औरत के बाल की शकल का होता है और पत्ते निहायत खुबसूरत, छोटे और बेहद मुलायम होते हैं।

इस बाग ने बहुत से साहबों की सोहबत की है और बहुत से अफसरों का स्वागत किया है। जो एक-एक कर आए और बाद में कुछ बढ़ा-चढ़ाकर अपना करिश्मा दिखाकर चले गए।

ईस्ट इंडिया कंपनी के समय में रॉबर्ट कीड की जो छोटी-सी फुलवारी थी, वही आज विशाल बाग में परिवर्तित हो गई है। पहले में ही और गर्म मसाले की खातिर रॉबर्ट कीड की देख-रेख में यह बाग लगा, पीछे कीड के सुझाव पर ही कंपनी ने इसको बढ़ाने की योजना स्वीकार की। कीड ही इसके पहले सुपरिन्टेंडेंट बहाल हुए और 1799 में उनकी मृत्यु के बाद इस पद पर आसीन हुए विलियम रौक्सबर्ग। इनके जमाने में बाद में बड़े-बड़े सुधार हुए बड़ा विस्तार हुआ और नई चीजें तैयार हुईं, जिसकी वजह से उनको भारतीय वनस्पति-शास्त्र का पिता कहा जाता है। उन्होंने पौधों की सूची तैयार करवाई। भारतीय कलाकारों से पौधों की करीब 2500 तसवीरें बनवाईं और स्वयं भी

उन्होंने 'फूलोरा इंडीका' नाम की किताब लिखी, जो 1832 में तीन भाग में प्रकाशित हुई। उसके बाद भी कई सुपरिन्टेंडेंट हुए, जिन्होंने दूर-सुदूर देशों, अलंघ्य पर्वतों और सघन एवं भयावने वन प्रांतों में घूम-घूमकर अनेकानेक पौधों का पता लगाया और उनको बाग में लगाकर पौधों के परिवारों का अगणित विस्तार किया। उसी परंपरा में आज श्री देवव्रत चटर्जी हैं। कृषि अनुसंधानशाला, दिल्ली में ये दो वर्ष तक प्रोफेसर भी थे और आज अपने देश-विदेश के तमाम अनुभवों का उपयोग इस बाग को संसार का अनुपम बाग बनाने के लिए कर रहे हैं, खट रहे हैं, रट रहे हैं और अनवरत परिश्रम एवं शोध-कार्य में लीन हैं।

बाग में वैसे भी पौधे हैं, जो मनुष्य के ज्ञानभंडार को विस्तृत करने में सहायक हैं, वैसे पौधे भी हैं, जो दर्शकों के आनंद और बहार का विस्तार करें, बहुतेरे फूल देते हैं, बहुतेरे फल देते हैं और बहुतेरे फल-फूल दोनों देते हैं और बहुतेरे हैं, जो दवादारू के काम में आते हैं। ब्लड प्रेशर याने रक्तचाप की दवा में प्रयोग होनेवाला रावलफिआ भी यहाँ प्रचुर परिमाण में हैं। एक एकड़ के रकबे में ताड़बन है जिसमें तरह-तरह की तीन हजार ताड़ हैं मृन्जीवी वनस्पतियों का अलग संग्रह है, जो दर्शनीय है। शुष्क वनस्पतियों का भी अलग संग्रह है, जिसमें 25 लाख प्रकार के नमूने हैं और जो दुनिया में निराला है और दो संवर्धन गृह हैं, जिनमें फूलों और पौधों की भरमार है तथा जिनका आदान-प्रदान सारे भूमंडल से चलता है। वनस्पति-शास्त्र से संबंधित 30 हजार अमूल्य पुस्तकों से सुशोभित एक पुस्तकालय है, जो इस क्षेत्र के विद्वान् जिज्ञासुओं की जिज्ञासा की तृप्ति करता है।

बँगाल सरकार के तीन विभागों के द्वारा इस बाग का प्रबंध होता है। वे हैं, कृषि, पशुपालन एवं जंगल-विभाग।

इतना होने पर भी अभी इस बाग को संपूर्ण एवं परिपूर्ण बाग नहीं कह सकते। खामियाँ हैं, जिन पर हमारा ध्यान जाना जरूरी है। कुछ ऐसे पौधे हैं जिनके लिए बेहतर नमी की जरूरत होती है। उनको अगर इस बाग में लाना और पनपाना है तो यहाँ शीशे के शीतताप नियंत्रित घर की आवश्यकता है। इसमें करीब 50 हजार का खर्च है। भारत सरकार को तथा दानी-मानी सज्जनों को इस बाग को परिपूर्ण बनाने के काम में आगे आना चाहिए।

तरह-तरह के शोभा कार्यों के लिए जिस प्रकार विपुल व्यय की आवश्यकता होती है, उसकी भी यहाँ कुछ कमी है। इस बाग में नाना प्रकार के शोध-कार्य हो सकते हैं। कौन जमीन में कौन पौधा लगे, किस हवा पानी में कौन पौधा अनुकूल होगा, पौधे जल्दी कैसे बढ़ेंगे आदि।

□

रजरप्पा के महान् दर्शन

बिहार में छोटानागपुर स्वर्ग का एक टुकड़ा है। वहाँ क्या नहीं है ? कवि के लिए कविता, साहित्यिक के लिए बेशुमार साहित्य, राजनीतिक के लिए गहन और पेचीदे दाँवपेंच, सेवाव्रती के लिए सेवा करने का महान् अवसर। हुंडरु, जोन्हा के प्रपात देखिए, जहाँ कविता सतत झर-झर करके झर रही है। सीधे-सादे ग्रामवासी, पुराने पर साफ-साफ गाँव, जहाँ नाचों और गानों की बराबर झड़ी है। फूलों की सुरभि, चक्कर खाती हुई सड़क की शोभा, बल खाती हुई नदी का सौंदर्य, छोटी-छोटी पहाड़ियों की अपरंपार सुषमा, जंगलों की भीषण गहनता और वन के पक्षियों का कलरव, सब मिलकर मन को मोह लेते हैं।

इसी छोटानागपुर में एक है रजरप्पा। हजारीबाग जिले में रामगढ़ से 15 मील चलने पर गोला आता है और गोला से 8 मील चलने पर रजरप्पा के दर्शन होते हैं। रजरप्पा और कुछ भी नहीं, प्राकृतिक दृश्यों का खजाना है। प्रकृति ने मुक्तहस्त से अपना दान यहाँ लुटाया है और आनंद की बात यह है कि मनुष्यों के संसार ने अब तक प्रकृति के इस प्रदेश पर किसी प्रकार का जुल्म भी नहीं किया। हाँ, इन दृश्यों के पास ही किसी ने देवी का एक मंदिर अवश्य बना दिया है और वहाँ दो-चार पंडे और पुरोहित बैठे भी रहते हैं, पर उन लोगों के या मंदिर के कारण इसकी शोभा-सुषमा में कोई भी फर्क नहीं पड़ता।

रजरप्पा है क्या चीज? यह नदी भी नहीं, पहाड़ भी नहीं, झरना भी नहीं, जंगल भी नहीं और यों, कहिए तो यह नदी भी है, पहाड़ भी है, झरना भी है और जंगल भी है, मानो यह सबका सम्मिश्रण है।

चारों ओर से जंगल है। बीच में पहाड़ है। पहाड़ को चीरती हुई दामोदर नदी एक ओर से आती है। प्रश्न होता है कि दामोदर नदी ने पहाड़ को चीरा है या नदी पहले से थी ? पीछे कालक्रम से यहाँ पहाड़ हो गया है। दामोदार ने पहाड़ को चीरा है, यह कुछ अधिक सही प्रतीत होता है, क्योंकि नदी के अगल-बगल पत्थरों की जो बनावट है, वह इतनी खुरदरी, ऊबड़-खाबड़ और फिर कहीं अजीब तरह से इतनी चिकनी भी है कि

मालूम होता है कि सदियों से पानी का उनसे संघर्ष होता रहा है। हाँ, तो मान लिया जाए कि दामोदर नदी पहाड़ को चीरकर यहाँ आई है। और जब दामोदर नदी यहाँ पहुँच गई है, दो ओर से दो नदियाँ उससे मिलने को यहाँ आई हैं। उनमें से एक तो छोटी नाली की तरह जंगल से होती हुई आई है और दूसरी, जो भेंड़ा नदी है वह बड़ी ही शानशौकत से दामोदर से मिलने आई है। अगर दामोदर इस जगह पर पहाड़ को चीरती हुई आकर अपनी विजय-डंका बजा रही है तो भेंड़ा पहाड़ की छाती पर चढ़ के उछलती-कूदती पहाड़ पर विजय प्राप्त करती हुई दूसरी ओर से विजय के गीत गा रही है। अगर दामोदर को यह गुमान है कि वह पहाड़ को चीरती यहाँ तक आई है तो भेंड़ा को यह अभिमान है कि वह भी पहाड़ पर चढ़कर यहाँ तक आई है। और भेंड़ा का उछलना-कूदना यहाँ इतना मनहर हो गया है कि एक चट्टान से दूसरे पर चढ़ते समय उसके उछल-कूद में झरने का मजा आता है। वैसी ही झर-झर आवाज, वैसा ही साफ निर्मल पानी। करीब 500 फीट तक भेंड़ा इस प्रकार पहाड़ पर चढ़कर आई है और इस बीच उसने पहाड़ की उदर दरी में कितने स्थान में गड़हे बना दिए हैं, कई जगह प्रपात-सी ऊपर से गिरी है और कई जगह छोटी पतली धारा के रूप में कलकल-छलछल बहती रहती है। यह सब जल सिमटकर दामोदर में गिर जाता है और यहाँ से तीनों नदियाँ एक में मिलकर मीलों तक पहाड़ को काटती और उससे लड़ती अपनी राह चली गई हैं।

बीच में 50 फीट चौड़ी और न जाने कितनी गहरी नदी है। दोनों किनारों पर करीब सौ-सौ फीट पहाड़ है, जिस पर कहीं-कहीं बालू का ढेर है और कहीं पेड़ उग आए हैं। और उसके बाद पहाड़ के दोनों ओर हरा घना जंगल है, जो न जाने कहाँ तक चला गया है। अब आपकी समझ में यह आ गया होगा कि रजरप्पा क्यों सब का सम्मिश्रण है!

यह लिखने की नहीं, अनुभव करने की चीज है। पत्थर-पत्थर पर चित्र बना मालूम होता है। नदी ने जहाँ पहाड़ को काटा है, वहाँ एक-एक पत्थर नदी की ओर इस प्रकार झुका हुआ है, जिससे मालूम होता है कि नदी रानी के सिर के ऊपर पत्थर का चँवर तना हुआ है। दोनों तरफ से इन पत्थरों की झुकी हुई मुद्रा देखकर आदमी यह सोचने लगता है कि जिन पहाड़ों को चीरकर नदी ने अपने लिए यहाँ राह बनाई है, कहीं वे पत्थर षड्यंत्र करके फिर नदी को ढँककर उसका अस्तित्व तो नहीं खत्म कर देंगे? एक ग्राम निवासी से मैंने पूछा तो उसने कहा कि युग-युग से यह पत्थर इसी प्रकार झुके हैं।

अपना-अपना मत है और अपना मत देने को सब कोई स्वतंत्र भी हैं। मेरा अपना मत है कि रजरप्पा का यह जो दृश्य है, वह जोन्हा और हुंडरू के दृश्यों से भी दो कदम आगे है।

एक तरफ जिधर से दामोदर आई है और एक तरफ जिधर से भेंड़ा आई है और फिर उस तरफ जिधर तीनों नदियाँ मिल के बही हैं, तीनों तरफ मीलों तक बीच में नदी

और किनारे पर पहाड़ के साथ जंगल कितना सुंदर है!

शांति इतनी कि दूर पर कहीं चिड़िया भी चहकी तो वह भी पानी की आवाज के साथ गूँज जाती है, स्वच्छता इतनी कि आप गिरी हुई सुई को भी आसानी से खोज सकते हैं।

हरिद्वार में समतल जमीन में गंगा की धारा बहुत ही तेज है। यहाँ जहाँ-जहाँ भेंड़ा पहाड़ से गिरी है, वह इतनी तेज है कि चट्टान के पास पहलवान भी बैठें तो बह जाएँ।

बीच में नदी की धारा तीव्र नहीं है, पर उसको देखकर खयाल होता है कि अलबत्ता यही आदमी की भी लगन होनी चाहिए। लाख विघ्न-बाधाओं ने पथ रोका है, पर नदी ने बह के दम लिया है! किनारे पर सुघर नहीं, खुरदरे पत्थर हैं पर उनके रूप से ऐसा मालूम होता है कि जैसे किसी शिल्पी ने उन्हें खराद से खरादा हो। किनारे पर के सभी उगनेवाले छोटे-छोटे पेड़ जैसे निर्बोध शिशु की तरह इन दृश्यों को देखकर तृप्त हो रहे हैं। चारों तरफ से गहन जंगल इस प्रकार छाया है जिसको देखकर मालूम होता है कि जंगल इस चिंता में इस सुंदर प्रदेश की रखवाली कर रहा है कि कहीं मनुष्यों की नजर इस पर पड़ न जाए और वह इस दृश्य को बरबाद कर दें।

मैं उस ओर थोड़ी दूर तक गया हूँ, जिस ओर से दामोदर आई है। उफ्! पहाड़ के पत्थरों को दामोदर ने इस कदर काटा है कि मालूम होता है कि ये कट-कट कर पहाड़ के दाँत बन गए हैं और उनकी विकरालता ऐसी है कि उन दाँतों के अंदर हाथी भी पड़ जाए तो दब जाए, उसका पता न लगे। प्रतीत होता है कि मगर अपने विकराल मुँह बाकर किसी को लीलने का उपक्रम कर रहा है। नहीं तो लंका के अनेकानेक राक्षस अपने विकराल दाँतों को दिखला कर देवताओं को डराने की कोशिश कर रहे हैं। इतना होने पर भी पत्थरों का क्रम ऐसा है कि ऊपर-नीचे घूमने-टहलने को वे खुदबखुद सीढ़ी बन गए हैं।

एकाध जगह पत्थरों में छेद करके पानी इस प्रकार बह रहा है कि ज्ञात होता है कि कोई नायिका खिड़की की राह से भागी जा रही है।

इधर दामोदर का रूप कुछ भयंकर है। जगह-जगह धारा गुरु-गंभीर गरजन के साथ नीचे गिर रही है और पानी ऐसा चक्कर खा रहा है कि उसके इस विकराल व्यूह में कुछ भी नेस्तानाबूद हो सकता है।

प्रकृति का यह अनुपम चित्र अब तक नजरों से ओझल था, इस पर आश्चर्य होता है। न जाने कितने साहित्यिक, कितने कवि और कितने रसिक अभी इसके दर्शन से वंचित होंगे!

यह घाटी भी है, पहाड़ की तराई भी है, कठिनाई की मंजिल भी है। यहाँ एक साथ कठोर, भयंकर पत्थर, साँय-साँय करनेवाली शून्यता और कोमल-आर्द्र पानी सबका निवास है।

थोड़ा और आगे बढ़ा। यहाँ देखता हूँ तो दामोदर ने पहाड़ को चीरा भी है और जरूरत होने पर पहाड़ पर चढ़ भी गई है। मालूम होता है कि भेंड़ा से जहाँ दामोदर मिली है, वहाँ दामोदर बोलती है कि जो पुरुषार्थ तुमने यहाँ एक क्षण के लिए दिखलाया है, उसी पुरुषार्थ के बल पर मीलों से चल के मैं यहाँ आ रही हूँ। तुम अभी पहाड़ पर चढ़ के आ रही हो और मुझे न जाने कितनी बार पहाड़ पर चढ़ना पड़ा है।

इस जगह छोटे-छोटे वैसे पत्थर कई रंग के मिले, जिन्हें हम शालिग्राम कह कर पूजते हैं। श्वेत भी, लाल भी, चितकबरे भी, धूमिल भी, बादामी भी।

एक बात का और भी पता चला। वह यह कि भेंड़ा का पानी बिलकुल साफ है और दामोदर का पानी कुछ गँदला है।

वहाँ से कुछ दूर और गया। यहाँ का कौतुक और भी विचित्र देखने में आया। भेंड़ा के जिस रूप पर मैं मुग्ध था, दामोदर ने उसको यहाँ बिलकुल पीछे छोड़ दिया है। करीब एक हजार फीट दूर तक पहाड़-ही-पहाड़ हैं। उस पर दामोदर कहीं छः ओर से, कहीं पाँच ओर से और कहीं चार ओर से नीचे चली आ रही है। हुँडरू का जो रूप एक जगह देखा था, वह यहाँ कई रूपों में देखने को मिला। दामोदर की तमाम धाराओं को अगर यहाँ एक में मिला दिया जाए और इसी प्रकार ये पहाड़ पर उछलती, कूदती, उधम मचाती, हाहाकार करती, फुँफकार करती, जलकण उड़ाती, जलवाष्प से चट्टानों को सींचती नीचे आवें, तो इसमें तीन चार हुँडरू मजे में समा जाएँ। हाँ, हुँडरू से एक बात में अंतर जान पड़ा कि वहाँ जो इंद्रधनुष का रूप दिखाई पड़ा था, वह यहाँ नहीं दिखाई देता।

धन्य दामोदर धन्य! मैं तेरे इस रूप के सामने, कमाल के इस काम के सामने, इस नाच के सामने, इस गाने के सामने और इस लीला-लावण्य के सामने नतमस्तक हूँ।

वहाँ से लौटा हूँ तो मंदिर में माता का दर्शन करने गया हूँ। पुजारी ने चार आना चढ़ाने की वजह से मुझसे कुछ सहानुभूति दिखलाई है। पूछने पर पता चला है कि इस मंदिर को बहुत दिन पहले किसी राजा ने अपनी साधना के लिए इस निर्जन में बनवाया था। हालत इसकी अच्छी है। चारों ओर से चार गुंबद की तरह चबूतरे भी बने हैं। पास में एक धर्मशाला है, जहाँ आदमी ठहर सकता है। धर्मशाला में दो कमरे हैं।

इन पुजारियों से मालूम हुआ कि भेंड़ा नदी दक्षिण से आई है। शायद राँची जिले के उस स्थान से निकली है, जिसे चूटूपाली का घाट कहते हैं। दूसरी नदी नाले के रूप में मतलाही के नाम से मशहूर है, जो दक्षिण-पश्चिम के कोने से आई है। तीनों मिल के पूरब-उत्तर कोने में बहकर अंततः पूरब को चली जाती हैं।

इस जगह तीन थानाओं का संगम है। भेंड़ा नदी के पूरब में गोला थाना, भेंड़ा नदी के पश्चिम में रामगढ़ थाना, दामोदर के उत्तर में गोमिया थाना। तीनों थानाओं को रजरप्पा

विभक्त करता है। या यों कहिए कि तीन थानाओं के इस संगम को ही रजरप्पा कहते हैं। शायद राजा ने इस खूबसूरत जगह का आविष्कार करके प्रथम ध्वज का निरूपण किया, इसीलिए यह रजरप्पा कहलाया।

बगल में कुछ गाँव हैं, जिनमें भेंड़ा के पश्चिम लेंढ़ीटोंगरी और भूचुँगड़ी हैं, और पूरब में हँसापोड़ा है, जहाँ के ब्राह्मण राढ़ श्रेणी के हैं और माँ के मंदिर के पुजारी हैं।

पुजारियों से यह भी मालूम हुआ कि यों तो दामोदर में जगह-जगह पहाड़ियों का दर्शन होता है, पर यह जो पहाड़ के साथ दामोदर का वर्त्तमान संघर्ष है, वह यहाँ से करीब पाँच मील आगे से शुरू हो जाता है। यह भी मालूम हुआ कि करीब एक मील जाने पर गर्म पानी का भी एक झरना मिलता है। अफसोस, समय नहीं था, नहीं तो हम कुछ दूर और जाते।

जिस कार पर हम लोग यहाँ आए हैं, उसके ड्राइवर के मन में ये दृश्य कुछ भी गुदगुदी नहीं उत्पन्न करते, क्योंकि वह बार-बार यहाँ आता है और पुराना हो गया है, पर मैं सोचता हूँ कि अगर यहाँ बस भी जाऊँ, तब भी इन दृश्यों की नूतनता मेरे मन में सतत हलचल मचाती रहेगी।

राय होती है कि कुछ दिन तक यहाँ ठहरूँ और तीनों तरफ बारी-बारी से घूमकर यह जानूँ कि कहाँ से इस दृश्य का आरंभ होता है और कहाँ जाकर यह खत्म होता है। कहाँ इसमें क्या विचित्रता है, इसको जानने की भी उत्सुकता है। लेकिन समय कहाँ है? इन्सान ने अपना संसारी कारबार बढ़ा के प्रकृति के साथ का अपना संबंध बहुत ही कम कर दिया है। इस मनोरम दृश्य को भी कवि छोड़ने के लिए विवश होता है, क्योंकि खटखट करती हुई तार उसको अपनी ओर बुलाती रहती है। कवि के हृदय की गति कुछ और, और जगत् के हृदय की गति कुछ और है। इन्सान के चारों ओर की दुनिया कुछ और है, जो छल-छंदों से भरी है और प्रकृति का यह मनभावन सुहावन टुकड़ा कुछ और है जो पाप-तापहरण सौंदर्य से भरा है।

मैं सोचता हूँ कि ऐसा दृश्य कहीं और है या नहीं? जंगल तो ऐसे बहुत होते हैं पर उनके बीच पानी का यह पुरुषार्थ और जल की क्रीड़ा कहाँ होगी? पहाड़ भी ऐसे बहुत होंगे पर वहाँ नदी की यह लीला, जंगल की यह शोभा, झरने का यह उल्लास कहाँ होगा? नदियाँ भी ऐसी शायद बहुतेरी हों पर तीन ओर से उनका शाही स्वागत और कहाँ होता होगा? जंगल भी हैं, पहाड़ भी हैं, नदियाँ भी बहुत हैं, झरने भी अनगिनत हैं, पर चारों का इस प्रकार मिलन-जुलन, कथनोपकथन और यह हास-विलास शायद और कहीं नहीं है!

कई मील की इस दुनिया में सिर्फ पहाड़ों की लीला है, जंगल का राज्य है और पानी का खेल है। दुःख का कहीं नाम भी नहीं, चिंता की चर्चा भी नहीं।

उज्ज्वलता इतनी कि मन का संपूर्ण पाप-ताप, वासना-विकार और ग्रह-गोचर सबकुछ धुल जाता है, और पवित्रता इतनी कि चित्त में प्रेम और पुण्य के सिवा कुछ आता ही नहीं, शांति इतनी कि मनन करने बैठता हूँ तो पूर्वजन्म का भी खयाल आ जाता है, स्वच्छता इतनी कि किसी भी चट्टान पर आदमी बिना पत्तल के दाल भात खा सकता है, गंभीरता इतनी कि आवारा भी दो-चार रोज रहकर विचारक और चिंतक बन जाए, आत्मीयता इतनी कि छोड़ के जाने का जी नहीं चाहता, तन्मयता इतनी कि आदमी सुध-बुध भूल जाए और साथ-साथ निर्जनता और भयंकरता भी इतनी कि अपने आपको अपने अस्तित्व में संदेह होने लगता है।

सुना है कि हॉलीवुड के कुछ लोग यहाँ आए थे और यहाँ की तसवीर ले गए थे और साथ-साथ यह भी सुना कि उन तसवीरों की कदर वहाँ बहुत है। आवश्यकता इस बात की है कि यहाँ के सिनेमागृहों में भी यहाँ के कुछ दृश्यों को दिखलाया जाए, जिससे देश की जनता इस मनमोहक वातावरण और मनोहर भू-भाग से परिचित हो।

रजरप्पा पढ़ने की नहीं, देखने की चीज है, रजरप्पा सुनने की नहीं, समझने की चीज है, रजरप्पा देखकर लौट आने की चीज नहीं, बस जाने की चीज है और रजरप्पा भूल जाने की नहीं, सदा याद रहने की चीज है।

□

जोन्हा का जलप्रपात

राँची से पुरूलिया वाली जो सड़क चलती है उससे 22 मील जाने के बाद एक के बाद एक सड़क मुड़ी है और उसी से साढ़े तीन मील चलने के बाद जोन्हा का जलप्रपात सामने आता है। सड़क के बाद कुछ दूर पहाड़ पर ऊँचा चढ़ना पड़ता है और उसके बाद कुछ दूर नीचे उतरना पड़ता है, तब जोन्हा दिखाई देता है। जहाँ तक सड़क गई है, उसी के पास एक छोटा-सा रेस्ट हाउस है, जहाँ यात्री थोड़ी देर ठहरकर विश्राम करते हैं। यह विश्रामागार टीन से छाया है और चारों और से खुला हुआ है, लेकिन पास ही में राजा बलदेवदास बिड़ला की ओर से बना हुआ एक मंदिर और एक धर्मशाला है, जो तरीके से बना हुआ है। साथ-साथ एक छोटा-सा मनोरम बाग है और एक बड़ा-सा कुआँ है, जो बहुत ही मजबूत बना हुआ है। मैं जहाँ भी जाता हूँ, बिड़ला के मंदिर को देखते ही अलग से समझ जाता हूँ कि यह बिड़ला का है, क्योंकि उसकी एक खास टाइप है, जो जयपुरी है, उसकी एक कला है, जो बारीक है, उसका एक-एक पत्थर गुहार करता रहता है कि वह बिड़ला की कीर्ति है, उसकी एक-एक ईंट शोहरत सी करती है कि वह बिड़ला का बनवाया हुआ है। प्रकृति के इस मनोरम प्रदेश में जहाँ प्रेमियों का इस प्रकार काफिला जुटता है, बिड़ला ने यह आदर्श काम करके अपनी सद्‌भावना और प्रकृति प्रेम का परिचय दिया है, जो अन्यत्र दुर्लभ है।

लेकिन जोन्हा का वर्णन अधूरा रहेगा अगर राह में मिलनेवाले एक गाँव का वर्णन न किया जाए। वाह रे छोटा नागपुर का यह गाँव!

गाँव के दक्खिन में पहाड़ है, जो हरे पौधों से भरा है। गाँव के उत्तर में क्यारियाँ हैं, जिनमें धान के पौधे लहरा रहे हैं। पूरब और पश्चिम में महुआ, बेर और बबूल के असंख्य वृक्ष हैं और सबके बीच यह गाँव है।

सड़क यहाँ से काफी दूर है। मोटर का इस गाँव ने मुँह भी नहीं देखा। रेल और ट्राम की कल्पना भी गाँव के दिमाग में नहीं है। हाँ, कभी-कभी गाँव के सिर पर से मँडराता हुआ चील की शक्ल का उड़नखटोला पार हो जाता है।

यहाँ उदयशंकर कभी नहीं आए, मुमताज शांति क्या बला है, यह भी गाँववालों को नहीं मालूम। पर तब भी यहाँ रोज आदिवासियों का वह नृत्य चलता है, जिसकी कला बरबस मन को मोह लेती है।

नेस्लेमिल्क का इस गाँववालों ने सपना भी नहीं देखा। डिब्बे के मक्खन की यहाँ कल्पना भी नहीं है। भैंस खड़ी हो जाती है और इस गाँव के निवासी स्तन की धार से बच्चों को दूध पिला देते हैं।

डॉक्टर-वैद्य की यहाँ चर्चा भी नहीं। कभी बीमारियों में भगत एक मुरगी जिबह करके देवता को खुश कर लेता है और कभी तेल के साथ मालिस करके गाँववाली अपने मर्द का तमाम दर्द हर लेती है।

व्हिस्की और ब्रांडी का नाम भी यहाँ किसी को नहीं मालूम। व्हाइट हॉर्स और व्हाइट लेबुल को जानने का प्रश्न ही नहीं उठता। ये चावल का भात बनाते हैं, उसको गलाते हैं और सड़ाते हैं और वह जब खूब फनफना जाता है तो उसको पी लेते हैं। फिर मस्ती इतनी कि शिवजी मात! आनंद इतना कि इंद्र से भी बाजी लग जाए, नाच इतना कि मेनका और रंभा पीछे छूट जाएँ, गान इतना कि तानसेन लज्जित हो जाएँ। न जाने भात के अंदर क्या है कि उसको सड़ाकर पीने से इनकी दुनिया बदल जाती है।

अखबार यहाँ नहीं आता। गाँव का समाचार गाँव के लोग जुबानी शाम को एक जगह बैठकर कह-सुन लेते हैं।

यहाँ आलू के पार्सल नहीं आते, जमीन में ओल बैठता है। जिसकी तरकारी गाँववाले चाह-चाहकर खाते हैं। मछली गड़हे से, माँस जंगल से, तरकारी बाड़ी से, जलावन पेड़ से, मसाला पहाड़ से, दवा-दारू जड़ी-बूटियों से। मानो गाँव अपने से संपूर्ण है, अपने में भरपूर है।

पहाड़ गाँव की रखवाली करता है, नदी गाँव को पानी पिलाती है, फूल गाँव को खुशबू देते हैं, कोयल गाँववालों का मनोरंजन करती है, हवा उन्हें स्वस्थ रखती है और अनजान निर्दोष वातावरण उन्हें जगत् के पाप-ताप, झगड़ा-झँझटों से दूर रखता हुआ अपने आप से भरपूर एवं संतुष्ट रहकर जीने की कला भी सिखलाता है।

इस जगह जो सड़क है, उसका नवीन नामरकरण 'गौतमधारा' रोड हुआ है। इस जगह एक और गाँव है, जिसका नाम जीलिंग सीरिंग है। खाने को कुछ भी नहीं मिलता, विश्रामगार के पास सिर्फ चाय मिलती है और गाँव में फरही मिल जाती है। बहुत भूख लगने पर एक बुढ़िया ने हमें फरही दी और चूँकि उसको काफी दाम एवं इनाम दिए गए, इसलिए उसने खूब आशीर्वाद भी दिया। खैर, यह सब तो पास-पड़ोस की बातें हुईं, अब चलिए जोन्हा की ओर।

मैंने आपको बताया कि जोन्हा के पास पहुँचने के लिए एक बार पहले कुछ ऊँचा

चढ़ना पड़ता है और उसके बाद कुछ नीचे उतरना पड़ता है। बहुत दूर नीचे जाने पर जोन्हा के दर्शन होते हैं। नीचे उतरते समय कहीं-कहीं पक्के की दो-चार सीढ़ी भी बन गई हैं और कहीं-कहीं लोगों ने एकाध बैठने की जगह भी बना दी है, जो चबूतरे की तरह है। काफी नीचे उतरने के बाद और जोन्हा के करीब पहुँचने के वक्त एक ओर बुद्ध की एक मूर्ति के दर्शन होते हैं, जिसको देखकर मालूम होता है कि हाल में किसी ने उसकी स्थापना की है। उससे थोड़ी दूर आगे बढ़ने पर जोन्हा आता है। जब तक वह सामने नहीं आ जाता, प्राण में हलचल मची रहती है।

उसके सामने आने के पहले नजदीक पहुँचते ही कान में पानी गिरने की आवाज सुनाई देने लगती है और जब यह सामने आता है, पथिक का मन प्रसन्न हो जाता है। दोनों और सघन नील-नील हरा जंगल ऐसा जिसकी घनता के कारण हरियाली कालिमा में परिणत हो गई है और उसके बीच में पहाड़ के टुकड़े पर प्रकृति का यह करिश्मा। पतली धारा के प्रपात बहुत हैं, पर इस प्रकार चौड़ी धारा का प्रपात विरले देखने को मिलता है। पानी गिरता है तो मालूम होता है हाहाकार कर रहा है और नीचे गिर जाता है तो गंभीर बन जाता है। फुहारे ऐसे भले मालूम पड़ते हैं जैसे महफिल में कोई गुलाबपाश छिड़क रहा हो और ऊँचे टीले से एक बार बूँदों का समूह, जो उजली धारा के रूप में गिरता है, तो प्रतीत होता है कि रूई का गोला इधर-उधर बिखर रहा है। एक नदी बहती है आशिक की आँख से और यह नदी बह रही है पत्थर के दिल से। न जाने किस युग से पत्थर किसके प्रेम में मग्न है और किसके न मिलने के कारण इस प्रकार आँसू बहा रहा है।

एक ने कहा, लिखने की नहीं, सिर्फ देखने की चीज है। एक ने इस बात पर आश्चर्य प्रकट किया कि पानी जैसा कोमल पदार्थ भी इतना कठोर हो सकता है कि पत्थर की छाती चीर दे और एक ने यह कहा कि पत्थर जैसा कड़ा पदार्थ भी इतना कोमल हो सकता है कि बराबर उसकी छाती से मानवमात्र के लिए कल्याण की धारा बहती रहे।

पानी चलता है, पर कहाँ से चलता है, यह नहीं मालूम। जिन चट्टानों को फोड़कर जोन्हा का यह झरना निकला है, उन चट्टानों के नीचे किस पुरण्यभागी ने पानी का इतना अक्षय भंडार कब जमा किया था, इसका पता नहीं चलता। कारूँ का खजाना कब का खत्म हो गया, पर यह एक पानी का खजाना है जिसमें से निरंतर पानी खर्च हो रहा है, पर यह खत्म होने का नाम ही नहीं लेता।

जोन्हा का दर्शन बड़ा सुखद और मनहर है। हरियाली और झरने के दृश्यों के देखने से मन का मैल धुलता है, दिल की कलुषता मिटती है और हृदय का सारा पाप-ताप-संताप किसी दूर देश में भाग जाता है। मानो यह वह पानी है जिसके दर्शनमात्र में घाव, दाग और कालिमा को मेट देने की शक्ति है। यह एक अजीब बिजली है, जिसका दर्शन तो आँख करती है, पर असर मन पर होता है। यह कैसा प्रवाह है, जो दाह को ले

भागता है? यह कैसा पत्थर है, जो सतत झरता रहता है? बादल गरज करके भी हमें दगा दे देते हैं और यह कैसा पत्थर है, जो गरजता भी नहीं और बिना किसी भूमिका के बराबर बरसता रहता है?

मेरे एक साथी पत्थर पर अपना नाम लिख रहे थे। एक साथी ने उनसे कहा, 'आप क्या लिख रहे हैं यहाँ? न जाने कितने लिखे हुए नामों को इन पत्थरों ने धो-धो-धो कर बहा दिया है।'

राँची से जोन्हा हम टैक्सी पर गए थे। एक रु. मील आती-जाती किराया है, आने-जाने का सिर्फ 25 रु.। जाड़े का दिन था। नवंबर का महीना। घूमकर आने का जी नहीं था, पर दुनिया के झँझटों ने हमें फिर दुनिया में खींच लिया।

यह एक छोटा-सा प्रपात है, लेकिन इसकी शोभा अपार है। जंगल के चमन के बीच यह इंद्र का फुहारा है, जिसके आनंद के सामने सबकुछ फीका प्रतीत होता है। दिल में मस्ती, दिमाग में ताजगी और शरीर में स्फूर्ति। मानो झरने से पानी नहीं अमृत बहता है, जिसकी बूँद-बूँद में अमर कर देने की ताकत है।

यह एक झरना है, जिस पर छोटानागपुर गुमान कर सकता है और उसका गुमान सही है, लेकिन आदमी आश्चर्यचकित होता है, तब, जब वह यह जानता है कि छोटानागपुर में ऐसे दृश्य अनेक हैं, ऐसी शोभा का वहाँ बाहुल्य है, इस प्रकार की सुंदरता की वह खान है और इसीलिए वह रसिकों का प्राण है।

धन्य जोन्हा! धन्य छोटानागपुर!!

□

हुँडरू का जलप्रपात

छोटानागपुर स्वर्ग का एक टुकड़ा है।

जमीन में हरियाली, आकाश में नीलिमा। पग-पग पर पहाड़ों को देखकर धरती भी ऊबड़-खाबड़ और ऊँची हो गई है। तीव्र धारा और गंदले पानी के साथ नदियाँ बल खाती बह रही हैं, जिन्होंने मैंदानों की छाती चीरी है और पर्वतों का अंतर फोड़ा है। झाड़ी-झुरमुटों, पेड़-पौधों और लता-गुल्मों के साथ जंगल अपनी जगह पर आबाद हैं, जिन्होंने जंगली जानवरों को शरण और शिकारियों को निमंत्रण दिया है। बेहतरीन सड़कें, जिनके बनाने में ठेकेदारों को कम तरदुद और विभाग को कम व्यय पड़ा है, साँप की तरह भागी जा रही हैं और उन्हीं के साथ कुछ सवारी पर, कुछ पैदल मुसाफिर भी द्रुतगति से भागे जा रहे हैं।

धरती पर आदिवासियों का नृत्य हो रहा है और आसमान में बादल आँख-मिचौनी खेल रहे हैं। जन-जन के कंठ से मादक गीतों की सृष्टि हो रही है, जिनसे पहाड़ और मैदान गूँज रहे हैं, जंगली जानवरों की अजीब आवाज के साथ जंगल का कोना-कोना बोल रहा है, विचित्र-विचित्र पक्षियों की चहकन से पेड़ों की शाखा-गुलजार है।

सुंदर जलवायु, मनहर वातावरण। हवा धीरे-धीरे डोलती है तो अपने साथ फूलों की सुरभि बिखेरती चलती है। बादल धीरे-धीरे बरसते हैं तो उनसे स्वस्थ शरीर और सुंदर स्वास्थ्य का वरदान मिलता है। नदियाँ कलकल-छलछल स्वर में बहती हैं तो किनारे पर रहनेवालों को अमृत बाँटती जाती हैं, झरने सतत झर-झर कर आँखों को तरी तथा नमी, कल्पना को सुंदर खुराक, चित्त को स्वच्छता और पवित्रता प्रदान करते हैं।

खानों में कोयला और अभ्रक, जंगल में लकड़ी, तरह-तरह के फूल, जिनकी फुनगियों पर तितलियाँ नाच रही हैं, फल, जिनके भार से पेड़ झुके जा रहे हैं, घाटियाँ, जिनकी शोभा अवर्णनीय है, नदियाँ, जिनकी सुषमा दर्शनीय है, मैदान, जिनकी हरीतिमा मनमोहक है, पर्वत, जिसके दृश्य में जादू है, निवासी, जिनकी मस्ती मशहूर है—सब के साथ यह छोटानागपुर है।

एक ओर पृथ्वी अपने कोप को उगल रही है तो वह कोयला बनकर लोगों के घरों में सोना ला रहा है, एक ओर पृथ्वी अपनी चमक-दमक का प्रदर्शन कर रही है तो वह अभ्रक बन के दुनिया का श्रृंगार कर रही है, अपने निरंतर के संघर्ष से नदियाँ पत्थरों को खराद-खुराद कर एक नवीन आकार में प्रस्तुत कर रही हैं तो उसे लोग श्वेत शालिग्राम कहके पूजते हैं, वृक्षों से मस्ती का रस टपक रहा है, जिसे लोग ताड़ी कहके पीते हैं, पत्थरों से करुणा की धारा टपक रही है, जिसे लोग झरना कहके देखते और विस्मित होते हैं।

इस छोटानागपुर में कई दर्शनीय झरने हैं पर उनमें हुंडरू का झरना निराला है।

मैं जब भी राँची गया, हुँडरू देखने जरूर जाता हूँ। यह झरना है, जिसने मेरे मन-प्राण पर जादू किया है। यह झरना है, जिसकी स्मृति भूलती नहीं, यह झरना है, जिसके बारे में लिखते हुए मैं अघाता नहीं।

वैसे ही अगस्त 1953 में जब राँची गया था, राय हुई फिर एक बार शैलराज के चरणों में अर्घ्य देने चलूँ। राँची से पुरुलिया वाली सड़क पर 14 मील जाने के बाद एक सड़क मिलती है, जिससे हुँडरू पहुँचते हैं। पुरुलिया रोड से उसकी दूरी 13 मील है। यों राँची से हुँडरू 27 मील दूर है।

महात्मा गांधी ने कहा है कि साध्य की पवित्रता एवं महत्ता तभी है, जबकि उसका साधन भी महान् हो। महान् मंजिल पर पहुँचने के लिए मार्ग भी महान् ही चाहिए। जैसा हुँडरू का झरना, वैसा उसका मार्ग।

राँची से चलनेवाले मुसाफिर को झरना पहुँचने तक ऐसे-ऐसे सुंदर मैदान मिलते हैं कि वहाँ थोड़ी देर ठहरकर टहलने की राय होती है, ऐसे जंगल दिखलाई पड़ते हैं जिनकी विभीषिका से शायद बाघों को भी डर लगता हो और बीच-बीच में पहाड़ी, उस पर झाड़ी। सब दर्शनीय, सब वर्णनीय। चूँकि महीना अगस्त का था, इसलिए धान की क्यारी की भी न्यारी हरियाली थी। नायिका की पतली कमर सी बल खाती सड़क, जिस पर चलने में आनंद आए, पथरीली जमीन एवं पत्थर की छाती चीरकर बहनेवाली पतली नदी, जिसको देखने में आनंद आए, पेड़ों पर चहकती हुई चिड़िया, जिसकी चहकन सुनने में आनंद आए—सब मिलकर आनंद को कई गुणा बढ़ा रहे थे। हवा यों डोल रही थी जैसे सलाह लेकर डोल रही हो। छोटानागपुर के निवासी सादगी के अवतार और गरीबी की मूर्ति, जिनमें रहन-सहन में शत-प्रतिशत कला छुपी है, मार्ग में यो खड़े थे जैसे मेरा स्वागत कर रहे हों। मकई के पौधे कहीं-कहीं अगल-बगल में यों लहरा रहे थे जैसे यहाँ वालों की किस्मत लहरा रही हो।

इस प्रकार मार्गदर्शन का आनंद लेते हुए हम हुँडरू के पास पहुँचे। एक बार मन-ही-मन मैंने झरने को प्रणाम किया, हम जब वहाँ जाते हैं, उसको इसी प्रकार प्रणाम करते हैं।

पहाड़ पर पानी की यह अजीब लीला है, जिसका मुकाबला न रामलीला करे, न रासलीला। पानी का इस प्रकार उछलना-कूदना, धूम मचाना और उसकी यह आवाज जैसे दस-पाँच हाथी एक साथ चिंघाड़कर रहे हों, जैसे दस-पाँच ट्रेन का इंजन इकट्ठा होकर आवाज कर रहे हों, जैसे एक साथ कई हवाई जहाज चक्कर काट रहे हों या जैसे कई सहस्त्र नाग एक साथ फन फैलाकर फुँफकार कर रहे हों। पहुँचने के साथ यात्री के कान में यह आवाज पड़ती है। मन में ये भाव आते हैं। बंदा जैसा लेखक उन्हें कलमबंद करता है।

और अब झरना देखने लगा। वातावरण की पवित्रता ऐसी कि मालूम होता है कि हम देवलोक के समीप पहुँच गए।

है क्या यह? युग-युग से पानी का आघात है—पत्थर की बरदाश्त है और यों एक प्रकार से यह पत्थर की क्षमता का प्रदर्शन है। पर यह तो एक पत्थर की कहानी है, जिस पर पानी गिरता है, पर दूसरा पत्थर ऐसा है, जिसकी छाती को चीरकर पानी निकलता है। यों एक प्रकार से यह जल की क्षमता का प्रदर्शन है, जिसके सामने पत्थर भी मात है। हाँ, पत्थर मात है—करुणा के सामने, प्रेम के सामने, जिसके अपार बल के फलस्वरूप पत्थर की छाती से धारा फूटती है, पत्थर की आँख से आँसू निकलता है और पत्थर का कलेजा पिघल जाता है।

पहाड़ पर नदी का यह खेल है। यह नदी है स्वर्णरेखा, जिसके उद्गम स्थान से 50 मील आगे आकर हुँडरू का यह झरना है। स्वर्णरेखा राँची, मानभूम, सिंहभूम एवं बालासोर के जिलों से होकर बँगाल की खाड़ी में गिरती है।

नदी जहाँ पहाड़ को पार करने की चेष्टा में पहाड़ पर चढ़ती है, पानी की कई धाराएँ हो जाती हैं और जब सब की सब धाराएँ एक होकर पहाड़ से नीचे गिरती हैं, एक विचित्र दृश्य दिखलाई देता है। यही झरना है, जिसकी ऊँचाई 243 फीट है। उजला पानी ऐसा प्रतीत होता है कि पानी के चक्कर और भँवर में पीसकर पत्थर का सफेद पाउडर गिर रहा है। कभी ऐसा भी मालूम होता है कि रूई को धुननेवाला अपनी धुनकी पर रूई धुन के ऊँचे बैठा हुआ गले को नीचे गिरा रहा है। बचपन में हवा की मिठाई लेकर फेरीवाला आता था तो उसका रंग लाल होता था। प्रतीत होता है, वैसी हवा की मिठाई लेकर जिसका रंग उजला है। शैलराज आज स्वयं फेरी देने निकलते हैं। और कहीं-कहीं बीच में चट्टान पर जब यह प्रबल धारा गिरती है तो संघर्ष से 'इंद्र-धनुष' का एक रंग उत्पन्न होता है। जान पड़ता है कि सतरंगा पानी हवा में उड़कर विलीन हो रहा है। हवा में उड़ता हुआ इंद्र-धनुष फरफरा रहा है।

चारों ओर जंगल और पहाड़, बीच में प्रकृति की यह लीलास्थली है। झरने के एक ओर का जंगल राँची में है, एक ओर का जंगल हजारीबाग में और बीच में झरना

बह रहा है, मानों इसका यह संदेश हो कि वह सबके लिए है, सबका कल्याण उसका उद्देश्य है। वह न राँची का है, न हजारीबाग का, सबका है।

बड़े झरने की बगल में एक इंच मोटी एक धारा ऊपर से नीचे धीरे-धीरे पत्थरों पर से उतर रही है, जैसे महादेवजी पर कोई भक्त दूध चढ़ावे। नीचे जहाँ घनघोर धारा गिरती है, पानी ऊपर करीब 20 फीट उछलता है। प्रतीत होता है पत्थर को चीर कर आनेवाले पानी का स्वागत करने और उसको कंठहार पहनाने के लिए नीचे से पानी ऊपर दौड़ता है।

पर्वत पर का यह झरना कितना भला मालूम पड़ता है! मैं सोचता हूँ, जैसे स्त्री का श्रृंगार पति है, वैसे ही पर्वत का श्रृंगार झरना है।

मेरे मित्र कहते हैं कि जमाना गुजरा, जब शिवजी की बारात शायद इस राह से गुजरी थी। उसका स्वागत करने को पर्वत ने इस गुलाबपाश का प्रबंध किया था। वही शाश्वत गुलाबपाश होकर अभी भी झरझर कर रहा है।

स्वयं झरने से भी ज्यादा खूबसूरत मालूम होता है झरना के आगे की घाटी का दृश्य। पहाड़ों के बीच एक पतली सी नदी बहती जाती है—जैसे थर्मामीटर में एक पतला पारा हो। आगे भी एक पहाड़ मालूम होता है। ज्ञात होता है पहाड़ नदी को ललकार रहा है कि यहाँ से तुम किसी प्रकार पार होकर पर्वत के आगे जा सको तो जानूँ! यहाँ पर नदी यों दिखलाई देती है, जैसे नदी के इर्द-गिर्द पत्थरों का अंबार लगा के उस पर झाड़ी उगाई गई हो। प्रकृति या परमात्मा ने अपने हाथ से यह सब किया होगा। अन्यथा मनुष्य जाति में इतनी ताकत कहाँ? सैकड़ों वर्षों में भी मानव के प्रयत्नों से शोभा के इस विशाल वैभव की सृष्टि मुश्किल है।

पहाड़ के ऊपर से एक पतली-सी पगडंडी नीचे गई है और उसके सहारे हम भी नीचे गए हैं। नीचे जाकर हम निर्निमेष कुछ देर तक इस शोभा से अपनी आँख की प्यास बुझाते रहे।

यह शोभा, यह छटा और यह दृश्य—यह इतना बड़ा प्रपात, जहाँ 243 फीट से पानी नीचे गिरता है। बीच-बीच में चट्टानों की वजह से हुँडरू की शोभा बिखर जाती है। पानी कुछ पीलापन लिये हुए है और यों सरसराती-हरहराती गिरती है कि कुछ भयंकर मालूम पड़ता है। जोन्हा में जहाँ पानी गिरता है, बिल्कुल सफेद है और यह भयंकरता भी उसमें नहीं है। वह माधुर्य और कोमलता से ओत-प्रोत जान पड़ता है। यहाँ का पानी निरंतर संघर्ष के साथ चट्टान पर गिरता हुआ मानों एक आग की सृष्टि करता है, जिसका धुआँ बराबर ऊपर उड़ता रहता है।

हुँडरू का पानी कहीं साँप की तरह चक्कर काटता है, कहीं हिरण की तरह छलाँग भरता है और कहीं बाघ की तरह गरजता हुआ नीचे गिरता है। सारा पानी एक जगह सिमटकर जहाँ नीचे गिरता है, उस जगह इसका रूप बहुत विशाल और भयंकर हो

गया है। मालूम होता है कि उस जगह उसके नीचे हाथी भी जाए तो धारा के साथ कहाँ चला जाए, इसका पता मिलना मुश्किल है। इसके बाद धीरे-धीरे मंथर गति से इसका पानी नदी के रूप में बह गया है। यह एक विचित्र प्रपात है, जिसकी लंबाई-चौड़ाई दोनों काफी है और जिसको देखने के लिए दिन-रात दर्शनार्थियों का ताँता लगा रहता है। यहाँ डिस्ट्रिक्ट बोर्ड ने एक बँगला बनवा दिया है, लेकिन खाने-पीने के सामान का यहाँ भी अभाव है।

इस हुँडरू प्रपात की भीड़ और चीजों का अभाव देखकर खयाल आया कि यहाँ के लोग सचमुच चतुर नहीं हैं। अगर और किसी जगह में ऐसा झरना होता तो वहाँ के लोग इसके पास दुकान वगैरह लेकर न जाने कितने की प्राप्ति कर लेते, पर यहाँ के लोग इसका बिल्कुल उपयोग नहीं कर रहे हैं।

धन्य हुँडरू! किस युग से किस महाकवि की वाणी, किस संगीत की लहराती हुई स्वरलहरी और किस प्रेमी की रूदन ध्वनि से पिघलकर यह पाषाण बह रहा है, यह कह सकना असंभव है। कवियों की कविता में शैल के महाकवि होने की बात पढ़ी थी, वह वास्तव में समझ में तब आई, जब इतनी बड़ी कविता की धारा मैंने इस पर्वत से बहती देखी। पत्थर का अंतर जैसे द्रवित होकर बह रहा है, मनुष्यों का अंतर वैसे द्रवित होकर बहने लगता तो संसार से कलह, कपटता, तनातनी सबका नाम लुप्त हो जाता।

कोई हुँडरू नाम का अंग्रेज था, उसी के नाम पर अंग्रेजों ने इसका नामकरण करने का उद्योग किया था, पर हमारे यहाँ लोग हुँडरू कहने लगे और वही नाम विख्यात हो गया।

यहाँ दो तरह के पत्थर देखने में आए। एक वह पत्थर है जिसका अंतर फूटकर विशाल झरना झर रहा है और एक वह भी पत्थर है जिस पर न जाने किस युग से पानी की यह धारा गिर रही है पर वह जरा भी विचलित नहीं होता, ज्यों-का-त्यों खड़ा रहता है। घिसता भी नहीं, धँसता भी नहीं, धँसकता भी नहीं।

हमारे साथ के कवि कुछ गीत गुनगुना रहे हैं, पर उनकी गुनगुनाहट हमारे कान तक नहीं पहुँच पाती, शैल महाकवि के गीत में एकाकार होकर शून्य में विलीन हो जाती है।

243 फीट का यह प्रपात निराला है। सुंदरता यहाँ साकार हो गई है और वर्णन शक्ति को यहाँ शब्दों और भावों की कमी हो गई है। विचित्र शोभा है, जो कभी पुरानी नहीं पड़ती और धन्य प्रपात है, जो सदा एक सा बह रहा है। अविरल और अविचल, दोनों का उदाहरण यहाँ एक बार में ही उपस्थित है। पर्वत का यह एक रूप है, जिस पर हर किसी को ईर्ष्या है। इतना पानी देनेवाला एक दानी है।

दानी दान करता है तो गुमान करता है पर एक युग से न जाने कितना पानी यह पहाड़ दान कर चुका, पर इसको कोई अभिमान नहीं है।

अंधे आवाज सुन लें तो प्रवाह का अंदाज लगा लें और बहरे प्रवाह देख लें तो आवाज का अंदाज लगा लें। समुद्र गंभीरता के लिए नामी है तो यह हुँडरू अपनी चपलता के कारण मशहूर है।

किंबदंती यह है कि इस हुँडरू से सात मील पर कुछ लोगों ने एक प्रपात देखा है, जो इससे कई गुणा है, पर वहाँ जाने का रास्ता इतना बीहड़, घनघोर और भयंकर है कि जंगल के उस भाग में पहुँच सकना दुश्वार है। अगर बात सही है तो जंगल विभाग को उसका ठीक पता लगा के वहाँ तक राह का निर्माण कर देना चाहिए, जिससे वह प्रपात भी जनता के सामने आ सके।

जो भी हो, हुँडरू एक दर्शनीय चीज है। इसकी याद भूलने की नहीं। कितने दिन गुजर गए, लेकिन पानी आँखों के सामने उसी प्रकार उछल-कूद मचा रहा है। □

कश्मीर की भूमिका

बादल किसे चंचल नहीं करते? झील-झरने किसके मन को नहीं मोह लेते? ऐसा कौन है जिस पर फूलों का जादू नहीं चलता? पहाड़ों पर किसे प्रेरणा नहीं मिलती? जंगलों में अपने को कौन नहीं खो देता?

ये प्रश्न हैं, जिनका उत्तर नहीं। बोलो तो भला उस कश्मीर का क्या जवाब हो सकता है, जो बादल, फूल, पहाड़, जंगल और झील-झरना सब का संगम है?

स्वर्ग ने अपने को कहाँ खोया? प्रकृति ने अपने को कहाँ लुटाया? बादल बेअख्तियार होकर कहाँ बरसे? शोभा कहाँ जाकर अपने को भूल गई? इन सारे सवालों का एक ही जवाब है— कश्मीर, कश्मीर, कश्मीर!

जिनकी आँखों में अंगूर की मादकता हो, गालों में सेब की सुर्खी हो, शरीर में केसर की सुरभि हो—ऐसे लोग अगर बसते हैं तो बस कश्मीर में।

फूलों पर सोनेवाली रानी फूलमती कहानी की रानी बन गई और यहाँ चाहे तो हर इन्सान फूल पर सो सकता है—हाँ, क्योंकि फूल सस्ते और सुलभ हैं। फूलों का यह देश है, फूलों से भरपूर है।

बर्फ वरदान कहाँ बना? हरमुख की चोटियों पर। बर्फ भगवान् कहाँ बना? अमरनाथ में।

घर-घर में झरने कहाँ फूटे? अनंताग में। सात हजार फीट ऊपर हो, तब भी नदी के किनारे हो, ऐसी जगह कौन है? पहलगाँव। जो पहाड़ों की ओट में है और फूलों की गोद में है, उसका नाम क्या है? गुलमर्ग। मैदान की शान से जो बन गई, वह कौन-सी जगह है? सोनमर्ग।

मछलियों के बझाने का आनंद लेना हो तो कश्मीर जाइए। जंगली जानवरों के शिकार का आनंद लेना हो तो उसके लिए भी कश्मीर जाइए।

सबसे ऊँची सड़क दुनिया में कौन है? याने कौन सी वह सड़क है, जो इतने ऊँचे पहाड़ों पर होकर गई हो कि दुनिया में उसका मुकाबला नहीं, तो वह है 'बानिहाल पास'।

एक नदी के सात पुल पर कौन शहर बसा है? श्रीनगर।

अगर किसी से आप यह पूछिए कि कौन ऐसा पानी है जिसे पीने से आदमी पत्थर को भी पचा सके तो वह फौरन बताएगा कि श्रीनगर में चश्माशाही का।

वह कौन सा बाग है, जिसको देखने के लिए बादशाह जहाँगीर नूरजहाँ के साथ हर साल कश्मीर जाता था? श्रीनगर का शालिमार बाग।

वह कौन-सी झील है जहाँ लोग नाव को घर के बदले इस्तेमाल में लाते हैं और जहाँ नाव पर डाकघर भी चलता है, बाजार भी चलता है और हजार कारबार होता है—श्रीनगर की डल झील।

आँख बार-बार जिसको देखे पर थके नहीं, पेट बार-बार जहाँ खाए पर अघाए नहीं, यात्री बार-बार जाए, तब भी यहाँ पुरानापन पाए नहीं, वह देश कश्मीर है।

गूजरों का गीत जहाँ पथ को मुखरित रखता है, चीड़ और सफेदा के पेड़ राहगीर को भरमाए रहते हैं, डाँडी और टट्टू मिलकर जहाँ पहाड़ की चढ़ाई को आनंददायक बनाते हैं—उस कश्मीर को देखने के लिए एक बार किसका मन नहीं ललचा?

सीमा और बंधनों से निर्मित मानव जब एक बार निस्सीम के इस आँगन में प्रवेश करता है, वह इस चित्र-विचित्र शोभा पर अपने को न्योछावर कर देता है। हवा में जादू, पानी में जादू, धूप में जादू याने पृथ्वी में जादू, आकाश में जादू—वातावरण में जादू, जन-जन में जादू मन-मन में जादू और कण-कण में जादू है।

"गर फिरदौस बररूए जमीनस्त, हमीनस्तो हमीनस्तो हमीनस्त" लाल किला पर लिखा हुआ फारसी का यह शेर असल में कहाँ के लिए कहा गया था? कश्मीर के लिए।

संगीत के प्रेमी के लिए जर्रा-जर्रा गा रहा है, कविता के प्रेमी के लिए राह-बाट में सर्वत्र अछूती कविता से भरे पन्ने बिखरे पड़े हैं और कला के प्रेमी के लिए कला भी अपनी सीमा पर है।

हिंदुस्तान का कौन ऐसा शौकीन होगा, जिसने एक बार अपनी देह में यहाँ का बना हुआ 'फर कोट' न डाला हो, हिंदुस्तान क्या, मेरा खयाल है दुनिया का ऐसा कोई कोना नहीं, जहाँ के कलाकार, कवि, नर्तक एवं नर्तकी के शरीर पर से एक बार यहाँ के शाल और तूस न खिसके हों। ऐसा कौन सजा हुआ घर है, जिसमें यहाँ की एक कालीन नहीं है, ऐसा कौन संग्रह का प्रेमी है, जिस संग्रहालय में यहाँ की बनी लकड़ी की सामग्री नहीं है और संसार का कौन ऐसा कोना है, जहाँ यहाँ की पिपरमैसी की एक-न-एक चीज न गई हो?

न जाने कितने कलम के धनियों ने इसका गुणगान गाया है, न जाने कितनी स्याही इसकी प्रशस्ति में सूखी है और न जाने कितना कागज यहाँ की खूबियों के रंग में रँगा गया है।

सूरज उगे, तब भी देखने लायक और डूबे, तब भी देखने लायक। वही दुनिया, वही चीजें, पर चीजों का नाजो अंदाज यहाँ कुछ और है।

अगर रूखा-सूखा आदमी चला जाए तो वह रसिक हो जाए, बीमार जाए तो सेहत पाए और दिलदार जाए तो कुरबान हो जाए, ऐसा मुल्क कश्मीर है।

आइए, आप भी यहाँ आकर अपना दुःख-दर्द भुलाइए घाव सहलाइए और मन बहलाइए।

□

जमशेदपुर

जहाँ कल्पना साकार सत्य का रूप ग्रहण करती मालूम पड़ती है और जहाँ सत्य भी कल्पित दिखाई पड़ता है, वह जमशेदपुर है।

अगर दिल्ली भारत की प्रशासकीय राजधानी है तो जमशेदपुर भारत की औद्योगिक राजधानी है। लोहे के बृहत् कारोबार के कारण, सफाई और सुंदरता के कारण, आसपास में प्राकृतिक दृश्यों की प्रचुरता रहने के कारण जमशेदपुर काफी मात्रा में बाहर के लोगों को आकर्षित करता है।

जमशेदपुर पर कुछ लिखने के पहले वहाँ जाकर कम-से-कम एक महीना रहना चाहिए। प्रकृति ने जमशेदपुर के निकटवर्ती अँचल का शृंगार अपने हाथ से किया है, प्रकृति ने जमशेदपुर के निकटवर्ती अँचल में दौलत का अंबार भर दिया है। दलमा पहाड़ों की गोद में बसा हुआ यह नगर प्रकृति के चमत्कारों का खजाना भी है और पुरुष के पराक्रम का नमूना भी है। पुरुष और प्रकृति का यह सुंदर संयोग विरले मिलता है।

जमशेदपुर के विकास के पीछे एक सनसनीखेज, दिलचस्प और रहस्यमयी कहानी छिपी है। केवल उसके कि उस कहानी को दुहराया जाए, यह जान लेना आवश्यक है कि जमशेदपुर भारत के दिग्गज व्यावसायिक, अपने समय के प्रख्यात व्यापारिक नेता, दूरदर्शी और उदारचेता जमशेदजी नसेरवानजी टाटा का जीवन स्मारक है, जहाँ उनके स्वप्नों को मूल रूप मिला है, जहाँ उनके परिश्रम को पुरस्कार प्राप्त हुआ है और जहाँ उनके जीवन की खोज, बेचैनी और उत्सुकता को एक राह मिली है। शहर जमशेदपुर में उनके नाम का पहला शब्द और टाटानगर स्टेशन में उनके नाम का पिछला शब्द जुड़ा हुआ है। गोया जमशेदपुर शहर और टाटानगर स्टेशन दोनों उस महान् पुरुष के वैसे जीते-जागते स्मारक की तरह हैं, जहाँ जिज्ञासुओं और देशभक्तों को प्रेरणा मिलती है, नवजवानों को देश सेवा की भावना मिलती है और दर्शकों को भारत की तरक्की की एक झाँकी मिलती है। इसको देखकर यह पता चलता है कि जमशेदजी टाटा (1839 से 1904) अपने समय के एक महान् व्यक्ति थे, उनकी विचित्र सूझ-बूझ थी, आश्चर्यचकित कर देनेवाली संगठन शक्ति

थी। आजादी आने के 60-70 वर्ष पूर्व उन्होंने इस बात को समझा था कि जब तक मुल्क में लोहे का प्रचुर उत्पादन नहीं होगा, मुल्क सोने पर हुकूमत नहीं कर सकता, मुल्क की आर्थिक नींव दृढ़ नहीं हो सकती और मुल्क में आजादी आए भी, तो टिक नहीं सकती। उनकी इस महानता और सूझ-बूझ के सामने सारे भारत का मस्तक नत है।

उन्हीं के स्मारकस्वरूप, जब तत्कालीन वायसराय लॉर्ड चेम्सफोर्ड 1919 में वहाँ गए, उन्होंने साकची गाँव का नाम जमशेदपुर में बदल दिया और उसके कुछ दिन बाद बिहार सरकार ने कालीमाटी स्टेशन का नाम 'टाटानगर' कर दिया। साकची, जो चंद घरों की एक बस्ती थी, उसके इर्द-गिर्द आज तीन लाख आबादी का एक नगर इठला रहा है, जहाँ मिट्टी की चंद ढिबरियाँ टिमटिम जलती रहती थीं वहाँ आज अनेकानेक बल्ब जल-जल कर रात को दिन में परिवर्तित कर रहे हैं, जहाँ साल में सौ-दो सौ मन लोहा फूँका और गलाया-बनाया जाता था, वहाँ आज साल में 20 लाख टन लोहा बन रहा है, जहाँ मरे खाल की एक दो छोटी भाँथी शनैः-शनैः साँस लेती रहती थी, वहाँ आज गगनचुंबी चिमनियाँ आग और धुआँ उगल रही हैं। कालीमाटी एक फलैग स्टेशन था, जहाँ छोटी गाड़ियाँ भी खड़ी होने में सकुचाती थीं वहीं अब टाटानगर जंक्शन है, जहाँ मेल और एक्सप्रेस शान के साथ रुक रही हैं।

कहा जाता है कि जमशेदजी टाटा खनिज विद्या के कुछ विशेषज्ञों और पुरातत्वविदों को बाहर से लाए थे और वे करीब-करीब भारत भर में ऐसी जगह की तलाश में घूमें, जहाँ लोहे का कारखाना खड़ा किया जा सके और घूमते-घामते उन्होंने भारत के नक्शे में से इस जगह का चुनाव किया। आसपास की पहाड़ियों में लौह द्रव्य की अधिकता; बहुत कम दूरी पर कोयले की प्राप्ति और लाइमस्टोन की मौजूदगी तथा सब के साथ स्वर्णरेखा नदी के कारण पानी की आसानी, इस चुनाव की तह में यही चीजें थीं। उस समय इसके आसपास ऐसा खौफनाक जंगल था कि बाघ इत्यादि जानवरों ने यहाँ काम करनेवाले और इस जगह की सफाई करने में लगे हुए मजदूरों में से कुछ की जान ले ली थी। इस प्रकार मानव के निरंतर और अनवरत संघर्ष के पश्चात् इस हरे-भरे और शानदार शहर का जन्म हुआ, जहाँ की धरती अब सोना उगल रही है।

आज जमशेदपुर में टाटा के अलावे कई कारखाने कायम हैं। उनमें कुछ के नाम हैं—इंडियन ट्यूब कं., इंडियन केबुल कं., इंडियन स्टील एंड वायर प्रोडक्ट्स, टाटानगर फाउंड्री कं., जमशेदपुर इ. एंड मशीन मैनुफैक्चरींग कं. इत्यादि। इन सबों के मूल में ताता हैं, जिसकी प्रेरणा और सामानों तथा सुविधाओं से ये खड़े हैं।

टाटा कारखाने का क्रमशः इतना विकास और विस्तार हुआ कि 1912-13 में जब पहली भट्ठी जली थी तब 35000 टन लौहा तैयार हुआ था पर आज 1959 में 20 लाख टन की तैयारी हुई।

जमशेदपुर में करीब 18000 घर हैं, जिसमें 13000 से कुछ अधिक कंपनी ने बनाए हैं। इसकी सुंदर सड़कों की लंबाई 175 मील है और पानी का नल भी करीब 130 मील ही लंबा है। सिर्फ जमशेदपुर में टाटा के मजदूरों और आफिसरों की तादाद करीब 40 हजार है। इसके अलावे अगल-बगल में और जमशेदपुर में ठेकेदारों के मजदूरों की संख्या भी करीब 15000 है और दूसरे कारखानों में, जिनके नाम हमने ऊपर गिनाए हैं, करीब 16000 मजदूर काम करते हैं फिर इन आफिसरों और मजदूरों की रोजाना की जरूरतों को पूरी करने के लिए व्यापारी, धोबी, नाई इत्यादि भिन्न-भिन्न पेशे के लोग वहाँ बसते हैं। जमशेदपुर को अंतरराष्ट्रीय शहर समझिए, जिसमें देश-विदेश के कुछ-न-कुछ लोग काम करते हैं और भारत के करीब-करीब हर राज्य के निवासी काफी तादाद में वहाँ रहते हैं।

घर-घर के आहाते में लगे हुए यहाँ के बाग-बगीचे, फूलों और तरकारियों की क्यारियाँ, मंदिर, मसजिद, गिरजाघर, पार्क, स्कूल, अस्पताल, झील, झरने, खेलने-कूदने के मैदान, सड़कों और वातावरण की सफाई, शहर को बसाने का सुंदर तरीका—सब मिलकर जमशेदपुर को एक रूप देते हैं, जो शायद अत्यंत दुर्लभ है। घड़ी-घड़ी पर राज्य ट्रांसपोर्ट की लारियाँ दौड़ रही हैं और कदम-कदम पर टैक्सियाँ उपलब्ध हैं। पुस्तकालयों में पढ़ने की सुविधाएँ हैं और क्लबों में दिन भर की मेहनत के बाद थकान मिटाने और ताजा होने एवं सुस्ताने का प्रबंध है।

जमशेदपुर की शोभा में चार चाँद लगाता है, यहाँ का जुबली पार्क, जो कारखाने की जुबली के समय निर्मित हुआ है। बेहतरीन लगी हुई घास, हँडिया से फूले हुए गुलाब, पानी के सुंदर फव्बारे, करीने से लगी हुई सड़क और पौधों की रौशन करनेवाली बिजली, सब इस पार्क में दर्शनीय हैं।

देखने के स्थानों में कारखाने के अलावा डिमना नाला है, जो पहाड़, झील, जंगल तीनों का सम्मिश्रण है। बहुसाध्य व्यय से जमशेदपुर कारखाने एवं निवासियों के हित पानी का प्रबंध करने के लिए इसका निर्माण हुआ है, पर आज, वह देश के दर्शनीय स्थानों में एक हो रहा है। बिहार के दर्शनीय स्थानों में यह करीब-करीब अग्रणी है।

और एक जगह, जिसको दुमुहान कहते हैं, दर्शकों को अपनी ओर बेतरह आकर्षित करती है। यहाँ खरकोई नदी स्वर्णरेखा से मिलती है। संगम-स्थान की शोभा, शांति सबकुछ सराहनीय है। दूर-दूर से दर्शक इसे भी देखने आते हैं।

हाल ही में पुरातत्व विभाग का जो भवन जमशेदपुर में निर्मित हुआ है, वह विशाल, सुंदर और मनमोहक है। इसे भी लोग चाव से देखने जाते हैं।

कंपनी की ओर से जमशेदपुर के लोगों को जलावन की सुविधा के लिए पाँच आने मन कोयला दिया जाता है, तीन पैसे प्रति यूनिट बिजली दी जाती है और यहाँ का जो

अस्पताल है, सुख, सुविधा और प्रबंध की दृष्टि से वह भी निराला है। छोटे-बड़े सैकड़ों स्कूल हैं, जिनमें लड़के शिक्षा पा रहे हैं, एक कॉलेज है, जहाँ भावी पीढ़ी तैयार हो रही है।

कारोबार में तो जमशेदपुर बाजी मारता ही है, खेल-कूद के मैदान में भी जमशेदपुर बिहार में आगे है। स्काउटों का यहाँ विचित्र सुंदर संगठन है, जिसकी सारे हिंदुस्तान में ख्याति है। कंपनी की ओर से सफाई और स्वास्थ्य पर जो ध्यान दिया जाता है, उसको देखकर दर्शक दंग रह जाता है।

जमशेदपुर छलछंदों से परे, षड़यंत्र से दूर रहकर अपने काम में लगा रहना जानता है। यहाँ कलकत्ता और बंबई की तरह अपराधों की भरमार नहीं, रहस्यमयी रातें नहीं, कामना और वासना की रंगीनी नहीं, बस है अपने काम में लगे और जुटे रहने का संकल्प। यहाँ के निवासी हैं, जो सब-के-सब व्यापार में रत हैं, कर्त्तव्य के धुन में मस्त हैं और हँसी-खुशी के साथ देश को आगे बढ़ाते हुए स्वयं आगे बढ़े जा रहे हैं।

□

श्रीनगर की डल झील

काश्मीर के बारे में सोचिए और आपकी आँखों के आगे पर्वत और उसकी घाटी फल, फूल, बाग, बगीचे, पेड़, पौधे, नदी, नाले, झील, झरने एक बार जैसे सब नाच उठेंगे। और खासकर नाच उठेगी डल लेक—हिंदुस्तान में जिसका मुकाबला नहीं और सारे संसार के पर्यटकों ने जिसके सामने सिर झुकाया है।

लगभग एक लाख यात्री, जो हर साल काश्मीर की यात्रा करते हैं, इनके दिल दिमाग में काश्मीर की तमाम खूबियाँ तो होती ही हैं पर डल लेक का एक अलग स्थान होता है।

इस डल झील में पार्क भी हैं, होटल भी। इसमें जल के जीव-जंतु भी रहते हैं और मनुष्य भी। नाना किस्म की चिड़ियाँ भी मिलती हैं, फल-फूल भी मिलते हैं और सब्जी-तरकारी भी मिलती है। गोया डल की दुनिया निराली है।

चौदह मील लंबी और चार मील चौड़ी ये झील, ऐसा मालूम होता है कि इस झील को देखकर ही किसी मशहूर कारीगर या इंजीनियर के दिमाग में श्रीनगर का नक्शा आया होगा और उसी ने किसी बादशाह या राजा को अपना खाका दिखला कर श्रीनगर बसाने को राजी किया होगा! झील के एक किनारे पर आप एक शिकारे पर सवार होइए, घूमने जाइए, कभी-कभी बीच-बीच में उतर-उतरकर किनारे के मकान-दुकान की छटा देखते जाइए। आपको पता चल जाएगा कि बाजरे पर बैठे-बैठे आपने सारा श्रीनगर देख लिया।

इस डल लेक में हाउस बोटों की भरमार है। हाउस बोट याने नावरूपी घर। पर्यटक इन्हें होटल की तरह इस्तेमाल करते हैं। 10-15 से लेकर 30-40 हजार तक किराया होता है इन हाउस बोटों का। सोने का कमरा अलग, बैठने का कमरा अलग, खाने का कमरा अलग। मेहतर आकर आपका कमरा साफ कर देगा, नाई आकर आपकी दाढ़ी बना देगा, धोबी आकर कपड़े ले जाएगा और धोकर दे जाएगा, एक नाव पर आपके करीब से होकर चलता-फिरता डाकघर गुजर जाएगा, जो आनेवाले खतों को आपको दे देगा और आप जो खत भेजना चाहते हैं, वह आपसे ले लेगा। आगर आपको लिफाफा, पोस्टकार्ड या टिकट की तलाश है तो वह भी आपको उस चलते-फिरते डाकघर से

उपलब्ध होगा। इन हाउस बोटों का नाम भी होता है और नंबर भी। जैसे कलकत्ते में 4 सर्कुलर रोड लिखने से आपके खत बेप्रयास आपको मिल जाते हैं, वैसे ही हाउस बोट न. 144, डल लेक, श्रीनगर लिखने से आपके पास खत सुरक्षित पहुँच जाएँगे। तमाम हाउस बोटों में किराया के अलावे आदमी पर 10 रुपया से लेकर 15 तथा 20 रुपए देने में हाउस बोट का मालिक खाने का भी इंतजाम करता है पर अगर आप खाने-पीने का अपना इंतजाम रखना चाहते हों तो उसके लिए भी आप स्वतंत्र हैं। आप सिर्फ नाव का किराया दे दीजिए और नाव में रहा कीजिए। शौक से आप अपना इंतजाम रखिए। आपको कहीं बाहर जाने की जरूरत नहीं। खाने-पीने की तमाम चीजों की दुकानें आपके पास से होकर नाव पर ही गुजरती चली जाएँगी और उनसे आप जो चाहें, खरीद सकते हैं, कपड़ा, ऊन और रोएँ के बेहतरीन नमूने, कश्मीर की कारीगरी के एक-से-एक करिश्मे, सब आपको बैठे-बैठे डल लेक में ही नाव पर मिल जाएँगे। इन नावों के मालिकों को डल लेक में नाव रखने के बदले में कश्मीर सरकार को कुछ देना पड़ता है। इन नावों में से कुछ का सामान और सज-धज देखते ही बनता है। एक-से-एक कालीन, दरी और कुरसी। इनके बरतन भी अच्छे और साफ-सुथरे रहते हैं। श्रीनगर में बहुत से लोगों की रोजी-रोटी नाव से ही चलती है। कुछ इन नावों से और कुछ उन छोटे-छोटे शिकारे बजरों से, जो किश्तीनुमा होते हैं और रोजमर्रा घूमने के काम में आते हैं। गर्मियों के दिन में श्रीनगर में रविवार को वहाँ के बाशिंदे पिकनिक करते हैं। उस दिन डल लेक में ऐसी भीड़ होती है कि शिकारों का मिलना मुश्किल हो जाता है। ऐसा प्रतीत होता है कि लोग पार्क में पहुँचने के लिए हाथापाई और मारपीट कर देंगे। सारा डल लेक इन नावों की बदौलत गुलजार रहता है।

शाम को जिस समय इन नावों में लगी बत्तियाँ जल उठतीं हैं, डल लेक की शोभा अपरंपार हो जाती है। जिस समय उस रोशनी का अश्क डल के पानी में पड़ता है, मालूम होता है कि झील में हजारों-हजार मणि विजड़ित खँभे गड़े हैं। जो डोल-डोलकर डल झील के अंदर एक अपूर्व नृत्य की सृष्टि कर रहे हैं। उस दृश्य को सतत देखते रहते की चाह होती है।

काश्मीर जानेवाला ऐसा कोई भी यात्री नहीं होगा जिसने कम-से-कम एक बार डल लेक की सैर न की हो। जिसने एक बार शिकारे पर बैठकर डल लेक में घूमते हुए कुछ गीत न गुनगुनाए हों, जिसने डल लेक से शंकराचार्य पर्वत, उबेराय पैलेस होटल, निशात बाग, चश्माशाही, शालीमार बाग इत्यादि पर एक चलती निगाह न डाली हो। यों तो काश्मीर में वूलर जैसी बड़ी और मानसबल जैसी सुंदर कई झीलें हैं, लेकिन जैसा सुंदर उपयोग डल लेक का हुआ है, किसी का नहीं हुआ। डल लेक काश्मीर की जान है। अगर काश्मीर भारत की उँगली में अँगूठी की तरह है तो डल लेक इस अँगूठी का

नगीना है। डल लेक में व्यापार भी है, यह पैदावार भी है, हवा-पानी के लिए भी मुफीद है और इसमें बहार भी है।

काश्मीर को बनाने का श्रेय किसको है? चिनार की छाया में गीत गानेवाली युवतियों को या नाव खेनेवाले कुशल नाविकों को? मीलों तक एक समान सड़क के दोनों ओर लगे हुए सफेदा के वृक्षों को या पर्वतों और घाटियों में एक समान भरे हुए गगनचुंबी चीड़ों को? दूर-सुदूर तक काश्मीर की सुगंधि फैलानेवाले पंपापुर के केशर को या जिनके बने हुए सामान पाँचों महादेश में जाते हैं, उन बेतों को? मैदानों में भेड़ चरानेवाले गूजरों को या घर में बैठकर अगूँठी से पार हो जानेवाले शाल बनानेवाले कारीगरों को? हरमुख या अमरनाथ की चोटियों को या सोनमर्ग तथा यूसमर्ग के मैदानों को? लकड़ी पर फूलों की बेहतरीन करिश्मा दिखानेवाले शिल्पियों को या डाँडी ढोनेवाले उन कुलियों को, जो आपको नीचे से पहाड़ पर पहुँचाते हैं? आपको इन प्रश्नों का यही उत्तर मिलेगा कि काश्मीर को बनाने का श्रेय चाहे जिसको भी हो, पर सबसे जबरदस्त उपादान जिसने कश्मीर को कश्मीर बनाया, वह है डल लेक।

लेकिन इन सब बातों से अधिक मशहूर है डल झील उन तैरते हुए खेत के टुकड़ों के लिए, जो खेत डल झील में तैरते रहते हैं, घूमते रहते हैं और जिनमें नाना किस्म की चीजें पैदा होती हैं। ''फ्लोटिंग गार्डेन'' के नाम से दुनिया में मशहूर, तैरते हुए बाग इन्हीं खेतों पर उगनेवाले बाग हैं। बचपन में जब सुना था कि कश्मीर में खेतों की चोरी होती है, लोग खेत उठाकर इधर-उधर ले भागते हैं, तब वह बात मन में नहीं समाती थी, क्योंकि हमारे यहाँ खेतों का जो रूप है, उसमें उठाकर ले भागनेवाली बात दिमाग में अंट ही नहीं सकती है। अब देखने से पता चला कि कश्मीर में हमारे जैसे खेत तो हैं ही, पर ऐसे भी खेत हैं जिनको लोग इधर से उधर कर सकते हैं। और ये हैं डल झील पर के ये खेत। डल लेक में जो सेवार वगैरह होते हैं, उन्हीं पर कूड़ाकरकट फेंक-फेंककर धीरे-धीरे ये खेत बनाए जाते हैं। झील में ये खेत तैरते रहते हैं और उनका मालिक चाहे तो उनको इधर-उधर भी ले जा सकता है। इन पर तरह-तरह की तरकारियाँ पैदा होती हैं। इन तरकारियों को पैदा करने में कोई परिश्रम नहीं पड़ता, सिर्फ इनके बीजों को उस खेत में बिखेर देना पड़ता है। न पटाने का झंझट, न कोड़ने का तरदुद। बैंगन, मिर्च, कद्दू, टोमैटो, प्याज सबकुछ इनमें पैदा होते हैं। इन खेतों के मालिक झील के किनारे अगल-बगल झोपड़ियों में रहते हैं और इन्हीं खेतों से अपनी जीविका चलाते हैं। किनारे पर छोटी नावें बँधी रहती हैं, जो इनको खेत तक ले जाती हैं। मान लीजिए आज दो भाई में बँटवारा हो गया और खेत का छोटा टुकड़ा आधा-आधा बँट गया। बस बीच में उसको पैदावार समेत काट दिया जाएगा और रस्सियों में बाँधकर अपने-अपने टुकड़े को दोनों भाई दो तरफ खींच लेंगे। इन खेतों के पास अक्सर बेंत के पौधे भी पाए जाते

हैं। डल में नौकार विहार करनेवाले प्राय: उन बेंतों की छाया में जाकर घड़ी भर ठहरते हैं। बहुत से नौका विहार करनेवाले इस प्रकार घड़ी भर ठहरने का अधिकार प्राप्त करने के लिए उन खेतों को किराए पर भी लेते हैं। उन खेतों के पास या अगल-बगल बहुत सी बतखों का और जलाशय में रहनेवाली चिड़ियों का भी निवास हो जाता है, जिनको बेचकर खेतों का मालिक काश्मीर के बाजार में अच्छा पैसा बनाता है। डल के ऊपर के खेतों की तरकारियों तथा अन्य सामान श्रीनगर की जरूरतों की पूर्ति करते हैं।

इसके अलावे मिलते हैं इस डल झील में नाना प्रकार के फूल। जिस समय इन फूलों का मौसम होता है और जिस समय उन क्यारियों में ये फूल फूलकर लहराते हुए हलकी हवा के सहारे डल लेक में अपना सौरभ बिखेरते हैं, उस समय उनकी भीनी-भीनी गंध से पथिक का मन मस्त हो जाता है। आपने रानी फूलमती का नाम सुना होगा। हजारों रुपया खर्च करके रोज उसके लिए फूलों की शैया का प्रबंध होता था, पर डल लेक में आप चंद आने पैसों में रोज रानी फूलमती बन सकते हैं। फूलों से लदी हुई, भरी-पूरी नाव आप के पास से गुजरेगी, जिसको चंद आने पैसे देकर आप टोकरी की टोकरी फूल खरीद सकते हैं। यहाँ फूल सस्ते हैं, क्योंकि उनका यहाँ प्राचुर्य है। बीसियों किस्म के फूल डल लेक में मिलते हैं, जो गंध और रूप सब में निराले होते हैं। इनमें बहुत से ऐसे फूल हैं जो पानी में होते हैं और जिनकी जड़ें जमीन तक नहीं जातीं; बहुत से ऐसे फूल हैं जो उधर होते हैं जिधर कम पानी हो तथा इनकी जड़ जमीन में गड़ी होती है और बहुत से ऐसे फूल हैं जो तैरते हुए खेतों में होते हैं।

ऊपर मैंने आपसे रविवार के पिकनिक का जिक्र किया है। रविवार से भी दो कदम आगे हैं पर्व-त्योहार। ऐसा मालूम होता है कि सारा श्रीनगर डल लेक में और उसके इर्द-गिर्द उतर आया है। श्रीनगर के निवासी अपना खाना-दाना लेकर आते हैं, डल लेक के किसी नाव में या उसके इर्द-गिर्द के किसी बाग-बगीचे में, या किनारे के किसी पेड़ की छाया में बनाते, पकाते, खाते, एक-दूसरे से हँसी-मजाक करते, अपने दुःख-दर्द को भूलते, जीवन का उल्लास जगाते, प्रकृति की बाँहों में गलबाँही देकर नाचते और गीत गाते और नया जीवन एवं नई स्फूर्ति लेकर फिर संध्या को वापस चले जाते हैं। उस समय डल लेक देखने लायक होती है, उसकी शोभा में चार चाँद लग जाता है, हालाँकि बहुत से कवि और लेखक डल का यह रूप पसंद नहीं करते। वे चाहते हैं कि शांत, गंभीर डल की गोदी में नौका पर विहार करें और संसार को चमत्कृत करनेवाली नई-नई कल्पनाओं एवं अनुभूतियों के सहारे उस साहित्य की सृष्टि करें, जो उन्हें अमरता का वरदान दे और अतुलित यश एवं कीर्ति का भागी बनाए।

□

छोटानागपुर की छटा

जिन्होंने काश्मीर की सुषमा के गीत गाए, स्विटजरलैंड की शोभा पर लेख लिखे, न जाने क्यों छोटानागपुर की इस छटा पर उनका ध्यान नहीं गया?

छोटानागपुर भारत का हृदय, बिहार की आत्मा है। लोग कहते हैं, प्राचीन विहारों की बहुलता की वजह से बिहार का नाम बिहार पड़ा, पर मेरा खयाल है कि विहार करने लायक स्थान समझकर पुरखों ने इसका नाम बिहार रखा। विहार करने लायक स्थान यह है छोटानागपुर के कारण।

छोटानागपुर के जंगल, इसका पहाड़, इसकी नदियाँ, इसके गाँव, इसकी धरती, इसका आसमान, इसके जीव-जंतु और इसके निवासी सब निराले हैं।

प्रकृति का पुजारी अगर एक बार इसके आँगन में आया तो जाने का नाम नहीं लेगा। कवि का हृदय लेकर जो एक बार इसमें प्रवेश कर जाएगा, फिर वापस नहीं जाएगा।

यहाँ की हवा वह हवा है, जो दवा से भी दो कदम आगे है; और पानी वह पानी है, जो अन्न को भी मात कर रहा है।

धरती ऐसी कि जैसे कुशल कारीगरों ने चादर पर चित्रकारी की हो; आसमान ऐसा कि जैसे रंग-बिरंगे फूलों, रंग-बिरंगी तसवीरों और झाड़-फनूसों के साथ किसी ने शामियाना ताना हो।

यह सघन जंगल—वृक्षों के पत्रों की अमर-संगीत ध्वनि, हवा जहाँ हौले-हौले डोल रही है। आदिवासियों के आँगन में घटनेवाली किसी प्रेम कहानी के गीत को धीरे-धीरे गुनगुनाते भेड़ और ढोर के चरवाहों की मस्ती का नमूना; बाँसुरी का यह नगमा, जिसके दर्द भरे अलबेले सुर के साथ पर्वत की घाटी का कण-कण नाच रहा है; हिरण और उसके बच्चों का यह किल्लोल—चहकना, फुदकना, उछलना, कूदना एवं चौकड़ी का भरना— जो रसिकों को एक नूतन संसार के दर्शन के लिए निमंत्रण दे रहा है; रंग-बिरंगी चिड़ियों के कल कूँजन की स्वरलहरी, जो वातावरण के हृदय को बेध रही है, हाँ, पक्षियों की जोड़ी—शाख-शाख पर उनका नाचना, पंख का फड़फड़ाना, उनका

प्रेमालाप जो प्रेमी-प्रेमिकाओं के दिल को गुदगुदाता है; यह दृश्य है, जिस पर कोई भी जानदार अपनी जान कुरबान कर दे।

नदियाँ बहती हैं तो उनकी धारा के साथ संगीत डोलता है। उबड़-खाबड़ धरती अपनी निराली शोभा से हर राहगीर का दामन थाम लेती है, बादलों से सदा आँख-मिचौनी खेलनेवाला आसमान, अपने नीचे से एक-एक गुजरनेवाले की राह रोक लेता है। जंगलों में हिरण की चौकड़ी शिकारियों का भी मन मोह लेती है और पेड़ों पर से चिड़ियों की जादूभरी आवाज कारोबारियों को भी अपना कारोबार भूल जाने को मजबूर करती है।

कोई गमगीन जाए तो अपना गम भूल जाए; जिसे अपने हुस्न पर नाज हो, ऐसी कोई हसीना जाए तो यहाँ की सुंदरता में अपने को खो जाए; संगीत प्रेमी जाए तो उसकी जुबान में जादू आ जाए; नवसिखुआ साहित्यिक जाए तो सिद्धहस्त कवि बन जाए, कठोर प्रकृतिवाला दो-चार दिन रहे तो दयालुता अपना ले, रोगी जाए तो फौरन भला-चंगा हो जाए और दिलवाला जाए तो अपने को क्षण भर में लुटा दे। याने कोई ऐसा इन्सान नहीं जो छोटा नागपुर की छटा पर कुरबान न हो जाए।

मेरा दावा है कि लेखक हों, कवि हों, चित्रकार हों—हर किसी के लिए यहाँ भरपूर सामग्री है। वह सामग्री, जो बरबस उनसे लेख लिखवाए, वह सामग्री, जो बरबस उनसे कविता रचवाए, वह सामग्री, जो बसबस उनसे चित्रकारी करवाए। ये लेख, कविताएँ, ये चित्र—घायल के दिल को सहलाएँगे, थके-माँदे का दिल बहलाएँगे, अपने कलाकार को अमर बनाएँगे।

यह वह शोभा है जिसके बखान में 'बैन' थक सकते हैं पर जिसके दर्शन में 'नैन' नहीं थक सकते।

यह वह शोभा है जिसको ज्यों-ज्यों देखो, त्यों-त्यों बढ़े। यह वह शोभा है जिस पर मस्ती के प्रेमी, प्रेम के पुजारी, प्रकृति के भक्त सब हजार बार निस्सार हैं, न्योछावर हैं।

देखिए यह रजरप्पा है। दो नदियाँ, एक नाला। तीनों का एक स्थान पर मिलना हुआ है। न गाँव, न शहर, लेकिन रजरप्पा की चप्पा-चप्पा में वह शोभा है, गाँव जिसका पानी भरे, शहर जिसकी गुलामी करे।

हजारी बाग जेल के पास तीन झीलें हैं। देखने जाइए और घड़ी भर को बैठ जाइए तो उठने का जी न चाहे और अगर इसके नित्य दर्शन की गारंटी मिल जाए और आदमी जेल में भी जगह पाए तो वहाँ उसकी तबीयत लग जाए।

उसी हजारी बाग के पास कन्हेरी पहाड़ है। चारों ओर से गोल सड़क बनी है। दृश्य ऐसा नयनाभिराम कि चारों ओर घूमने में पाँव भले थक जाएँ, पर मन बिना घूमे न माने।

यह हुँडरू का जलप्रपात है। गति में तीव्रता, रूप में भयंकरता पर दर्शन में स्निग्धता। यहाँ 243 फीट से पानी गिरता है। दूर-दूर से आनेवाले यात्री कहते हैं कि इसके देखने

के बाद यह मालूम होता है कि इसके पास तक पहुँचने में जो समय या पैसा लगा, वह इसकी शोभा के सामने कुछ भी नहीं है।

और यह जोन्हा का जलप्रपात है। इसकी गति में गंभीरता और रूप में सुकुमारता है। थोड़ी दूर जंगल में पैदल जाना पड़ता है। पर इसकी जो रमणीयता और चंचलता है, उसको देखने के लिए उतनी दूर काँटों पर भी हो के जाना पड़े तो आदमी सहर्ष जाएगा।

यह राँची झील है। राँची सोने की अंगूठी और उसमें यह हीरे का नगीना है। झील के बीच तीन-चार टीले हैं और उन टीलों पर वृक्ष हैं। चाँदनी रात में इसकी शोभा देखते बनती है।

यह चूटुपाली की घाटी है। पहाड़ मानो दूल्हा है, जिसके चारों ओर यह सड़क दुलहिन सी भाँवरे भर रही है। इस सड़क के ऊपर से नीचे घाटी का दृश्य देखने लायक है। उगते सूरज की पहली किरण जिस समय इस घाटी पर अपना जाल फैलाती है—इसके पेड़, पौधे, इसकी जमीन, इसका गाँव—सब एक निराले नाजोअंदाज के साथ आँख के सामने आते हैं। सुबह हो, शाम हो, धूप हो, बादल हो—किसी भी समय में इस घाटी का दृश्य आपको पुलकित, विस्मित और हर्षित कर देगा।

इसी प्रकार दूसरी पर इससे भी बड़ी और लंबी घाटी है चक्रधरपुर की। धन्य है उन इंजीनियरों का मस्तिष्क, जिन्होंने घूम के और परिश्रम करके सबसे पहले इस सड़क का नक्शा बनाया होगा। यह ऊपर-नीचे का अजीब चक्कर—प्रतीत होता है मोटर के साथ-साथ मुसाफिर का शरीर और दिल भी घूम रहा है। और उस पर से घाटी की शोभा! क्षण-क्षण पर रुकने की राय होती है।

और यह दलमा पहाड़ है। लोग कहते हैं यह बिहार का भाग्य है। इसमें सोना-चाँदी का अंबार है। पर अभी हमारा उससे सरोकार नहीं। इसकी बगल से जो सड़क गई है, उस पर चलते जाइए। देखिए दलमा की शोभा, इसके नीचे की जमीन की शोभा! यह बाग, बगीचा, यह जंगल झाड़ी, यह उबड़-खाबड़ धरती और उसकी छाती पर साँप की तरह दौड़ती हुई यह सड़क—सब मिलकर दलमा की शोभा में चार चाँद लगा देते हैं।

और यह डिमना नाला है। टाटा कंपनी की ओर से जो जमशेदपुर में पानी पहुँचाने के लिए बनाया गया—पहाड़ों के बीच में पानी का यह समुद्र, जिसकी लहरें चारों तरफ की चट्टानों से खेल रही हैं। बाँध के ऊपर पहुँचने पर थोड़ी देर के लिए सारी दुनिया भूल जाती है।

जमशेदपुर के पास ही यह दो नदियों का संगम है—'दोमुहान' कहलाता है। इसके पास जो पेड़ हैं, वन-विभाग की ओर से उन पर नंबर पड़ा हुआ है, पर यहाँ की जो शोभा है, उसको कितना नंबर दिया जाएगा? सौ में सौ—या सौ में दो सौ?

डालटेनगंज की बगल में बहनेवाली कोयल नदी का नाम शायद इसीलिए 'कोयल'

पड़ा होगा कि यह सालों भर कोयल की तरह गीत गाया करती है। कोई भी भ्रमणशील यात्री डालटेनगंज के पास कोयल नदी की शोभा देखने के लिए हफ्तों ठहरेगा। हर किसी के दिल बहलाने के सामान हैं।

और यह तोपचाँची है। धनबाद कोयला क्षेत्र में पानी पहुँचाने के लिए बनाई गई झील। इसके इर्द-गिर्द की वन श्री देखिए, इसकी शांति, इसकी गंभीरता, इसकी शोभा सब निराली है। इसके चारों तरफ के पेड़ों पर चिड़ियों का स्वर और उनका कलकूजन दोनों स्मरणीय है।

कितना गिनाया जाए! यह छोटा सा लेख और छोटानागपुर की बड़ी शोभा। कौन सी सड़क है जिस पर जगह-जगह ठहरकर सामने का दृश्य देखने को जी नहीं ललचाए? कौन सा पहाड़ है जिसके ऊपर चढ़कर नीचे की दुनिया देखने की राय न हो? कौन सी नदी है जिसके किनारे पर बैठकर संसार को थोड़ी देर भूलने की राय न हो? यहाँ का कण-कण आभामय, यहाँ की हर जगह शोभामयी!

स्विटजरलैंड की शोभा को ललकारने वाली और कश्मीर की सुषमा का गीत गाते हुए नहीं थकनेवाले कवियों पर व्यंग्य की मुस्कराहट कसने वाली—एक शोभा है नेतरहाट की। मालूम नहीं इसका नाम नेतरहाट क्यों पड़ा? पर अंदाज में यह आता है कि अपरंपार शोभा का स्थल होने के कारण इसे लोगों ने 'नेत्रहाट' कहके आँखों के लिए असली बाजार की उपाधि दी होगी, जिसको देखने से आँखें थकती नहीं। क्योंकि यह शोभा है, जो बिना पानी के प्यासे की प्यास बुझा दे और बिना भोजन के भूखे की भूख मिटा दे।

□

डायरी-अंश

डायरी का दूसरा पन्ना—मैं छोटा नागपुर में हूँ!

और आज मैं राँची में हूँ। किसी ने सही कहा है कि बात यह साँची है, यह रम्यनगरी राँची है और आनंद यहाँ भर-भर खाँची है। समुद्र की सतह से 600 मीटर (2000 फीट) की ऊँचाई पर राँची और 4000 फीट की ऊँचाई पर नेतरहाट है।

जमीन देखिए, आसमान देखिए, एक तरह की शोभा है। मालूम होता है, प्रकृति ने अपने रहने के लिए इसी स्थान का चयन किया है।

सड़कों पर निकलिए तो सादगी के साथ सभ्यता का मेल पाइए। कुछ आदिवासी अपने रूप में, पर उसके बाद सारी सड़क भरी मालूम होती है पैंट-कोटवालों से। ऐसा प्रतीत होता है कि राँची पर यूरोपियन पोशाक का पूरा असर पड़ा है।

जर्मन मिशन, अंग्रेजी मिशन, कैथोलिक मिशन, तीनों मिशनों का प्रभाव राँची पर लक्षित होता है। असल में छोटानागपुर के कोने-कोने में अस्पताल और विद्यालय एवं गिर्जाघरों का इन मिशनों ने जाल सा बिछा दिया है। राँची में कभी-कभी इनके स्कूलों का जुलूस देखने लायक होता है। हजारों-हजार लड़के एवं लड़कियों का हजूम पर अजीब अनुशासन! सहसा मालूम नहीं होता कि इतने सारे लोग सड़क पर जा रहे हैं!

आज मेरे पास कैथोलिक मिशन के एक फादर आए थे। उन्होंने छोटानागपुर में कैथोलिक मिशन के बारे में जो बयान दिया, उसको मैं हूबहू लिख रहा हूँ।

छोटानागपुर में कैथोलिक मिशन की देख-रेख जेसुइट (येसुसमाजी) पुरोहितों के जिम्मे है। सर्वविदित है कि इस येसुसमाजी संघ की स्थापना संत इग्नासिडस लोयोला ने सोलहवीं सदी के पूर्वार्द्ध में की थी। संघ तरह-तरह के काम हाथ में लेता है। बच्चों की शिक्षा से लेकर, खोज के कार्य, धर्मोपदेश, विश्वविद्यालय संस्थापन आदि तक इसका कार्य-क्षेत्र विस्तृत है।

भारत में येसूसमाजी कॉलेजों और स्कूलों की ख्याति से कौन अपरिचित होगा? उदाहरणार्थ, लोयोला कॉलेज, मद्रास, लोयोला हाईस्कूल, जमशेदपुर, संत जेबियर्स कॉलेज और हाई स्कूल बंबई, कलकत्ता, राँची, पटना, हजारी बाग, संत अलॉइस और

संत जोसेफ कॉलेज, त्रिचनापल्ली, संत जोसेफ कॉलेज, दार्जिलिंग, संतजोन्स कॉलेज, राँची इत्यादि।

छोटानागपुर में कैथोलिक मिशन 1 कॉलेज, 13 उच्च विद्यालयों, 56 मिडल, 602 प्राइमरी, 6 ट्रेनिंग, 22 औद्यौगिक स्कूलों का संचालन करता है। स्कूलों में लड़कों की संख्या 24708 है, लड़कियों की 8816 और शिक्षकों की 1555। इन स्कूलों में से कुछ को अभी सरकारी सहायता प्राप्त है, परंतु बहुत वर्षों तक इनको मिशनरियों के देशों से आए हुए दानों का ही सहारा बहुत था।1

शिक्षा कार्य के अतिरिक्त, मिशनरी तीन निजी अस्पताल चला रहे हैं। दो सरकारी अस्पतालों में भी हाथ बँटा रहे हैं। अस्पतालों में कुल 416 पलंग हैं। इन्होंने 52 औषधालय भी खोल रखे हैं, जहाँ प्रतिवर्ष सहस्त्र रोगियों की सेवा प्रायः मुफ्त ही की जाती है।

दो प्रभावशाली संस्थाएँ, जो सामाजिक उत्थान में लगी हैं, मिशनरियों की ही देन हैं। एक हैं "कैथोलिक को-आपरेटिव क्रेडिट सोसाइटी", जो अधिकतर बैंक के नाम से प्रचलित है। दूसरी "कैथोलिक मजदूर संस्था" है। योग्य व्यक्तियों को "कैथोलिक को-आपरेटिव क्रेडिट सोसाइटी" कर्ज देती है। सदस्यों और असदस्यों की अमानत रख मितव्ययिता को प्रोत्साहित करती है। संक्षेप में कर्ज विधि यों है:—

आवेदक अपना पत्र गाँव की पंचायत के आगे पेश करता है। पंच यदि देखते हैं कि इसे कर्ज की आवश्यकता है और किस्तवार यह रुपए अदा भी कर सकता है तो पत्र 'सर्कल' पंचायत को भेज दिया जाता है। यह पंचायत साधारणतया मिशन बँगले में होती है। आवेदन पर यहाँ फिर विचार किया जाता है और योग्य समझे जाने पर उसे राँची केंद्र में भेज दिया जाता है। जिस 'सर्कल' में आवेदक का गाँव है, यदि वह खुला है (कर्ज से लदा नहीं है), तब राँची से वांछित कर्ज मिल जाता है।

वार्षिक अधिवेशन में 'सर्कलों' के प्रतिनिधि प्रस्ताव करते हैं कि किस भाँति मुनाफे को शिक्षा एवं कृषि संबंधी कार्यों में व्यय करना उपयुक्त होगा।

कैथोलिक मजदूर संस्था का काम है, कैथोलिक और राज्य धर्मावलंबियों की नौकरी की समस्या हल करना। आसाम, भूटान और दार्जिलिंग के चाय-बगान, अंडमान के वन-विभाग, खानों, नए कृषि क्षेत्रों और औद्योगिक केंद्रों में तलाश कर मजदूरों की जीविका चलाती है।

बहुत से आदिवासियों के खेत अत्यंत छोटे हैं, अथवा उनकी उपज कम हैं। वे एक साल काम करने का वादा देकर जाते हैं। एक साल के बाद अधिकांश दुबारा एक साल का बंदोवस्त कर लेते हैं। दूसरे अपनी कमाई लेकर घर आते हैं। कुछ हैं, जो सपरिवार

---

1. ये आँकड़े पुराने हैं फिर भी तथ्य को स्पष्ट करने के लिए पर्याप्त हैं।

आसाम, भूटान, दार्जिलिंग या अंडमान में बस भी जाते हैं। एक महत्त्वपूर्ण बात यह है कि उनकी आध्यात्मिक जरूरतों की पूर्ति के लिए और भौतिक कठिनाइयों में उन्हें सलाह देने और उनकी रक्षा करने के लिए हमेशा एक मिशनरी उनके बीच रहते हैं।

राँची महाधर्म प्रदेश में आज 233,164 कैथोलिक हैं, जो लोग आदिवासी कैथोलिकों को पेट पोशी क्रिस्तान कहते हैं, वे जान जाएँ कि मिशनरी इनकी मुट्ठी गर्म नहीं करते, बल्कि ये ही क्रीस्तान सरकारी करों को देने के अलावे, खुद अपनी ही जेब से अपने स्कूल ओर धर्ममंडली को चला रहे हैं। जो त्याग ये आज कर रहे हैं, उसके साक्षी भगवान् ही हैं।

मिशनरियों के दीर्घ परिश्रम का ही फल है कि आदिवासियों की सामाजिक अवस्था में नित्यप्रति उन्नति हो रही है, समाज के उच्च पदों पर शिक्षित आदिवासी बहुसंख्या में चढ़ रहे हैं। आज आपको आदिवासी एम.एल.ए. मिलेंगे, मजिस्ट्रेट, वकील, डॉक्टर, लेखाकार (accountants) मिलेंगे, जिनको शिक्षा मिली है इन मिशनरियों से ही। वह जमाना अब बदल गया जबकि इन आदिवासियों को उन्नत भविष्य की आशा न थी तथा क्रूरता और दासता की जंजीरों में जकड़े ये जीवन की घड़ियाँ गिन रहे थे।

मिशनरियों का सिद्धांत यह लिखा जा सकता : "भगवते भारताय च"—'भगवान् और भारत के लिए'। भारतीय मिशनरियों की जन्मभूमि है भारत और विदेशी मिशनरियों ने हमारे विशाल हिंद का परिग्रहण किया है। ये भारतमाता के दत्तक पुत्र बन गए हैं।

आदिवासियों के सांस्कृतिक, सामाजिक और आर्थिक उत्थान के लिए मिशनरियों ने जो उल्लेखनीय कार्य किए हैं, उनमें से कुछ यहाँ दिए जाते है:—

जर्मन येसुसमाजी फादर होफमैन के टक्कर के व्यक्ति बहुत थोड़े होंगे। आदिवासियों की सामाजिक और आर्थिक परिस्थिति का उन्हें जो गहरा ज्ञान था, मुँडाओं के रीति-रस्म और भाषा में जो उनका पांडित्य था, उसकी बराबरी शायद ही कोई कर सकें। 1904 में बँगाल सरकार ने "को-ऑपरेटिव क्रेडिट सोसाइटी ऐक्ट" पास किया। फादर होफमैन छोटानागपुर में एक "कैथोलिक को-आपरेटिव सोसाइटी" खोलना चाहते थे। उन्होंने देखा कि उपर्युक्त कानून छोटानागपुर के लिए सर्वोत्तम सिद्ध नहीं हो सकता। अत: अपने ही हाथों एक विधान बनाकर उन्होंने उसे बँगाल के लेफ्टिनेंट गवर्नर के आगे पेश किया। विधान से पूर्ण संतुष्ट हो गवर्नर ने अपने विशेषाधिकार से एक फरमान द्वारा इसे 1906 में स्वीकार किया। इस प्रकार 'छोटानागपुर कैथोलिक क्रेडिट सोसाइटी' की उत्पति हुई, जिसने आदिवासियों को लोलुप महाजनों के चंगुलों से बचाया और उन्हें मितव्ययिता के पथ पर अग्रसर किया। यह वही संस्था है जिसका उल्लेख ऊपर किया जा चुका है। आरंभ में यह सिर्फ अन्न-बैंक थी, पर अब विशेषत: रुपए की है।

फादर होफमैन के प्रस्ताव के पश्चात् जब कभी लेफ्टिनेंट गवर्नर सामाजिक एवं आर्थिक उन्नति के क्षेत्र में कदम उठाना चाहते थे तो वह इस जर्मन येसुसमाजी से सलाह लिये बिना नहीं रहते। फादर होफमैन ने भूमि विषयक कानून ''छोटानागपुर टेनेन्सी ऐक्ट'' (जो 1908 में प्रकाशित हुआ) के निर्माण में सहायता की है। अधिकारियों को ऐसी बहुमूल्य सहायता पहुँचाने के कारण उनको 1913 में 'केसरे हिंद' का रजत-पदक दिया गया।

मुंडाओं के बीच 20 वर्षों तक फादर होफमैन काम करते रहे। मुंडारी का व्याकरण उन्होंने लिखा, जिसे सरकार ने अपने खर्च से प्रकाशित किया। मुंडारी कविता, संगीत और नृत्य विषयक उनकी कृति एशियाई संस्था के संस्करण में छपी थी। उनकी अमर कृति है 'मुंडारी विश्वकोश' (encyclopedia mundarica) जिसमें मुंडा संबंधी समस्त विषय पाए जाते हैं। बिहार सरकार द्वारा यह 14 भागों में प्रकाशित हुई! दुःख की बात है कि लेखक की मृत्यु के समय यह अधूरा ही रह गया, परंतु उसके मिशनरी उत्तराधिकारियों ने यह काम जारी रखा है।

इस सुयोग्य मिशनरी को ''छोटानागपुर के आदिवासी जातियों की अद्वितीय सेवा के लिए 'सम्मान का प्रमाण-पत्र' (Certificate of Honour) सरकार ने प्रदान किया।

एक अन्य मिशनरी फादर ग्रीग्नाई येसूसमाजी ने उराँव भाषा की सेवा की और एक उराँव व्याकरण तथा अंग्रेजी-उराँव शब्दकोश लिखा है।

अंत में येसुसमाजी फादर ब्रेसर्स का नाम लिया जा सकता है। 'अधिक अन्न उपजाओ' एक पुस्तिका लिखने के अलावा उन्होंने 'राँची जिला, बिहार भारत का बनस्पति-विज्ञान' नामक सुप्रसिद्ध पुस्तक में छोटानागपुर के 800 से अधिक पौधों को पारिभाषिक नाम के साथ, हिंदी, उराँव, मुंडारी और सादरी नाम दिए गए हैं। सबसे बड़ी बात तो यह है कि उसमें यह भी बताया गया है कि आदिवासी इन पौधों का प्रयोग कैसे करते हैं, विशेषकर दवा के रूप में। इसमें छोटी और स्पष्ट टिप्पणियाँ भी हैं। 1951 में बिहार सरकार ने इसे प्रकाशित किया।

फिर भी मिशनरियों की आँखें भविष्य के उस दिन पर गड़ी हुई हैं, जब कि छोटानागपुर में मंडली की नींव मजबूत पड़ जाएगी, और वे इसकी बागडोर छोटानागपुर के लालों के हाथ सौंपकर आप चले जाएँगे, कहीं दूसरी जगह—नई नींव डालने के लिए।

आरंभ से ही मिशनरी छोटानागपुर के सुयोग्य नवयुवकों को ग्रहण कर उन्हें पौरोहितिक शिक्षा देते रहे हैं। विदेश में पुरोहितों को शिक्षा दी जाती है, उसमें और इसमें कोई अंतर नहीं। एक ही कार्यक्रम, समान परीक्षा, (एक ही शिक्षण, एक ही चरित्र गठन) । आज 60 से अधिक आदिवासी पुरोहित, छोटानागपुर के विभिन्न इलाकों में काम कर रहे हैं। हमें गर्व है कि 1952 में रोम द्वारा इसी छोटानागपुर का एक सपूत, धर्मप्रदेश का (जो आगामी वर्ष महाधर्म प्रदेश बना) धर्माध्यक्ष (बिशप) नियुक्त हुआ। देशी पुरोहित

और विदेशी मिशनरियों पर उसका पूरा अधिकार है। जो कार्य पुरोहितों ने लड़कों के लिए किए हैं, उन्हें धर्म-बहनों ने लड़कियों के लिए किये है।

इस प्रकार 'भगवते भारतीय च'—भगवान् और भारत के लिए दिन-प्रतिदिन मिशनरी काम करते जा रहे हैं।''

यह उक्त महाशय ने फरमाया है। बहुत सारी बातों का ज्ञान मुझे है और मैं जानता हूँ कि सही है। पर बहुत-सी बातें हैं, जो जाँच के काबिल हैं—

जो हो, मैं राँची की बात कर रहा था!

यों तो राँची में मिठाई का व्यवसाय बँगालियों के हाथ में, माँस और होटल तथा लकड़ी एवं ट्रकों का व्यवसाय पंजाबियों के हाथ में और कपड़े का व्यवसाय मारवाड़ियों के हाथ में है, पर यहाँ सब तरफ के, सब तरह के लोग मिलते हैं। एकाउंटेंट जनरल के दफ्तर में भारत भर के करीब-करीब सभी प्रांतों के लोग काम करते हैं। लेकिन यहाँ के असली बसने वाले हैं मुंडा, उराँव, खंड़िया, तुरो तथा महतयी इत्यादि।

रेलवे का तब बी.एन.आर. होटल, अब इस्टर्न रेलवे होटल नामी है। ऐसे तो और भी अनेक होटल हैं।

राँची उस समय असली गुलजार होती थी, जब बिहार सरकार का ग्रीष्म का दफ्तर यहाँ आता था। यों तो साल भर यहाँ मेला लगा रहता था पर उस समय का झमेला देखने लायक होता था।

आज राँची वह राँची नहीं रही, जो अजादी प्राप्त होने के समय थी। आज यह छोटानागपुर की एक प्रसिद्ध विशाल औद्योगिक क्षेत्र बन चुकी है और वाणिज्य का एक बड़ा केंद्र। राँची के हरिया में विभिन्न उद्योगों और कल-कारखानों के लिए मशीनें बनती हैं। इन उद्योगों की गिनती भारत के बड़े उद्योगों में होती है। एच इ सी (भारी इंजीनियरिंग निगम) देश के औद्योगिक विकास में हाथ बँटा रही है। राँची के पास मूरी में अल्यूमिनियम का कारखाना है। यहाँ समुद्री जहाजों के डीजल इंजन बनते हैं। राँची विश्वविद्यालय का मुख्यालय है। बेकन और पावरोटी बनाने का बड़ा कारखाना है लाह अनुसंधानशाला है। यहाँ उद्योगों के विकास की इतनी संभावनाएँ हैं कि राँची आज हर रोज गुलजार है।

राँची में बैठे-बैठे मेरा ध्यान राँची जिले की ओर जाता है। यह जिला बहुत बड़ा जिला है। शायद हिंदुस्तान में सबसे बड़ा। पर लोगों की आबादी कम है। 18,339 वर्ग किलोमीटर में कुल 30 लाख 60 हजार की आबादी है। इस जिले की आत्मा हैं, इसके निवासी आदिवासी, जिसमें प्रधान हैं उराँव और मुंडा। उनका जीवन देखिए, सादगी देखिए, उल्लास देखिए। उनके पर्व करमा, जात्रा, सरहुल, फूलखोंसी आदि हैं। इन पर्वों में नाच-गान का जीवन बिताया जाता है, खान-पान का जीवन बिताया जाता है,

लापरवाही और बेफिक्री का जीवन बिताया जाता है। इन पर्वों में इनका उल्लास देखिए, गाँव-गाँव से आकर एक जगह इकट्ठा होना, मेले का लग जाना। माँदल पर ताल देना, नाचना, गाना और पीना तथा खूब पीना। वाह रे पर्व!

और इनसे भी अपूर्व इनका गीत और लोकगीत। मेरे सामने हिंदी के भारत विख्यात एवं सुप्रसिद्ध, राँची निवासी लेखक श्री राधाकृष्ण के एक लेख का सरांश है—

"चैत की चाँदनी रात! महुआ रस टपकाता है। पलास के फूल से सारा वनप्रांत सुशोभित है। हवा के झोकों से प्रेमिका के बालों को इठलाकर झूमते देख प्रेमी का चित्त चंचल हो रहा है, और वे रात में ढोल की ढमाका के साथ नृत्य करने को बेचैन हैं। ढोल पर ढमाका मारते ही सब युवक-युवतियाँ रंग स्थल पर पहुँच जाती हैं। समस्त वायुमंडल थिरक उठता है—

लहर-लहर मत कर भइया,
ले जबउ डोंकी[1] उहरे।
बेटा होतउ जनउ सुरगुजवा[2],
बेटी होतउ खेलतउ जदुरे[3]।

यहाँ नर्तक उन नवयुवकों के भावों की अभिव्यंजना करता है, जो अपनी प्रेमिका को नाना रीतियों से अपने वश में करना चाहते हैं। यौवन के आगमन से अनभिज्ञ युवती को प्रेमी युवक समझाना चाहता है कि अधिक चंचलता न दिखाओ। मेरी बात मानो। विशेष चटक-मटक दिखलाने से मेरा तो क्या, दूसरों का दिल भी डोल जाएगा। ऐसी हरकतों से सामाजिक और चारित्रिक बंधन टूट जाने का डर है। देह अंग मोड़कर रहो, अन्यथा मैं अपने आपको भूल जाऊँगा। मदांध हो तुम्हें अपने भुजपाशों में बाँधकर पर्वत की घाटी की ओर एकांत में लेकर भाग जाऊँगा। परिणाम क्या होगा, जानती हो? तुम्हारा यह घर छूट जाएगा और वहाँ नया घर बन जाएगा। हम दोनों का जीवन एक में बँध जाएगा। दांपत्य जीवन व्यतीत होने लगेगा। बच्चे भी होंगे।

अगर बेटा हुआ तो मैं वैसा व्यक्ति नहीं, जो पुत्र की उत्पत्ति पर खुश होऊँ। बेटा तो तुम्हारा एक गरीब व्यक्ति होगा। वह तो मेरे जैसा नर्तक न हो सकेगा। उसे होश सँभालते ही जीवन-निर्वाह का प्रश्न सुलझाना पड़ेगा। मैं उसके लिए कुछ कर सकूँगा, इसमें भारी संदेह है। उसे सुरगुजा (विदेश) जाना ही होगा। यहाँ तो थोड़ा पैदा होता है, उस पर भी बाहर के लोग भर गए हैं। सारा धन उन्होंने बटोर रखा है। गरीबों के लिए सुरगुजा ही एकमात्र आधार है। वहाँ वह खूब खाएगा-पहनेगा। अतः मुझसे उसे सादा

1. डोंकी-एक स्थानीय पर्वत:
2. सूरगुजा—एक छोटा-सा देशी राज्य जहाँ थोड़ा परिश्रम करनेवालों को भी मजदूरी मिलती थी।
3. जदुरा—इसमें चार-चार पँक्तियाँ होती हैं। इसमें काव्य और संगीत तत्त्व मिलते हैं।

अलग ही रहना होगा। कहीं बेटी हो तो बड़ा अच्छा! वह तो तुम्हारी ही प्रकृति की होगी। उसमें तुम्हारा गुण और सौंदर्य झलकेगा। सो वह हम दोनों के साथ नृत्य में भाग लेगी। उसे कोई चिंता न रहेगी। अपने स्वाभाविक गुण से वह भी कोई प्रेमी पसंद कर लेगी और सुख से जीवन बिताएगी।

इन चार पंक्तियों के गीत में सामाजिक और ऐतिहासिक दोनों चित्र स्पष्ट चित्रित हैं—

अंकुसी के बन हरई बाबू,
चीरल झारल केश अझुरे।
ठगवा से काम मेटल भइया,
जोरल पिरीत टूटले॥

यहाँ प्रेमी और प्रेमिका में सवाल-जवाब चल रहा है। प्रेमिका प्रियतम का स्निग्ध प्यार पाकर पुलक से भर गई है और कहती है कि मैं अपने होश में नहीं थी। मद से मतवाली हुई थी। तुम्हारा प्रेम पाने के लिए शृंगार कर निकली, केश झाड़ लिये थे। मेरी अभिलाषा थी कि सजाया हुआ रूप न बिगड़े, परंतु मैं ऐसे कटीले जंगल के रास्ते से गुजरी कि सारा शृंगार बिगड़ गया। यह तुम्हारी ही करनी है। तुमने ही अपनी कटीली उँगलियों में केश-पाश को अस्त-व्यस्त कर डाला है। अब मैं तुम्हारे पास कभी नहीं आऊँगी। प्यार करते हो तो करो, पर ऐसा व्यवहार क्यों करते हो! सोचो तो, सखियाँ सब क्या कहेंगी?

संयोग-शृंगार के बाद विप्रलंभ-शृंगार की बारी आती है। सरल आलिंगन के बाद वियोग की अवधि कष्टप्रद हो आती है। काटे नहीं कटती। जीवन विषम विषाद के घेरे में कैद हो जाता है। चित्त व्याकुल हो जाता है। घर-बाहर कहीं चैन नहीं मिलता। खिला हुआ फूल शूल बनकर चुभने लगता है—

कौन फूल फूले चारो पहर
कौन फूल फूले एके घरी?
सेमर फूल फूल चारों पहर
डूमर फूल फूल एके घरी।

इन कवियों की दृष्टि प्रकृति के व्यापक दृश्य पर भी पड़ती है। वैज्ञानिक की तरह वे प्रत्येक वस्तु की जाँच करते हैं। उसकी प्रत्येक कृति को ध्यान से देखते हैं। उन्हें इसका पूर्ण ज्ञान है कि कौन फूल कब खिलता है और कितने समय तक अपना सौरभ समीर में बिखेरता है। सेमर का फूल चारों पहर खिला रहता है, वह अपना हृदय खोल देता है। वह अपने अंतर में सुख-दुःख को छिपाकर नहीं रखना चाहता। उसमें पीड़ा पालने की क्षमता नहीं रहती। सारी दुनिया के समक्ष वह अपना असली रूप लेकर खड़ा है। कोई

उसकी टीस-व्यथा को समझे, या तिरस्कार करे। परंतु डूमर अपने हर्ष और विषाद को अपने में छिपाकर रखता है। उसे विश्वास है कि सभी उसकी बातों को सुन इठलाकर रह जाएँगे, सो यह अपने को प्रकट नहीं करता। वह अपने जीवन का कड़वा-मीठा रस आग ही उपभोग करता है। सेमर फूल-फलकर भी दूसरे के उपकार के लिए तैयार है। निस्संदेह उसे वेदना होती होगी, जबकि सुग्गे उस पर चोंच मारते होंगे। परंतु सहन करने की आदत-सी बन गई है उसकी। डूमर फूल के समान वह डरपोक नहीं हैं।

यहाँ ये दोनों फूल प्रतीक के रूप में आए हैं। किसी नायिका में सदा चहल-पहल, उल्लास और उत्साह भरा रहता है और कोई निस्तेज, निःचेष्ट बनी रहती है! प्राय: देखा जाता है कि कोई शुरू से ही, स्वभावत: चंचल स्वभाव की होती है, हँसी-खेल में मस्त रहती है, निर्भय घूमती है और कोई छिपे-छिपे लज्जावश हो घर से बाहर नहीं निकलती। वह डूमर के फूल के समान है, जो अपने को छिपाकर रखती है। वह उतनी उदार नहीं समझी जाती। उसके मन का भी पता लगाना मुश्किल है।

पालकोट राँची जिले का एक गाँव है। छोटानागपुर के इतिहास में यह गाँव इस तरह चमकता है, जैसे अँगूठी में नगीना। यहाँ नागवंशी लाल साहब की राजधानी है। सभी तरह के लोग इस गाँव में रहते हैं।

खड़ियाबाला सुनती है कि उसकी शादी पालकोट में ठीक हो रही है। वह सोच में पड़ गई है। उनका चेहरा संध्याकाल के समान उदास है। वह सोच रही है, वह सोच रही है···

छोटानागपुर के आदिवासियों के बीच विवाह की जो प्रथा है, वह बहुत कुछ इस प्रकार की है, जैसे लड़की बेची जा रही है। विवाह के स्थान पर वे 'बेचना' शब्द का प्रयोग भी करते हैं।

'सो' उस खड़ियाबाला ने सुना कि वह पालकोट की बस्ती में बिक रही है।

वह चौंक उठती है। हिरनी के समान उसकी आँखों में कातरता और करुणा भर जाती है। मेरे पिता मुझे पालकोट की बस्ती में बेच रहे हैं। ओह, मैं क्या करूँ?

उसकी चिंता का पारावार अगाध है। इस अँधेरे में उसे कोई राह दिखलाई नहीं देती।

फिर वह अपने गाँव के बिना, अपने प्रेमी के बिना, कैसे रह सकती है? उसका जीवन तो उजड़ चुका। उसके बाप ने उसे पालकोट की बस्ती में बेचने का विचार कर लिया है। अब कैसे क्या होगा? कैसे वह इस गाँव को छोड़कर पालकोट की बस्ती में जाएगी?

वह जानती है कि उसका भैया जानता है कि उसे अपना गाँव कितना प्रिय है! उसका भैया जानता है कि उसे उसके उसी मित्र से प्रेम है, जो इस गाँव में रहता है। दीपशिखा के समान ज्योति के स्निग्ध प्रेम के विषय में उसने कम-से-कम अवश्य ही सुना होगा।

खड़ियाबाला की आँखों में आँसू आ जाते हैं। वह अपने भाई से कहती है—

पाई: कीटा पो: दाते अब तेरेम ददा उमींग चोना।
खोढ़ी ढेगा केलोम-केलोम पोड़छोल उमींग चोना॥

—"भैया मेरे, मुझे पालकोट की बस्ती में मत बेचो। मैं वहाँ नहीं जाऊँगी। इस गाँव में भी रसिक और जवान रहते हैं। मैं वहाँ नहीं जाऊँगी।"

इसी समय दूर से माँदर की आवाज आती हैं। खड़ियाबाला समझ सकती है कि यह उसी के प्रियतम का संदेश है। महुआ के पेड़ के नीचे माँदर बजाकर उसका प्रियतम उसे संकेतस्थल पर बुला रहा है। वह चौंक उठती है और अपने भाई से कहती है—

मुरुन दारु बोते जोड़ा मांदड़ी सोघोमतैज, चोना।
खोड़ो तेगा केलोम-केलोम पोड़छांले उमींग चोना॥

—"महुआ के पेड़ के नीचे वह माँदर बज उठा। पालकोट की जाती में नहीं जाऊँगी। इस गाँव में भी रसिक और जवान रहते हैं, मैं पालकोट की बस्ती में नहीं जाऊँगी।"

उस खड़ियाबाला ने अपने आँसुओं से भी अधिक इस गीत के द्वारा कह दिया।

मेरा खयाल है कि राधाकृष्ण के इस लेख से किसी भी सहृदय पर आदिवासियों के लोकगीत की महत्ता अंकित हो जाएगी।

ता............... पुरुलिया (छोटानागपुर)

और आज मैं चाईबासा से चलकर पुरुलिया आया हूँ। मानभूम जिले का हेडक्वार्टर पुरुलिया[1] कहा जाता है और सिंहभूमि जिले का हेडक्वार्टर चाइबासा है। ये दोनों जिले छोटानागपुर के प्राण हैं, दोनों जिलों में खनिज द्रव्यों की प्रचुरता है, पर मानभूम कोयला के लिए प्रसिद्ध है और सिंहभूम लोहा के लिए। कोयले की खान के लिए प्रसिद्ध झरिया मानभूम में है और जगत् प्रसिद्ध लोहे का कारखाना जमशेदपुर सिंहभूम में है।

चाइबासा स्टेशन पर जो विचित्र चीज देखने को मिली थी, वह थी औरत कुलियों की भीड़। वहाँ एक भी मर्द कुली नहीं था और पुरुलिया में आया हूँ तो यहाँ भी एक विचित्र चीज यह दिखाई दी कि नौकर खोजने पर नौकरानी तो बहुत मिलती हैं, पर नौकर बहुत कम मिलते हैं। लोग बताते हैं कि यहाँ की कई जातियाँ ऐसी हैं कि उनके मर्द काम नहीं चाहते, औरतों की कमाई खाते हैं।

अभी नवरत्न महतो आए थे। बोले—'पुरूलिया में सँभलकर रहिए।

"क्या बात है?" मैंने पूछा।

बोले—"यहाँ उपदंश इत्यादि रोग बहुत होते हैं। शायद इसी का खयाल करके

1. नोट—पुस्तक उस समय लिखी गई थी जब मानभूम बिहार में था। अब वह पश्चिम बँगाल का अंग है। और झरिया जो मानभूमि जिले में था। बिहार में ही है पर अब उसका जिला धनबाद है।

यहाँ कुष्ठ आश्रम स्थापित किया गया है। आखिर कोढ़ भी तो उन्हीं रोगों के प्रभाव से होता है।"

"इसके लिए आप खातिर जमा रखिए" मैंने कहा।

छोटानागपुर के अन्य जिलों की तरह मानभूमि और सिंहभूम में भी मस्ती का कारोबार बहुत अधिक है। मानभूम की जमीन में उल्लास, मस्ती, आनंद इन सारी सामग्रियों की प्रचुरता है। नाच-गान के दरमियान इनका जीवन पुष्पित और विकसित होता है। फसल के अंत में एर्व पर्वों में, त्योहारों में, मेला-ठेला में, नाच और गान की भरमार रहती है। इस जिले के जन-जन के जीवन में छो नृत्य घर कर गया है। यह सराईकेला की अपनी चीज है और सारे मानभूमि में छाया हुआ है। भाव नृत्य है। सारी रामलीला नाच में दिखाई जाती है। इस जिले में करीब-करीब हर घर में लोग, बड़ा-छोटा का भेद किए बिना, इसमें भाग लेते हैं। हर घर में कुछ-न-कुछ इसके शौकीन और इसमें दिलचस्पी लेने वाले लोग होते हैं। यह दिलचस्पी वाद्य और संगीत दोनों में होती है। नगाड़ा, ढोल, झाल के अलावा आप हर गाँव में 500 से लेकर एक हजार का पोशाक पाइयेगा, जो इसी नाच के लिए सुरक्षित रहते हैं। पुरुलिया में इन सामानों की चार-पाँच दुकानें हैं।

छो नृत्य के अलावा यहाँ के पर्वों में दो पर्व मशहूर हैं—एक टूसू और दूसरा भोक्ता। टूसू पर्व पौष संक्रांति को होता है। ताजेनुमा पुतले बनते हैं, जिन्हें टूसू कहते हैं। लाल-पीले-हरे कागज के पुतले बड़े सुंदर मालूम होते हैं। जिस गाँव में नदी है, वहाँ नदी की ओर और जिस गाँव में तालाब है, वहाँ तालाब की ओर टूसू को लिये, बाजा बजाते, गाना गाते, आनंद मनाते, हँसी-मजाक करते लोगों का जलूस जाता है और वहाँ टूसू का विसर्जन होता है। उस जगह मेला लग जाता है। लोग टूसू का विसर्जन करते, तालाब या नदी में स्नान करते और फिर मेला में कुछ खरीदते हैं और लौट जाते हैं। मेला में कुछ खाने की चीजें और चाय भी मिलती हैं। यहाँ मानभूम में शायद ही गाँव में चाय, पकौड़ी और मूढ़ी न मिलती हो।

दूसरा पर्व जिसका नाम 'भोक्ता' है, चैत संक्रांति को प्रारंभ होता है और बैसाख संक्रांति को समाप्त होता है। इस एक मास के अंदर गाँव-गाँव में अलग-अलग पारी-पारी मेला लगता है। इस जिले में करीब हर गाँव में शिवजी का मंदिर है। वहाँ दैहिक, दैविक और भौतिक कष्टों के निवारणार्थ लोग मनौती मनाते हैं। जैसे मगध में दंडवत् होता है, वैसे ही शिवजी के पास भोक्ता होता है। जिस दिन जिसका 'भोक्ता' करना होता है, उसके एक रोज कबल लोग उपवास करते हैं। फिर सुबह में स्नान करके शिव मंदिर के पास पहुचते हैं। वहाँ पुजारी से आरजू करने पर आठ आना या बारह आना दाखिल करने पर पुजारी पीठ का चमड़ा खींच के दोकन वंशी की तरह लोहे की एक

मोटी चीज घुसेड़ देता है। वहाँ पर एक खँभा गड़ा रहता है। खँभे पर लठ की तरह एक पतली कंडी ठीक की हुई रहती है, जिसके दोनों सिरे पर रस्सी बँधी रहती है। एक सिरे की रस्सी से उस आदमी की पीठ पर के लोहे 'भोक्ता' को बाँधते हैं और दूसरे सिरे की रस्सी को पकड़कर उस कंडी को नचाते हैं, नतीजा यह होता है कि कंडी के साथ-साथ आदमी नाचने लगता है। उस समय उसको अपार वेदना होती होगी! पर ढोल, ढाक, नगाड़ा, बाजा यह सब, इतना बजता है कि उस व्यक्ति की वेदना की ओर देखने को किसी को अवकाश भी नहीं मिलता और वह व्यक्ति रोता, कराहता भी नहीं, उल्टे 'भोक्ता' के आनंद में भूला रहता है। धन्य है यह भोक्ता पर्व! मानभूम आकर वहाँ के निवासियों की पीठ पर आप 'भोक्ता' का दाग देख सकते हैं।

इस तरह से मानभूम में न जाने नदी के किनारे और पहाड़ पर कितने मेले लगते हैं, जो वहाँ के निवासियों के जीवन को गुलजार रखते हैं।

आज एक एक्साइज सुपरिटेंडेंट मिलने आए। कहने लगे "छोटानागपुर में आबकारी से बिहार सरकार को जितना मिलता है, उतना ही बाकी बिहार से मिलता है। सरकार को आबकारी से यहाँ बहुत अधिक आमदनी है। आप इस पर कुछ लिखिए।"

मैंने कहा, "इस पर क्या लिखना है? क्या आमदनी का लेखा-जोखा करना है? छोटानागपुर के लोग अधिकत्तर मजदूर हैं और भोले-भाले हैं। मस्ती उनकी जान है। इसी से यहाँ शराब की अधिक खपत है। यहाँ के लोग जो भी कमाते हैं, उसका अधिकांश भाग शराब ले भागती है। बल्कि इसका तो विरोध होना चाहिए कि कोयला खानों के पास, अभ्रक खानों के पास, शराब की दुकान न रहे। मैं एक बार सिंहभूमि जिले में मुसाबनी गया था। वहाँ ताँबे की बड़ी भारी खान है। मुसाबनी की खानों से सामान निकलता है और मउभंडार में ताँबा असली रूप में लाया जाता है। मुसाबनी में मजदूरी मिलने के दिन को पगार दिवस कहते हैं। पगार दिवस को वहाँ दुकानदार और मुगल तो चारों तरफ पहुँचते ही हैं। पर शराब का दुकानदार भी उस दिन अपनी दुकान पर आदमी बढ़ा देता है, क्योंकि वहाँ एक कहावत है कि "पगार के दिन गुलजार।" मजदूर जो पाते हैं, उसका एक अच्छा खासा भाग पी जाते हैं। मजदूरों की इस दयनीय दशा पर मुझे बड़ा दुःख हुआ। ऐसी जगहों में शराब की बिक्री बंद हो जानी चाहिए।"

आज एक और सज्जन मिलने आए। कहने लगे, "अपने सिंहभूम जिले की घटवाली प्रथा के बारे में कुछ दिखा या नहीं?"

मैंने कहा "अभी तो मैं मानभूमि में हूँ, इसलिए आप मानभूम की बात ही करते तो अच्छा। खैर, बताइए क्या है वह घटवाली प्रथा?"

कहने लगे—

"पहले दालभूम के राजा गाँवों की रक्षा के लिए और अपनी सेवा के लिए घटवाल

रखते थे। ये घटवाल हर गाँव में होते थे। इनका तीन प्रकार था—सरदार घटवाल, नायक घटवाल और पायक घटवाल। प्रत्येक गाँव में एक या दो पायक घटवाल रहते थे। कई गाँव के ऊपर याने कई पायक घटवालों के ऊपर एक नायक घटवाल होता था। इसी प्रकार कई नायक घटवालों के ऊपर एक सरदार घटवाल होता था। राजा के तरफ से पायक को 25 बीघा, नायक को पचास बीघा, सरदार को 100 बीघा जमीन जागीर में मिलती थी। उसके बदले में वे गाँव की सारी खबर राजा को पहुँचाते थे, राज-काज चलाने में राजा के कर्मचारियों की मदद करते थे, और अमन-चैन के लिए जिम्मेदार होते थे। दालभूम की करीब-करीब सारी उपजाऊ धन खेती उनके हाथ में थी।''

''जब अंग्रेजी राज था, अंग्रेजों ने सुलहनामे के जरिए राजा से घटवालों को अपने हाथ में ले लिया और उनकी सारी जमीन सरकारी जमीन हो गई, लेकिन उपरोक्त सेवाओं के बदले में उन्हीं के कब्जे में छोड़ी गई। चौकीदार भी अन्य जगहों की तरह दालभूम के गाँवों में हैं, पर घटवाल और चौकीदार मिल के यहाँ काम होता है। आजकल करीब छः सौ घटवाल इस सबडिवीजन में हैं। इनके जिम्मे करीब 20 हजार एकड़ धानी जमीन है। चूँकि बहुत दिनों से जमीन इनके कब्जे में रही है, इसलिए हक के खिलाफ इन्होंने उसे स्थानांतरित भी किया पर अब सरकार उसका निरीक्षण कर रही है और ऐसा करनेवालों को बरखास्त करके नवीन घटवाल की नियुक्ति करके उसको जमीन दे रही है।

''सिंहभूम जिले के दालभूम सबडिवीजन में आठ थाने हैं। साकची, विस्टोपुर, गोलमुरी, जुगसलाई, पोटका, घाटशिला, चकुलिया और बहेरागोड़ा। इसके अलावा मुसाबनी, हलुदपोखर और मानसमुरिया में पुलिस शिविर हैं। इनमें साकची और विस्टोपुर सिर्फ शहर तक सीमित है, इसलिए इन दो थानों में घटवाली प्रथा नहीं है, बाकी सब थाने में है।''

लोगों को जुबानी और उपलब्ध कागज पत्रों से यह पता चलता है कि छोटानागपुर का विचित्र संगठन था। यह संगठन छोटानागपुर का नहीं, बल्कि मुंडा, उराँव और खड़िया लोगों का संगठन था।

मुंडा जातियों के तीन भाग हैं—(1) खास मुंडा (2) हो मुंडा (3) संताल। इन तीनों के बारे में कहा जाता है कि तीनों ने एक साथ छोटानागपुर की धरती पर पाँव रखा। संताल दामोदर नदी को पारकर कुछ समय तक नदी किनारे बसे। बाद में नदी का छोर पकड़कर बढ़ते गए और मानभूमि तथा संताल परगना में बसे। मुंडा और हो लोगों के बारे में कहा जाता है कि इन्होंने बुड़मू की ओमेन डँडा घाटी से होकर राँची जिले में प्रवेश किया। मुंडाओं का नेता विरसा मुंडा शायद 21 हजार मुंडाओं के साथ माँडर थाने के मुरमु गाँव के आस-पास बसा था। उसके दो प्रधान सहयोगी कोरम्बा और सुटिया थे। एक ने कोराम्बे बसाया और दूसरे ने सुटियांबे बसाया। इन दोनों के वंशज

प्रसिद्ध कोनापाट मुंडा के नाम से पुकारे जाते हैं। उराँवों के आने पर मुंडा लोग पूर्व की ओर बढ़े थे। कोयल नदी को पार कर उसके किनारे चलते-चलते सिंहभूमि पहुँचे थे।

उराँवों का एक दल उत्तरी कोयल के किनारे पलामू में आया था। सर्वप्रथम उन्होंने मुंडा लोगों के चरणचिह्नों का अनुकरण किया और छोटानागपुर के उत्तर-पश्चिम भाग में ही बसे। मुंडाओं ने इन्हें अपने बीच बसने दिया, पर शर्त यह लगी कि मुंडा पाहन ही उराँवों की पुरोहिताई करेंगे और लड़ाई इत्यादि में उराँव मुंडा नेताओं के नेतृत्व में चलेंगे।

खड़िया लोगों के तीन भेद हैं—(1) पहाड़ी या एरंगा खड़िया (2) ढेलकी खड़िया, और (3) दूध खड़िया। इनमें पहली श्रेणी के लोग सिमलोमान पहाड़, सिंहभूमि के दालभूम परगने और मानभूम के बड़ाभूम परगने में वास करते हैं और अधिकत्तर शिकार कर और मकोय या ज्वार आदि थोड़ी मेहनत से उगनेवाले अन्न उपजाकर रहते हैं। दूसरी श्रेणी के लोग राँची जिले के सुदूर दक्षिण भाग में रहते हैं और खेती बारी करते हैं।

खड़िया लोगों का संगठन भी उराँवों और मुंडों से बहुत कुछ मिलता-जुलता है। शायद ऐसा हुआ हो कि तीनों जातियों ने परस्पर सभा करके संगठन संबंधी बातें तय की हों।

मुंडा और उराँव लोगों ने अपने को 'कीलियो' में विभक्त किया था। प्रत्येक 'किली' का एक प्रधान होता था। जो पीछे राजा कहलाने लगा। उदाहरणार्थ 'तोपनो' 'किलो' का राजा है।

कई परिवारों के मिलने से 'टोली' की सृष्टि होती थी और कई 'टोली' के संयोग से गाँवों का निर्माण होता था, जिन्हें 'हातु' कहते थे। गाँव के प्रथम परिवार का मुखिया प्रधान या 'पहान' कहलाता था, जो धार्मिक, सामाजिक और साँसारिक सब प्रकार के कार्यों में गाँव का नेतृत्व करता था। गाँवों के उत्सवों का प्रबंध, हल चलाने, धान काटने, शिकार आरंभ करने इत्यादि के दिन की नियुक्ति पहान के द्वारा होती थी और वह गाँव भर के नाम से 'सरन में बोगाओं' की पूजा करता था। वह पंचायत का भी सभापति होता था और तत्संबंधी सारा कार्य पंचायत की राय से संपादित करता था।

पीछे पहान के काम का जब विस्तार हो गया तो उसके हाथ में सिर्फ धार्मिक काम रह गए और अन्य कामों के लिए एक और सरदार की नियुक्ति हुई, जो 'मुंडा' कहलाने लगा। बहुत से उराँव गाँवों में अभी भी मुंडा पहान मिलते हैं।

इस प्रकार एक गाँव से अनेक गाँव की उत्पत्ति हुई, पर पहले गाँव का मुंडा अन्य गाँवों का भी मुंडा बना रहा। कहीं-कहीं इस प्रकार विस्तृत गाँवों को पंचायत के प्रधान मुंडा का नाम 'मानकी' हुआ, पर उसके काम वही रह गए। इन गाँवों के समूह को मानकी पटी या पड़हा कहते थे। मानकी-मुंडाओं और पड़हा राजाओं के आरंभ की यही कहानी है।

इस प्रकार हम देखते हैं कि गोत्रों का, दलों का, सरदारों का, सबका विचित्र नाम था, पर काम करीब-करीब आज की पंचायत के अनुरूप था। इसका यह भी मतलब है कि जिस ग्राम स्वराज्य की बुनियाद हम आज डाल रहे हैं, उनकी बुनियाद इन आदिवासियों ने बहुत पहले से डाली थी।

इस प्रकार की डायरी लिखने में मन नहीं लगता। खासकर जब लोग आकर 'यह लिखो, वह लिखो' कहने लगते हैं तो दिल बोझिल हो जाता है।

अभी एक महाशय और आए थे। कहते हैं, छोटानागपुर के मजदूरों पर कुछ लिखिए। जमशेदपुर में, झरिया में, कोडरमा में तो यहाँ मजदूर हैं ही, जो लोहा, कोयला, अभ्रक आदि के व्यवसाय में लगे हैं। इसके अलावा लकड़ी के व्यवसाय में, कत्थे में, लाह में, न जाने कितने लोग लगे हैं। सबको एक सूत्र में बाँधा जाए तो इनके संगठन की भारी संभावना है, पर मैं छोटानागपुर में ट्रेड यूनियन का संगठन करने नहीं आया हूँ, यह मेरे मित्र को समझाना चाहिए।

यों यह आज की डायरी खत्म हुई।

□

एक राजबंदी की डायरी

मुझे यह अनुमान था कि मैं पकड़ लिया जाऊँगा। किंतु सपने में भी यह विश्वास नहीं था कि इतनी जल्दी मैं सरकारी मेहमान बना दिया जाऊँगा। इस विश्वास की यह वजह थी कि जिस सरकार ने स्वतंत्रता की रक्षा के लिए जर्मन की ताकत से लोहा लिया है, वह सरकार दूसरों की स्वतंत्रता को हरने के पहले कुछ स्वाँग जरूर रचेगी और इसलिए मुझे विश्वास था कि पहले मुझ पर न बोलने, न व्याख्यान देने के लिए एक नोटिस तामील की जाएगी और तब यह कहकर मैं कहीं पर किसी सभा में पकड़ लिया जाऊँगा कि मैंने सरकार की आज्ञा की अवहेलना की है। पर कोई नोटिश नहीं, कोई सूचना नहीं और मैं पकड़ लिया गया। ऐसा करने में शायद सरकार का यह इरादा रहा हो कि मैं अपने किसी सहकारी को आगे क्या करना होगा, यह न बता सकूँ और एक-ब-एक अपने को पुलिस के कब्जे में देखकर मुझे सबसे पहले यही खयाल भी हुआ कि आगे क्या करना होगा, यह बता देना अब मेरे लिए संभव नहीं। क्योंकि इन हृदयहीन यमदूतों से इनकी सहृदयता की आशा रखना कि ये मुझे सहकारियों से बात करने के लिए कुछ अवसर देंगे, बिल्कुल मूर्खता है। जो कुछ सामान मेरे पास था, मैं वह भी अपने साथ नहीं ले सका, क्योंकि पुलिस मुझे दस मिनट का समय भी न दे सकी और आज मैं जेल में हूँ।

...और आज मुझे मालूम हुआ है कि मेरे लिए किसी भी अदालत के हाकिम को तकलीफ नहीं करनी पड़ेगी, यानी यह कि मैं बिना मुकदमा के नाटक के ही नजरबंद रहूँगा। मुझे कोई सजा भी न होगी। मैं आज भी छोड़ दिया जा सकता हूँ, कल भी छोड़ दिया जा सकता हूँ और शायद कभी भी नहीं छोड़ा जा सकता हूँ; और अब ये जो सजायाफ्ता कैदी हैं, मेरी ओर ईर्ष्याभरी निगाहों से देखते हैं। इन्हें इस बात का बड़ा शौक है कि ये भी बिना मुकदमा चलाए ही 1818 के रेगुलेशन के मुताबिक शाही मेहमान रहते और मुझे इनसे ईर्ष्या है। तीन महीना, छः महीना, एक बरस और दो बरस। सात बरस की भी सजा है कुछ की। ये सूरज गिनते हैं। उगनेवाला एक सूर्य इनकी अवधि में से

एक दिन कम कर देता है और ये समझते हैं कि अब इतने दिन और यहाँ रहना है और उसी के मुताबिक अपना प्लान बनाते हैं। पर मैं सूर्य भी नहीं गिन सकता, छूटने के बारे में कुछ निश्चय भी नहीं कर सकता और आगे आनेवाले दिनों के लिए कोई प्लान भी नहीं बना सकता। मैं समझता हूँ कि मुझसे ये हजार गुणा अच्छे हैं।

आज कैदियों का एक जत्था आया है। अभी इनका दिमाग ताजगी से भरा हुआ है। इन्होंने जल्दी में दुनिया की ताजगी देखी है। रेलगाड़ी से उतरकर इन्होंने स्टेशन की हलचल देखी होगी। स्टेशन से जेल की ओर आते हुए बीच में इन्हें अनेक मकान मिले होंगे। भीतर से कहीं हँसी की आवाज आती होगी, कहीं किसी के सुरीले कंठ से निकली ध्वनि! कहीं हारमोनियम का स्वर सुनाई देता होगा और कहीं राह के बगल से किसी कुंज में कोई रसिक बंशी बजा रहा होगा। इन्होंने सबको देखा है, सबकुछ सुना है और ये ताजे हैं। दुनिया के ये पुराने जीव, जेल के लिए अभी बिल्कुल नए हैं। कुछ दिन के बाद इनकी ताजगी, इनकी नायाबी, सब कुछ खत्म हो जाएगी। फिर ये हम लोगों की तरह हो जाएँगे।

सुपरिंटेंडेंट की आज्ञा है कि उसके आने पर हमें खड़ा होना चाहिए और सलाम करना चाहिए और मैं इस हुक्म को नफरत से देखता हूँ। आज जेलर साहब ने गिड़गिड़ाकर कहा है कि मुझे न खड़ा होने के बखेड़े से दूर रहना चाहिए। बूढ़ा जेलर चाहता है कि किसी को कोई झंझट न हो।

सुपरिंटेंडेंट आज आया था। मैं खड़ा भी नहीं हुआ। सलाम बजाने की बात भी दूर ही रह गई और मुझे बीस बेंत की सजा मिली है। वे मेरी ओर घृणा भरी दृष्टि से देख रहे थे और सुपरिंटेंडेंट ने एक बार धीमे से कहा—'बदमाश है।'

आज मुझे बीस बेंत लगाया है। चूतड़ पर खून निकल आने की वजह से दवा भी दी गई है और पट्टी भी बाँधी गई है। पहले मैं वंदेमातरम् बोल रहा था, आखिरी बेंत के लगते–लगते बेहोश हो गया था।

सुपरिंटेंडेंट एक अंग्रेज है। आदमी आजाद तबीयत का जान पड़ता है, पर ऐसा होकर भी हम लोगों को पसंद नहीं करता। उसे तो आजादी पसंद लोगों को पसंद करना था। उनकी बहादुरी के लिए दाद देनी थी, पर वैसा न होकर यह किसी को सलाम न करने पर बेंत की सजा देता है, किसी को खड़ा न होने पर खाने के लिए लेई देता है और किसी पर बिगड़ता है तो पहनने के लिए टाट देता है।

आज सुपरिंटेंडेंट मेरे सामने से गुजरा, लेकिन मेरी मुद्रा पर कुछ बोला नहीं। मेरे पास ठहरा भी नहीं। मेरे नजदीक से अपनी अँगुलियों के बीच में के सिगरेट का एक कश खींचते हुए पार हो गया। वह कौन सा सिगरेट रहा होगा? शायद स्टेट एक्सप्रेस हो! हो सकता है। कॉलेज का वह मैदान याद आता है, जहाँ हम बिहारी के साथ बैठकर

सिगरेट पीते हुए राजनैतिक दाँवपेंच की चर्चा करते होते थे और वह फल्गू नदी का पुल याद आता है, जिस पर टहलते हुए बालू से भरी हुई नदी को देखते-देखते कभी ऊपर के चाँद को देखने लगते थे और सिगरेट का एक कश खींचते थे। यह गरमी की बात है। साधारणतः छुट्टियों में गया में ही रहना होता था। हौले-हौले हवा बहती होती थी, शहर की गरमी से थोड़ी देर के लिए विराम मिलता था और तब किसी गंभीर चिंतन में निमग्न होकर सिगरेट का एक कश खींचकर हम मुँह से धुआँ बाहर करते थे। एक सिगरेट पीते हुए सुपरिंटेंडेंट को देखकर इतनी सी बातें याद आईं और दिल-ही-दिल में यह कह उठा कि काश हम भी इसी तरह आजाद हिंदुस्तान में सिगरेट का एक कश खींचते हुए टहलते होते! वह दिन कब आएगा?

मैं भीख माँगने के लिए पैदा नहीं हुआ। नरमदल के नेताओं की तरह सिर्फ... प्रस्तावों पर मेरा विश्वास ही नहीं। और मैं उस कथन पर विश्वास करता हूँ कि आजादी माँगी नहीं, ली जाती है और यही दुनिया की सारी चीजों के बारे में कहा जा सकता है। पर ऐसा समझकर भी दल...का अनुयायी होकर भी मुझे आज भीख माँगनी पड़ी। बात यह है कि मैं जिस सात नंबर के सेल में रखा गया था, उसमें सबके सब चोर, बदमाश और खूनी कैदी थे। इन लोगों की भी एक जिंदगी होती है और उस जिंदगी में अध्ययन के लिए बहुत सामग्री है। किंतु उसका अध्ययन करते-करते अब जी ऊब गया था, इसीलिए आज जेलर उधर से गुजरा। मैंने उससे कहा कि मुझे 15 नंबर के सेल में कोई कमरा दिया जाए। "15 नंबर के सेल में कोई कमरा खाली नहीं। सब में कैदी भरे पड़े हैं। अलबत्ता एक कमरा है, जो अंग्रेजों के वास्ते रिजर्व रहता है। आप चाहें तो उसमें जा सकते हैं, पर कभी कोई यूरोपियन आ गया तो आपको वह कमरा खाली करना पड़ेगा और वैसी हालत में जहाँ जो भी कमरा खाली रहेगा, आपको उसी में रखा जाएगा"—जेलर ने कहा। और मैंने उसी क्षण यह शर्त मान ली। मान लेने की एक वजह है। 15 नंबर में मेरे लिए कई आकर्षण हैं। यहाँ तीन कमरों में राजनैतिक बंदी भी हैं, जिनसे भेंट-मुलाकात हो जाने से ही तबीयत को बहुत कुछ राहत मिल सकती है और हम मिल-जुलकर आपस में अपने सुख-दुःख को भी बाँट सकते हैं और इसके बाद जेलर ने मुझे इस 15 नंबर के कमरे में भिजवा दिया है, जो यूरोपियन वार्ड कहा जाता है। इस कमरे के बगल में एक और भी कमरा है, जो इसी वार्ड के अंतर्गत है और यों ये दो कमरे यूरोपियन कैदियों के लिए हैं।

और यहाँ आने पर मैं देख रहा हूँ कि यूरोपियन वार्ड के एक कमरे में उतनी जगह है, जितनी जगह हम लोगों के सेल के दो कमरे में भी नहीं। यह कमरा खूब ऊँचा बनाया गया है। इसके साथ उतना ही ऊँचा सायबान है और नीचे आँगन है। बगल का हिंदुस्तानी सेल का हर एक कमरा इससे नीचा है और एक तरह उसे उसकी जमीन और

यूरोपियन वार्ड के आगे जो आँगन है, उसकी जमीन एक सतह में है। पायखाना भी इस यूरोपियन कमरे के बगल में है, जो कमरे के साथ है पर परदे में है। और हिंदुस्तानी सेल के कमरे में पायखाना के लिए कोई परदे का इंतजाम नहीं। कमरे के अंदर ही एक बरतन रख दिया जाता है, जिसमें फरागत होना पड़ता है। बदबू भी आती रहती है और बराबर मैला नजर के सामने होता है और इस कमरे में बदबू की भी कोई गुँजाइश नहीं और मैला भी बराबर नजर से ओझल है। मैं यह सोच रहा हूँ कि ब्रिटिश सरकार बाहर में तो काले-गोरे का भेद करती ही है—इस जेल के भीतर भी कम भेद नहीं करती। अंग्रेज अगर चोरी भी करे तो वह इसी हवादार कमरे में रखा जाएगा, जिसमें हर तरह की सहूलियतें हैं और हिंदुस्तानी अगर आजादी के लिए भी लड़े तो उसी गंदे, प्रकाश विहीन, वायुहीन कमरे में रखा जाएगा। परतंत्रता का यह अभिशाप........!

आज श्याम सिंह, इंसपेक्टर मुझसे भेंट करने आया था। श्याम सिंह को मैं पटने से ही जानता हूँ। यह श्याम सिंह भी मुझे तब से ही जानता है। आते ही उसने कहा "कहिए आप कैसे हैं?" मैं थोड़ी देर तक बिल्कुल चुप रहा। असल में मैं एक कट्टर आदमी हूँ। आजादी के पहले किसी भी तरह से सुलह की गुँजाइश है, यह बात मेरे दिमाग में नहीं टिकती। और न जाने क्यों पुलिस, सी.आई.डी. वगैरह के दिमाग में हिंदुस्तानियों को देखकर मुझे घृणा हो जाती है। इन्हें पता नहीं कि ये अपने देश का गला काट रहे हैं। पर हम तो जानते हैं। श्याम सिंह, सी.आई.डी. का आदमी है, इससे होंशियार रहना चाहिए। यह यहाँ आया क्यों...इत्यादि सोचने के बाद मैंने धीरे से कहा, "हाँ, साहब अच्छा हूँ" और तब वह फिर बोला "किसी किस्म की असुविधा तो नहीं?" मैंने कहा—'नहीं' इस कम्बख्त को मैं क्या असुविधा बताता? दिन रात जो जेल में रहता है और कैदियों की दशा को भलीभाँति जानता है, वह भी जब जेल को सुविधा का स्थान समझता है तो यह अच्छा है कि उससे असुविधा की चर्चा ही न की जाए। श्याम सिंह ने कहा, "आपको मालूम है कि नहीं कि मोहन कमीशन आफिसर होकर विदेश में चले गए हैं?" यह मोहन मेरा साथी था। मेरे साथ कभी-कभी राष्ट्रीय कामों में शरीक भी हो जाया करता था। मैं जब जेल चला आया तो कमबख्त को नौकरी सूझी और नौकरी भी तो सरकारी और उसमें भी लड़ाई के मोर्चे पर। मैं इस बात को जानता था। पर श्याम सिंह के इसके पूछने का आशय यह था कि इस खबर से मुझ पर कुछ प्रलोभन का असर हो! श्याम सिंह ने समझा कि मेरे एक साथी के बारे में यह बताकर कि वह ओहदा वाला आदमी हो गया है, वह मेरे मन में मेरी वर्तमान दशा के प्रति कुछ घृणा का भाव पैदा कर सकेगा। पर श्याम सिंह ने शायद यह जाना नहीं कि यह वह लोहा है जो कभी मुड़ता ही नहीं। उसके अंतर का आशय समझकर मैं बोला "कौन मोहन"? "वही जो आपके साथ पढ़ता था और कभी सभा-सोसाइटी में व्याख्यान भी देता था।" "होगा,

मुझे तो इस समय याद ही नहीं आता।'' और मेरी इस मुद्रा से श्यामसिंह पानी-पानी हो गया। पर एक बार फिर हिम्मतकर बोला, ''हाँ, तो वही मोहन आजकल लड़ाई में चला गया है और मोशाहरा भी काफी पा रहा है एवं भोजन, कपड़ा, नौकर वगैरह सब मुफ्त।'' ''छोड़िए भी साहब, इन सब बातों को'' मैंने कड़ककर कहा और ऐसे भाव से मुँह फेरकर मैं हटा कि अगर आगे श्याम सिंह कुछ बोले तो उसको मार बैठूँगा। इस भाव को श्याम सिंह ताड़ गया। वह चुपचाप अपनी राह चला गया।

□

परिशिष्ट

पत्राचार

मित्रों को लिखे गए पत्र

न. 258/फ. 17

कामता प्रसाद सिंह — औरंगाबाद, गया

सभापति, सबडिवीजनल कांग्रेस कमिटी, औरंगाबाद — 17-4-48

प्रिय अनंतजी,

आपका इधर कोई भी खत नहीं आया। क्या मामला है ? इसके बाद मैंने कई लिखे पर किसी का जवाब नहीं पा सका। तुमने यह नहीं बताया कि ये कौन सत्यार्थी हैं, क्या वही हैं जो कभी लोकगीतों के बारे में खूब लिखा करते थे ?

साहित्यिक संसार से अलग मेरे साहित्य का खून होता जा रहा है। राजनीति में पिल पड़ने का असर साहित्य के पक्ष पर बड़ा बुरा पड़ रहा है और इसीलिए अब तो जोर से यह सोच रहा हूँ कि इसी मैदान में रहूँ या साहित्य को पकड़कर इससे किनाराकशी अख्तियार कर लूँ ? खैर, जैसा होगा, उसमें तुम्हारी राय लिये बिना कोई काम न हो सके, इसकी चेष्टा बराबर रहती है और रहेगी।

दो-तीन दिन के बाद अपने दो-तीन लेख मैं तुम्हारे पास भेजूँगा और वह रजिस्ट्री से और डेरा के ही पते से। देखना चाहे 'आजकल' में उपयोग में आ जाएँ या और कोई दूसरी जगह हो तो उसका भी इंतजाम कर देना।

आपका

(कामता प्रसाद सिंह)

न. 541/फ 17

कामता प्रसाद सिंह — औरंगाबाद, गया

सभापति, सबडिवीजनल कांग्रेस कमिटी — 13-7-48

श्रद्धेय रमाशंकरजी,

आपका पत्र पिछले कुछ दिनों से टेबुल पर पड़ा है, पर अत्यंत व्यस्त रहने के कारण उत्तर न दे सका। आप क्षमा करेंगे।

शारदाजी ने मेरे पास जिक्र किया था तो मैंने पी.इ.एन का सदस्य होना स्वीकार कर लिया था। पर उस समय यह हरगिज खयाल नहीं था कि उसका सदस्य हो जाऊँ, इसके लिए मुझे अपने ऊपर एक लेख भी लिखना पड़ेगा। पर अब बात आगे बढ़ गई है और आपका आदेश है, इसलिए अपने बारे में कुछ लिख भेजना जरूरी हो गया है।

मैंने 1930 में थोड़ा बहुत लिखना शुरू किया। लेकिन तब से इधर-उधर पत्रों में लेख, कहानियाँ, कविताएँ इत्यादि छपती रहीं, पर कभी मैंने संग्रह की ओर और अपनी कोई पुस्तक छपवाने की ओर ध्यान नहीं दिया। कविताओं की एक किताब छपी—'कृषक कथा', जिसमें किसान संबंधी कविताओं का संग्रह है, पर उसकी प्रति अभी मेरे पास उपलब्ध नहीं है।

पहले गया के 'गृहस्थ' में एक लेख छपा, जिससे मुझे काफी खुशी हुई। फिर तब से अब तक अनेक छपे, पर उसमें भी ज्यादा नहीं लिखता हूँ कि पत्रवाले पारिश्रमिक अच्छा नहीं देते।

नीचे मेरे कुछ लेखों का विवरण है—

विश्वबंधु साप्ताहिक, लाहौर—

वह प्यार, कहानी, 4 अगस्त 35
पिजड़े का पंछी, 1 सितंबर 35
आज का विद्यार्थी, 6 अक्टूबर 35
याद है, 20 अक्तूबर 35
हाय रे देहात, 27 अक्टूबर 35
इसके अलावा उसी में पचासों और लेख।

खरी बात, साप्ताहिक, लाहौर—

हिरिया की होली, 26 मार्च 37
अरे अरे तुम, 25 जनवरी 37
प्रत्युपकार, 8 फरवरी 37
संतोषी की भूल, 1 फरवरी 37
इसके अलावे उसी में पचासों और लेख।

हिंदी मिलाप, साप्ताहिक संस्करण, लाहौर—

साधना कविता, 18 अगस्त
दो कुतियाँ, कहानी, 20 अक्टूबर 40
स्टेशन पर, 15 दिसंबर 40
रेल पर, कहानी, 12 जनवरी 41
वे चले गए, 26 जनवरी 41
इसके अलावे उसी में पचासों और लेख।

शांति, मासिक, लाहौर—

बुलबुल, कहानी, सितंबर 40
चमेली के प्रति, अक्टूबर 40
आत्मप्रवचन, नवंबर 40
इसके अलावे उसी में पचासों और लेख।

किसान, मासिक, पटना—

किसानों की समस्या, सितंबर 37
किसान, अप्रैल 40
किसान का परिचय, जुलाई 40
सरकारी कृषि विभाग और किसान, फरवरी 40
इसके अलावा उसमें भी पचासों और।

रानी, मासिक, कलकत्ता—पठान का बच्चा, कहानी, फरवरी 40

प्रीतलड़ी, मासिक, प्रीतनगर, अमृतसर जून 40—कीर कविता।

मेलमिलाप, मासिक, फरवरी 41—मानव धर्म कविता।

अरुण, मासिक, मुरादाबाद—एक पैर का जूता, दिसंबर 40
शादी का तार, क., फरवरी 41
इसके अलावा उसमें भी 20 कहानियाँ और।

बालक, लहरियासराय, मासिक—मेरा बचपन, कविता, अगस्त 40
आज रुलाते, मैं जाती हूँ, कविता, दिसंबर 40
इसके अलावे उसमें भी पचासों और लेख

दीपक, मासिक, अबोहर—विद्रोही कहानी; फरवरी 41

लोकमान्य साप्ताहिक, कलकत्ता—

चांडाल चौकड़ी के चकमें में, कहानी, 14 मार्च 41
इसके अलावा उसमें भी पचासों।

मनोहर कहानियाँ, मासिक, इलाहाबाद—रामटहल, कहानी, जून 41

इसके अलावा उसमें भी दस कहानियाँ और

रसीली कहानियाँ, मासिक, इलाहाबाद—थानेदार, कहानी, अगस्त 41

इसके अलावे उसमें तीस कहानी और

नई कहानियाँ, मासिक, इलाहाबाद—दो भाई, कहानी, जून 41

इसके अलावे उसमें 20 और कहानी।

विश्वमित्र, साप्ताहिक, कलकत्ता—वह वेश्या थी, कहानी, 10 मार्च 41

इसके अलावा 23 और रचनाएँ।

महिला, मासिक, कलकत्ता—मोह का जाल, कहानी—जन.फर. 41

जागृति, साप्ताहिक, कलकत्ता—कोकिल, कविता-होली अंक 9 मार्च 41

इसके अलावे 32 और रचनाएँ।

शिक्षा, मासिक, लाहौर—हँसी न आवे पावे आज, कविता, मार्च 42

इसके अलावे इसमें 7 और रचनाएँ।

केशरी मासिक गया—तलवार, फरवरी 46

इसके अलावे उसमें 5 और रचनाएँ भी छपीं।

संसार साप्ताहिक वाराणसी—कब्र की कहानी, 1 जुलाई 45

इसके अलावे उसमें भी 3 और रचनाएँ।

अभ्युदय साप्ताहिक प्रयाग—

गया में नेताजी सुभाषचंद्र बोस दिवस-18 फर. 46

इसके अलावे उसमें चार और रचनाएँ।

कहानियाँ, मासिक, पटना—वेश्या की बात, कहानी, दि. 47

नवविहान, मासिक, पटना—शराब की बोली, मई 48

आजकल, मासिक, दिल्ली—निश्चय, दिस. 46

और उसके बाद विविध अंकों में सात लेख और जिनमें से कुछ दिस. के पहले भी छपे हैं।

इसके अतिरिक्त बहुत से लेख और छपे, जिनका रेकार्ड गायब है। हिंदी में 6 किताबें भी तैयार हैं, पर मैंने आपको लिखा है कि खुद छपवाने की ओर मैंने ध्यान नहीं दिया और प्रकाशकों से पट नहीं रही है। वे हल्की रकम में किताब को हजम कर जाना चाहते हैं। इस तरफ आप देखेंगे कि मैंने 'आजकल' दिल्ली में कुछ रचनाएँ दी हैं और कहीं नहीं। कारण वही है। 'आजकल' पारिश्रमिक अच्छा देता है और सब नहीं देते।

आशा है, मेरा यह ध्यान आपको संतुष्ट करेगा।

श्री रमाशंकरजी
सदस्य पी.ई.एन.

आपका
कामता प्रसाद सिंह 'काम'

कामता प्रसाद सिंह
प्रधान मंत्री, गया जिला कांग्रेस कमिटी

औरंगाबाद, गया
30-8-47

प्रिय लक्ष्मण,

जाकर तुमने कोई खत नहीं लिखा। आशा है, ठीक से पहुँच गए होगे। मैं अभी औरंगाबाद में ही हूँ और अधिक समय औरंगाबाद में देने का विचार है, इसलिए जब खत लिखो, औरंगाबाद के पते से।

दबी जुबान से तुमने यहाँ खर्चे के बारे में चर्चा की थी। मैंने यह फैसला कर दिया कि तुम्हें 75 रु. माह में काम चलाना है। इसका यह मतलब नहीं कि अगर कभी अधिक की जरूरत आए तो वह नहीं मिले, पर मुझे मालूम तो होना ही चाहिए कि आखिर क्या जरूरत है!

किताबों के बारे में तुमने कहा था कि अभी छप रही हैं। पुस्तकें प्रकाशित हुईं कि नहीं, कितनी किताबें चाहिए और उसमें कितना खर्च है, सब फौरन लिखो।

तुम लोगों का भाग्य है कि जब कॉलेज में पहुँचे हो, देश-स्वतंत्र हो गया है और देश के शत्-शत् विभाग तुम्हारे बाहर निकलने का राह देख रहे हैं। विकास एवं शक्तियों के प्रदर्शन का, जो अवसर तुम्हें प्राप्त हुआ है, काश हम लोगों को भी वह होता। इस समय देश के कोने-कोने से देशभक्ति की पुकार है और उस समय एक ओर से यह पुकार आती भी थी तो दूसरी ओर से उसे गुनाह कहा जाता था। उस समय सीना तानकर चलना कसूर था और आज झुक के चलना अपराध है। इसलिए आज तुम्हें अपने अंदर इतनी शक्ति और योग्यता लानी है कि इस स्वतंत्रता का ठीक से उपभोग कर सको और सर्वसाधारण के लिए इसे सुलभ बना सको। पढ़ो, खूब पढ़ो, पर बाहर की दुनिया से आँख न मूँदो, उम्र में बढ़ो तो शरीर भी हृष्टपुष्ट बनो, अनुशासन मानो परोपकार के फकीर मत बनो, जीवन का लक्ष्य परोपकार रखो और कभी अपने अंदर स्वार्थ के दृष्टिकोण को पनपने का मौका न दो।

परोपकार के देवता ने भारत के विशाल राजपथ पर खड़ा होकर स्वार्थ और संकीर्णता का जो बोलबाला देखा है, उससे वह घबड़ा गए हैं और तुम लोगों की प्रतीक्षा कर रहे हैं, जो उनके मन के लायक सुंदर दुनिया का निर्माण कर सकोगे। बरसों की गुलामी ने अधिकांश लोगों के हृदय में पाशविक वृत्तियों की प्रबलता कर दी है, उन हृदयों में मानवीय गुणों की भरपूर जागृति करना आज तुम्हारा ही काम है। जब तक, मोह और वासना पर लात मारकर अपनी संपूर्ण विद्या बुद्धि तुम देश माँ के चरणों पर नहीं चढ़ा देते, तब तक यह संभव नहीं है कि दुःख एवं शोक

पीड़ित क्षुधित मानवता का तुम कुछ कल्याण कर सको। पढ़ो देश के लिए, जीओ देश के लिए और मरो देश के लिए।

आशा है तुम प्रसन्न और स्वस्थ हो।

तुम्हारा
कामता प्रसाद सिंह

चेतना

साहित्य, सामाजिक और सांस्कृतिक चेतना का प्रतिनिधि हिंदी मासिक

पत्र संख्या—

124, गायबाड़ी
बंबई-2

प्रिय कामता,

तुम्हें बंबई आने पर एक पत्र लिखा था। पर उसका जवाब नहीं आया। मैंने समझा, राजनीति-रानी अधिक तुम्हारे गले पड़ गई होंगी। यह रोग बहुत बुरा है। तुम अपनी प्रतिभा की बलि नाहक दे रहे हो। 'चेतना' का अभी एक अंक ही निकल सका है। दूसरे की तैयारी हो रही है। 'चेतना परिवार' में मैं सम्मिलित हो गया हूँ। तुम्हारे सहयोग के बिना—और खासकर Light litrature के बिना-जिसके तुम आचार्य हो, काम नहीं चल सकता है। अतः कुछ-न-कुछ अपने ढंग की नई-नई चीज 'चेतना' के लिए भेजा करो। 'चेतना' अपने प्रत्येक लेखक को यथोचित पारिश्रमिक देती है। नयापन का प्रतिनिधित्व होना चाहिए न। पत्रों का क्या हुआ और सब आनंद है। अनंत मराल शास्त्री का दिल्ली का पता लिखना। उसने मेरे पत्रों का उत्तर नहीं दिया है। लेकिन रचना अवश्य भेजना, नहीं तो खुदा भी माफ नहीं कर सकते। साहित्य तथा संस्कृति के स्थायी तत्त्वों का बलिदान राजनीति के रौरव के लिए नहीं किया जा सकता। शेष कुशल। उत्तर शीघ्र।

सस्नेह
शारदा रंजन पांडेय

THE P.E.N.

Telegrophic Adress
"ARYASANGHA" Bombay

Telphone : 42500

A-WORLD- ASSOCIATION-OF-WRITERS
ALL-INDIA CENTRE
(RABINDRANATH TAGORE President, 1933-1941)

Sarojini Naidue, President
Sayed Sulaiman Nadir
Jawaherlal Nehru
S. Radhakrishnan

Vice-Presidents

Honorrary Member :
Moulana Abdul Kalam Azad

National Headquaters:
"Aryasongha"
22, Narayan Dabholkas
Road, Malawar Hill
BOMBAY 6.
Sep. 23-1948

Sophia wadia, Founder in India and
Editor, "The Indian P.E.N."

Sri Kamata Prasad Singh
Village Bhawani Pore
P.O. Deo (Dis Gaya)

Dear Friend,

It is with great pleasure that I am writing to let you know that your aplication for P.E.N. membership was unanimously approved by our Executive Commitee. We are all happy to welcome you to our P.E.N Brotherhood and look forward to your active co-operation in our effort for national cultural unity.

I shall now request you kindly to complete the formality of joining by sending your entrance fee of Rs. 5/- and your annual membership fee of Rs. 10 for 1948. On receipt of your fees your name will be listed on our Membership List and you will receive regularly copies of our monthly bulletin, The Indian P.E.N., which goes free to all our members.

with cordial greetings.

Your sincerty
(Sophiya Wadia)

कलाकार श्री इंद्रजीत शर्मा को लिखा गया पत्र

कामता प्रसाद सिंह 'काम' एम.एल.सी.
फ्लेट नं. 11, गार्डनर रोड, पटना।

पटना,
20-1-1960

प्रिय इंद्रजीत,

तुम्हारा पत्र मिला। मेरी बड़ी राय थी कि तुम्हारे चित्रों की प्रदर्शनी के उद्घाटन के दिन, खास करके जब यह उद्घाटन मित्रवर श्री अर्जुन चौबे 'काश्यप' के हाथ हो रहा

है, मैं वहाँ रहता लेकिन मुझे दुःख है कि स्वास्थ्य ठीक न रहने के कारण मैं चाहकर भी वहाँ न आ सका। कलाकारों की औरंगाबाद में बहुत कमी है। मरुभूमि में ओएसिस की तरह तुम्हारी साधना का चारो ओर से स्वागत होगा। ऐसा मुझे विश्वास है। मेरी कामना है कि कलाकारों की पंक्ति में तुम आगे स्थान ग्रहण करो और तुम्हारी कृतियाँ अमर हों।

श्री इंद्रजीत शर्मा
कलाकेंद्र, जी.टी.रोड
औरंगाबाद, गया।

तुम्हारा—
कामता प्रसाद सिंह 'काम'

परिवार-सदस्यों के बीच पत्राचार

आदरणीय पिताजी,

काशी 11, 2, 54

प्रणाम!

कुछ दिन पूर्व आपकी एक चिट्ठी मिली थी पर उत्तर नहीं दे पाया था। सकुरात हूँ और पढ़ाई भी ठीक से चल रही है।

मैं कुंभ के अवसर पर प्रयाग गया था। किसी पुण्य के लोभ में नहीं, वरन् अनुभव की फिक्र में। गाड़ी में, सड़क पर, नगर में, संगम पर चारों ओर ही आदमी। अभी भी धर्म के प्रति लोगों में बहुत अधिक श्रद्धा है—यह देखने को मिलता है। स्वयं जहाँ राजेंद्र बाबू और नेहरूजी जुटे हुए थे, वहाँ दूसरों की तो बातें ही निरर्थक है। अच्छा रहा कि इसी से ऐसे विकट रास्ते से परिचय प्राप्त कर सका, अगर भविष्य में कोई हमसे वहाँ की राह भी पूछेगा तो 'मौत नगर' के सिवा और कुछ नहीं कहूँगा। मैं लौट आया, लानत।

घर से एक पत्र में आया था कि पूजा है और आपने भी लिखा था कि मुझे भवानीपुर एक-दो दिन के लिए जाना है, अतः मैं भवानीपुर गया था। Sunday & Monday वहीं रहा। Monday को कॉलेज भी बंद था। लक्ष्मण चले आए थे। उन्हीं से आपके विषय में ज्ञात भी हुआ।

मुझे एक यात्राओं के लिए कॉलेज से 15 रु. निकलवाना पड़ा था। आपको सूचना नहीं दे सका। यह प्रथम और अंतिम रुपया मैंने कॉलेज से निकलवाया है।

परीक्षा के अब बहुत कम दिन बचे हैं और अब ले-देकर सिर्फ उसी में जुट जाना है।

आप कब यहाँ आनेवाले हैं? 'काशी-नागरी-प्रचारिणी-सभा' की हीरक जयंती मार्च में होगी। श्रीबाबू भी उसके विचार-गोष्ठी के सभापति है, जिसका उद्घाटन श्री रविशंकर शुक्ल करेंगे।

और सब ठीक है। पत्र की प्रतीक्षा में— शंकर

प्रिय शंकर दयाल,

'ज्ञानोदय' में तुम्हारी रचना देखने को मिली थी, जिसके बारे में मैंने तुमको खत लिखा था। 'नीड़ और पंछी' दूसरी लघु कथा 'राष्ट्रवाणी' में देखने को मिली। मेरा अपना खयाल है कि यह भी तुम्हारी ही है। मैं उसकी कटिंग भेज रहा हूँ। 'नाविक के तीर' की 5 प्रतियाँ रजिस्टर्ड बुक, पोस्ट से मैं तुमको भेज चुका हूँ। लिखने के साथ-साथ पढ़ने का और खासकर इम्तहान में पास करने के लिए पढ़ने का जो वक्त है, वह यही है।

श्री राजेंद्र पाल सिंह जी की चिट्ठी मुझको मिल गई है और मेरा खयाल है कि श्री बाबू को भी चिट्ठी मिली होगी। मैं अभी एक हफ्ता यानी तीन तारीख तक बहुत व्यस्त हूँ, क्योंकि ढेबर साहब यहाँ आ रहे हैं। उसके बाद मैं उसके बारे में कार्यवाई करूँगा। तुम इस बात को कह देना।

तुम्हारा
कामता प्रसाद सिंह 'काम'

प्रिय शंकर दयाल,

तुम्हारा पत्र मिला। 30 रु. को मैं कोई ज्यादा महत्त्व नहीं देता हूँ, लेकिन अगर स्पेशल रिपोर्टर का काम करते-करते कुछ अनुभव हो जाए तो वह बहुत महत्त्वपूर्ण है। अगर तुम्हारी पढ़ाई पर आँच न आवे और आसानी से इस काम को कर सको तो करते रहो। मेरा खयाल है कि आने वाले दिनों के लिए यह अच्छा प्रमाणित होगा।

तुम्हारा
कामताप्रसाद सिंह 'काम'

श्री शंकर दयाल सिंह
रूम नं. 163, ब्लॉक 'डी'
बिरला होस्टल, हिंदु युनिवर्सिटी,
बनारस।

कामता प्रसाद सिंह 'काम' एम.एल.सी.
प्लाट नं. 11, गार्डनर रोड, पटना।

पटना
8/12/55

प्रिय शंकर दयाल,

हजारीबाग के गिरिडीह नामक स्थान में 31 दिसंबर की रात में एक सम्मेलन हो रहा है। उसके प्रबंध का भार मेरे ऊपर पड़ा है। मैं चाहता हूँ कि तुम भी बनारस के दो-चार कवियों को उसके लिए निश्चित करा दो। मार्ग व्यय आदि सब कुछ मैं दूँगा और कवियों को किसी प्रकार का कोई कष्ट न हो पाए इसलिए भी मैं पूर्ण ध्यान रखूँगा,

लेकिन तुम ऐसे कवियों का चुनाव करो, जो सम्मेलन में चार चाँद लगा सकें और जिनकी उपस्थिति से जनता को प्रेरणा भी मिले। ऐसे पुराने कवि न हों तो नवयुवक कवियों की भी तलाश तुम कर सकते हो। कृपया फिर लिखो कि इस संबंध में तुम क्या कर सकते हो और कौन कवियों को ला सकते हो?

श्री शंकर दयाल सिंह — तुम्हारा
रूम नं. 163 ब्लॉक 'डी' बिरला होस्टल, — कामता प्रसाद सिंह 'काम'
हिंदू युनिवर्सिटी, बनारस।

□

भैया : देव से दिल्ली तक

—लक्ष्मण प्रसाद सिंह

घर से लेकर भारत की राजधानी दिल्ली तक भैया की सेवा में मैं उसी तरह लगा रहा, जैसे राम की सेवा में लक्ष्मण। कार्य-वितरण भी भैया ने ही किया था। मेरे जिम्मे था-परिवार की सेवा एवं भैया ने अपने ऊपर समाज-सेवा का भार लिया था।

एक वे दिन थे कि भैया नित्य लिखते थे और मैं उन लेखों को छपने के लिए डाक से भेजा करता था। पर आज भैया का संस्मरण लिखने के लिए मुझे कलम की शरण लेनी पड़ी। संस्मरण तो अनेक हैं पर कलम में इतनी ताकत नहीं कि सारे संस्मरणों को कागज की छाती पर उतार सकूँ। फिर भी संपादकजी के अनेकानेक आग्रह एवं पांडेयजी की प्रेरणा से इस संस्मरण को लिपिबद्ध करना पड़ा।

मेरे बचपन में भैया गेट हाईस्कूल में पढ़ते थे। छुट्टियों में घर आते थे तो साथ आठ-दस साथियों को भी अवश्य लाते थे। मतलब यह कि खाने-खिलाने का शौक भैया को शुरू से था। भैया के घर का रहन-सहन भी बड़ा बेजोड़ था। जिन दिनों वे गेट हाई स्कूल के विद्यार्थी थे, उन्हीं दिनों उनके निजी पुस्तकालय की स्थापना हो चुकी थी। भैया जब घर आते थे, तो उसी में चौकी पर सोकर उनका स्वाध्याय होता था। उनके जाने पर उस पुस्तकालय में ताला बंद हो जाता था। दशहरे की छुट्टी में जब भैया घर आते थे तो मेरा काम था, उन किताबों को धूप दिखाना एवं उन्हें पुनः आलमारी में सजाना।

लेख-लिखना एवं अखबारों में छपाना भैया ने उन्हीं दिनों आरंभ कर दिया था। पर उन दिनों भैया कविताएँ अधिक लिखते थे। इसकी प्रेरणा भी भैया को घर, गाँव एवं देहात से मिलती थी। सुबह मेरे पिताजी अपने बैलों एवं हलवाहों को साथ लेकर खेत पर जाते थे। इधर भैया का चित्रण भी होता था—

काँधे पर हल और जुआठ है
आगे है बैलों का जोड़ा।
हाथों में छोटा पैना है
और बगल में है सत्तू थोड़ा।

शाम को जब बाबूजी लौटते थे तो यह कविता भी उन्हें सुनाई जाती थी। उन्हीं दिनों भैया का प्रथम लेख 'होली से शिक्षा की छीटें' साप्ताहिक 'गृहस्थ' में छपा, जो था उन दिनों गया से प्रकाशित होता था।

प्रवेशिका परीक्षा में भैया सफल तो हुए ही, हिंदी में पटना विश्वविद्यालय में सर्वप्रथम आने के कारण उन्हें गोल्ड मेडल भी मिला। इसकी सूचना देने गेट-स्कूल के तत्कालीन प्रधानाध्यापक श्री मणिक भट्टाचार्या स्वयं भवानीपुर आए। आते ही उन्होंने कहा—"कहिए नौरंग बाबू कामता जब जेल गया था तो आप रोते थे और कहते थे कि आपका नाम डूब गया। आज कामता सारे बिहार में हिंदी में प्रथम आया है एवं उसे स्वर्णपदक भी मिला है। नाम आपका हुआ या मेरा?"

"अब तो कामता आपका है" यही पिताजी का जवाब था।

प्रवेशिका परीक्षा पास करने के बाद भैया का नाम बी.एन. कॉलेज, पटना में लिखाया गया, वहाँ की कुछ बातें मुझे आज भी याद हैं।

मैं पिताजी के साथ जिस रोज नाश्ता लेकर बी.एन. कॉलेज छात्रावास में पहुँचता था, उस रोज भैया के कमरे में इतनी भीड़ लगती थी कि नाश्ते का सारा सामान खत्म भी हो जाता था।

आई.ए. तक पटना में पढ़ने के बाद भैया ने अपना नाम पंजाब विश्वविद्यालय में लिखाया। खालसा कॉलेज, लाहौर में ये दाखिल हुए एवं उसी के खालसा होस्टल में इन्हें जगह भी मिली। उस समय की विशेष बातें तो मुझे याद नहीं हैं, पर सिर्फ यही याद है कि वहाँ के इनके एक साथी श्री अनंत मराल शास्त्री ने इनका साथ जीवन भर नहीं छोड़ा। भैया तो चले गए, पर शास्त्रीजी आज भी भैया के समान ही हम सबों को जानते एवं मानते हैं। भारत सरकार की सेवा में रहने के कारण भारत भर में इनका तबादला होता रहता है, पर उनके हृदय में हम लोगों के प्रति प्रेम में कोई तब्दीली नहीं आती।

उस समय मेरी समझ में यह बात नहीं आई कि भैया पटना से लाहौर क्यों गए? मेरी समझ में यह बात अब आई है कि हिंदी का मोर्चा मजबूत करने के लिए भैया वहाँ गए थे। 1936-37 के पंजाब में हिंदी-उर्दू का बड़ा आंदोलन चलता था। वहीं सै भैया ने अनंतजी के सहयोग से 'खरी बात' नामक साप्ताहिक पत्र का प्रकाशन भी आरंभ किया था।

अनंतजी और भैया की दोस्ती में मुझे दो बातें स्पष्ट दिखाई देती हैं। भैया ने अनंतजी को बिहारी बनाए रखा और अनंतजी ने भैया के साहित्यिक-स्रोत को जीवन भर सूखने नहीं दिया।

1939 में पिताजी की बीमारी के कारण भैया लाहौर से लौटकर चले आए। पिताजी को लेकर वे इलाज कराने गया आए। साथ में मैं भी था। माँ भी थीं। देवराज कोठी-पिता महेश्वर में पिताजी को रखा गया था। दो रोज के बाद ही पिताजी का स्वर्गवास हो गया। मरते समय माँ को रोते देखकर पिताजी ने कहा था—"इसमें रोने की क्या बात है? एक दिन सबको जाना पड़ता है। मैं भी जा रहा हूँ।"

"अब घर कैसे चलेगा?" माँ ने पूछा।

"सबकुछ बाबू करेगा।" यही पिताजी का जवाब था। भैया को पिताजी 'बाबू' ही-कहा करते थे। आगे उन्होंने कहा—"मैंने इसे अपने पसीने की कमाई से पढ़ाया है। बाबू एक दिन बहुत बड़ा आदमी होगा।" सचमुच भैया बहुत बड़े आदमी हुए एवं बाबूजी की भविष्य-वाणी भी सत्य निकली।

उस समय पिताजी की बातें मेरी समझ में नहीं आई थीं, पर आज वे बातें विधिवत् समझ में आ गईं। पिताजी की गाढ़ी कमाई के पैसे से भैया पढ़े थे। अत: भैया का नाम बिहार के कोने-कोने में हुआ और मैं बिहार के मंत्रियों के ऐच्छिक अनुदान से पढ़ा। इसी कारण मैं बिहार के एक कोने में रह गया।

भैया अब लाहौर नहीं गए। घर का सारा बोझ उन्हीं के कँधों पर आ गया तो भी भैया ने अपना लिखना-पढ़ना जारी रखा। लिखने का काम इतना बढ़ा कि भैया ने हिंदी की एक टाईप-राइटर मशीन भी खरीद ली। 1939 से लेकर 1941 तक भैया के लिखने के कारण, मेरे घर पर भारत भर की 64 पत्र-पत्रिकाएँ आती थीं। करीब-करीब उन सबों में भैया की रचनाएँ प्रकाशित भी होती थीं।

भैया के घर पर रहने के कारण आने-जाने वालों का भी ताँता लगा रहता था। गोविंद गुरुजी, जिन्होंने भैया को अक्षरारंभ कराया था, सदा उनके साथ रहते थे। महेश भाई, जिन्होंने भैया को कुश्ती सिखाई थी, वे भी रहते थे। पं. गजाधर पाठकजी का काम तंत्र-मंत्र एवं पूजा-पाठ था, वे भी सदा साथ में रहते थे। गुलहाक मियाँ मुकदमें के सलाहकार थे। गफूर दरजी भैया का कपड़ा सदा हाथ से सीता था। इन सबों का जमघट बराबर लगा रहता था।

सस्ती के दिन थे। खेती होती थी पर गल्ले का भाव गिर गया था। अत: भैया का मन भी खेत-खेती से उदास हो गया। भैया ने अपना खेत ही बेचना आरंभ कर दिया। माँ के मना करने पर भैया यही जवाब देते थे कि, "माँ, आखिर खेत मेरे ही खाने के लिए है। अत: मैं इसे बेचकर ही खा जाऊँगा। बस, चिंता है लक्ष्मण की; तो मैं इसे

कायस्थ बना दूँगा। मैं इसे इतना पढ़ा दूँगा कि ये गाँव की ओर आएँगे ही नहीं।'' मैं पढ़ा तो जरूर। भैया के शब्दों में कायस्थ भी बना पर पता नहीं क्यों, मैंने गाँव नहीं छोड़ा।

सन्, 42 की क्रांति के बाद 44 में शत्रुघ्न बाबू ने पुन: भैया को राजनीति की ओर झुकाया। अब मेरे गाँव का सारा साहित्यिक स्रोत सूख गया। उधर शत्रुघ्न बाबू की राजनीति में बुलंदी आ गई। 1945 में भैया गया जिला कांग्रेस-कमेटी के प्रधान मंत्री भी बन गए। 1946 में पूरे जिले में जिला-बोर्ड के चुनाव का भार भी भैया के कँधों पर आया। उस चुनाव में शत्रुघ्न बाबू टिकारी से खड़े हुए थे। उस चुनाव में ऐसी तनातनी हुई कि विरोधियों ने बक्से पर ही हमला कर दिया। बक्सा तो बच गया पर भैया घायल हो गए। इनका सिर फट गया। चोट तो भैया को लगी पर इसकी चोट शत्रुघ्न बाबू के हृदय पर ऐसी लगी कि आजीवन उन दोनों का साथ नहीं छूटा।

1947 से लेकर 1952 तक भैया का कार्यक्षेत्र औरंगाबाद रहा। इन दिनों भैया सबडिवीजनल कांग्रेस कमेटी के अध्यक्ष भी हो गए। पूरे सब डिवीजन में हरिजन सेवा, छात्र-जागरण, किसान संगठन एवं सबके बाद शाम को औरंगाबाद डाक बँगले में एक कवि-गोष्ठी-अवश्य होती थी। खानसामाजी का खाना, कमरु खाँ की चाय, भैया का भाषण तथा पूरे सब डिवीजन के कांग्रेस-कार्यकर्त्ताओं का आसन लगता था। इसी को याद कर ब्रजकिशोर नारायणजी ने भैया पर लिखा भी है—'तेरी महफिल भी गई, तेरे चाहनेवाले भी गए।'

प्रथम चुनाव 1952 में आया। पूरे बिहार के उम्मीदवारों की सूची बन गई पर सिर्फ औरंगाबाद का फैसला दिल्ली पर सौंप दिया गया। आखिर भैया को कांग्रेस टिकट के लिए 1952 में दिल्ली की यात्रा करनी ही पड़ी। बिहार के भाग्य का फैसला होता था जंतर-मंतर में; बिहार के कांग्रेसियों का जमघट था, बिहार भवन में; पर भैया की भीड़ अशोक होटल में लगती थी। दिल्ली के पत्रकारों, साहित्यकारों तथा साहित्य प्रेमियों का तांता देखकर लगता था कि यहाँ भी भैया के लिए साहित्य प्रधान है और राजनीति गौण। दिल्ली के अखबारों में छपता भी था—'बिहारी राइटर ऑनर्ड इन दिल्ली।'

भैया को बिहार विधान सभा का टिकट तो नहीं मिला पर भैया के चेहरे पर शिकन तक नहीं आई। साथ ही भैया ने दिल्ली में बिहार के छोटे-बड़े सभी नेताओं को एक पार्टी दी। खाने के बाद भैया ने एक जोशीला भाषण भी दिया—''भाइयो! यह कांग्रेस एक अखाड़ा है। हमलोग इस अखाड़े के पहलवान हैं। कुश्ती में कोई भी पहलवान पछाड़ खाए या कोई भी जीते। पर सुबह अखाड़ा सींचने का भार दोनों का है। इसी तरह बिहार चलकर चुनाव जीतने का भार हम सबों पर है।''

भैया पुन: एम.एल.सी. के टिकट के लिए दिल्ली गए। ठीक उसी समय चाचा भी चल बसे। चाचा का अंतिम उद्गार यही था—''आज बाबू को राजगद्दी अवश्य

मिलेगी। चाचा को लेकर हम लोग शमशान घाट चले। ठीक उसी समय भैया का तार आया—'कौंसिल सीट एलौटेड कामता।' चाचा थे कि भैया के व्यक्तित्व निर्माण में उन्होंने अपने जीवन की सारी साधना लगा दी थी।

1952 में ही भैया को विधान परिषद् की सीट मिल गई और भैया एम.एल.सी. भी हो गए। अपने प्रथम अभिभाषण में ही भैया ने सुनाया—

प्रिय अशोक की समर भूमि यह,
पानीपत या पटना है।
यहाँ किसी का कोई नहीं,
बस अपने आप ही डटना है।

अब भैया का स्थायी निवास एम.एल.ए. फ्लैट 11 बन गया। अब तो गाँव औरंगाबाद, गया तथा पटना का संगम वह 11 नंबर का फ्लैट बन गया। साहित्य और राजनीति साथ-साथ तथा सेवा-भाव और स्वाध्याय भी साथ-साथ चलता था। यही एम.एल.ए. फ्लैट है—जहाँ से भैया ने अपनी सारी कृतियों का प्रकाशन कराया। किताबों का संग्रह, खिलाने का अरमान, बुद्धि का विकास, संक्षेप में भैया ने अपने आत्म-दर्शन में जो सपना देखा था—उसको इस एम-एल.ए. फ्लैट में साकार किया।

इसी एम एल.ए. फ्लैट में बाबू की शादी भी हुई एवं बाद में भैया ने यह फ्लैट ही बाबू को सौंप दिया। स्वयं अपने लिए बोरिंग रोड में एक मकान भी बनाया। "कोई एम.एल.ए. क्वार्टर तब खाली करता है, जब वह एम.एल.सी. से हटता है। पर मैं एम.एल. सी. भी हूँ और क्वार्टर भी खाली करता हूँ"। यही भैया का कहना था।

1952 से 1963 जनवरी तक भैया का स्थायी निवास पटना रहा। आखिर बीमारी के समय भैया ने मुझे बुलाया। मैं डालमिया नगर से पटना गया। शाम का समय था। बाहर कुत्ते की भौं-भौं की आवाज हुई। भीतर भैया के मुँह से निकला—लक्ष्मण आ गया। सुबह हम लोग भैया को लेकर अस्पताल गए। भैया ने कॉटेज का भाड़ा बाबू को ठीक सात रोज का दिया था और सातवें दिन वे चल बसे।

25 जनवरी 63 को भैया बार-बार गाड़ी स्टेशन भेजने को कहते थे—देखो, माई आई होंगी! हजारीबाग से सुदर्शन, शकुंतला भी आई होंगी। भैया तीनों बहनों को बार-बार खोजते थे। पर तीनों बहनें भैया से मिल नहीं सकीं। आईं जरूर, पर भैया के जाने के बाद।

दो बजे रात ही से उन्होंने हमको और बाबू को उपदेश देना आरंभ किया—"तुम गाँव देखो और बाबू पटना देखेगा। किनका-कितना बकाया है—उनको भी देना है।" अस्पताल के सभी कर्मचारियों को इनाम तो उन्होंने अपने हाथ से बाँटा। कहा भी—"बेचारे ने सेवा की पर मेरे जाने से क्या होता है?" माँ की रुलाई सुनकर भैया

बोले—"माँ को गंगा किनारे फूँकने का संकल्प किया था, पर अब तो मैं ही गंगा किनारे पहुँच गया। पर लक्ष्मण, माँ जहाँ भी मरे, यह तुम्हारा काम है, इसे गंगा किनारे पहुँचाना। बस अब तो एक ही अरमान बाकी रह गया—कृष्ण बल्लभ बाबू को मुख्यमंत्री के रूप में नहीं देखा।" इतने में डॉक्टर श्रीनिवास ने बोलने को मना किया। "अब मैं कब बोलूँगा?" यही भैया का जवाब था। "अभी मुझे बोलने दें, भाई है। लड़के हैं।" बाबू से लेकर मुन्ना तक सबों को खड़ा किया। कहा—"हम लोग दो भाई थे और तुम लोग पाँच भाई हो। मेरा भाई मुझसे कभी तेज होकर नहीं बोलता था—तुम लोग भी बाबू से वैसा ही व्यवहार करना।" डॉ. श्रीनिवास ने पुनः बोलने को मना किया। "अब हमें कौन बिगाड़ेगा, डॉक्टर साहब! एक तरफ राम (राम सूचित) हो—दूसरी ओर लक्ष्मण, सामने हनुमान हों तो मेरा कौन बिगाड़ेगा? डॉ. साहब अभी मुझे बोलने दें। आपकी दवा में ताकत हो तो आप छह बजे के बाद उसे दें।" हम लोगों ने गंगाजल भी दिया,—"नहीं, मइया का चरणामृत!" यही भैया की माँग थी। इधर पद्मनारायणजी का कमरे में प्रवेश और उधर भैया भी···सदा के लिए हम लोगों को छोड़ गए।

□

डायरी के कालग्रही पन्ने
मौत से जूझती जिंदगी : केवल दो दिन पहले

—शंकर दयाल सिंह

पटना हॉस्पीटल : कॉटेज : 23-1-1963

रात के दो बजनेवाले हैं और मैं बाबूजी के बिस्तर के पास बैठा यह सब लिख रहा हूँ। उनकी साँस लेने की गति भयानक है और उससे यह पता चलता है कि मौत और जिंदगी में भीषण लड़ाई चल रही है। कमरे में मैं, तथा चाचा हैं—सभी जगे हुए हैं, आँखों में किसी को नींद नहीं है। अशोक (मेरा छोटा भाई) बेखबर सोया है।

आज डॉ. श्रीनिवास ने रही-सही आशाओं पर भी पानी फेर दिया। उन्होंने कहा कि 'हार्ट' बिल्कुल 'डेमेज' हो गया है, वह 'फंक्शन' नहीं कर रहा है तथा उसमें पंप करने की शक्ति नहीं रही है। बारह बजे भी बुलाकर उन्होंने यही कहा कि कंडीशन बहुत ग्रेभ है। परंतु हम लोग अपना कर्त्तव्य निभाते चल रहे हैं।

आज दिनभर देखनेवालों का ताँता लगा रहा। सभी श्रेणी तथा वर्ग के लोग।

मुख्यमंत्री पं. विनोदानंद झा भी आए और बात की शुरुआत उन्होंने इस रूप में की—"हमें तो आप को देखकर अभी भी यह आशा है कि आप उठकर खड़े हो जाएँगे।" आगे उन्होंने कहा—"हँसते-हँसते मरना चाहिए।" और मुझसे कहा—"सबके माता-पिता मरते हैं, धीरज मत खोना।"

कितनी अविवेकपूर्ण बातें थीं, श्रीहीन तथा संस्कारहीन। ऐसी बातों से जिंदा आदमी भी मुरदा हो जाए!

उनके जाने के बाद बाबूजी ने मुझे बुलाकर पूछा—"हम ठीक तो हैं न?"

मैंने धीरज रखकर कहा—"बिल्कुल ठीक हैं, केवल कमजोरी है।"

'तो इतने लोग मुझे देखने क्यों आते हैं? और विनोदा बाबू को जरूर डॉक्टरों ने कहा होगा कि मैं नहीं बचूँगा, तभी वे ऐसी बातें कर रहे थे।' मैं कुछ भी जवाब नहीं दे सका।

सत्येंद्र बाबू दो-तीन बार आए और उन्होंने पूरा इंटरेस्ट लिया। रामलखन बाबू भी आए, बाबूजी उस समय सो रहे थे।

बाबूजी अब कई प्रकार की बातें करते हैं। उन्होंने कहा—'मैंने तो सबों के साथ इंसानियत ही की है।' हम अब अपने बारे में 'होपफुल' नहीं हैं। देखो, जो आदमी बोल सकता है तथा जिसे पूरा-पूरा सेंस है वह कोलेप्स नहीं करेगा।'

ज्यादा बातें अंग्रेजी में ही करते हैं, जिससे माँ तथा दादी समझ नहीं सकी। दो आदमियों को बराबर खोजते हैं—कृष्णवल्लभ बाबू को और दादा (मेरे श्वसुर डॉ. के.एम. सिंह) को।

मैं आज गंगा किनारे बैठकर बहुत देर तक रोता रहा। रुलाई रुकती ही नहीं थी। बाद में स्वस्थ हुआ यह मानकर कि इस दुनिया में किसे रहना है—मेरा जो कर्त्तव्य है, उससे कभी नहीं विचलित होऊँगा। इसीलिए बाबूजी के सामने जी कड़ा करके अपने को कभी नहीं विचलित होने देता हूँ।

डॉ. श्रीनिवास के अलावे आज डॉ. टी.एन. बनर्जी तथा डॉ. शिवनारायण सिंह भी उन्हें देखने आए थे। सबों का बस एक ही मत था—'द केस इज बेरी सिरीयस एंड होपलेस'। आशा की किरण सिवा भगवान् के और कहीं से भी दिखाई नहीं देती है।

पिताजी की मृत्यु 25 जनवरी को प्रात: 5 बजकर 25 मिनट पर हुई थी।

□

जीवन-रेखाएँ

नाम	: कामता प्रसाद सिंह 'काम'
जन्मस्थान	: भवानीपुर, देव, गया।
जन्मतिथि	: 26-9-1916
शिक्षा	: मैट्रिक—गेट उच्च विद्यालय, औरंगाबाद। प्रवेश—तत्कालीन प्रधानाध्यापक श्री माणिकचंद भट्टाचार्य से बहुत प्रभावित हुए। हिंदी में सर्वश्रेष्ठ अंक प्राप्त करने के परिणामस्वरूप स्वर्णपदक प्राप्त''। आई.ए.बी.एन. कॉलेज, पटना I.A.B.N College, Patna... हिंदी में खालसा कॉलेज, लाहौर में प्रवेश। स्वर्णपदक
पिता	: स्व. श्री नौरंग सिंह
माता	: जै कुमारी देवी
प्रथम पत्नी	: स्व. हुलास देवी
दूसरी पत्नी	: स्व. शिवराज देवी
तीसरी पत्नी	: श्रीमती आशालता देवी
पहली बहन	: श्रीमती मनोरमा देवी
दूसरी बहन	: श्रीमती सुदर्शन देवी
तीसरी बहन	: श्रीमती शकुंतला देवी
अनुज	: श्री लक्ष्मण प्रसाद सिंह बी.ए. (आनर्स)
आत्मज	: श्री शंकरदयाल सिंह, एम.ए., साहित्य रत्न, संसद सदस्य (लोकसभा) श्री अशोक कुमार सिंह, छात्र, संत जेवियर्स स्कूल, हजारीबाग
पुत्र वधू	: श्रीमती काननबाला सिंह, : धर्मपत्नी श्री शंकर दयाल सिंह
उपलब्धियाँ	: स्वतंत्रता आंदोलन में जेल-यात्रा 1931, 1936
सदस्य	: गया जिलाबोर्ड, गया 1936
सदस्य	: राजा जगन्नाथ बहुद्देशीय उच्चतर माध्यमिक विद्यालय, देव 1941
संस्थापक सदस्य	: शिवाजी संघ, देव, 1941
सदस्य	: सच्चिदानंद सिन्हा कॉलेज, औरंगाबाद, 1948
प्रधान मंत्री	: जिला कांग्रेस कमिटी गया, 1946

अध्यक्ष	:	सब डिविजनल कांग्रेस कमिटी, औरंगाबाद, 1946
चेयरमैन	:	बकाश्त बोर्ड, मुँगेर, 1948
सदस्य	:	P.E.N. (भारतीय शाखा) 1948
अध्यक्ष	:	औरंगाबाद अनुमंडलीय बुनकर सहयोग संघ, 1942
अध्यक्ष	:	अनुमंडलीय युवक संघ, औरंगाबाद, 1942
अध्यक्ष	:	मदनपुर थाना, राजनैतिक सम्मेलन, 1942
अध्यक्ष	:	प्रेमचंद साहित्य परिषद्, पटना, 1942
अध्यक्ष	:	मगध-परिषद्, गया, 1950
स्वागताध्यक्ष	:	बिहार हिंदी साहित्य सम्मेलन का इक्कीसवाँ अधिवेशन, गया, 1950
उपाध्यक्ष	:	बिहार हिंदी साहित्य सम्मेलन।
मंत्री	:	बिहार प्रदेश कांग्रेस कमिटी—युवक उपसमिति, 1953
मंत्री	:	फणी दा स्मारक समिति, पटना, 1953
प्रधान मंत्री	:	कृष्ण वल्लभ अभिनंदन समिति, 1942
अध्यक्ष	:	औरंगाबाद सबडिवीजनल गांधी स्मारक समिति, 1942
अध्यक्ष	:	चमड़ा व्यापार संघ, औरंगाबाद, 1948
संस्थापक	:	मित्र मंडल औरंगाबाद, 1948
अध्यक्ष	:	ग्राम सहयोग समिति, बिहार।
सदस्य	:	विधान परिषद्, बिहार। 1952 से अपने पुण्यदिवस तक।
मृत्यु	:	25 जनवरी 1963 ई.

रचनाएँ

1. भूलते-भागते क्षण
2. आस-पास की दुनिया
3. नाविक के तीर
4. पुरानी दुनिया
5. आत्मा की कथाएँ
6. पिंजड़े का पक्षी
7. पठान का बच्चा
8. घर, गाँव और देहात
9. मैं छोटानागपुर में हूँ
10. घुमक्कड़ की डायरी
11. किसान की बोली
12. सुनहरी सीख।

□□□